DER NEBELFÜRST

1

Die Droschke bremst, die Dame stürzt

Ein paar Schritte aus der kleinen Familienwelt heraus, und man war so weit weg, als sei man ausgewandert. Auswandern, das war ein schöner Plan. Leider war Theodor Lerner kein Engländer, denen stand die halbe Welt offen, denn sie gehörte ihnen. Aber es gab auch Argentinien, wo man Rinder züchten, Brasilien, wo man Kaffee anbauen, Panama, wo man eine Reederei betreiben konnte. Andere gingen nach Rußland und handelten dort mit Zucker und Indigo. Das verwandelte sich dann alles in lauteres Gold. Wenn solche Leute zurückkehrten, bewohnten sie in Wiesbaden oder Godesberg Villen mit Türmen und Terrassengärten und ruhten ihren am Anblick des Außerordentlichen müde gewordenen Blick an der milden Rheinlandschaft aus.

Theodor Lerner fand, daß er gut schreibe. Man konnte auch Reiseschriftsteller werden. Solche Leute ritten auf Elephanten zur Tigerjagd und führten ihr Journal beim

Schein der blakenden Karbidlampe. Die Leserschaft zu Haus ließ sie zu höchsten Ehren gelangen. Reisebücher las mit Respekt selbst Vetter Valentin Neukirch, der strenge Bergswerksdirektor, der Lerner stets untüchtiges Plänemachen vorwarf. Einstweilen versuchte Theodor Lerner sich mit Aufträgen vom *Berliner Lokalanzeiger*. Man schickte ihn aus, wenn es irgendwo brannte. Das war wörtlich zu verstehen. Lerner hatte nun schon elf Brände geschildert. Die ersten waren ein Erlebnis. Man stand in der gebannt starrenden Menge, hatte kalte Füße, zugleich wehte der Feuersbrodem herüber, Funken stoben, ein Balken krachte, an einem Fenster erschien eine Verzweifelte im Nachthemd und warf ihr Kind in das aufgespannte Sprungtuch. Lerners atemlose Berichte kamen in der Redaktion recht gut an. Man sah ihn als Spezialisten für solche Fälle. Würde ganz Berlin niederbrennen müssen, bis er eine neue Aufgabe bekam?

Der sorgenzerfurchte Chefredakteur hatte kein Ohr für Lerner. Die Auflage stagnierte. «Wir brauchen etwas Exklusives, man muß uns das Blatt aus den Fingern reißen», murmelte der elegante Mann, zu dem Sorgen gar nicht paßten. Er war gerade zum «Schönsten Mann des Berliner Presseballs» gewählt worden. Das Damenkomitee war von Parteigängerinnen durchsetzt.

«Wissen Sie, wo Ingenieur André ist?» Lerner wußte es nicht. Ingenieur André war vor drei Monaten mit einer Montgolfiere aufgebrochen. Er wollte den Nordpol überfliegen.

«Wie erkennt er den denn von oben?» fragte Lerner. Er

schien sich vorzustellen, daß am Nordpol ein hübscher Obelisk oder eine aus Eisblöcken gebildete Pyramide stehe. Bei Gemälden von Napoleons Überquerung des Sankt-Bernhard-Passes lag verwittert zu den Hufen des sich aufbäumenden Rosses eine Steintafel, auf der «Hannibal» stand. Lag am Nordpol am Ende auch solches archäologische Fundgut, von Eskimos oder Wikingern vor tausend Jahren dort aufgepflanzt?

«Sie sind rührend», sagte der Chefredakteur mit dem silbrig durchzogenen Schnurrbart. Lerner kannte einen guten Trick. Wenn er fürchten mußte, mit einer Bemerkung seine Ahnungslosigkeit zu verraten, machte er dazu stets die Miene, als habe er einen Spaß gemacht. Immerhin besaß er ein Gefühl dafür, wann er sich auf unsicheren Boden begab. Der Chefredakteur wurde jetzt abgelenkt.

«Nein, sagen Sie der Dame, daß ich sie nicht empfangen kann», sagte er zu seinem Sekretär, der die Tür zum Vorzimmer hatte offenstehen lassen. Draußen war ein Schatten wie von einer hochgewachsenen Frau mit bedeutendem Hut, großer Büste und raumverdrängenden Stoffmassen am Leib zu erkennen. Der bloße Schatten kündigte etwas Bedeutendes an. In den Hafen des Vorzimmers war ein fünfmastiges Schlachtschiff eingelaufen. Lerner staunte, daß man einen solchen Besuch einfach beiseite schieben konnte.

«Diese Person bringt immer irgendwelches Material an, will irgendwelche skandalösen Briefwechsel verkaufen, Erinnerungen von russischen Spionen, Liebesbriefe allerhöchster Personen, aber entweder sind die Sachen zu teuer, oder sie hat sie dann doch nicht, oder es ist nichts Rechtes – und ich will jetzt etwas über Ingenieur André im Blatt haben.»

«Wie schreibt man über einen Verschollenen?» fragte Lerner. «Ein Verschollener zeichnet sich doch gerade dadurch aus, daß er weg ist und niemand weiß, wo. Das Biographische und die Vorbereitung der Expedition ist von allen Blättern schon vielfach durchgekaut worden, und jetzt ist er eben verschwunden.»

Niemandsland – gab es das auf der Erde? Ein Land, das niemandem gehörte und das keinen Weg und Steg hatte, vielleicht nicht einmal ein Oben und Unten? Man durchschritt eine Grenze, eine Nebelmauer und sank ins Bodenlose, in eine Lawine aus Pulverschnee, in der man nichts erkannte, in der es aber seltsam hell blieb wie an einem nebelverhangenen Wintertag. Gehörte zum Niemandsland nicht auch, daß seine Grenzen nicht bekannt waren?

«Man müßte André suchen», sagte der Chefredakteur. Das taten zwar schon einige Leute. Sie waren so weise, ihm nicht zu Luft zu folgen, sondern mit Hundeschlitten und auf Skiern. So waren diese Helden photographiert worden und so hatten die Leser sie im Gedächtnis. Jetzt waren auch sie verschwunden. So sensationell solche Geschichten klangen, für die Presse gaben sie nicht viel her. Man entfachte erst eine Riesenaufregung und dann blieb das Material zum Nachlegen aus. Eine zerfetzte Ballonhülle würde womöglich alles sein, was die Rettungsexpedition nach

Hause brachte. Der Ingenieur fiel den Eisbären anheim. Ein Grab für Ingenieur André würde es ebensowenig geben wie einen Obelisken am Nordpol.

«Ja, Lerner, kriegen Sie raus, wo André ist! Suchen Sie André!» Das war ein Ausbruch der Bitterkeit, eine satirischkaustische Theaterspielerei des Chefredakteurs. Lerner verstand diese Worte auch als Anklage. Der Chefredakteur wollte ihm bedeuten, daß er zu gar nichts gut sei – für die tägliche Arbeit vielleicht, bei der ihn Hunderte ersetzen konnten, aber nicht, wenn es um die Rettung des Blattes ging. Der Chefredakteur fand solche Ausbrüche erzieherisch. Den einen spornten sie an, dem anderen wiesen sie seinen Platz zu. In Treptow brannte es in einem Anilinwerk, meldete der Sekretär. Es genügte ein einziger Blick des Chefredakteurs, Lerner aus dem Zimmer und auf den Weg zu weisen.

Draußen regnete es. Zum Glück stand vor dem Zeitungshaus des *Lokalanzeigers* eine Droschke. Der Verkehr war durch den abendlichen Schauer in die größte Verwirrung geraten. Auto- und Pferdedroschken schoben sich nebeneinander her, immerfort liefen Leute zwischen die Wagen, um auf die andere Seite zu gelangen. Wasser floß über die Windschutzscheibe. Lerner saß kaum, die Droschke war kaum angefahren, da erhob sich riesengroß durch die Wasserfluten auf der Windschutzscheibe vor dem Kühler des Autos eine Gestalt, wankte und fiel.

Dem Fahrer entfuhr ein erschrecktes Schimpfwort. Er bremste. Lerner sprang heraus. Vor dem Auto lag eine Dame im Nassen. Der hochgetürmte Hut saß noch auf ihrem großen Kopf, war aber verrutscht. Der Regenschirm war davongeflogen und rollte der Fahrbahnmitte zu.

«Es geht», sagte die Dame mit erstaunlich fester Stimme, als sie ihren Retter erblickte. Er half ihr auf. Sie war schwer, ließ ihn das aber so wenig wie möglich spüren. Die Dame hinkte leicht, als er sie zum Wagenschlag begleitete. Ob er sie irgendwo hinbringen dürfe? Er selbst sei auf dem Weg nach Treptow. Dort brenne die Anilinfabrik.

«Die Anilinfabrik?» sagte die Dame, die schon dabei war, ihren Hut zu richten. Den tropfnassen Schirm brachte der Chauffeur. «Die Anilinfabrik ist schon gelöscht. Das war ein Fehlalarm, nicht wahr?» Dies sagte sie zum Chauffeur, der die Glasscheibe zum Fond noch nicht geschlossen hatte.

«Weeß ick nix von», antwortete der Mann mürrisch. Ärger über den Unfall und Erleichterung mischten sich in ihm. Dies war der nicht so seltene Fall, daß eine Bekundung des Nichtwissens eine Behauptung bestätigte. Im Fond war jetzt klar, daß es in Treptow nicht brannte und auch gar nicht gebrannt hatte. Im Warmen entfaltete sich der Duft, der aus den Kleidern und dem Haar der Dame stieg, Rosen und Zimt. Jung war sie nicht mehr, obwohl ihr Gesicht jugendlich glatt und ihre Augen frisch und gesund waren.

Wo sie wohne? Das Auto durfte immer noch nicht anfahren. Das sei es ja, sagte die Dame. Eben erst sei sie in Berlin angekommen, von engen Freunden – «Sie kennen vielleicht Herrn Rittmeister Bepler?» – eingeladen, und nun sei bei Beplers niemand zu Hause, unerklärlich. Da saß sie, Lerners Opfer – denn einem Herrn war das Ungeschick seines Chauffeurs stets anzurechnen –, und sollte nun mit beschädigtem Knöchel eine Heimstatt suchen. So sprach sie das nicht aus. Diese Frau jammerte nicht. Das war ganz einfach ihre Situation.

An Lerners Ritterlichkeit zu appellieren war stets von guten Chancen begleitet. Lerner war ritterlich, oder besser, er wollte es gern sein. Er sah sich gern als ausgesprochen ritterlichen Mann. Hier hatte er das richtige Gegenüber. Die Dame wußte Ritterlichkeit, auch in leicht demonstrativer Form, zu schätzen.

«Wohin geht es nu?» fragte der Chauffeur, wieder mit voller Brust mürrisch.

Es ging nach Wilmersdorf, in die Pension «Tannenzapfen», in der Lerner seit vier Wochen wohnte. Dort war gerade ein Zimmer freigeworden, denn der langjährige Gast Hauptmann Richter, Veteran von 1871, hatte in hohem Alter geheiratet.

«In dieser Pension heiraten alle, die komischsten Knochen», sagte die Wirtin zu Lerner. «Auch Sie gehen noch weg.» Und so fand denn, kurze Zeit später, in dem noch gar nicht richtig gelüfteten Zimmer des Hauptmanns am Tisch mit der Fransendecke unter dem Öldruck von Leonardo da Vincis «Letztem Abendmahl» – die Postkarten von Mädchen in Unterwäsche hatte der Hauptmann von der Tapete heruntergenommen – beim Lampenschein schon eine lauschige Teestunde statt.

Man machte sich bekannt. Die Dame war hochinteressiert an Lerners beruflichem Wirken. Sie könne ohne Zeitung nicht leben. Sie verschlinge die Zeitung. Ihre Stimme war warm. Sie war zwar gewichtig, aber elegant. Brauner Taft breitete sich um sie aus. Das graue Haar war voll und sah wie eine gepuderte Rokokoperücke aus, so frisch war das Gesicht darunter. Für Lerners Geschmack war sie zu alt und zu schwer, aber seltsam, das spielte auf einmal keine Rolle. Sie war nicht ein bißchen kokett.

«Sie ist natürlich», dachte Lerner, und «natürlich» hieß auf einmal sehr viel mehr und machte vieles, das eben noch ferngelegen hatte, möglich. Das Hineingleiten in einen langen Kuß war wie eine sanfte Fortsetzung des Gesprächs.

Lerners Hände tasteten sich voran. Es gelang ihm ein Widerhäkchen zu lösen. Das Häkchen hüpfte wie von selbst beiseite. Mit den Fingern fühlte er ihre Haut, weich wie ein im Glas schwimmender Eidotter.

Ihre Hand legte sich um sein Handgelenk und zog es mit entschiedener Kraft, aber langsam zurück.

«Wir sind uns sympathisch», sagte Frau Hanhaus, «aber das Weitere lassen wir. Ich habe Wichtigeres mit Ihnen vor. Diese Dinge können das Geschäft oft unnötig schwermachen.» Sanft, fest und mit einem kameradschaftlichen Lächeln war das gesagt. Dies Lächeln schaffte den Übergang. Lerner war ihr dankbar. Der Kuß hatte nach etwas Fadem geschmeckt, das ihn jetzt nicht störte, später aber störend geworden wäre. Als sie ihn an die Tür begleitete und er ihr zum Abschied die Hand küßte, sah er im Halbdunkel, gegen die Funzel im Zimmer, ihren Schattenriß.

«Ist das die Frau aus dem Büro des Chefredakteurs?» dachte er in seinem Zimmer. Konnten zwei Schatten sich so gleichen? Plötzlich war Frau Hanhaus dagewesen. Plötzlich? Vielleicht war sie immer schon anwesend, unsichtbar, und entschied nur, wann sich den anderen die Augen für sie öffneten. Und dann war sie plötzlich da.

2

Frühstück in der Pension «Tannenzapfen»

Frau Hanhaus hatte etwas Mütterliches, vor allem aber war sie Mutter. Nach der ersten Nacht in der Pension «Tannenzapfen» stellte sich heraus, daß sie so allein in Berlin nicht gewesen wäre, trotz des unbegreiflichen Betragens dieser Rittmeister Beplers im Grunewald draußen. Ihr Sohn vielmehr war es, der die Nacht buchstäblich mutterseelenallein in Berlin verbringen mußte. Unter dem großen Eindruck ihrer Gegenwart konnten Fragen zu ihren Erklärungen jedoch nicht aufkommen. Diese eben noch hochbedeutenden Beplers mit ihrem Vermögen, ihrer Villa, ihren mondänen Verbindungen spielten jetzt überhaupt keine Rolle mehr. Ohne daß Groll hinter diesem Desinteresse stand, waren diese Leute jetzt erst einmal abgeschrieben. Die Grunewaldvilla wurde durch die Pension «Tannenzapfen» im vierten Stock links vollständig verdrängt.

Frau Grantzow, die Wirtin, war gemütvoll, eine nicht mißtrauische, nicht zänkische Pensionswirtin, die ihre

Gäste nicht übelwollend klassifizierte. Sie half Frau Hanhaus mit manchem Toiletteartikel aus, denn abgesehen von einer großen Handtasche war die Dame ja ohne Gepäck angekommen. So stattlich und gebietend erschien sie mit ihrer grauen Haartour und dem braunen Taft, daß man sie sich anders als mit Schrankkoffern reisend gar nicht vorstellen konnte. Und am nächsten Morgen war sie kein bißchen ramponiert, wie der Mensch, der ohne seine Siebensachen übernachtet hat, sonst auszusehen pflegt. Das Haar war frisch getürmt. Frau Grantzow hatte schwesterliche Dienste geleistet. Dabei führten die Frauen ein Gespräch, das zur vollständigen Hingabe von Frau Grantzow führte, während sie Hände voll Haarnadeln in die kräftigen Wellen versenkte.

«Viele heute machen den Fehler», so lehrte Frau Hanhaus später einmal, «ihre Aufmerksamkeit nur wohlhabenden, einflußreichen Personen zuzuwenden, damit man sein Pulver nicht bei Habenichtsen verschossen hat, wenn es gilt, bei Mächtigen Eindruck zu machen. Ich behaupte, daß solche Leute eben nicht genügend Pulver besitzen. Schlachten kann man gewinnen – ich meine Schlachten des Lebens –, wenn man die Laufburschen, die Tabaktrafikanten, die Etagenkellner, die Näherinnen, die Dentisten und die Pensionswirtinnen auf seiner Seite hat. Mancher hat schon gesagt: Ich kenne den Oberbürgermeister, und ist an einem kleinen Wachtmeister gescheitert.»

Gemeinsam mit Frau Grantzow und ihrem verdrossenen uckermärkischen Dienstmädchen begann nach dem Frisieren das Möbelrücken, wie es Frau Hanhaus an jedem

Ort hielt, an dem sie ein wenig verweilte. Lerner erwachte von einem mächtigen Klagelaut aus tiefster gequälter Brust begleitet von überirdischem Klingen und Singen. Das war der große Spiegelschrank, der nebenan durchaus von seinem Platz neben dem Bett an die andere Wand geschoben werden mußte.

«Fühlen Sie, wie großzügig und geräumig alles wird und wie gut Ihre Stücke zur Geltung kommen, wenn wir Leonardo tiefer und ‹Spätes Glück› ganz abhängen? Sie müssen wissen, ich halte nichts von solchem Spätem Glück, jede Minute darauf zu warten, ist vertan.»

«Meinen Sie?» seufzte Frau Grantzow. Frau Hanhaus hatte einen empfindlichen Punkt berührt, aber sie machte das stets wie ein guter Arzt, daß es weh und zugleich guttat.

Als Lerner zum Frühstück erschien, das in einem länglichen düsteren Durchgangsraum vor der Küche gedeckt war, lagen auf dem mit Krümeln und gebrauchten Kaffeetassen nicht sehr einladend wirkenden Tisch mehrere schon auseinandergefallene Berliner Zeitungen.

«Großfeuer in Treptow», las Lerner im *Berliner Börsencourier*, «Anilinfabrik in Flammen» hieß es in der *Tagespost*, «Explosion in Treptow» in der *Vossischen Zeitung*. Im *Lokalanzeiger* stand an entsprechender Stelle: «Steht die Erweiterung des Berliner Zoos bevor?»

Lerner durchblätterte das Zeitungswirrsal mit fliegenden Händen. Was er las, stülpte sein Bild von der Wirklichkeit um. Es wurde ihm plötzlich klar, daß er den Brand in Treptow wirklich für ausgeschlossen gehalten hatte. Mit einem einzigen Wort hatte Frau Hanhaus, von ihrem Sturz kaum aufgestanden, regentropfensprühend wie ihr Schirm, jede Möglichkeit eines solchen Brandes in ihm zunichte gemacht. Er war so vor den Kopf geschlagen, daß er nichts hervorbrachte.

Frau Hanhaus frühstückte mit Appetit. Auf ihr Hörnchen fiel ein brauner Tropfen Apfelkrautsirup. Jetzt durfte Lerner von ihrem Sohn erfahren. Sie habe nach ihm geschickt und erwarte Alexander gegen Mittag. Lerner war immer noch vor den Kopf geschlagen. Mochte sie doch eine vielköpfige Sippschaft nachziehen. Seines Bleibens hier war ohnehin nicht länger. Frau Grantzow trat ein, zu Ehren von Frau Hanhaus in einer reich gerüschten Schürze.

«Es ist von der Redaktion antelephoniert worden», sagte sie streng. «Wenn ich gewußt hätte, daß Sie hier sind ...»

«Was haben Sie gesagt?» murmelte Lerner matt.

«Daß Herr Lerner noch in den Federn liegt», antwortete die Wirtin mit einer Treuherzigkeit, als wolle sie Uhlands Gedicht «Vor allem eins, mein Kind, sei treu und wahr ...» aufsagen.

Nun, das machte nun auch nichts mehr. Das Bild, das beim *Lokalanzeiger* von ihm bestand, wurde nur vollständiger. Packte er seine Sachen jetzt gleich, oder vertat er noch ein paar Tage in Berlin? Fuhr er zu Bruder Ferdinand? Wie wurde er dort empfangen?

«Die Zeitungen sind voll», sagte Frau Hanhaus genießerisch. Sie habe, wie jeden Morgen, auch heute schon «die Pressearbeit» geleistet.

«Der Brand in Treptow», sagte Lerner leise und legte

seinen Kopf in die Hände. Es war kein Vorwurf in diesen Worten. Wer wollte in diesem heimtückischen Spiel mit falschen Gewißheiten gegen eine hörnchenfrühstückende Dame Vorwürfe erheben? Die Dämonen waren hier am Werk. Wie eine Billardkugel hatte er einen dämonischen Stoß bekommen, der ihn aus der richtigen Bahn, auf der er sich befand, hinausschleuderte. War er nicht eben noch mit seinen Brandreportagen herzlich unzufrieden? Empfand er sich nicht gestern noch beim *Lokalanzeiger* auf totem Gleis? Jetzt kam es ihm vor, als habe seine Zukunft in dieser Arbeit gelegen. Der Chefredakteur war in der Erinnerung plötzlich viel angenehmer. Ein weltläufiger Mann, hatte doch auch als Lokalreporter angefangen, sprach auch offen davon. Er sehe sich als Kollegen seiner jungen Leute. Dieser Zeitungsdienst war für Lerner jetzt, wo er davon Abschied zu nehmen hatte, eine romantische, geradezu abenteuerliche Tätigkeit. Dieses alarmierte Aufbrechen zu den Katastrophen! Dieses In-die-Tasten-Greifen zur tiefen Nacht! Die zynische Lustigkeit des Reportervölkchens, denen imponierte nichts.

«Wollen Sie hören, was ich hier herausgefunden habe? Ein Aufsatz, der reines Gold wert ist», sagte Frau Hanhaus, ergriff mit großer weißer Hand – sie trug einen Amethyst, der schön zu ihrem braunen Kleid paßte – die raschelnde Zeitung, mit der anderen klappte sie ihre Lorgnette aus.

«Das ist etwas für Sie. Sie werden noch glücklich sein, daß wir heute morgen hier zusammengesessen haben, junger Mann.» Und nun begann sie aus dem Wirtschaftsteil des *Berliner Börsencouriers* einen längeren, nüchtern referierenden Artikel über die Aktivitäten des Deutschen Hochseefischereivereins vorzulesen, mit warmer, sprechgeübter Stimme, leicht dramatischem Tonfall und bedeutungsvollen Blicken, die sie, in kleinen Pausen, Lerner zuwarf, als sei ihr Zuhörer über den Sensationswert der Nachricht schon längst im Bilde.

Es ging – ja worum ging es? Das rauschte an Lerner in seinem versteinerten Unglück weitgehend vorbei. Der Deutsche Hochseefischereiverein tat sich nach neuen Fanggründen für Kabeljau und Goldbarsch um und kreuzte nun auch dort, wo ohnehin die meisten Fangflotten sich herumtrieben, im hohen Norden nämlich, in den unwirtlichen Zonen zwischen Norwegen und dem Nordpol, wo die Inseln oder Eisschollen die drolligsten Namen trugen: Franz-Joseph-Land hieß etwa solch ein verfrorenes Fleckchen, wahrscheinlich größer als ganz Berlin, aber nur von Seehunden und Pinguinen bevölkert. Dort jedenfalls hatte man vom Brand in Treptow nichts gehört, auch nicht vom blamablen Ende eines fixen Reporters. Auf solchen Inseln machten die Fischkutter halt. Dort errichteten sie Vorratsschuppen. Dort trockneten sie Fisch. Dort mußten sie wohl auch überwintern, wenn der Winter zu früh hereinbrach und der Heimweg vom Treibeis abgeschnitten war. Eine dieser Inseln hieß die Bären-Insel. Dort machten offenbar Braunbären oder Grizzly- oder Eisbären den deutschen Fischern Konkurrenz.

«Die herrenlose Bären-Insel», las Frau Hanhaus mit geradezu drohender Betonung – «Merken Sie sich das Wort ‹herrenlos›!» fügte sie mit hochgezogenen Augenbrauen hinzu. Das Wort «herrenlos» kannte Lerner nur im Zusammenhang mit Hunden. Herrenlose Hunde wurden vom Hundefänger eingefangen. Große herrenlose Hunde bekamen die Altwarenhändler für ihre Hundekarren, auf denen sich die alten Zeitungen und die Knochen stapelten. Herrenlos war etwas Unattraktives, Armseliges. Was keinen Herrn besaß, das wollte kein Herr besitzen.

Nein, ganz im Gegenteil. Die Bären-Insel sei herrenlos, weil es zu viele Herren gebe, die daran Interesse anmeldeten, Norwegen, Rußland und England bisher, deren diplomatische Balance jedoch so prekär sei, daß niemand den ersten Schritt wage.

Und warum sollte sich jemand um solch einen Felsen zwischen der Strafgefangeneninsel Nowaja Semlja und Spitzbergen kümmern?

«Das war bis jetzt ein Geheimnis, ist ab jetzt aber keines mehr», sagte Frau Hanhaus mit einer verheißungsvollen Märchenstimme, als lüfte sie dies Geheimnis für ihn ganz allein und habe es nicht der Zeitung entnommen. Bei den Ausschachtungsarbeiten für das Fundament eines der Fischlagerhäuser war man unmittelbar unter einer dünnen Erdschicht auf Kohle gestoßen. Steinkohle vorzüglicher Qualität! Sie hielt vor Erregung den Atem an: Steinkohle.

«Von mir aus Ostereier», rief Theodor Lerner jetzt wütend. Der Panzer der Verzweiflung fiel von ihm ab. Er war zornig. Steinkohle bei den Eisbären. Er habe wahrhaft andere Sorgen.

«Sie waren es, die mich abgehalten hat, nach Treptow zu fahren. Die Anilinfabrik ist ausgebrannt. Das Feuer war erst nach fünf Stunden unter Kontrolle. Ein Feuerwehrmann ist verunglückt. Ein Kessel ist in die Luft geflogen. Die Anwohner mußten die Häuser verlassen. Der ganze Stadtteil Treptow stand auf dem Kopf. Und Sie haben mir erklärt, dort brenne es gar nicht. Woher wußten Sie das? Hat das auch in der Zeitung gestanden? Ich bin Reporter. Ich habe versagt – wegen Ihnen! Sie haben meine Existenz zerstört. Meine Stellung dort war wacklig, aber solch ein Versagen läßt einem Volontär niemand durchgehen – zu Recht. Bitte lassen Sie mich jetzt mit der Kohle von der Eisbäreninsel in Frieden.» Das alles kam sehr scharf und gefährlich. Die Sätze zischten und knallten nur so. Er hatte Lust, Frau Hanhaus den *Berliner Lokalanzeiger* ganz buchstäblich um die vollen, faltenlosen Wangen zu schlagen, genau dieses Blatt mit der Zoo-Meldung, die nur so nach Verlegenheit stank. Was heute morgen in der Redaktion los war, konnte eine solche Frau überhaupt nicht begreifen. Wer war sie eigentlich? Woher nahm sie sich das Recht heraus, Täuschung und Verwirrung in fremde Leben zu tragen?

«Gute Frage!» hätte Lerners alter Onkel mit der weißen Schnurrbartbürste gerufen. Gut war eine Frage, die nicht, oder nicht ohne weiteres zu beantworten war, so hielt es jedenfalls dieser Onkel. Theodor Lerners Zorn hätte für eine lange Tirade, auch für Handgreiflichkeiten ausgereicht. Frau Hanhaus schien das zu wissen, ja zu bewundern. Sie saß da mit vorgewölbter Büste, von festem Lockenwerk umrahmt, und sah ihn offen und herzlich an. Sie war jetzt weder die Frau einer schwachen Minute, wie gestern abend, noch die frische Kameradin. Anerkennung und Würde gingen von ihr aus. Das blieb Lerner selbst in seinem Furor nicht verborgen. Er war neugierig. Das war seine Stärke und seine Schwäche. Was würde sie antworten?

Sie pflichte ihm bei, und zwar in jedem Punkt, begann Frau Hanhaus ihre vom Ausdruck starker Intelligenz und Geistesgegenwart getragene Erwiderung. Was Herr Lerner übersehe – wenn er den Hinweis erlaube –, sei nur, daß es ihr gerade und ausschließlich um seine Position in der Zeitung zu tun sei. Was sie darlegen wolle, sei nicht in einem Wort gesagt, soviel aber jetzt schon: der Aufsatz im *Börsencourier* ziele exakt auf ihn mit seinen Möglichkeiten als Redakteur.

«Das bin ich nicht und werde ich jetzt auch nicht mehr werden!» fuhr er gereizt dazwischen.

«Hoffentlich», antwortete sie überraschend schnell und entschieden. Jetzt streckte sie die Amethysthand in die Luft und ließ den Stein funkeln. Den Zeigefinger der anderen Hand legte sie auf den Daumen.

«Erstens, Ingenieur André ist seit Monaten mit seinem Luftballon im Eismeer verschwunden. Zweitens» – der Zeigefinger kam an die Reihe –, «der *Berliner Lokalanzeiger* braucht Stoff für eine André-Reportage; drittens» – der Mittelfinger –, «auf die Suche nach André gehen Sie; viertens» – der Ringfinger mit dem violetten Stein –, «der *Berliner Lokalanzeiger* chartert Ihnen zu diesem Zweck ein Schiff; fünftens» – der kleine Finger –, «Sie passieren auf der Fahrt die Bären-Insel und nehmen sie in Ihr Eigentum. Sechstens – dafür habe ich keinen Finger –, Sie werden ein neuer Gulbenkian, ein Henckel-Donnersmarck, ein Rockefeller. Sie verlassen jetzt den Frühstückstisch und begeben sich in die Redaktion. Dort legen Sie dem Chefredakteur die ersten vier Punkte dar ...»

Lerner sprang empört auf. Der mit geschnitztem Eichenlaub bekrönte Stuhl drohte umzufallen. «Das ist der reine Wahnsinn.»

Frau Hanhaus schwieg, aber hielt ihn fest im Auge.

3
Schoeps folgt
seiner inneren Stimme

Zu dritt hatten die Studenten sich photographieren lassen: Hartknoch und Quitte lehnten in Sesseln, Schoeps stützte sich auf Hartknochs Schulter, die andere Hand jonglierte die Bernstein-Zigarettenspitze. Orange und Grasgrün, die Farben der Burschenschaft Francofurtia, waren auf Mützchen und Bändern mit Buntstift eingezeichnet.

Kluge Muselmanen fürchten, daß ihnen beim Photographieren die Seele weggefangen wird. Es war, als sei dieses Burschenschafts-Jugend-Bild Beweis für solch eine magisch einfangende und festfrierende Kraft. Wie die drei Herren sich vor der Linse gelümmelt hatten, waren sie aneinander kleben geblieben.

Dabei war aus allen, wie man so sagt, «etwas» geworden. Quitte hatte das elterliche Kaufhaus erheblich vergrößert. Hartknoch war Primarius und gefragter Herzspezialist, Schoeps schließlich Chefredakteur des *Berliner Lokalanzeigers*, eine namhafte Figur des Hauptstadtlebens, anders als seine beiden Freunde nicht verheiratet, mit den kraftvollen Silberfäden im Schnurrbart aber ein gefragter Junggeselle.

Daß einer von ihnen nicht heiratete, entsprach einer nicht weiter fixierten Übereinkunft. Es war einfach bequemer, wenn ein Junggeselle die gemeinsamen Vergnügungen vorbereitete und überwachte. Dem Primarius Hartbloch hätte es nicht angestanden, als Mieter der stillen Wohnung in Zehlendorf aufzutreten, zu der alle drei Herren einen Schlüssel besaßen. Wer in dieser Wohnung untergebracht wurde, der mußte einverstanden und gewärtig sein, daß die drei Herren einzeln oder auch gemeinsam, angemeldet oder unversehens dort eintrafen. In dieser Wohnung herrschte der reinste Kommunismus, wie die drei Herren sich häufig mit herzlichem Gelächter versicherten. Chefredakteur Schoeps hatte als der Literat und Ästhet der drei Burschenschaftler die Ausstattung des verschwiegenen Quartiers übernommen. Von Nordafrika-Reisen mitgebrachte Kelims an den Wänden des Rauchzimmers schufen die Atmosphäre eines düsteren Zeltes. Darin blitzten Messingtabletts und reich gravierte Wasserpfeifen. Dolche in ziselierten Scheiden, ein Kamelsattel, bunte Likörflaschen mit ebenso bunten kleinen Gläsern und voluminöse Kissen waren nach und nach herbeigeschafft worden. Die Ampel warf ein vielfach gebrochenes Licht an die Stuckdecke. Das Fenster blieb meistens verhängt.

Das große Bett im Nebenzimmer hatte eine eigenartige Vorrichtung. An den Bettpfosten schwangen geschweifte Spiegel wie Türen in den Angeln. Wer in diesem Bett lag und die Spiegeltüren hinter sich schloß, dem war, als hätten sich ihm an allen Körperteilen Augen geöffnet, so viel war plötzlich zu sehen. Und wem all die Arme und Beine gehörten, war schon kaum mehr festzustellen. Den drei Burschenschaftlern war an solchem Durcheinander gelegen. Die Zehlendorfer Wohnung mit ihren verhängten Fenstern sollte keine Dauerbewohner, genauer: Bewohnerinnen haben. So war es von Anfang an beschlossen.

So wurde es seit neuestem aber nicht mehr gehalten. Die junge Frau, die gegenwärtig in dem Spiegeltürenbett schlief; schlug häufig die schweren Vorhänge zurück und ließ Licht und Luft in die Zimmer.

«Das ist nicht so gut», sagte Schoeps, als er sie von der Straße her am Fenster sah. Warum sei das nicht so gut? Die Antwort lag nahe, wurde aber nicht ausgesprochen. Der Betrieb in der Zehlendorfer Wohnung beruhte auf dem Unausgesprochenen. Wer sich diesen Regeln nicht fügte, der fand sich aus der schönen Regelmäßigkeit bald ausgeschlossen. Die Entfernung von Frauen, die zeigten, daß sie die Grundbedingungen des Zusammenseins nicht einzuhalten gedachten – die unauffällige Annäherung an die Wohnung und das Verbot, einen der drei Schlüsselinhaber zu bevorzugen oder zu benachteiligen –, oblag Schoeps. Er sorgte dafür, daß Damen das marokkanische Rauchkabinett nur betraten, wenn er etwas gegen sie in der Hand hatte. Es ging nicht darum, irgend jemanden zu irgend etwas zu zwingen, aber die Sicherheit geachteter bürgerlicher Existenzen wollte schließlich auch bedacht sein. Quitte hatte Töchter. Hartknoch stand im Lichte der Öffentlichkeit. Wenn das kleine Gedicht mit der Bitte

«Grüß mich nicht Unter den Linden» nicht längst Volksgut gewesen wäre, hätte Schoeps sein Autor sein mögen. Dies Gedicht war geradezu die Bundeshymne der drei Burschenschaftler. Jetzt aber wollte diese diebische Freude, jenes Triumphgefühl, das mit dem Gedanken an dies Verslein verbunden war, bei Schoeps nicht mehr aufkommen.

Puppa Schmedecke, von Quitte Puppili, von Hartknoch Puppi genannt, war Schoeps Unter den Linden in ihrem gestreiften hellen Frühlingskostüm, das er selbst hatte machen lassen, entgegengekommen, hatte ihn voll ins Auge gefaßt und nicht nur nicht gegrüßt, sondern auch nicht das kleinste Erkennungszeichen gegeben, obwohl er sie flehend ansah und dabei, wie er sich wütend eingestand, wahrscheinlich recht dümmlich wirkte.

Schoeps mußte sich eingestehen, daß ihm die Herrschaft über das reibungslose Kommen und Gehen in der Zehlendorfer Wohnung entglitten war. Er hatte die Zügel dort nicht mehr in der Hand. Und warum? Weil er sich selbst nicht mehr im Griff hatte, wie er voll Bitterkeit dachte, als er Puppa hinterhersah und sie sich nicht ein einziges Mal umdrehte. Noch hatten die anderen Schlüsselinhaber nicht begriffen, was geschehen war – zum Glück – oder zu noch größerem Unglück? Wenn Schoeps wußte, daß Quitte oder Hartknoch soeben in Zehlendorf von ihrem Schlüsselrecht Gebrauch machten, wurde ihm geradezu übel. Das über ein Jahrzehnt gepflegte Vergnügen delikater Schwägerschaft war mit einem Schlag vergangen. Die bloße Erinnerung daran war peinlich und widerwärtig. Entspannung von verantwortungsvoller Tagesmühe hatte das Schlaf- und Rauchkabinett in zeitlosem Ampeldämmern einst verheißen.

Chefredakteur Schoeps verausgabte sich in der Redaktion des *Berliner Lokalanzeigers*. Er war ein ruheloser Chef – nicht geradezu von Einfällen berstend, er glaubte sogar, daß ihm eher wenig einfiel –, aber kritisch und sogar nörgelnd und höchst ungemütlich. Die Methode bestand darin, seine Schreiber derart unter Druck zu setzen, daß dabei gleichsam physikalisch deren Einfälle freigesetzt wurden. Wenn er im Sturmschritt ohne Jackett, mit gesträubtem Haar und einem Bündel schmieriger Druckfahnen ein Redakteursbüro betrat, war es, als halte seine Hand kein raschelndes Papier, sondern ein zuckendes Blitzbündel, um es auf einen unfähigen Knecht zu schleudern. Vernichtend sein Tadel, prunkend sein Lob, aber um Schoeps mit der Sonne in ihrem Auf- und Untergehen, in ihrem Sengen und Wärmen zu vergleichen, hätte der Rhythmus seiner Ab- und Zuwendung mehr Gravitas besitzen müssen. Schoepsens Sonne ging auf und unter wie ein Ball dotzt.

«Berliner Tempo, der Pulsschlag einer neuen Zeit», das wurde in den Redaktionsstuben des *Berliner Lokalanzeigers* weniger stolz als seufzend ausgesprochen. Es kam bei der unablässigen Aufregung auch gar nicht immer soviel heraus. Neuerdings wandten sich sogar kleine Teile des Publikums von Schoepsens Schlachtenlärm ab. Ins Gewicht fiel die Schrumpfung des Abonnements noch nicht, aber bei der Eigentümerfamilie wurden die Augenbrauen zusammengezogen.

Puppa Schmedecke von allen Seiten zu betrachten, von

Puppa Schmedecke von allen Seiten bedrängt und überschwemmt zu sein, das wäre vor kurzem noch Schoepsens Soldatenlohn für den Tagesverdruß gewesen. Neuerdings aber machten sich der Zeitungsärger und eine oft genug bis zur Verzweiflung gesteigerte Unruhe beim Gedanken an Zehlendorf und Puppa gefährliche Konkurrenz. Was nach der Gemeinüberzeugung der drei Burschenschafter niemals hätte eintreten dürfen, war nun eingetreten. Mit den beiden anderen reden kam nicht in Frage – «Lieber den Tod», dachte Chefredakteur Schoeps. Der Tod hatte für ihn, wie er verwundert bemerkte, seinen großen Schrecken verloren. Tod war nicht mehr das Schlimmstvorstellbare. Das Schlimmstvorstellbare war, wenn Puppa Schmedecke sich von einem Augenblick auf den anderen abwandte.

Schoeps staunte über sich. Wenn Puppa viel sprach, bildeten sich Speichelbläschen in ihren Mundwinkeln, was er eigentlich nicht mochte und sogar ein wenig abstoßend fand, und nun sah er diese Bläschen mit dem Wunsch, sie wegzuküssen. Die Frauen, die durch die Zehlendorfer Kabinette zogen, in die eigenen Angelegenheiten, gar den Beruf einzuweihen, war im Kreis der Burschenschafter bis zur Undenkbarkeit verpönt, schon aus Diskretion, aber auch um den Reiz des Doppellebens auszukosten, die künstliche Geschichtslosigkeit im Zeichen der Wollust, aber nun fühlte Schoeps das dringende Bedürfnis, Puppa an seinem Leben draußen teilnehmen zu lassen. Wenn Quitte und Hartknoch gehört hätten, wie ihr alter Freund Redaktionsinterna vor Puppa ausbreitete, das hätte ein Kopfschütteln gegeben.

Aus solchen Geständnissen sollte natürlich die Botschaft sprechen: «Ich behandle dich wie einen Menschen. Ich gehe mit dir wie mit einer Ebenbürtigen um. Ich liefere mich dir ohne Vorbehalt aus.» Verstand Puppa diese Botschaft? Manchmal hörte sie gern zu, nackt im Spiegelkäfig des Bettes oder im japanischen Neglige auf den marokkanischen Polstern. Schoeps fühlte sich vor ihr zur gleichen Dramatik verpflichtet wie vor den Redakteuren. Sie gab längst Ratschläge, und er war für diese Anteilnahme so dankbar, daß er schwor, alles zu befolgen, was sie für richtig hielt.

«In der Redaktion bin ich inzwischen dem offenen Wahnsinn ausgesetzt», erklärte er Puppa. «Der Kerl, der mir den Brand in Treptow vertrödelt hat – eine Katastrophe, deren Ausmaß noch gar nicht richtig abzusehen ist –, rennt mir mit neuen Aberwitzigkeiten die Bude ein. Ich sage: Lerner, was wollen Sie hier noch, verschwinden Sie! Und er antwortet: Jawohl verschwinden, aber an den Nordpol und mit einem Schiff der Zeitung! Ich sage: Ich soll ein Schiff für Sie chartern, Mann? Jawohl, ein Schiff, sagt er.»

«Wieso ein Schiff?» fragte Puppa. Sie interessiert sich, frohlockte Schoeps. So abwegig sei das nicht, antwortete er voll Wichtigkeit und skizzierte das spurlose Verschwinden des unglücklichen Ingenieurs André mit seinem Luftballon. Ein Stoff sei das schon. Material stecke da schon drin. Das habe dieser Möchtegern-Reporter schon richtig gesehen. Aber man werde zum Teufel doch nicht gerade einen Nonvaleur, einen Nutnick, eine Null mit eigenem Schiff in den Norden senden!

Wen aber sonst?

Nun, gewiß nicht diesen Mann. Das kam mit jupiterhafter Wucht aus dem Olymp der Redaktion.

Wußte Puppa, wie sehr ihm das Herz klopfte?

Fragen über Fragen. Erhielt Theodor Lerner sein Schiff schließlich nur, weil Puppa die Friseuse von Frau Hanhaus war? Wurde die Welt gelenkt, wie der kleine Moritz sich das vorstellte, als der Lehrer vom «Unterrockregiment» der französischen Königsmaitressen sprach? Inzwischen war Moritz Schoeps erwachsen. Dankbar dachte er, wie nett Puppa wurde, wenn er tat, was sie befahl.

4

Die Helgoland wird bemannt

Man sagt, Messer Cristóbal Colón habe die Mannschaft seiner *Santa Maria* in den andalusischen Gefängnissen werben müssen. Hidalgos, die Ehre und Vermögen im Spiel verloren hatten, Messerstecher, Duellhansel, Taschendiebe, Vergewaltiger, Pfaffen, die ihr Gelübde gebrochen hatten, hätten sein Schiff vollgemacht. Nun war die *Santa Maria* ein kleines Schiff, kleiner sogar als die allerdings mit Dampfeskraft über die Meere reisende *Helgoland*. So viele Verbrecher, wie die romantische Legende in den niedrigen Gelassen versammelt sehen will, paßten auf diese Nußschale gar nicht darauf, so daß man allenfalls vermuten darf, jeder einzelne Matrose sei wegen mehrerer Verbrechen gesucht gewesen. Es drückte sich in dieser Weigerung der anständigen Bourgeoisie, des sich redlich nährenden Bauernstandes, der frommen Mönche und soliden Landbesitzer, sich auf die Planken eines Schiffleins wie der *Santa Maria* zu begeben, nicht um eine Handelsreise zu machen, Rom zu besuchen, die Seeräuber und Mamelukken aufs Haupt zu schlagen, sondern mit unbekanntem Ziel auf unbekannter Route wahnhaft ins Blaue zu segeln, kein Mangel an Mut, an heroischen Tugenden oder Unternehmungslust aus, sondern nur die schiere Vernunft. Diese Vernunft lehrte, man solle kein sicheres Gut für ein ungewisses aufgeben. Wer ein Landgut, Weib und Kind, eine ordentliche Profession, liebende Eltern, berechtigte Hoffnungen auf ein zu erwartendes Vermögen besaß, mußte ja ein Narr sein, sich auf die *Santa Maria* zu begeben.

So wie dies Vorhaben nun einmal notgedrungen aussah, lockte es niemanden, der einen Ofen, und das heißt Haus und Hof besaß, aus diesem und hinter jenem hervor. Zu diesem Aufbruch ins Unbestimmte fanden sich nur Leute, die etwas Allzubestimmtes hinter sich ließen: das schwarze Elend, die Schande, die Strafe. Da ist es leicht, sich über die Besatzung der *Santa Maria* moralisch zu erheben.

Für die alltäglichen Geschäfte einer Regierung oder eines Handelshauses werden Staat und Familie immer gut beraten sein, sich an bewährte, wohlbekannte, erfahrene Persönlichkeiten zu halten. Nun stellt die Geschichte aber gelegentlich, stets überraschend, neben den üblichen Fall den unüblichen. Ließe sich eine solche erfolgreiche, ehrenwerte, erfahrene Persönlichkeit mit einem solchen Fall ein, so besäße sie nicht die beschriebenen günstigen Eigenschaften. Da der Takt, den die Geschichte anzuschlagen beliebt, jedoch fordert, daß einer das gefährliche und unsichere Werk übernimmt, schöpfen die Nationen in ernster Lage aus einem geheimen Schatz, den jede von ihnen besitzt. Und zwar muß tief geschöpft werden, denn man will an den Bodensatz heran, wo das Gelichter, Bankrotteure, Abenteurer, die Wahnsinnigen, aus dem Amt Gejagten sitzen. Der Reichtum einer Nation an großen Staatsmännern, genialen Kaufleuten und Gelehrten wird stets ergänzt von einem wohlverschlossenen Fundus an Lumpen und Versagern, der in den Stunden der Ungewißheit, des Hasards, der Gefahr aufgeschlossen werden kann.

Frau Hanhaus, die zwar keinen Staat lenkte, sich einer solchen Last aber gewachsen fühlte, war mit dieser Weisheit vertraut, drückte sie aber anders aus. Sie hatte eine Schwäche für Leute, die in der Gesellschaft «gescheiterte Existenzen» genannt werden. Wenn sie von einem General las, der wegen des Rumors sittlicher Verfehlungen aus dem Amt schied, suchte sie im *Handbuch der militärischen Chargen* augenblicklich den Werdegang dieses Mannes zusammen und trat mit ihm in Verbindung. Bankrotte Bankiers, abgewählte Abgeordnete, verurteilte Versicherungsbetrüger, im Streit mit dem Minister entlassene Diplomaten zogen sie förmlich an. Ihre Berechnung war einfach. Diese Leute hatten in Rängen agiert, die ihr sonst unzugänglich waren, weil die Tradition solche Ämter mit kunstvollen Bastionen umgeben hatte. Nun zerstörte der Skandal ihre einst glänzende Herausgehobenheit. An dem einst mit Ehrfurcht betrachteten Standbild durfte nun jeder menschliche Hund das Bein heben. Alle Freunde waren fern. Der einst Gefeierte stand allein und schutzlos da, keinen Verteidiger zur Seite. Und jetzt drang Frau Hanhaus plötzlich leicht zu ihm vor, in sein Sanatorium, sein Exil, seine Jagdhütte, seine Zelle im Untersuchungsgefängnis. Hier hörte er sie an, hier schüttete er ihr sein Herz aus und fand ein nie versiegendes Verständnis.

Aber was brachte dies Trösten und Anhören, während der Gescheiterte in der Ecke stand? Ein gestürzter Mächtiger besaß oft immer noch Möglichkeiten, Dankbarkeit zu zeigen. Manche seiner Verbindungen waren zerrissen, andere ruhten aber nur. Man konnte jetzt nichts für den Unglücklichen tun, verlor ihn aber nicht aus dem Auge und ließ Zeit verstreichen. Wer oben gewesen war, wußte, was oben gespielt wurde. Man konnte ihn ausfragen. Ein einstmals versiegelter Mund sprach jetzt ungehemmt. Frau Hanhaus sammelte Informationen. Oft wuchs aus der beiläufigen Bemerkung eines solchen Cidevant eine faszinierende Geschäftsidee. Manchmal erlebten die Gefallenen eine Auferstehung. Sie waren aus dem Fleisch der Einflußreichen gemacht, das ließ sich nicht auf Dauer unterdrücken. Wenn sie rehabilitiert wurden, waren sie für Frau Hanhaus allerdings verloren, denn dann dachten sie an die Zeit in der Hölle nicht gern zurück und versuchten die Bekanntschaften dort unten zu vergessen. Aber auch in den Zeiten des Unglücks gab es erstaunlich viele Leute, die den Sturz gar nicht mitbekamen und von den Titeln und der im Glanz erworbenen Statur ungestört beeindruckt blieben. Frau Hanhaus fand, daß der Mensch nicht so schlecht sei, wie Sektenprediger oder Philosophen manchmal behaupteten. Man stürzte sich auf fremdes Leid, weidete sich daran, genoß die Schadenfreude in vollen Zügen – das gab es freilich und schön war es nicht. Aber wie viele Leute zeigten auch Mitgefühl und wieviel mehr waren an fremdem Auf und Ab einfach desinteressiert, schauten kaum hin und hatten schnell alles vergessen.

Wie schnell überhaupt alles vergessen war! Dafür hatte Frau Hanhaus, auch in ihrem eigenen Leben, schon wundersame Bestätigungen erfahren. Sie selbst war es, die leicht vergaß, Kränkungen ohnehin, die brauchte sie gar nicht zu vergessen, die nahm sie gar nicht erst zur Kenntnis.

Als es darum ging, das Rettungsexpeditions-Corps auf der Helgoland für die Suche nach Ingenieur André zusammenzustellen, mußte sie aber dennoch ein wenig ihr Gedächtnis bemühen. Chefredakteur Schoeps war nun gewonnen, er drängte sogar, damit Ingenieur André nicht, während man sich in Vorbereitungen erging und alles gar nicht gründlich genug bedenken konnte, allein nach Hause fand. Herr Schoeps hatte, was nahelag, zunächst die Vorstellung, noch andere Herren aus der Redaktion des Berliner Lokalanzeigers in den hohen Norden zu senden. Er dachte vor allem auch an Photographen und Zeichner, um das Anschauungsbedürfnis der Abonnenten zu stillen.

«Wenn wir solche von Schoeps abhängigen Lichtbildner und Zeichner auf die Helgoland lassen, holen wir uns die Meuterei an Bord. Wie erklären Sie solchen Leuten, daß es uns um die Bären-Insel geht – denn der großartige Ingenieur André ist, wie sich jeder hier mit einer Zeitung in der Hand schon sagen kann, längst vom Eisbären gefressen und jedenfalls in sehr reduziertem, nicht mehr rettungsfähigem Zustand.» Zum Glück war der bereitstehende Photograph, ein gewisser Knecht, nicht seefest und schauderte bei dem Gedanken, wochenlangem Geschaukel ausgesetzt zu sein. Ein gewisser Malkowski drängte sich der Expedition geradezu auf, sowie das Vorhaben in der Zeitung herum war, aber Schoeps schätzte ihn nicht.

«Bei Malkowski sieht der Nordpol aus wie die Sahara», sagte er abfällig und vergaß dabei, daß das bei vielen, ja, den meisten Photographen so sein würde. Das gewellte Weiß von Schnee und Sand ähnelte sich gerade auf größere Distanz verflixt, da halfen nur geschickt ins Bild gebrachte Kamele oder Schlittenhunde bei der Zuordnung der Bilder. Es war ein Glück, daß im *Lokalanzeiger* unversehens Eifersucht entstand. Alle möglichen Leute kamen plötzlich auf den Einfall, bei der Suche Andres unentbehrlich zu sein. Daß manche davon erheblich besser schrieben als Lerner, änderte nicht, daß sie sich durch ihren Eifer gegenseitig blockierten. Schließlich war Chefredakteur Schoeps froh, daß niemand aus der Zeitung mitfuhr, denn Lerner war nicht einmal Redakteur, es war eine Art Sonderauftrag und griff in das Gefüge in Berlin nicht ein, und wenn Lerner sich bewährte, dann konnte man weitersehen. Zusagen für die Zukunft wurden ganz ausdrücklich nicht gemacht.

Als Photographen zauberte Frau Hanhaus einen mürrischen schnurrbärtigen Junggesellen hervor, dessen Bekanntschaft sie gemacht hatte, als sie versuchte, gewisse Sonderposten aus den belgischen Zinngruben im Kongo zu verkaufen. Möllmann, so hieß der Ingenieur, hatte mehrere Jahre im Kongo gelebt und war ohne Vermögen, dafür aber trunksüchtig zurückgekehrt. In Redefluß, und zwar übellaunigen, geriet er nur, wenn er ein paar Flaschen, gleichgültig wovon, geleert hatte. Er vertrug sehr viel. Von Frau Hanhaus hatte er eine Photographie gemacht, die sie in der für sie vorteilhaftesten Haltung, in einem Korbsessel lehnend, zeigte. Er photographierte aus Neigung und besaß eine große Sammlung von Bildern barbusiger kongolesischer Damen, aus der er wohl auch verkaufte. Nie ruhte ein freudloserer Sammlerblick als der seine auf einer solchen Bildfolge. Bei Möllmann glaubte man, daß ihn nur das technische Moment des gesamten Photographiervorganges bewegte. Wenn er mit dem Kopf unter dem schwarzen Tuch verschwand, verließ er die Welt und verbarg sich in einem dunklen Brunnen, den das kreisrunde Tageslichtlein am Ende nur schwach erleuchtete. Auf Bilder, die da entstehen mochten, kam es ihm anscheinend überhaupt nicht an.

«Das Ideale an Möllmann», sagte Frau Hanhaus, nachdem sie ihn mit Lerner in einem Kaffeehaus zusammengebracht hatte – Möllmann mißfiel Lerner auf den ersten Blick, Lerner hingegen war Möllmann, wie gleichfalls zu erkennen war, höchst gleichgültig –, «das Ideale an Möllmann: er ist Bergbauingenieur und kann photographieren. Wir sparen auf der kleinen *Helgoland* einen ganzen Mann, wenn wir ihn nehmen. Außerdem ist er frei und froh, wenn er ein paar Kröten verdient.» Die würdige Frau Hanhaus überraschte durch den Gebrauch von Jargonausdrücken für Geld, auch Mäuse, Kies und Pusemanke fielen, aber nur für die lästigerweise benötigten Alltagsbeträge, nie für den herrlichen, außerordentlichen Gewinn, der am Ende allen Wirkens stand. Daß Möllmann durch irgend etwas froh zu machen sei, war unwahrscheinlich. Lerner vermutete, daß es der dichte, über die Oberlippe hängende Schnurrbart war, der schwammartig allen Freudenüberfluß vor Möllmanns Nase aufsaugte. In diesem übermäßig genährten Bart hing nicht nur der Morgenkaffee, sondern wohl auch vieles von den Eindrücken, die nicht in Möllmanns Geist gelangten.

Nun aber der Kapitän, der wichtigste Mann, dessen man sich sicher sein mußte, wenn das Abweichen von den dünnen Spuren des Ingenieurs André ohne Friktionen verlaufen sollte. Da hatte Frau Hanhaus einen Herrn in petto, der in allem das Gegenteil Möllmanns war. Korvettenkapitän a. D. Hugo Rüdiger hatte keinen Schnurrbart, sondern einen zweizipfligen Vollbart, der gleichsam ein großes W formte, das Monogramm des Kaisers, die Krone darüber bildete Rüdigers ausdrucksvolles, niemals unbewegtes Gesicht. Wo Möllmann schwieg, sprach Rüdiger. Wo Möllmann stumpf war, war Rüdiger reizbar. Und diese Reizbarkeit war es, die ihn um seine Korvette und seinen soldatischen Beruf gebracht hatte, obwohl er mit allen Fasern daran hing. Das tat einen Schrei in seinem ganzen Leib, als er von diesem Beruf getrennt wurde, wie man beim Zerreißen von Seide vom «Seidenschrei» spricht. Wie aber war ein Mann, dessen Reizbarkeit seinem Lebensglück das Bein gestellt hatte, überhaupt die steile Offiziersleiter hinaufgeklettert? Auf deren unteren Stufen sind Wutausbrüche, Jähzornsanfälle, Haßtiraden, cholerische Zustände und ähnliche Entrücktheiten dem Fortkommen keineswegs förderlich, vielmehr werden Selbstverleugnung, Schweigen, Disziplin, klagloses Hinnehmen von Ungerechtigkeiten als Standestugenden erwartet. Die schrankenlose Beredsamkeit und die zu Heftigkeit führende Überempfindlichkeit hatten sich bei Kapitän Rüdiger denn auch erst spät entwickelt, zunächst nur im Häuslichen, bis Frau Korvettenkapitän Rüdiger die gemeinsame Wohnung verließ und in ihr Elternhaus zurückkehrte, daraufhin aber ganz entschieden und kraftvoll auch im Dienst. Es gab Stimmen, die behaupteten, Korvettenkapitän Rüdiger sei verrückt geworden. Das Kommando auf der *Helgoland* nahm er an, als sei sie das Flaggschiff der Kaiserlichen Flotte. Das Vorhaben, das Frau Hanhaus ihm behutsam entschleierte, erregte ihn, obwohl er hier seltsam verschwiegen blieb. Lerner war für ihn keine ernstzunehmende Größe. Kapitän Rüdiger hingegen weckte in Lerner die Erinnerung an die Angst, die ihm als Knabe der Nikolaus eingejagt hatte.

5

Spiele beim Warten

Das Geschäft des Kaufmanns ist das Warten. Wir werden fürs Warten bezahlt. Kaufleute sind Angler», sagte Frau Hanhaus in den bangen Tagen des Wartens, in denen alles dem Aufbruch entgegenfieberte, die *Helgoland* aber immer noch auf dem Trockendock lag. Das Schiff sei doch hinfälliger als zunächst vermutet, hörte man. Kapitän Rüdiger hielt jedenfalls für erforderlich, was da in größter Hast noch täglich zusammengezimmert, geschraubt und lackiert wurde. Trotz ihrer Gelassenheit äußerte Frau Hanhaus auch Ungeduld, hinter der vorgehaltenen Hand natürlich. «Die Herrschaften tun so, als wollten wir im Eismeer überwintern.» Daß man das keinesfalls vorhatte, durfte aber nicht herausposaunt werden. Dennoch begann sie in der «Verpuppungsphase», wie sie sagte, Financiers aufmerksam zu machen, als ob ihre Hand schon auf der Bären-Insel liege. Wenn sie Bilanz machte, sah die Lage des Bären-Insel-Unternehmens, das sich soeben formte, glänzend aus. Diesen Eindruck faßte sie in Worte, die Lerners Phantasie beflügelten. «Es ist so viel dummes Geld in der Welt, man muß sich nur bücken, um es aufzuheben.» Dummes Geld – das war eine wundervolle Vorstellung. Lerner dachte an langsame und wehrlose Schweine bei diesem «dummen Geld». Man trieb sie mit einer Gerte zusammen. Zartrosa und schüchtern ließen sie alles mit sich machen. Sein Entzücken ließ ihn vergessen, wie sehr er sich gerade über Frau Hanhaus geärgert hatte. Es lag nahe, daß er ihr vom Vetter Valentin Neukirch erzählte, seiner «Prahlverwandtschaft», wie die Brüder Lerner diesen Mann nannten, der Bergwerksdirektor in Zwickau war. Für die Fragen, die sich bei der Kohleförderung auf der Bären-Insel ergaben, war Vetter Neukirchs Rat gewiß unschätzbar. Es war aber auch möglich, daß er sich geschäftlich für das Unternehmen engagierte, wenn er ihm Chancen gab. Lerner aber durfte sich seinem Vetter nur mit soliden Fakten nähern, nicht mit Plänen. Ein Plan von Vetter Theodor war für Vetter Neukirch ein rotes Tuch. Und tatsächlich hatte der Vetter bei der bloßen Nennung von Theodor Lerners Namen giftige Bemerkungen gemacht, als Frau Hanhaus, ohne ihrem Compagnon ein Wort zu sagen, in Zwickau anrief. Ihr Anruf bei Vetter Neukirch war eine Warnung. Solche Aktionen waren kein böser Wille bei ihr. Ihr Kopf war so voller Pläne, daß es nie genügend Realisatoren geben konnte. Wenn sie einen fand, wollte sie ihm möglichst viel von dem, was ihr durch den Kopf ging, aufladen. Hätten die Leute mit Geld ein gewisses Ingenium besessen, dann wäre ihnen auch Frau Hanhausens Geist aufgegangen. Sie hätten erkannt, was sie bot, und hätten dieses Denk- und Kombinationsvermögen in den eigenen Dienst gestellt. Die Dummheit des Geldes übertrug sich zwar auf seine Eigentümer. Die waren aber leider keine langsamen und verwirrten Schweine, sondern fliegen- oder eidechsenartig. Sie witschten bei geringen Irritationen nur so davon. Reiche Leute stoben bei der kleinsten falschen Bemerkung in alle Richtungen auseinander, Argumenten und vernünftigen Vorstellungen fliegenhaft unzugänglich. Am sichersten jagte man reiche Leute in die Flucht, wenn man sie Verdacht schöpfen ließ, der Mann mit den brillanten Geschäftsideen sei selbst knapp bei Kasse. Manchmal konnte man diesen Eindruck nicht vermeiden. Lerner klagte Frau Hanhaus nicht an. Würdevoller und selbstsicherer konnte man nicht auftreten. Vielleicht machte nur die leichte Unruhe, wenn gar so viel und so schnell ins Werk gesetzt werden sollte, argwöhnisch. Frau Hanhaus behauptete, es sei immer wichtig, einen Kunden unter Termindruck zu setzen. Wer wirklich etwas erreichen wolle, müsse die Leute morgens um sieben Uhr im Hotelzimmer, auf gepacktem Koffer sitzend, empfangen. Das Hauptkunststück bestand darin, eine solche Verabredung überhaupt zustande zu bringen. Es war mit dem Unter-Druck-Setzen gewiß alles richtig, Lerner wollte nicht daran herumkritisieren. Aber versprach eine betonte Ruhe, ein scheinbares Die-Dinge-treiben-Lassen nicht womöglich genausoviel Erfolg wie der aufgeregte Druck?

«Das können Sie immer noch entscheiden, uns drängt ja nichts, und wenn es diesmal nichts wird, dann vielleicht beim nächsten Mal», das mußte man sagen können, in heiterster Gelassenheit, auch wenn einem die geschliffene Sichel der Gläubiger schon um den Hals lag. Frau Hanhaus konnte das doch eigentlich: eine Bärenruhe bewahren, wenn anderen die Hände flogen. Man hatte sie eben nur nie im Griff. Sie war unbeherrschbar. Wer sie unter Vertrag nahm, konnte nur Teile ihres Bewußtseins damit fesseln. Die übrigen blieben frei und summten wie die Hummeln.

Beim Warten gab es keine bessere Gesellschaft als Frau Hanhaus. Sie war keine Leidensgenossin, sie war zum bloßen Warten gänzlich unfähig. Leere Zeit kannte ihr Gehirn nicht. Wenn sie erkannte, daß im Augenblick nichts weiter in einer Sache zu tun war, wandte sie sich augenblicklich der nächsten zu. Wenn es eine nächste nicht gab, erfand sie eine. Niemals hatte sie eine Zeitung ohne Gewinn aufgeschlagen. Lerner löste manchmal Kreuzworträtsel. Solch eine Verschwendung der Geisteskraft tadelte sie strenger als unnötige Ausgaben.

Da saßen sie in einem geräumigen kahlen Kaffeehaus. Lerner war längst bei kleinen Weinbrandgläschen angekommen und blickte in einen Riesenspiegel, in dem ihm der eigene Anblick schon seit Stunden nicht mehr jene unschuldige Freude erzeugte, die ihm sein Spiegelbild bei unwillkürlichen Blicken darauf sonst bereitete. Frau Hanhaus hingegen arbeitete den Zeitungsstoß, den der Kellner gebracht hatte, mit gerunzelter Stirn und unter Zuhilfenahme ihrer Lorgnette durch, als erfülle sie damit einen Auftrag.

«Das Militär putscht in Guatemala», las sie stirnrunzelnd. «Präsident Gomez unter Hausarrest. Gefechte in den Provinzen.»

Lerner sah sie an. Guatemala war weit weg. «Es ist mir egal, was in Guatemala geschieht», sagte er mürrisch. Aber Alexander war schon mit der Anweisung losgeschickt, die Telephonnummern der wichtigsten Delikatessengeschäfte zusammenzutragen. Frau Hanhaus erhob sich, ihr Kleid rauschte, die Bank ächzte. Sie umfuhr, so schien es, ohne die Füße zu bewegen, die kleinen Tische in runden Schwüngen. Ihr Kopf mit der reichen weißgrauen Frisur war in den Nacken gelegt. Niemals hätte man für möglich gehalten, daß der hölzerne Schrein, in dem das Telephon hing, diese Erscheinung vollständig verschluckte. Oder lag hinter der Zellentür ein weiter Saal? Die Tür schloß sich hinter ihr. Als sie zurückkehrte, glühten ihre Wangen, denn es war heiß in der Zelle.

Sei dort Firma Schepeler? habe sie gefragt. Was man bei Schepeler zu der Katastrophe in Guatemala sage? Man habe noch gar nicht gelesen? Der Kaffee-Export sei fürs erste gesperrt. Die neue Regierung lege ihre Hand darauf. Sie wolle überprüfen, wie das bisher gelaufen sei. Herren Schepeler sollten bloß nicht ihrem Bremer Großhändler glauben. Der wisse noch nicht, was wirklich los sei. Glücklicherweise habe sie, Frau Hanhaus, eine ganze Schiffsladung des besten Hochland-Qualitätskaffees, große Bohne, für London bestimmt, an Hand bekommen. Wer sich jetzt schnell etwas davon sichere, stehe in vier Wochen gut da. Und so ging das in einem fort, in eindringlichster Rhetorik, unwiderstehlich. Frau Hanhaus brach jetzt auf.

«Haben Sie denn den Kaffee?» fragte Lerner ungläubig.

«Dummerchen, bevor ich mich um eine Ware kümmere, muß ich sie doch erst mal abgesetzt haben», sagte sie streng. Was aus diesem revolutionsumgehenden Kaffeegeschäft schließlich wurde, erfuhr Lerner nie. Manchmal gelangen solche Sachen. Diese hier hatte sie nur zum Zeitvertreib begonnen. Sie übte, indem sie telephonierte. Das Einreden und Aufschwatzen mußte zur zweiten Natur werden. Dem Gegenüber mußte selbst sein abschließendes «Nein» noch aus der Erinnerung geschwatzt werden, denn die Leute durften sich nicht an den Gedanken gewöhnen, daß sie sich durchgesetzt hatten. So unterhaltsam war es, wenn Frau Hanhaus auf eine Entscheidung wartete.

Mit Kapitän Rüdiger hingegen wurde das Warten zu einer Prüfung. Lerner verlor erst seine Angst und dann die Geduld. Mit näselnder Stimme, in unnachsichtiger Pedanterie zählte der Kapitän unablässig alle Risiken auf, deren es wahrlich genug gab, um schwach zu werden. Ein Militär war eben kein Kaufmann. Seltsamerweise fehlten einem Militär Wagemut und Unbedenklichkeit. Wo waren denn die Korsareneigenschaften, die ein solcher, wenn auch abgehalfterter Marinemann doch schließlich auch besitzen mußte? Militärs waren sicherheitsbesessen. Am allersichersten, höhnte Theodor Lerner, sei ein Schlachtschiff immer noch, wenn es den Hafen nicht verließ. Keineswegs, widersprach Rüdiger, ganze Flotten seien schon in den Docks zerstört worden.

«Woher wissen Sie genau, daß Herren Ganzat & Cie sich für unsere Expedition interessieren?» fragte Rüdiger, nachdem er seine Eier im Glas gegessen hatte. «Werden Herren Burchard und Knöhr denn wirklich heute anrufen? Wollten sie nicht gestern schon angerufen haben? Sagten Sie nicht, daß mit dem deutschen Konsul in Tromsö alles abgesprochen ist? Ich habe als Offizier einen Ruf zu verlieren. Für die nationale Sache stehe ich immer zur Verfügung, aber ich bestehe auf korrektem Ablauf.»

Weniger gefährlich, aber ebenso unerträglich waren seine historischen Reminiszenzen. Dazu gehörte aber nicht die Frage, warum er die Marine verlassen hatte. Er besaß so gar keine Bereitschaft, an seine vergangenen Beziehungen anzuknüpfen. Ein pensionierter Offizier, ohne Geld, aber erstaunlicherweise auch ohne Schulden. Der zweizipflige, dem Schwanz der Gabelweihe ähnliche Tirpitzbart lag jetzt auf einem stets dunkelblauen Zivilanzug. Der Kopf war kahl, als solle hier ganz deutlich der Ort bezeichnet werden, auf den die Kapitänsmütze gehörte. Und wenn er seine ängstlichen, kommende Illoyalität ankündigenden und rechtfertigenden Fragen einmal nicht stellte, beschrieb er alte Seeschlachten. Trafalgar und Abukir und die Armada und Kopenhagen wurden am Kaffeetischchen aufs neue durchgespielt.

«Wissen Sie, was die Schlacht von Salamis und die Schlacht von Lepanto gemeinsam haben?» fragte Rüdiger, nachdem er die Stimmung Lerners mit Fragen, die niemand beantworten konnte, gründlich verdorben hatte. «Beide Seeschlachten fanden in Griechenland statt. Beide Schlachten waren Kämpfe des Ostens gegen den Westen. Beide Male kämpfte der Osten gegen eine Koalition.

Beide Male stellte sich der Westen unter den Schutz einer jungfräulichen Gottheit – das Palladium und die Rosenkranz- Madonna. In beiden Schlachten fochten die beiden bedeutendsten Dichter der Zeit: Aischylos und Cervantes. Beide Heerführer des Westens waren unehelich geboren – Themistoldes und Don Juan d'Austria. Beide Heerführer wurden nach ihren Siegen abgesetzt. Beide wollten Reiche im Osten gründen. Beide wurden vergiftet.» Der Kapitän sprach mit immer größerem Eifer. Jeden Punkt hackte er mit der Handkante auf das Marmortischchen, daß die Tassen schepperten. Die nasse rosa Unterlippe inmitten des üppigen Haarpelzes sah geradezu unanständig aus. Lerner kannte keinen der Namen, die da auf die Tischplatte gehackt wurden. Das Faß seiner Geduld war jetzt bis zum Überlaufen gefüllt. Der Kapitän sah ihn erwartungsvoll an.

«Und was folgt daraus?» Das war scharf gesprochen. Der Kapitän stutzte. «Was folgt aus all dem, was Sie mir da vorgebetet haben? Gut, es gibt da also diese Symmetrien, aber was bedeuten sie? Hat das, was Sie da entdeckt haben wollen, irgendeine faßbare Bedeutung?» Die ganze Abneigung Lerners kochte nun auf. Der Kapitän schwieg verwirrt. Er war noch vom Stolz über seinen Fund geblendet und stand Lerners Angriff waffenlos gegenüber.

«Ich weiß es nicht», sagte er leise.

6

Am Rand
der Wasserwüste

In der Nacht vor dem Auslaufen der *Helgoland* lag Theodor Lerner im Gasthof «Zur Hansekogge» in Geestemünde in einem Bett, das so klamm war, als wollten die unbelebten Dinge ihn auf festem Boden ein letztes Mal warnen, bevor er sich auf wochenlange Fahrt ins Naß- und Beinkalte begab. Aber wie sein gesunder Blutkreislauf das Mißbehagen in diesem Gasthofbett bald überwand, schob er auch, was es an Vorzeichen geben mochte, entschlossen aus seinen Gedanken heraus. Lerner war sehr müde. Die Aufregungen der letzten Zeit hatten ihm den Schlaf geraubt. Aber nun war der Aufbruch da. Die Fahrt ins Ungewisse war eine Befreiung. Nun war, als böten die «Eis- und Wasserwüsten», wie Schoeps in seinen Artikeln über die Aussendung der *Helgoland* schrieb, eine frostige, aber sichere Zuflucht vor den erwartungsvollen Gesichtern, die ihn umgaben, und dazu gehörte auch Frau Hanhaus, die diese überraschenden Perspektiven geöffnet, damit zugleich aber Beängstigendes und Gefahrvolles in sein Leben eingelassen hatte. Wundersam war die Wandlung von Chefredakteur Schoeps. Die ganze Skala von galliger Verachtung bis zu erregter Hochschätzung hatte der impulsive, cholerisch-melancholische Mann in kürzester Zeit ausgeschritten. Aus einem wegen ansteckender Dummheit Unberührbaren war Lerner zur Hoffnung der Redaktion geworden.

Chefredakteur Schoeps, ohne Jackett wegen der durch Reibung seiner Ideen erzeugten inneren Hitze, stellte sich, wie stets bei Regierungserklärungen, im Konferenzzimmer unter dem Portrait des Zeitungsgründers auf: Geheimrat F. A. C. Pfannkuch trat im Goldrahmen aus tizianischem Dunkel mit einem Büchlein hervor wie ein Pastor mit selbstverlegten Predigten. Schoeps verkündete, ein historischer Augenblick sei gekommen. Seit Gründung des Kaiserreichs sei die Bedeutung des gesamten Pressewesens in einem für Deutschland bis dahin unvorstellbaren Ausmaß gewachsen. Die Presse nehme jetzt in Deutschland eine Position ein, die mit den Vorreitern der Zeitungsmacht, England und Frankreich, vergleichbar sei, ja, sie in mancher Hinsicht schon übertreffe. Völlig zu Recht spreche man von der Presse inzwischen als der vierten Gewalt im Staat, und wenn man auch noch weit davon entfernt sei, diese Rolle in den Konstitutionsdokumenten aufzuführen, so geschehe den Fakten dadurch kein Abbruch. Verfassungspositionen würden in der Geschichte nicht durch Entschließungen geschaffen, sie wüchsen vielmehr aus eigener Kraft und würden schließlich lediglich bestätigt.

«Verzeihen Sie, meine Herren», sagte Chefredakteur

Schoeps unter Pfannkuchs Portrait – es war, als spreche das schwarze Ölbild des Gründers durch den gestenreich und eindringlich argumentierenden Schoeps, der sich auf Kniehöhe des Geheimrats befand –, «daß ich am Vorabend des Auslaufens der *Helgoland* tief ins Grundsätzliche aushole und einen Blick nach vorn wage, so kühn wie die kleine Mannschaft unter unserem Kollegen Herrn Theodor Lerner, die dabei ist, die Grenzen der besiedelten Erde hinter sich zu lassen. Warum wagt sie das? Aus Gründen der Humanität. Ingenieur André hat sich in seiner gefahrvollen Luftfahrt unser aller Schicksal zu eigen gemacht – tua res agitur, sagten die alten, in puncto Erfahrung uns immer noch vorbildlichen Römer. Wer diese Erfahrung ausweiten will und damit Neuland betritt, den dürfen wir in seinem Scheitern nicht allein lassen, denn es ist ein vorläufiges Scheitern. Die Bastionen der Unwissenheit wanken, und die jüngeren Herren in diesem Zimmer – ich rechne mich, mit Verlaub, unter sie – werden sie noch einstürzen sehen. Ein zweiter Aspekt der Unternehmung des Herrn Lerner betrifft aber die Presse unmittelbar und zwar besonders ihre Freiheit. Freiheit von äußerem Druck haben wir erreicht. Niemals bisher ist deutsche Presse so frei gewesen. Im Innern sieht es anders aus, das wissen Sie alle. Da herrscht Abhängigkeit, Not und ein Getriebensein von Tag zu Tag. Sie wissen, daß wir in den letzten Monaten wehrlos dem Abzug von über dreihundert Abonnenten zusehen mußten. Die angeblich so freie Presse ist eine Sklavin des Tages und seiner Ereignisse. Wie kann jemand frei genannt werden, der gelähmt auf äußere, von ihm unbeeinflußbare Signale warten muß, um schließlich reagieren zu dürfen? Saure-Gurken-Zeit ist in ihrer harmlosen Lustigkeit die Bezeichnung für etwas höchst Bedrohliches. Ich esse gern saure Gurken» – von seinen Zuhörern erntete Schoeps hier Zustimmung –, «aber die Verfahrenheit, das Tote, Aussichtslose, das den auf hohen Touren laufenden Presseapparat in sich zusammensinken läßt, das habe ich fürchten gelernt.»

Und nun das Neue, das sich in der Ausfahrt des kleinen Fischkutters Helgoland zu verwirklichen beginne, als Tendenz zunächst, die aber bald das Gesicht der Wirklichkeit verändern werde: Die Presse befreie sich vom Joch der Ereignisse in ihrer unplanbaren und uneinschätzbaren Zufälligkeit und erfinde die Ereignisse, die sie berichte, selbst.

«Der Leser begleitet die Suche nach André, sitzt mit im Boot, erlebt das quälende Auf und Ab von Furcht und Hoffnung hautnah. Wir müssen nicht mehr gebannt darauf warten, daß Schneeschmelze oder Wirbelsturm André aus seiner eisigen Gefangenschaft befreien, sondern können über uns und die von uns veranstaltete Suche berichten. Die Fahrt der Helgoland ist für uns in den Berliner Redaktionsstuben wie ein lebendiger Fortsetzungsroman. Wir können sagen: Gewiß, wir suchen Ingenieur André. Aber wir wissen, daß wir das eigentlich Neue schon gefunden haben.»

Schoeps hatte in jungen Jahren gern den sentenziösen Stil des späten Goethe parodiert. Davon geblieben war: «Und so fortan!», mit dem er die Konferenzen, wie auch heute, zu schließen pflegte. Die Herren zeigten höfliche Heiterkeit.

Wenn dies alles für den *Berliner Lokalanzeiger* und die deutsche Presse im Ganzen so unerhört wichtig war, warum reiste Chefredakteur Schoeps dann nicht nach Geestemünde, um dabeizusein, wenn sich der Anker der *Helgoland*, dieses dampfbetriebenen Leitartikels, lichtete? Daß er im Lagerraum des Schiffes herumschnüffeln und dort den großen Haufen von Holzpfählen entdecken würde, stand nicht zu befürchten, und doch war es Lerner viel leichter ums Herz, daß er dem heftigen und beständig von Ingenieur André redenden Mann nicht weiter in die Augen sehen mußte. Eine bombenfeste Souveränität gehört dazu, von morgens bis abends den Leuten ins Gesicht hinein – nun, nicht gerade zu lügen, aber doch die wirklichen Absichten sorgfältig zu verbergen.

«Wenn Ihnen Ingenieur André auf einem Floß in die Quere kommt, werden Sie ihn nicht an Bord nehmen? Wenn Sie ihn auf der Bären-Insel entkräftet, von seinem schlaffen Luftballon notdürftig vor den Unbilden des Wetters geschützt, finden – werden Sie ihn nicht stärken und kleiden und in Ihrer Kabine beherbergen?» fragte Frau Hanhaus. «Sie können sich nicht immerfort bei mir darüber beschweren, daß wir Ingenieur André nicht retten wollen. Natürlich wollen wir ihn retten. Vorausgesetzt, Sie begegnen ihm. Wenn er vernünftig genug war, mit seinem Ballon auf Ihrer Route niederzugehen, dann wird er mit großem Schwung gerettet werden. Wissen Sie, wie groß die Arktis ist? So groß wie Amerika! Und wissen Sie, wie nahe Sie dem eigentlichen Eismeer mit der *Helgoland* kommen dürfen? Nicht zu nahe, lieber Freund. Das müßte sogar

Herr Schoeps in seinem Berliner Büro wissen. Er weiß es im Grunde auch.»

Ja, hätte Schoeps die Helgoland gesehen! Sie war so klein, daß Lerner Furcht bei der Vorstellung empfand, in dieser Nußschale Wochen auf hoher See zubringen zu müssen. Vierzehn Männer sollten in diesem Holzkästchen Tag und Nacht aufeinanderhocken, während es gottserbärmlich schwankte und die Regentropfen sich allmählich in Eismesserchen verwandelten.

Die Schiffe, auf denen Erik der Rote von Norwegen zum amerikanischen «Weinland» vorgestoßen sei, habe man sich erheblich kleiner vorzustellen, «vor allem ohne geheizten Salon!» sagte Kapitän Rüdiger mit der höhnischen Gutgelauntheit des Seebären gegenüber der Landratte. Lerner mußte seine Melone fest in die Stirn drücken, sonst hätte sie der Wind schon am Fischereihafen von Geestemünde davongetragen. Das feste Band aus hartem Filz, das sich helmartig um seine Stirn legte, gab ihm Halt. Ein Zurück gab es nicht, dazu waren zu viele Augen auf das Unternehmen gerichtet. Frau Hanhaus wußte aber, daß sie den jungen Mann, den sie zum Helden ausersehen hatte, nicht zu früh und zu streng prüfen durfte. Lerner ahnte nicht, wer ihm Schoepsens Anblick in diesen Tagen ersparte. Niemals würde er erfahren, daß zu den Patroninnen der Bären-Insel-Expedition ein Fräulein Puppa Schmedecke gehörte. Schoeps war die Reise nach Geestemünde ohne Angabe von Gründen untersagt. Er durfte sich ausmalen, was geschah, wenn er diesem Befehl nicht gehorchte. So schickte er denn ein Telegramm.

Es wurde heftig telegraphiert in diesen Tagen. Der Beamte in Geestemünde, der die Botschaften empfing und weitergab, sah sich unversehens in das Zentrum eines brausenden Geschichtsorkans versetzt. Frau Hanhaus überzeugte Lerner, vom verschlafenen Geestemünde aus das Wort an den Herrn Reichskanzler zu richten. Es ging darum, die Öffentlichkeit und hohe, höchste und allerhöchste Stellen, so ihre Worte, unbestimmt vorzubereiten auf bevorstehende Ereignisse von allgemeinem politischen Interesse, die über die lobenswerte Hilfsaktion für den an seinem Schicksal nicht unschuldigen Ingenieur André weit hinausgingen. Nach André forsche man im menschenleeren Raum, der aber durch beständige Anwesenheit der deutschen Hochseefischerei und durch Volkstumstradition eng mit den Interessen des Deutschen Reiches verbunden sei. Die «Erforschung des europäischen Polarmeeres», wie die Hilfs- und Suchaktion sie mit sich bringe, müsse auch den Handelsvorhaben des deutschen Kaufmannes zugute kommen. Wo der Helfer an Land gehe, dort solle er auch die nach örtlichen Gegebenheiten vorhandenen Früchte ziehen. Welche Früchte wuchsen wohl so nah am ewigen Eis? Frau Hanhaus bestand auf diesen Ausdruck. Lerner fand, die Berliner Exzellenz werde mit den knappen und zugleich weitschweifigen Erklärungen der Depesche geradezu angeherrscht. Wie würde der Herr wohl auf solchen Gruß antworten? Er antwortete gar nicht, jedenfalls nicht bis zur Abfahrt. Als wolle sie Sorge tragen, daß der Kanzler das Dokument auch wirklich zur Kenntnis nahm, übergab es Frau Hanhaus sofort auch «der Presse», nämlich den vier

Reportern, die herbeigeeilt waren. Vielfach vermied man, den *Berliner Lokalanzeiger* allzu willfährig zu unterstützen.

Ein Risiko ging in diesen Tagen von Korvettenkapitän Rüdiger aus. Keinen Tag länger hätte man seinen Mund versiegelt halten können. Daß er etwas Brisantes wußte, was Schoeps nicht wissen durfte, füllte ihn wie mit einem Gas und hätte ihn, so sah Lerner es vor sich, Ingenieur André bald schon nachschweben lassen, wenn es ihn nicht zum Platzen brachte. Mit wildem Blick sah der alte Mann um sich, dämonisch verjüngt, und lächelte anzüglich, wenn die Namen André, Bären-Insel, Spitzbergen oder ähnlich Naheliegendes fielen. Beim Abschiedsbankett in der «Hansekogge», dem Frau Hanhaus und Frau Fretwurst, die Frau des Bürgermeisters von Geestemünde, als einzige Damen beiwohnten, hätte Rüdiger in seiner Festansprache, und wer ihn kannte, bemerkte es, jede Hemmung am liebsten weit von sich geworfen. Bevor er aber, wie Frau Hanhaus, seine Tischnachbarin, rechtzeitig erriet, ein dreifach donnerndes Hurra auf die Bären-Insel ausrufen konnte, machte sie mit ihrem langen Arm eine festliche, weit ausgreifende Bewegung und stieß die vor dem Kapitän stehende Rotweinkaraffe um. Um ihn schwamm es blutig rot. Ein solches Festgeschrei mit großstädtischen Gästen hatte der Gasthof «Zur Hansekogge» lange nicht erlebt.

Während Lerner sich zwischen den feuchten Laken warm zitterte, fielen ihm die Augen zu. Da durfte er die Ernte der vergangenen Tage einsammeln, wie der Traum sie ihm aufbewahrte. Mit Kapitän Rüdiger sah er sich durch Wüstensand schweifen, der von heftigem Wind, der ihnen die Kleider an den Körper preßte, wellenförmig geblasen wurde. Frau Hanhaus, die ja gar nicht mitreisen würde, wie Lerner sich im Traum sehr wohl erinnerte – sie fuhr schon morgen nach Hamburg zu Herren Burchard und Knöhr, um die Zukunft auf ein sicheres Fundament zu setzen –, stand bis zu den Knöcheln im Sand und kam keinen Schritt voran, blieb aber dennoch in ihrer Nähe. Es stand fest, daß sie dem Nordpol entgegenliefen, aber es gab keinen Weg und keinen Steg, und dann erschien am Horizont eine verfallene Stadt, eine Bretterhäuschenansammlung, deren Fenster in den Angeln schwangen. War das schon der Nordpol? Rüdiger antwortete nicht, obwohl er es doch wußte. Das war empörend. Und nun standen in der Ferne Menschen auf, die in den Wellen des Sandes gelegen hatten und kamen auf sie zugelaufen, ein Strom von grauen erschöpften Menschen, die ihnen zuriefen: «Hier ist nichts mehr, hier sind schon alle fort!»

Als die *Helgoland* am nächsten Morgen sehr früh ablegte und die große Gestalt der mit einem Taschentuch winkenden Frau Hanhaus auf der Hafenmole immer kleiner wurde, kamen ihnen zwei Fischkutter entgegen, mit silbernen Haufen zappelnder Fischleiber beladen, die in den weißen Sonnenstrahlen glitzerten. Neidvoll sah Lerner ihnen nach. Sie hatten ihre Beute schon eingefahren.

7
Die schwarzweißroten Pfähle

Von der *Helgoland* aus gesehen glich die Bären-Insel einem kleinen Archipel. Waren dies schon Landzungen der Insel oder vorgelagerte Inselchen? Kapitän Rüdiger hatte seine Seekarte vor sich, ein Dokument neueren Datums. Eine schwedische Expedition hatte die Hafensituation auf der Bären-Insel vermessen. Wenn man den vielen winzigen Zahlen glaubte, die in die Bucht eingezeichnet waren, dann hätte die *Helgoland* dort bequem vor Anker gehen können, aber Rüdiger wollte sich auf Manövrierkunststücke nicht einlassen. Wer wußte, ob die schwedischen Herren nicht doch ein Riff übersehen hatten.

«Dies also ist die Bären-Insel», hätte Lerner in seinem dicken Pelzrock, der auch im Juni hier oben hochwillkommen war, nun denken können angesichts der Ankunft an seinem Schicksalsort. Wie eifrig hatten Frau Hanhaus und er aus den öffentlichen Lesehallen für Frauen und aus der Universitätsbibliothek Literatur herbeigeschafft – wie leidenschaftlich hatten sie erwogen, was bei der Ankunft zu tun sei, was er dann in die Hand zu nehmen habe. Zum Glück hatte Frau Hanhaus Rüdiger derart beeindruckt, daß er bis zur Abfahrt ganz in ihrem Bann stand. Es war bei dem trostlosen Norddeutschen, den man sich da aufhalsen mußte, mit seinem näselnden pommerschen Akzent, eine solche seelische Vereinnahmung nur als eine Art Vereisung vorstellbar, die den sonst unbeugsamen Widerspruchsgeist lahmlegte. Leider ging Frau Hanhaus nicht an Bord, sondern reiste nach dem Aufbruch des Schiffs aus Geestemünde nach Hamburg, um die Fäden an der Heimatfront, wie sie sagte, zu spinnen, in einer für sie bezeichnenden Verbindung von männlich kriegerischen und weiblich friedlichen Redensarten, und so taute Rüdiger denn spürbar auf und war, im Anblick der Bären-Insel, schon beinahe wieder der alte: ein unbeeindruckbarer, in seinem eigentümlich starren Enthusiasmus unlenkbarer Charakter. Lerner wußte schon, daß in Kapitän Rüdigers Denkungsweise nicht einzudringen war. Hatte hier oben irgendeine nennenswerte Seeschlacht stattgefunden, oder betrachtete der Kapitän die örtlichen Gegebenheiten im Hinblick auf ein zukünftiges Gefecht?

Lerner hatte der Bären-Insel entgegengefiebert, und zugleich war ihm bang angesichts seines maßlos kühnen Vorhabens. Nun stand er an der Reling und suchte in seinem fröstelnden Innern nach einer Antwort auf den Anblick, der sich ihm bot. Wie sollte die Bären-Insel eigentlich aussehen? Anders als die Inseln, die sie auf ihrer Fahrt schon so zahlreich gestreift hatten? Bäume, Blumen, Flüsse,

Häuser – das gab es nun einmal hier oben nicht. Deren Abwesenheit bildete schließlich den Grund, warum er in den Norden aufgebrochen war, denn wo Häuser standen, konnte man mit der *Helgoland* wohl kaum Eroberungen machen. Erwartete er vielleicht eine charakteristische Silhouette, ein fremdartiges Gebirge, eine Art Magnetfelsen wie jenen, an dem Sindbads Schiff auseinanderflog? Im geheimen mochte er an so etwas gedacht haben: Bärenhöhlen, ein Felsen wie ein Eisbärkopf, eine gefährlich ruhige Bucht, die Öffnung einer Grotte, ein Eingang zur Unterwelt, in dem die Brandung sich fing und einen schaurigen Lärm machte.

Statt dessen war dies von allen Inseln die reizloseste. Grau war der Stein, aber grau kam ihm auch das verkümmerte krautige Gewächs vor, das sich an diesen Stein klammerte. Es gab schon ein gewisses Auf und Ab der Landschaftslinien, aber ohne jedes Geheimnis. Diese Inselwelt war leichtest zu überblicken. Die schwedische Karte hatte durch ihre Legenden den Eindruck einer gewissen Zivilisation erzeugt, beunruhigend genug für herrenloses Land. Da war von einem «Bürgermeisterhafen» die Rede, eine *stuga*, eine Hütte war eingezeichnet, ein meteorologischer Observationsplatz sollte sich oben auf der Anhöhe befinden und in gewisser Entfernung davon ein Grab. Es war auf der Bären-Insel also schon gestorben und beerdigt worden. Auf diesem felsigen Rücken, der von dunklem Wasser umspült war, mußten solche Zeichen menschlichen Lebens wie die Schleifspuren erscheinen, die die Seevögel mit ihren Schnäbeln an den Felsen hinterließen. Selbst mit dem Fernglas war keine Hütte zu erkennen. Der meteorologische Observationsplatz war wohl ein ideeller Punkt, und der Grabhügel mochte sich längst der toten Umgebung anverwandelt haben. War es Wahnsinn, hierher aufzubrechen, wie er es gleich gefühlt hatte, als Frau Hanhaus das Projekt aufbrachte? Was würde sie sagen, wenn sie dieses Nichts hier vor sich sähe?

Die Angst, die ihn unversehens überfiel, machte ihn zum Philosophen. Ausdruckslosigkeit und offensichtliche Bedeutungslosigkeit waren die Abzeichen des Nichtseins, auch wenn da tonnenweise Materie in der Landschaft herumlag.

«Hier können wir gar nichts mehr machen», sagte Rüdiger, der eisern an seinen Mahlzeiten festhielt, denn es war bald sieben Uhr, obwohl noch hell wie am Mittag. Diese milchige Dauerhelligkeit, die sich niemals wandelte, trug dazu bei, Lerners Mut zu unterminieren, denn er schlief schlecht ohne Dunkelheit und war nun einmal kein Skandinavier, den der Lichtüberfluß nach langer Finsternis vor Glück verrückt macht. Als sie sich in dem hölzernen, von Bullaugen rings umgebenen engen Raum an den Tisch setzten, wo schon der Steuermann und Herr Möllmann sie erwarteten – nach Schiffstradition war dies der «Salon» –, schwieg Lerner, während Rüdiger sich unternehmungslustig die Hände rieb. Er pflegte die Suppe auszugeben, die nun dampfend gebracht wurde.

«Es ist für einen deutschen Seemann ein außergewöhnlicher Augenblick, ein Stück Land für sein Vaterland in Besitz zu nehmen», sagte Rüdiger, während er den Löffel in die Gerstensuppe senkte. In Besitz nehmen, das erschien Lerner, seitdem er dies Stück Land in seiner weit ausgebreiteten Ödheit gesehen hatte, eine schier unausführbare Aufgabe. Wie nahm man etwas in Besitz, wenn man es nicht kaufte, erbte oder geschenkt bekam? Gehörten nicht zwei dazu, um etwas in Besitz zu nehmen, durchaus auch ein Feind, dem der Besitz streitig gemacht und abgenommen werden konnte? Der epileptische Caesar sei in Ägypten zu Boden gefallen, habe geistesgegenwärtig die Arme ausgebreitet, mit den Händen in den Boden gegriffen und gerufen: «Ich halte dich, Afrika.» So hieß es in der Lateinstunde. Enthielten die Anekdoten der toten Römer am Ende doch Rezepte für die Wechselfälle des Lebens? Sollte Lerner sich morgen auf dem Strand der Bären-Insel ausstrecken und sein Land caesarisch umarmen?

War es zur Umkehr zu spät? Konnte man nicht wieder zur Suche Andrés zurückkehren und wenigstens noch etwas guten Willen zeigen? Auch auf der Bären-Insel wäre André ein trauriges Schicksal bereitet gewesen. Sollte er sich etwa von Kohle ernähren? Und wenn es nun gar keine Kohle hier gab? Niemals zuvor hatte Lerner die ganze Macht des Zweifels kennengelernt. Rüdiger sprach wie ein Hausvater, der den Seinen das Essen durch monologisch angelegte Tischreden würzt. Den Männern war der militärische Stil, den Rüdiger pflegte, nicht familiär. An Bord der *Helgoland* wurde nun einmal nicht angetreten. Der Steuermann schwieg ohnehin. Die Änderung des Kurses hatte er nur mit hochgezogenen Augenbrauen quittiert. Solange die Heuer bezahlt wurde, war der Mann bereit, überallhin zu steuern.

Wenn Rüdiger bewegt erzählte, wie Christoph Columbus die Insel Hispaniola betrat, dort vom Schiffskaplan eine Messe lesen ließ, ein Kreuz in den fremden Boden pflanzte und dann in feierlicher Proklamation in den Urwald und das Papageiengekreisch hinein die Insel in ihrer Höhe und Tiefe, Länge und Breite, mit all ihren über- und unterirdischen Schätzen, Städten, Dörfern, Weilern, mit Freien und Sklaven für den König und die Königin von Spanien in Besitz nahm, lauschte auch Möllmann betont gleichgültig. Auf der Helgoland gab es außerdem keinen Schiffskaplan. Statt des Columbus-Kreuzes waren in den vergangenen Tagen die mitgeführten Pfähle vorbereitet worden, indem sie einen schwarzweißroten Lackanstrich erhielten. Ein Mann mit Erfahrung im Schildermalen stellte eine schöne Tafel her, auf Lerners Befehl nicht in Fraktur, sondern in den international üblichen lateinischen Buchstaben. «Privateigentum der deutschen Staatsangehörigen Theodor Lerner und Hugo Rüdiger. 13. Juni 1898». Auf einer zweiten Tafel stand: «Die Erwerbsurkunde dieses in deutschem Eigentum befindlichen Grundstücks ist im Steinhaufen am Strand einzusehen und wird dem Schutz jedes rechtlich Denkenden anheimgestellt.»

Dies alles lag zur Hand. Theodor Lerner erlebte, daß von seinem Willen nichts mehr abhing. Er hätte das Weitere dem ins Zivilleben verstoßenen Soldaten überlassen können. Frau Hanhaus hatte den richtigen Instinkt gehabt, als sie, sehr zu Lerners Verstimmung, behauptete: «Ihr beiden seid ein gutes Gespann.»

Aber wer lenkte dieses Gespann? Lerner legte sich in

seine Koje. Er überließ Rüdiger die Unterhaltung der Tischgesellschaft. Gegen Mitternacht wurden die Stimmen laut. Möllmann gab scharfe Widerworte, die Rüdiger sich verbat. Es war immer noch weißes Licht draußen. Lerner schlummerte ein und verpaßte den schönsten Augenblick, als sich die Sonne über dem Horizont leicht rötete und ein minutenlanges Tauchbad im Meer nahm. Das war die Nacht. Dann war die Sonne schon wieder da. Die weißen Vögel, die in riesigem Schwarm auf dem Inselgestein versammelt saßen, ruckten die Köpfe unter den Flügeln und bewegten die Körper, eine leise Welle ging über sie hinweg.

Ein kräftiges Frühstück mit gebratenem Speck und Kaffee vereinte die Herren nach kurzer Ruhe im Salon. Dann wurden die Boote ins Wasser gelassen. Eines war randvoll mit den schwarzweißroten Stangen und den zwei Ruderern. Im anderen saßen Lerner, Kapitän Rüdiger, Möllmann und zwei Matrosen. Als sie landeten, flogen die Vögel auf. Ein trockenes Geschnatter erfüllte die Luft.

An Land sah die Insel ganz anders aus. Was so flach gewirkt hatte, war nun ein Steilhang. Die Insel war plötzlich groß und unübersichtlich. Lerner fühlte sich von ihrem steinigen Grün wie von einem weiten kratzigen Mantel umfangen. Hinter dem Hügel am Hafen stand nun auch die eingezeichnete Hütte. Viel war von ihr nicht übrig. Das Dach war durchgeknickt, als hätte eine Riesenhand es eingeschlagen. Das zerstörte Holzhaus sah in der kahlen, eigentümlich aufgeräumt wirkenden Landschaft unwirklich aus.

Lerner stieg langsam die Höhe hinan. Von oben gesehen bildeten die kleinen vorgelagerten Inseln regelrechte Hafenbefestigungen, ein Naturhafen mit schmalen felsigen Quais lag unter ihm. Wenn man die beiden äußersten Inselchen miteinander verband, konnten große Lastschiffe hier beladen werden, das sah man deutlich von hier oben. Die Natur hatte dem Kommerz musterhaft zugearbeitet.

Stand man einmal auf der Bären-Insel, erschien sie nicht mehr so ungeformt. In Lerners Rücken erhoben sich weitere Hügel. Die Oberfläche der Insel erschien wie eine gespannte Haut, die etwas verbarg. Er hörte die Steinchen beim Gehen unter seinen Stiefeln knirschen, kompakte und substantielle Geräusche. Die Panik von gestern abend hatte ihn verlassen. Die Bären-Insel gehörte ihm schon. So so, die Schweden nannten diese Bucht den «Bürgermeisterhafen». Einen Bürgermeister würde man, wenn hier erst einmal fünfhundert Mann arbeiteten, vermutlich bald brauchen. Unten am Strand wurden schon die ersten Pfähle eingeschlagen. Die Luft ließ den Hammerschlag präzis-trocken und spielzeughaft gedämpft hinauf in seine Höhen schallen. Nein, nicht die ganze Insel sollte vereinnahmt werden. Das löste vielleicht wirklich politische Verwicklungen aus. So wie Kapitän Rüdiger sich das vorstellte, eine deutsche Kolonie im Eismeer, war das eigentlich wünschenswert?

Am Abend im «Salon» setzten sie auf, was sie ihre «Eigentumserklärung» nannten. «Die südliche Grenze ist am Südrand des Hafenstrandes des Südhafens und geht etwas weiter nach Westen in die Höhe. Von diesem westlichen Endpunkt der Südgrenze, welche eine magnetische Richtung von ungefähr Ost-West hat, geht die Westgrenze nach dem Innern der Insel nach Nord etwa sechshundertfünfzig Meter lang. Die Nordgrenze geht von diesem nördlichen Endpunkt der Westgrenze nach Ost, bis an den Rand des steil zur See abfallenden Uferberges. Die Gestalt des Grundstücks ist also ein Parallelogramm, an welches im Südosten ein ungefähres Dreieck angehängt ist. Das ganze Grundstück wird nach ungefährer Rechnung fünfzig bis sechzig Hektar groß sein.»

Der Kapitän rechnete, mit Schwierigkeit übrigens, die geographischen Positionen aus. Es blieb hell, aber die Sonne verbarg sich. Es war jetzt dicht bewölkt. Eine Abschrift der gemeinsamen Erklärung, von Lerner und Rüdiger unterzeichnet, rollten sie in die Cognacflasche, die sie zur Feier der Eroberung geleert hatten. Möllmann war versöhnt und trank mit. Die Flasche wurde in einen Steinhaufen am Strand eingebaut. Darüber ragte der schwarzweißrote Pfahl mit der Tafel, darauf saß eine Möwe. Wohin man blickte, überall standen die bunten Pfähle, und jeden hatte sich ein weißer Vogel als Sitzplatz erwählt. Die Herren schwankten etwas. Der Kapitän vertrug nicht viel. Beide konnten sich von dem Anblick kaum lösen. Die Augen auf die Bären-Insel gerichtet, ließen sie sich durch ein silberglänzendes Meer zur *Helgoland* zurückrudern.

8

Gefahr
von den Altgäubigen

Der Morgen nach der Eroberung der Bären-Insel – aber kann man von einem Morgen reden, wenn dasselbe weiße Licht wie um Mitternacht herrscht und nur die Uhr den zerschlagen Erwachenden belehrt, wieviel Zeit seit seinem Einschlafen vergangen ist? Lerner zog seinen Pelzrock über den Schlafanzug, so eilig war es ihm, und trat in Pantoffeln hinaus an die Reling, um zur Insel hinüberzusehen, die dunkel in dem hellglänzenden Spiegel lag. Das Volk der Bären-Insel, der Schwarm der weißen Vögel, saß über den ganzen Strand ausgebreitet, erheblich zahlreicher als gestern, und blickte mit tausend Köpfen in dieselbe Richtung, nicht geradezu auf die *Helgoland*, aber dennoch, so war es Theodor Lerner, als erwarte er ihn, um ihm als seinem neuen Herrscher zu huldigen. Wie auf einen Schuß – es war aber nur das ebenmäßige Rauschen von Wind und Wasser in der Luft – erhob sich die unabsehbare Schar und wogte wie ein sich im Wind blähendes Segel über der Insel, bevor sie in alle Richtungen auseinandergetrieben wurde. Und jetzt traten die schwarzweißroten Pfähle unverstellt hervor, bildeten ihren Weg ins Landesinnere und kehrten davon zurück, weit vom Ausgangspunkt entfernt. Die Pfähle waren etwas Objektives. Das hatten Rüdiger und Lerner geleistet. Auf der Bären-Insel war nun nichts wie zuvor. Was sich auf ihr bewegte und wuchs, was in ihren Tiefen schlief und darauf wartete, wieder ans Tageslicht zu treten, das war nun nicht mehr einfach nur so da, das war nun Theodor Lerner zugeordnet, in gewissem Maße auch Korvettenkapitän Hugo Rüdiger, obwohl der eigentlich unverdient, wie Lerner jetzt dachte, an dies Eigentum geraten war.

Lerner war begierig, gleich noch einmal den Fuß auf sein neues Land zu setzen. Es war eben etwas völlig anderes, siebzig Hektar irgendwo in Deutschland, in der Nähe von Frankfurt, in der Wetterau zu besitzen oder einen ebensolchen Teil aus der Bären-Insel geschnitten zu haben. Eine Insel war ein Reich für sich. Das Meer legte sein Glacis um dieses Reich, das von allen anderen Reichen deutlich geschieden war. So reizlos wie gestern sah die Bären-Insel auch gar nicht mehr aus. Lerner hatte lang genug darauf gestanden, war auf ihr herumgeklettert, hatte den Klang ihrer Steine unter seinen Sohlen gehört und ihre Steilküste hinabgeblickt. Sie war jetzt etwas sehr Eigentümliches geworden, ein unverwechselbarer Platz mit Ausdruck. Ihre Hügel besaßen Masse, ihre Abhänge Schroffheit, ihre Ebenen die leichte Wölbung eines Topfdeckels. Verheißungsvoll hohl klang es manchmal, wenn man mit der Zwinge des Spazierstocks auf den Stein stieß. Und die Kohle, die nicht nur die Abgesandten des Hochseefischereivereins entdeckt hatten, sondern auch die schwedische Expedition, der man die Karte der Insel verdankte, und auch eine norwegische Expedition, von der man gelesen hatte, Scharen von gelehrten Herren im Dienste der zweckfreien Wissenschaft, fügte dem Anblick des Eilands noch etwas Unsichtbares, für Lerner aber gerade jetzt höchst Sichtbares, die Phantasie zu kühnen Bildern Beflügelndes hinzu.

Kohle war schließlich nichts anderes als unter mächtigem Druck in vielen Jahrtausenden zusammengepreßtes Holz. Diese Insel war nicht einfach ein Stein im Niemandsland. Sie besaß Geschichte, und zwar eine imposantere als die irgendeiner fragwürdigen Dynastie, und sie hatte Katastrophen erlebt, die weit über Vulkanausbrüche, Hungersnöte und Kriegswirren hinausgingen. Ein tropischer Urwald hatte sich hier erhoben. Riesenpalmen hatten sich hier in lauem Wind schwankend bewegt. Mangobäume hatten ihre Kronen weit ausgebreitet. Von Lianen war jedes herrliche Baumgeschöpf dieses Waldes unentwirrbar mit allen anderen verbunden. Die heutige Kahlheit der Insel war ein Akt unendlicher Tapferkeit. Was über das üppige dampfende Waldesweben hier hinweggewalzt war, hatte das Leben schließlich doch nicht zertrampeln können. In einem höheren kristallinen Zustand, in die Tiefe der Insel versenkt, hatte der Wald überdauert, und über ihm, in einer veränderten Welt unter frostigem Himmel hatten kriechende und kleinblättrige Pflanzen ein zähes Rankenwerk über die Steine gesponnen. Sogar Farben hatten die Blättchen, wenn man sich zu ihnen hinabneigte. Das ledrige feste, von fern steingraue Laub setzte sich aus kohlschwarzen, purpurnen, safrangelben und petrolblauen Blättchen zusammen. Ab und zu entfalteten sich sogar winzige Blütensterne, und das war im Maßstab der Natur nur ein gradueller Unterschied zum untergegangenen Urwald. Die gefräßige Blütenpracht der Vorzeit und die winzigen weißen Sterne ließen gleichermaßen die Bären-Insel erblühen. Man mußte eben nur hinsehen können. Wenn man sich in die Linie der Berge auf der Insel versenkte, erhielten sie Leben, ein Schwingen und Vibrieren. Jetzt etwa wölbte und schob es sich grau aus dem Bärengestein heraus. Die Insel schien sich gähnend zu recken.

Es schob sich tatsächlich grau aus der Insel heraus. Es war gar nicht die Insel, die sich wie im Traum atmend dehnte, wie Lerner einen Augenblick lang geglaubt hatte, es war ein stählerner Schiffsrumpf Ein dunkles stählernes Schiff, von einer Fahne mit Doppeladler überflattert, löste sich aus den Kulissen des Archipels. Auf dem rückwärtigen Deck stand eine Kanone, mit blitzend polierten Messingteilen. Es herrschte geschäftiges Treiben. Weißgekleidete Matrosen rannten hin und her. Das Schiff hatte sich aus der Verbindung mit der Landmasse jetzt völlig gelöst und schwamm in ganzer Größe in Nachbarschaft der *Helgoland*. Mit vielstimmigen Rufen und tiefröhrendem Rasseln wurde der Anker gelöst. Er platschte ins eisklare Wasser. Aus der Ferne klangen die Männerstimmen wie Seevögel, so heiser und hoch.

Rüdiger war neben Lerner getreten, angekleidet, mit sorgfältig gekämmtem Bart, die Kapitänsmütze auf dem kahlen Schädel. Er guckte durch sein Fernrohr und runzelte die Stirn.

«Panzerkreuzer *Swetlana*», sagte er. «Der kommt aus Murmansk. Jetzt heißt es die Säbel schleifen.»

Mit dem Fischdampfer Helgoland nahm das Kriegsschiff in seiner Würde keine Verbindung auf. Ein Boot wurde zu Wasser gelassen. Zwölf Männer, so zählte Rüdiger, sollten offenbar an Land gehen, Offiziere darunter. Sie wurden in strammer Haltung begrüßt.

«Rasieren Sie sich», sagte Rüdiger. «Wir müssen auf unsere Insel, jetzt gilt es.»

Im Auftreten bei Eroberungen und ähnlich ernsten Aktionen hatte das Militär, sagte sich Lerner, einen vielleicht uneinholbaren Vorsprung. Es begann schon bei den Anzügen. Lerner würde den Russen in einem karierten bräunlichen Knickerbocker-Sportanzug gegenübertreten, der zweireihige Pelzrock hatte zwar eine schwache Anlehnung ans Soldatische, aber die Melone, die ihn auch in den hohen Norden begleitete, war gleichsam die Zivilistenkrone schlechthin. Die Russen aber trugen weiße, taillierte Uniformen, blitzende Stiefel und Schirmmützen, die den Mützenrand heiligenscheinartig über dem getrimmten Körper schweben ließen. Im Handumdrehen war auf Befehl der Herren ein Zelt aufgebaut. Man würde den Invasoren in deren eigenem Haus entgegentreten müssen. Kapitän Rüdiger imponierte das wenig. Sein zweischnäbliger Tirpitzbart bot ihm inneren Halt, und außerdem kannte er die militärische Apparatur, dies Gehorsam und Schlagkraft symbolisierende Hin- und Herlaufen der Ordonnanzen, den ganzen hierarchischen Zauber, der Auftritten des Häuptlings Wucht verlieh, und Rüdiger fühlte die Deutsche Kaiserliche Flotte noch immer hinter sich, aus der er, als es dort eigentlich erst richtig losgehen sollte, hatte ausscheiden müssen. War es nicht sinnvoll, für verabschiedete Offiziere eine Analogie zum kanonischen Recht anzunehmen, wonach exkommunizierten Priestern «in articulo mortis», wie es hieß, ihre Amtsbefugnisse wieder zuwachsen konnten? So sah sich Rüdiger jetzt im Angesicht des Feindes vor allem als Offizier, der die Pflicht hatte, vom deutschen Interesse auch fern der Heimat Unheil abzuwenden.

Der russische Kapitän empfing die deutschen Herren liebenswürdig. Klappmöbel waren vor der grauen Zeltwand aufgestellt, die den pfeifenden Wind etwas abhielt. Eine Flasche Cognac stand auch schon bereit. Die russischen Soldaten schwärmten über die Insel, aber der Kapitän wandte sich ruhig und lächelnd seinen Gästen zu. Er hieß Boris Fjodorowitsch Abaca; dies sagte er, mit starkem R-Rollen, auf Deutsch, und es war ein deutsches rollendes R, kein russisches, denn die Mutter des Kapitäns stammte aus Dorpat.

«Korvettenkapitän Rüdiger, Theodor Lerner», antworteten die Deutschen.

«Rüdiger?» fragte der russische Kapitän. Seine Mutter sei bei einer Familie Rüdiger zu Stettin in Pension gewesen. Das seien seine Großeltern, sagte der Korvettenkapitän.

«Darauf müssen wir trinken», rief Kapitän Abaca und entkorkte die Cognacflasche. Rüdiger war in der Stimmung, eine Kriegserklärung auszusprechen und wollte eisig ablehnen, aber Lerner kam ihm zuvor und griff nach dem Glas. Angesichts der Kräfteverhältnisse trat man wohl besser zunächst in ein Gespräch ein. Kapitän Rüdiger mußte, ob ihm danach zumute war oder nicht, von seinen Großeltern berichten. Der russische Kapitän, ein gewichtiger Mann mit blutunterlaufenen, vorgewölbten Augen und trotz der Kühle leicht verschwitztem Haar, lauschte jedem Wort mit innigem Ernst. Auch daß die alten Rüdigers tot seien, war ihm von schwerer Bedeutung. Seine Mutter lebe gleichfalls nicht mehr, sagte er nach einer Weile, während er ins Weite blickte. Lerner hatte kurz die Sorge, Kapitän Abaca werde über den Tod seiner Mutter in einen Wutanfall ausbrechen.

Statt dessen zeigte der Russe mit der schweren, kurzfingrigen Hand auf den Hügel und seufzte. Unerhört sei, was Menschen erdulden müßten. Vor zweihundert Jahren sei hier ein Schiff mit Russen gelandet, von der Murmanküste kommend. Die Bären-Insel sei russisch besiedelt gewesen.

«Das ist ausgeschlossen», bemerkte Kapitän Rüdiger, «die Bären-Insel ist seit eh und je herrenlos.»

Abaca sah ihn an, Übermut regte sich in seinen schweren Zügen. «Wo haben Sie Ihre Korvette gelassen, Herr Kapitän?» fragte er mit amüsiertem Blick.

Er stehe nicht in seiner Eigenschaft als deutscher Offizier vor ihm, eine Eigenschaft, die derzeit ohnehin ruhe, antwortete Rüdiger mit Würde. Gemeinsam mit Lerner habe er gestern siebzig Hektar der Insel zu Eigentum genommen und dieses Eigentum deutscher Staatsbürger mit Pfählen in den deutschen Hoheitsfarben eingezäunt. Unmittelbar vor sich sehe Herr Kapitän Abaca einen solchen Pfahl.

«Ja, ich sehe diesen Pfahl.» Abaca nickte nachdenklich. Was aus diesen Pfählen wohl werde, nachdem er die russische Flagge gehißt habe? «Brennholz?» Das kam geradezu lyrisch-wehmütig. Abaca löste sich aus diesen gefühlvollen Privatheiten und begann gewandt, seine Sicht des Rechtsstandpunktes darzulegen.

«Sehen Sie, verehrte Herren, Herr Kapitän und Euer Hochwohlgeboren» – das galt Lerner –, «überall, wo ein Russe begraben liegt, ist Rußland. Das ist ein uraltes Gesetz. Es gilt freilich nicht, ich ahne Ihren Einwand, für Dresden oder Paris, aber es hat seit eh und je für unsere unmittelbare Einflußsphäre gegolten.»

«Hier gibt es keine Gräber», sagte Lerner dreist gegen sein besseres Wissen, und Rüdiger fügte hinzu: «Unbeschadet, daß wir gegen diese Auffassung entschieden protestieren.»

«Wie soll es keine Gräber geben, wenn doch im Jahre 1687 ein ganzes Schiff von Altgläubigen hierher aufgebrochen ist?» fragte Kapitän Abaca geduldig. «Von der Altgläubigenbucht hierher. Ein Märtyrerschiff. Sie kennen diese Menschen, nicht wahr? Sie verweigerten sich jeder liturgischen Reform, wollten das heilige Kreuzzeichen weiter wie ihre Väter mit zwei Fingern machen» – er fügte

Daumen und Zeigefinger zu einem Schnäbelchen zusammen – «statt mit drei Fingern, wie alle rechtgläubigen Bischöfe in der Reform vorschrieben. Dafür haben sie alles aufgegeben – ihre Dörfer, ihre Häuser, ihre Kirchen, haben keinen Reformpriester geduldet, haben sich bestrafen lassen, ausrauben lassen, deportieren lassen – für einen Finger weniger beim Kreuzzeichen! Sitzen in der Kirche, haben aber keinen Priester mehr, beten und warten, daß ein Engel aus dem Tor der Ikonostase hervorkommt und wie früher betet – mit zwei Fingern beim Kreuzzeichen. Solche gottverdammte, gottverliebte Sturheit.»

«Aber doch nicht auf der Bären-Insel!» rief Lerner.

«Doch, gerade auch hier. Dort oben ist ein Grab.»

Ein Grab! Ein Steinhaufen war das, wie der, in dem die Cognacflasche mit der Urkunde ruhte, und ein Name stand schon gar nicht darauf.

«Ein Altgläubigengrab», nickte der Kapitän Abaca düster. «Welche Menschen! Rußland hat sie gestraft und getreten, aber sie machen noch mit ihren toten gequälten Körpern fremdes Land zu Rußland. Das gibt es nur bei uns.»

«Wie werden Sie feststellen, daß die Knochen unter diesen Steinen, wenn überhaupt welche dort liegen, Russisch sprechen?» fragte Kapitän Rüdiger giftig.

«Bruder», sagte Kapitän Abaca, «unsere Mütter haben sich geliebt.»

Schweigen trat ein. Der Appell an die Liebe lähmte die Kombattanten, ohne die Lage zu klären. Kapitän Abaca hielt die trotzigen Blicke, die auf ihn gerichtet waren, gut aus. Unterdessen bemerkte Lerner, wie zwei Matrosen sich an der Stange, die die Inschrift «Deutsches Privateigentum» trug, zu schaffen machten. Sie umfaßten sie, gingen in die Knie und wollten sie mit gemeinsamer Muskelanstrengung herausreißen.

«Halt!» rief Lerner, «Finger weg!»

Die Soldaten verstanden ihn nicht, richteten sich aber auf und sahen ihn verdutzt an. Kapitän Rüdiger erhob sich mit flammendem Blick. Zwanzig Mann seien auf der *Helgoland* – es waren nur zwölf; aber er log nicht bewußt, die Zwanzig hatte etwas mit dem Rhythmus seines Satzes zu tun – und Kapitän Abaca werde alle widerstandsunfähig machen müssen – deutsche Staatsbürger! –, bevor er Hand an diese Pfähle legen lasse. Das Schweigen, das diesen Worten folgte, galt nicht mehr mütterlich-schwesterlicher Liebe, sondern glich der Windstille unmittelbar vor dem Kriegsausbruch. Kapitän Abaca hob sein Cognacglas, brachte es aber in der Gewalt der herrschenden Spannung nicht an die Lippen. Stettin und die Familie Rüdiger waren nun in die Ohnmacht des zivilen Lebens gedrängt. Der Kapitän blickte zur *Helgoland* hinüber, die in dem gleichmäßigen Licht dieses Albtraums besonders schäbig aussah. Er stellte sein Glas ab und vergrub sein Gesicht in den Händen. Es war gerötet, als er die Hände wieder sinken ließ.

«Ich werde nach neuen Instruktionen fragen. Bis dahin» – er erhob sich – «entschuldigen mich die Herren.»

Rüdiger und Lerner berieten sich flüsternd. Sie entschieden, daß Lerner zurück zur *Helgoland* fuhr, um dem deutschen Konsul in Tromsö einen Funkspruch zu schikken, während Rüdiger auf dem Steinhaufen über der Cognacflasche die Wacht hielt.

9
Internationaler Spannungszustand

Kapitän Rüdiger stand gleichsam in Flammen, als sie Kapitän Abaca mit der berühmten knappen Verneigung, der Höflichkeit von Duellsekundanten, verlassen hatten.

«Dies ist wahrscheinlich der größte Tag meines Lebens», sagte er, als Lerner ins Boot stieg. «Wir sind hier wahrhaft in allerletzter Minute eingetroffen. Wenn Deutschland nun eine neue Provinz erhält – an welchem Faden hat das gehangen.» Seine Stimme zitterte. Lerner ließ ihn ungern allein und drehte sich auf der Fahrt zur *Helgoland* häufig um. Der Kapitän saß stocksteif auf dem Steinhaufen, in dem die Cognacflasche ruhte. Er thronte auf diesem Hügel. Setzten die alten Slowenen ihren neuen Herzog nicht unter freiem Himmel auf einen Stein? War im Thron des Königs von England unter dem Sitz nicht auch solch ein heiliger Stammesstein aufbewahrt? An der Bedeutung des Augenblicks ließ die Erscheinung Kapitän Rüdigers jedenfalls nicht den kleinsten Zweifel. Er würde sein Blut in den harten Boden der Bären-Insel rinnen lassen, um sie mit seinem Wesen zu tränken und zu taufen.

Am Abend entschied Lerner, den Kapitän an Bord zu holen. Der deutsche Konsul in Tromsö in Nordnorwegen hatte gekabelt, daß Lerners Brandmeldung an das Auswärtige Amt in Berlin abgegangen sei. Nun hieß es sich gedulden.

Ein solcher Fall würde in die innersten Zirkel des Reiches eindringen. Auf einem schwankenden alten Fischkutter mit dem allerdings programmatischen Namen *Helgoland* war der Brief geschrieben worden. Frischer Seewind wehte durch seine Worte, und das Gekreisch ferner Seevögel lag wie Streusand darüber. Und nun würde er in einer grünen, mit goldenen Kronen geprägten Mappe in das Sanktuarium der Macht getragen, wo die Stille herrschte. Leise, erfahrene Stimmen würden den Fall abwägen, von goldenen Kneifern verstärkte Augen würden über Lerners flüssige Passagen wandern.

In schlichter Männlichkeit, ohne Hysterie hatte Lerner seine Drohung, die Bären-Insel bis zum letzten Blutstropfen seiner Leute zu verteidigen, als bare Selbstverständlichkeit und «ultima ratio regis», für dessen Rechte man hier einstand, dargestellt. Als er diese Worte nun aufs neue las, wurde ihm bang zumute. Mit den Matrosen war die Zumutung, für die Bären-Insel zur Waffe zu greifen, jedenfalls nicht abgesprochen. An Bord waren ein paar Jagdgewehre. Damit würden selbst entschlossene Hände die Besatzung des Panzerkreuzers *Swetlana* nicht ernsthaft beunruhigen. Schon im Kreis der «Herren», wie Lerner in seinen Gedanken sagte, stand fest, auf wen im Kampf zu zählen war: auf Möllmann gewiß nicht, und der Steuermann tat ohnehin nie etwas anderes, als auf die vertraglich vereinbarten Pflichten hinzuweisen. Daß Berlin eine Lösung fand, die das Äußerste verhütete, war jetzt Lerners innigster Wunsch geworden. Man stand schließlich auf der Schwelle zum zwanzigsten Jahrhundert. Da wurden Konflikte zwischen zivilisierten Völkern nicht mehr mit der Axt in der Hand ausgetragen, so stark eine Geste wie das sture Ausharren des Kapitäns Rüdiger auf dem Steinhaufen immerhin noch wirkte.

Kapitän Abaca wandte sich seinem Offizierskameraden zwar nicht mehr persönlich zu, er verließ nach einer Weile grußlos Zelt und Insel, um sich an Bord seines Schiffes zu begeben, veranlaßte aber eine Ordonnanz mit Deutschkenntnissen, bei Kapitän Rüdiger nachzufragen, ob eine Erfrischung gefällig sei. Abermals wurde Cognac angeboten, auch von Tee war die Rede. Die Gemeinschaft der Mütter einstmals in Stettin verpflichtete ihn zu dieser Geste nicht weniger als die Offizierloyalität. Kapitän Rüdiger sagte kühl, er bedürfe keiner Stärkung. Dabei war ihm nicht kühl, sondern eiskalt. Als Lerner ihn abholen ließ, vermochte Rüdiger sich kaum mehr zu erheben. Trotz dickem Pelzrock und Shawl war er steifgefroren, während die Seevögel mit dünnem Federkleid auf dem Bauch beständig ins beinkalte Wasser tauchten und daran sichtlich Freude hatten.

Rüdiger war nur bereit, ins Boot zu steigen, weil der

letzte Russe schon vor einer Stunde die Insel verlassen hatte. Im Geisterlicht der weißen Sonne entfernte er sich von seinem Steinhaufen. Vom Boot aus gesehen lag die Bären-Insel zwischen den beiden Schiffen, dem großen Panzerkreuzer und dem kleinen Fischkutter.

«Ein Fleck, zu klein, um ihre Leiber ganz zu fassen», rezitierte Rüdiger in düsterer Begeisterung. Beim Abendessen hielt er den Herren eine Rede. Von Anfang an sei er mit dem Bären-Insel-Unternehmen nicht glücklich gewesen. Deutschland habe von der *Helgoland* erwartet und erwarten dürfen, daß sie Ingenieur André finde. Das sei dem Reichskanzler und über die gedruckten Spalten des *Berliner Lokalanzeigers* auch dem deutschen Volk, repräsentiert durch die Abonnenten des bewußten Organs, versprochen worden.

Lerner schlug mit der Hand auf den Tisch. Er werde jetzt böse. Ein Korvettenkapitän, der nicht in der Lage sei, zu erkennen, daß die *Helgoland* im Polarmeer nichts zu suchen habe!

Wie ein Prophet hob Rüdiger seinen Blick zur Holzdecke. Er legte seinen Kopf in den Nacken und ließ den zweigeschwänzten Bart in die Luft stechen.

«Man unterbreche nicht!» rief er beschwörend. Gerade wolle er doch erklären, warum er nun erst mit dieser Reise vollständig ausgesöhnt sei. «Privatinteresse ist gut und schön, aber das nationale Interesse steht darüber.» Das sei seine grundsätzliche Mental-Reservation. Er habe, von Anfang an, die Bären-Insel eigentlich nur für das Reich in Besitz nehmen wollen. Und nun sei es durch Fügung des

Himmels so weit gekommen. Der Panzerkreuzer *Swetlana* sei in Eroberungsabsicht in See gestochen, und nun, angesichts der russischen Kanonen, könne das Reich gar nicht anders, als sein älteres Recht behaupten – sein vierundzwanzig Stunden älteres Recht.

«Wir sind bloße Instrumente, bloßes Handwerkzeug in diesem gewaltigen Prozeß zwischen den Großmächten. Wird Rußland einen Krieg riskieren, um deutsches Recht verletzen zu können?»

Das sei hoffentlich bloß eine rhetorische Frage. So wie zwischen den Müttern der Kapitäne Rüdiger und Abaca Freundesbande bestanden, waren Zar und Kaiser eng aneinandergeschmiedet, aber ebensowenig wie Kapitän Rüdiger gegenüber Kapitän Abaca deutsche Interessen aufgrund von Familiensentimentalitäten gefährdet habe, werde der Kaiser das gegenüber seinem hohen Vetter, dem Zaren, tun.

«Blut- und Freundschaftsbande auf allen Ebenen», rief Rüdiger und ließ sein Glas füllen.

«Ich wollte, wir wären aus dem allen draußen», sagte Möllmann, aber seine Skepsis war so schwächlich, daß sie die Kapitänsbegeisterung nicht antastete.

Am nächsten Morgen wurde Lerner vom festen Stiefelschritt auf den Schiffsplanken geweckt. Der Kapitän ging mit strammem Schritt auf und ab, um sich den Frost aus den Gliedern zu treiben, und rieb sich unternehmend die Hände. «Ein Arbeitstag wie jeder andere», rief er, indem er Lerner triumphierend ins verschlafene Gesicht starrte. Es war ihm so eilig, auf die Insel zu kommen, daß Lerner und Möllmann ihre Tasse Kaffee stehend austrinken mußten. Die *Swetlana* lag in falschem Frieden vor Anker. Es war Bewegung auf ihr zu sehen, rostkratzende und deckschrubbende Matrosen, aber kein Zeichen besonderer Aktivitäten.

«Wir werden heute die ersten drüben sein», sagte der Kapitän. Zwei Schritte mußte er am Strand durchs Wasser. Die Vögel, deren Köpfe sämtlich nach derselben Richtung gewandt waren, warteten ab, bis er aus dem Boot stieg, und erhoben sich als eine einzige riesige Wolke. Minutenlang war nur Schwirren und Schreien in der Luft.

«Wie ist das?» rief Rüdiger und wippte mit den Knien, als wolle er die Füße besonders fest in den Boden rammen, ja den Boden womöglich zu einem den Druck erwidernden Federn bringen. «So steht es sich auf deutschem Boden.» Rüdiger sprach sehr laut, fast schreiend, obwohl Lerner in nächster Nähe stand. Er wollte zeigen, daß er auf der Bären-Insel auf niemanden Rücksicht zu nehmen hatte.

«Wir sind hier zu Hause.»

Er rüttelte an dem nächststehenden schwarzweißroten Pfahl, der fest in der Erde steckte. Die Russen hatten seinen Stand nicht erschüttert. Sie hatten tatsächlich nach dem festen Auftreten der deutschen Herren im Kapitänszelt die Pfosten unangetastet gelassen. Rüdiger ging, ein wenig mühsam, in die Knie und hob auf dem Steinhaufen einzelne Brocken hoch, bis er, im Innern des Haufens, das wohlerhaltene Glas der Cognacflasche blitzen sah. Kapitän Abaca war ein Ritter. Er versuchte keine schiefen Methoden, um sich vor dem Spruch der Minister kleine Vorteile zu ergattern.

«Ich schätze einen Gegner wie Kapitän Abaca», sagte Kapitän Rüdiger so lautschallend, als solle seine Stimme bis in die Kapitänskajüte der *Swetlana* hinübergetragen werden. Nun stand der Arbeit also nichts im Wege. Lerner und Möllmann hielten Maßbänder. Es galt, den besten Platz für ein großes Haus, in dem ein Expeditionscorps überwintern konnte, auszumessen. Dort, wo die Hütte stand, war es zu wenig geschützt, auch abschüssig. Einem größeren Gebäude hätte an dieser Stelle ein aufwendiges Fundament gemauert werden müssen, das den Niveauunterschied des Bodens ausglich. Auf Lerner sprang das demonstrative Gebaren des Kapitäns nun über. Er lief mit raumgreifendem Bühnenschritt, als wolle er gleich ein Wagnersches Seemannslied anstimmen, über den steinchenknirschenden Grund. Die Männer zeigten mit großer Geste um sich, sprachen laut und riefen gegen den Wind, der auch mit sanftem Wehen viel Stimme wegschluckte. Es war, als agierten sie nur, um von der Brücke der *Swetlana* durchs Fernglas betrachtet zu werden.

Gegen elf Uhr vormittags legte bei der *Swetlana* ein Boot ab, das wiederum mit zwölf Mann besetzt war. Im Näherkommen erkannten Lerner und Rüdiger, daß mehrere der Russen Gewehre trugen. Auch der Kapitän war dabei. Da standen die deutschen Landnehmer; Lerner ließ das Maßband sinken.

«Ich protestiere», sagte Kapitän Rüdiger, noch leise, er bereitete seinen großen Auftritt vor. Die Russen kümmerten sich aber nicht weiter um die deutsche Gruppe. Kapitän Abaca salutierte aus der Ferne. Rüdiger und Lerner beantworteten diesen Gruß gemessen. In großem Abstand zogen die Russen an ihnen vorbei. Sie erklommen die Anhöhe – «das Altgläubigengrab», sagte Rüdiger alarmiert –, ließen aber auch den Tumulus links liegen, stiegen den sich dahinter erst formierenden Inselberg hinan und waren plötzlich verschwunden. Dann hörte man Büchsen knallen.

«Unerhört», zischte Kapitän Rüdiger. Die russischen Herren vertrieben sich die Zeit mit einer Jagdpartie.

«Wir werden uns nicht provozieren lassen», sagte Lerner. Er fühlte plötzlich, daß er auf Rüdiger aufpassen mußte. Es war in Rüdigers Betragen mehr und mehr dies Übertriebene, das er in Anzeichen wahrlich schon kannte. Jetzt regte es sich kraftvoller und eigensinniger. Rüdiger war zunächst wohl nicht ganz sicher gewesen, in welchem Stück er mitspiele, und hatte deswegen verschiedene Rollen ausprobiert, so stellte Lerner sich das jetzt dar. Aber seit gestern wußte der Korvettenkapitän, wie das Stück hieß und welchen Part, die Hauptrolle nämlich, er darin übernahm.

Nach Stunden kehrten die Russen zurück. Vier Männer trugen eine lange Stange geschultert, ein Ruder bei näherem Hinsehen. Dies Ruder hatte man einem Eisbären zwischen die zusammengebundenen Vorder- und Hintertatzen geschoben. Das Tier war so groß, daß es auf dem Boden schleifte. In seinem gelben Zottelfell war vorn, an der Brust, ein schwarzer Blutfleck. «Ein Weibchen», sagte Kapitän Rüdiger. Woran erkannte er das?

Kapitän Abaca ging hinter seiner Beute einher. Als er die Deutschen sah, blieb er stehen, machte Front und grüßte, als habe er seinen Admiral auf einer Parade vor sich. Kapitän Rüdiger maß ihn mit flammendem Blick und drehte sich um.

10

Funksprüche aus Berlin und Sankt Petersburg

Am Morgen des fünfundzwanzigsten Juli erklärte Kapitän Rüdiger beim Frühstück in gespielter Harmlosigkeit, heute gleichfalls auf Jagd zu gehen. Wer ihn zu begleiten gedenke?

«Vorsicht», sagte Lerner. Wie wirke das wohl, wenn ein bewaffneter Trupp sich von der *Helgoland* aufmache? Er dachte daran, welcher Schreck ihm in die Glieder gefahren war, als er die Gewehrläufe auf dem Boot der Russen hatte zum Himmel ragen sehen.

«Ist die Bären-Insel nicht groß genug für zwei Jagdgesellschaften?» fragte Rüdiger eifernd. Seine rhetorische Frage erhielt eine unwillkommene Antwort: Die Bären-Insel war für zwei Jagdgesellschaften zu klein. Konflikte waren vorherzusehen. Aber auf Konflikte kam es dem Soldaten mit dem zweigeteilten Bart gerade an. Rüdiger war kein Jäger. Er war überhaupt nur im ideellen Sinn Beutemacher. Lerner verstand jetzt, daß die Beute, die Rüdiger im Sinne hatte, niemals in Kohletonnen und Eisbärfellen bestanden hatte, sondern in etwas Unsichtbarem: der Wiederherstellung seiner Ehre. Der Stein, den die Bauleute verworfen hatten, wollte zum Eckstein werden. Wie ein Ritter, der in Ungnade vom Hofe Karl des Großen wegritt, wollte er zurückkehren und dem Herrscher kniend die Bären-Insel wie eine große Schokoladentorte mit Zuckergußornamenten überreichen. Der Tag gestern war ein verschenkter Tag, weil es nicht zu wirklicher Feindberührung gekommen war. Die Behauptung des Jagdrechts war die wahre Ausübung des Herrenrechts – wer auf der Bären-Insel nur eine Möwe schoß, war entweder Wilderer oder Jagdherr. Kapitän Abaca hatte sein Eisbärweibchen vielleicht nicht eigentlich wildernd, aber doch im keineswegs rechtsfreien Raum ihres Waffenstillstandes erlegt, eine dreiste Tat, die eine harte Strafe verdiente. Hinter der gemeißelt klaren, wenn auch niedrigen Stirn des Kapitäns Rüdiger marschierten solche Gedanken, für Theodor Lerner jetzt überdeutlich sichtbar, auf und ab. Ganz leise knirschten Rüdigers Zähne. Seine Augen blitzten vor Vergnügen und Kampfeslust. Er frühstückte nicht einfach, er stärkte sich zum Waffengang. Lerner wußte, daß Rüdiger ihn anstecken konnte. Gestern war er eine Weile in Rüdigers Bann gewesen. Der theatralische Gruß Abacas hatte den Zauber gebrochen und Verlegenheit zurückgelassen.

«Wie halte ich den Mann auf seinem Stuhl?» dachte Lerner. Widerstand war Meuterei. Kapitän Rüdiger war an Bord der *Helgoland* der König, dem alles untertan war.

In diese bangen Überlegungen trat der Funker und überbrachte einen Funkspruch vom Kaiserlich Deutschen Konsulat in Tromsö.

Er war an Lerner gerichtet, aber Rüdiger griff in seinem nun schon ganz hemmungslosen Unternehmungseifer danach und las mit zunächst feierlich dröhnender, dann in sich zusammensinkender Stimme vor.

«Herrn Theodor Lerner, per adresse Bärenisland. Von dem Reichskanzler habe ich heute folgendes Telegramm bekommen: Bitte Nachstehendes mit nächster Gelegenheit an Herrn Theodor Lerner auf Bären-Insel zu bestellen: schriftlicher Bescheid auf telegraphische Eingabe vom dreiundzwanzigsten des Monats folgt. Vorläufig bemerke ich, daß Sie bei Gewaltanwendung Ihrerseits auf Schutz von hier aus nicht zu rechnen haben. Der Reichskanzler. Im Auftrage: Richthofen, welches ich hierdurch mitzuteilen habe. W Holmkar, Kaiserlich Deutscher Konsul.»

«Was heißt das?» fragte Rüdiger und ließ das Blatt betroffen sinken. Wie man sich in Berlin die Lage hier an der Front wohl vorstelle? Hochgerüstete russische Truppen zogen auf deutschem Boden zum Jagdfrevel aus. Was sagte der Reichskanzler, wenn das an der Memel oder in Ostpreußen geschah?

«Es ist dieser Richthofen», murmelte Rüdiger gepreßt. Er wisse von diesem Richthofen, an dem man nicht vorbeikomme. Baron Richthofen habe den Zugang zur Macht und verteidige ihn eisern. Ja, wenn Richthofen hier oben auf der Bären-Insel säße, wenn Richthofen die Bären-Insel erfunden hätte, dann liefe jetzt in Kiel die deutsche Flotte aus. Welcher Flecken Erde war ohne Blutvergießen erworben worden?

«Ich finde die Nachricht nicht so enttäuschend», sagte Lerner. Was der Reichskanzler bezüglich der Bären-Insel plane, sei in dem Funkspruch gar nicht ausgesprochen. Die ausführliche Darstellung dessen, was Berlin entschieden habe, folge doch noch. Inzwischen wolle der Reichskanzler – «Nicht der Kanzler! Richthofen!» rief Rüdiger – die kleine deutsche Expedition vor allem schützen. Das war schon etwas. Die *Helgoland* hatte Fakten geschaffen, die nicht wegzureden waren. Dort drüben glänzten die schwarzweißroten Pfähle in der Sonne. Diese Pfähle bestritt auch Kapitän Abaca nicht, und er hatte nach seinem ersten, von ihnen vereitelten Versuch auch nicht wieder Hand an sie gelegt.

Der Funker kam zurück. Die Russen seien an Land gegangen, das Zelt sei wieder aufgeschlagen. «Es wird immer toller», rief Rüdiger. Ihm schwane ein schmutziger diplomatischer Kuhhandel hinter dem Rücken ehrlicher Leute. «Ich habe nie etwas mit Politik im Sinne gehabt», sagte er, Politik interessiere ihn nicht. Die Lebensinteressen eines Volkes würden von der Politik selten berührt, allenfalls behindert. Er wisse, warum er kein Politiker geworden sei. So redete er noch vor sich hin, als er schon im Boot saß.

Die Insel kam näher. Die Schar der Seevögel war vor den Russen auf Abstand gegangen. Sie saß nun weithin über die Höhen der Insel gebreitet, weiß wie frisch gefallener Schnee. Im Fernglas war eine massige Gestalt zu erkennen, die in einem Faltstuhl hing – «Der russische Gouverneur der Bären-Insel», zischte Rüdiger.

Abaca war so zuvorkommend wie in den letzten Tagen. Neben seinem Stuhl standen weitere Stühle. Auch das warm glühende Symbol der Gastfreundschaft, der mit teegoldenem Cognac gefüllte Kristallflacon, stand schon bereit.

«Willkommen, Bruder, willkommen Euer Hochwohlgeboren», rief er ihnen entgegen. Alles sei klar jetzt, alles gut. Nahm man bei solchem Stand der Dinge beim Feind Platz? fragte sich Rüdiger, als Lerner schon saß und Abaca neugierig ansah. Neugier war Lerners stärkster Charakterzug. Der Kapitän wußte offenbar, was sie noch nicht wußten. Rüdiger zauderte immer noch. Das Sitzen war nun einmal eine untragische Haltung. Sitzend entschärfte man durch die bloße Verteilung der Last auf das unkriegerische Hinterteil alles, was sonst schneidend durch die Luft gefahren wäre. Von Abacas schwerem, liebevollem Blick wurde er schließlich in den Faltsessel hinabgezogen.

Abaca rühmte die Geschwindigkeit, mit der man hoch oben zum Einverständnis gelangt sei. Zwischen Berlin und Sankt Petersburg herrscht eine solche Harmonie, daß sie nur mit einem großen Orchester zu vergleichen sei. Wenn da ein Mißklang aufkomme, horche der Dirigent auf, mache den Cellisten oder den Klarinettisten aufmerksam, und schon schwimme alles wieder in Wohllaut. Dieser Dirigent aber, das waren die Diplomaten. Sie ließen nicht zu, daß Mißtöne sich in die Freundschaftssymphonie zweier Nationen mischten. Solch ein Mißton war nun plötzlich diese harmlose Bären-Insel geworden, auf der, von dem armen Altgläubigen abgesehen, keine Menschenseele weilte – «Und auch die Seele des Altgläubigen ist nicht mehr hier, sie ist weit weg. Er weiß jetzt, ob man im Himmel das Kreuzzeichen mit zwei oder mit drei Fingern schlägt.» Der Kapitän ließ die Lider sinken, knurrte dunkel ein paar Worte und nahm von der Ordonnanz ein flaches Portefeuille entgegen. Ein zweites Knurren brachte bei dem geschwinden jungen Mann eine Brille hervor, die so zart und zerbrechlich war, daß der große Kopf des Kapitäns sie auseinanderzureißen drohte.

«Ich bitte Sie um Geduld», sagte Abaca, jetzt wieder geschmeidig, «ich werde Ihnen nicht alles übersetzen, aber das Wichtigste. Auf meinen Funkspruch hat sich das Kaiserliche Ministerium des Äußeren zu Sankt Petersburg mit der Reichskanzlei in Berlin in Verbindung gesetzt. Der Reichskanzler hat das russische Ministerium wissen lassen, daß das Deutsche Reich keinerlei Absichten und Interessen auf der Bären-Insel verfolge. Deutschland und Rußland bekräftigten die internationale Verabredung, daß die Polarländer neutral bleiben. Nach deutschem und russischem Willen bleibe die Bären-Insel herrenlos.» Dies Wort betonte er stark. Die baltischen R's rollten, und die Stimme klang nun viel metallischer. In Kapitän Abaca fuhr nun plötzlich ein zorniger Geist. Es war, als träten die runden Augen unter den Lidern hervor und drängten sie zurück. In drohendem Ton las er aus seinem Dokument übersetzend ab, zunächst leise, die Schlußforderung aber hervorgebellt, daß Lerner und Rüdiger zusammenfuhren.

«Wenn diese internationalen Vereinbarungen aber von irgendeiner Seite verletzt werden, dann sagt Rußland –», und Kapitän Abaca war nun Rußlands heftige und unbeherrschte Stimme: «Ich nehme sie!»

In das gebannte Schweigen, das diesem Wort folgte, sagte Abaca, nun wieder scherzend: «Ich bewundere die Deutschen. Dieses Zutrauen, das sie in ihre Institutionen haben. Sie stecken ihre vermeintlichen Rechtsansprüche in eine leere Cognacflasche und meinen, damit ein Rechtsfaktum geschaffen zu haben. Es ist ein Wahnsinn, aber ein fruchtbarer. Wir haben uns ausgesprochen. Wir haben uns geeinigt. Sollten wir nicht ein paar Tage zusammen auf die Jagd gehen? Die Jagd ist hier phantastisch. Seehunde, Walrosse, Rentiere, Eisbären – die Tiere bauen sich geradezu vor der Flinte auf. Bruder, Kapitän, schieß deiner Frau einen schönen Pelz!»

Es war vielleicht nur die Erwähnung von Frau Korvettenkapitän a. D., die Rüdiger aus seiner Benommenheit riß. Frau Rüdiger verabscheute ihren Mann. Schon vor seinem Abschied von der Korvette war sie ausgezogen, aber sie hatte ihm, solange er Dienst tat, die Scheidung erspart. Das einzige, was Rüdiger seiner Frau Kapitän gelegentlich sandte, waren böse Briefe, die keineswegs unbeantwortet blieben. Die Zumutung, diese Frau auch noch mit einem selbst erlegten Pelz zu beschenken, war der blanke Hohn. Nein, eine gemeinsame Jagd konnte es nicht geben.

Kapitän Abaca bedauerte. Lerner besaß aber die Geistesgegenwart, darauf hinzuweisen, daß ihm der Brief des Deutschen Reichskanzlers noch nicht vorliege. Er habe den Eindruck, daß er um Nuancen anders ausfallen könne, als das, was ihnen soeben vorgetragen worden sei. Abaca zuckte die Schultern. Gewiß gab es Differenzen. Diplomaten wären keine Diplomaten, wenn sie nicht in die festeste Mauer immer noch ein halb verborgenes Pförtchen einbauten. Indessen – die Jagd rufe.

Schweigend saßen Rüdiger und Lerner im Boot, schweigend gingen sie an Bord. Hätten sie jetzt nicht einfach den Anker lichten lassen können? Möllmann pokerte mit dem Steuermann im Salon. Die Matrosen langweilten sich. Hätte man nicht wenigstens die Männer zum Jagen schicken können? Rüdiger war versteinert, auf kleine Anstöße Lerners antwortete er nicht. Lerner dachte ohne Ruhe nach, aber seine Gedanken liefen im Kreis. Wäre nur Frau Hanhaus hier. Selbst wenn sie nicht weiterwußte, ließ sie keine Verzweiflung zu. Es gibt immer eine Lösung, war ihre Devise. Daß es auch schlimme Lösungen gab, schien sie nicht zu beunruhigen.

Während sie noch an der Reling standen, näherte sich der Funker mit Papierbögen in der Hand. Es war kaum zu glauben – Richthofens Antwort aus Berlin war schon da. Man legte dem Fall offenbar beträchtliche Bedeutung bei.

«Nein, ich lese Ihnen vor!» sagte Lerner, indem er Rüdigers Griff nach den Papieren abwehrte. Er fürchtete, Rüdiger könne in der Wut die Bögen zerreißen und ins Wasser werfen. Rüdiger hätte das im übrigen am liebsten schon ohne sie zu lesen getan.

«Zunächst mache ich Sie darauf aufmerksam, daß Sie sich im Irrtum befinden», schrieb Herr von Richthofen, «wenn Sie glauben, auf der Bären-Insel durch Einzäunen von Land, geschweige denn durch bloße Anbringung von

Grenzpfählen ohne weiteres Grundeigentum mit allen Befugnissen, die einem Grundeigentümer nach deutschem Recht zustehen, für sich oder Ihre Auftraggeber erworben zu haben. Auf der Bären-Insel besteht vielmehr eine Rechtsordnung, aufgrund derer daselbst Privateigentum erworben werden könnte, überhaupt nicht. Wenn daher Dritte in das von Ihnen eingezäunte Gelände eingreifen und sich an die von Ihnen nach eigenem Gutdünken aufgestellten Verbote nicht kehren, so werden Sie auf Schutz der Kaiserlichen Regierung dagegen nicht unbedingt rechnen können.»

Hier hielt es Kapitän Rüdiger nicht mehr: «Hat man solchen Unsinn schon gehört? Das ist das Ende des Rechtes, der Sieg der Anarchie. Als sei eine Rechtsordnung auf der Bären-Insel zum Entstehen unseres Rechts Voraussetzung! Als gebe es im natürlichen Zustand, außerhalb des Staates, kein Recht auf Eigentum! Als sei alles Recht positiv! Als stütze sich das Naturrecht auf das positive Recht, anstatt umgekehrt! Als Moses durch die Wüste zog, da gab es kein Eigentum? Robinson Crusoe erwarb kein Eigentum an seiner Höhle? Christoph Columbus nahm Kuba nicht für die spanische Krone zu eigen? Richthofen, du bist ein unrichtiger, ein Unrechtshofen! Wenn das Reich sich nicht bereichern will, wie will es reich werden? Und Abacas Eisbären – wem gehören die? Sie gehörten sich selbst, solange sie atmeten. Und gehört dem Altgläubigen dort oben sein Grab, oder ruht er in einer Erde, die ihn bedecken, ihn aufzehren, ihn durchdringen konnte, und die er dennoch niemals besaß? Schweigen Sie, Lerner. Aus diesem können Sie nichts mehr lernen, außer dem Wahnsinn, der die nüchternsten Köpfe in ihrem trockensten Ordnungsschaffen mitunter befällt.»

11

Warum nicht
König Hugo?

Lerner und Möllmann saßen im Salon und beugten sich über die Depesche aus Tromsö, die den Funkspruch aus Berlin weiterbefördert hatte. Den schweigenden Ingenieur zog Lerner zum ersten Mal hinzu, weil er nicht wagte, allein auf dies entscheidende Dokument zu blicken. Er fürchtete, daß sein dringendes Interesse ihn blind machte für alles außer Nein und Ja, für die Andeutungen und Nebensätze, die vielleicht ebenso Bedeutungsvolles enthielten. Auf Kapitän Rüdiger durfte man jetzt nicht mehr zählen. Man hörte ihn in seiner Kajüte reden. Es war wie ein Klopfen. Sein Schimpfen hämmerte, als werde dort unten im Schiffsleib etwas repariert. Dann schwoll der Lärm an, die Tür sprang auf und Kapitän Rüdiger stand da wie ein betrogener Ehemann, der unvermutet ins Schlafzimmer seiner Frau tritt.

«Ha!» rief Rüdiger, daß Lerner zusammenfuhr. «Und wenn die Bären-Insel nun tatsächlich rechtsfreier Raum sein sollte, obwohl ich nachdrücklich bestreite, daß es so etwas überhaupt gibt, rechtsfreien Raum in Europa, das ist ein Widerspruch in sich, Europa ist der durch das Recht konstituierte Erdteil, etwas anderes kann die andernfalls leertönende Benennung Europa gar nicht aussagen – aber nehmen wir die wahnsinnige und rechtsunkundige Botschaft aus dem Herzen der Reichskanzlei, wo die Spinne Richthofen ihre Fäden spinnt, einmal beim Wort – die Bären-Insel sei rechtsfreier Raum –, müßte dann nicht ein solches Rechtsvakuum wie auch sonst in der Naturgeschichte, und im natürlichen Bereich halten wir uns dann ja auf; wenn die Bären-Insel tatsächlich rechtsfrei wäre, einen mächtigen Sog auf das sie rings umgebende Recht auslösen? Einen Rechtssturm müßte ein solches Vakuum zur Folge haben. Und hat es ja auch.» Hier schwoll ihm die Ader auf der geröteten Stirn. «Rußland sagt: Ich nehme sie.» Die Landnahme stehe wie der Frauenraub am Beginn der Geschichte. Hier oben sei die Geschichte eingefroren. Dies frühe Stadium sei hier erst jetzt erreicht: «Dann nehme ich sie.» Die Stimme des Imperiums spreche so. Dagegen zirpe es aus Richthofens Zikadenkäfig: «Keine Gewaltanwendung! Keine Reichsinteressen berührt! Kein Schutz von seiten des Reichs zu gewärtigen! Ha!»

Er warf die Tür zu, daß das Glasfenster darin zersprang. Wie ein Ausrufungszeichen stand der Sprung in der gelblichen Scheibe. Während Kapitän Rüdiger weitersprach, nun durch mehrere Wände gedämpft, neigten sich die Köpfe der Herren wieder über den Text aus Berlin.

Betont ruhig, geradezu murmelnd vor Sachlichkeit,

fragte Lerner, ohne den Kopf zu heben: «Möllmann, wie verstehen Sie diese Bemerkung: ‹Die Kaiserliche Regierung ist gewillt, wie überall so auch auf der Bären-Insel für den Schutz deutscher Interessen, insoweit solche durch Herstellung entsprechender Anlagen daselbst tatsächlich gegründet sind, nach Möglichkeit einzutreten. Die Kaiserliche Regierung hat sich deswegen bereits mit der Kaiserlich Russischen Regierung ins Benehmen gesetzt, und die letztere beabsichtigt gleichfalls nicht, wirtschaftlichen Privatunternehmungen auf der Insel Hindernisse zu bereiten. Für eine friedliche und maßvolle, andere Nutzung der Insel nicht ausschließende, Betätigung Ihres Unternehmergeistes auf der Insel sagt die Kaiserlich Russische Regierung ihre Duldung zu.›

‹Herstellung entsprechender Anlagen› – ist unsere Abgrenzung mit den schwarzweißroten Pfosten nicht bereits ‹eine entsprechende Anlage›? Nennt man ein abgegrenztes Stück Rasen in den Städten nicht auch eine Anlage? Was meinen Sie?»

«Ich meine nicht, daß die Reichskanzlei von Grünanlagen spricht», sagte Möllmann gleichfalls in Gedanken.

«Aber was denn sonst? Was sind ‹entsprechende Anlagen›?» fragte Lerner jetzt schon geradezu ungeduldig.

«Lesen Sie weiter, es steht doch alles drin.» Möllmann ging zum Wandschrank. «Hier waren gestern noch zwei Cognacflaschen.»

«Ich fürchte, Kapitän Rüdiger hat sie in seine Kajüte mitgenommen», sagte Lerner. Möllmann verließ stumm den Salon.

«Gewaltanwendung Ihrerseits gegen Angehörige der Kaiserlich Russischen Marine ist unzulässig ... liegt weder in Ihrem eigenen noch in nationalem deutschen Interesse. Für daraus erwachsende Folgen müßte die Kaiserliche Regierung jede Verantwortung ablehnen ...»

Das wußte man schon, es tat aber weh, es noch einmal eingerieben zu bekommen. Gut, daß Möllmann jetzt draußen war. Lerner wollte an seine kriegerische Geste nicht erinnert werden. Er, der mit der Gründung der Bären-Insel-Kolonie doch nur das nationale Interesse im Auge hatte – wie er jetzt schon selber glaubte und es auch an den *Berliner Lokalanzeiger* gefunkt hatte, in der Hoffnung, damit den Zorn des Herrn Schoeps zu beruhigen –, wurde nun in einem deutlichen Schreiben ermahnt, eben dies Interesse nicht zu verletzen. Aber der Brief war noch nicht zu Ende.

«Sollten Sie, wider meine Annahme, den Nachweis erbringen zu können glauben, daß von Ihnen bereits in Angriff genommene wirtschaftliche Anlagen gestört oder beschädigt worden sind, so steht Ihnen frei, sich deswegen an die Kaiserliche Regierung zu wenden, welche dann gegebenenfalls ein Eintreten für Ihr Interesse in Erwägung ziehen würde. Darüber hinaus vermag ich eine Befugnis Ihrerseits, anderen das Betreten oder die Benutzung des von Ihnen eingegrenzten Grund und Bodens zu verwehren oder zu beschränken, nicht anzuerkennen, geschweige denn Ihnen dabei Hilfe zu gewähren. Der Reichskanzler. Im Auftrag gezeichnet Richthofen. An Herrn Theodor Lerner, Bären-Insel.»

Diese letzten Worte enthielten den meisten Trost.

Lerners legitime Adresse, unter der sich der Deutsche Reichskanzler an ihn wandte, war die Bären-Insel. Anders konnte dies auch die übervorsichtige, privater Initiative so abweisend gegenüberstehende Behörde nicht ausdrücken. Möllmann kam mit einer Flasche Cognac zurück, die nicht mehr ganz voll war.

«Es geht so nicht», sagte er finster, «es gibt auf diesem Schiff kein Monopol auf diese Flasche. Ein friedlicher Mensch, der sie nutzen will, muß ungestörten Zugang zu ihr erhalten.»

«Es erscheint das Wort Anlagen in dem Schreiben weiter hinten nicht mehr mit dem Attribut ‹entsprechend›, sondern mit ‹wirtschaftlich›», sagte Lerner. «Was heißt das Ihrer Ansicht nach?»

«Wirtschaftliche Anlagen, das sind Straßen, Schienen, Produktionshallen, Lagerhallen, Verwaltungsgebäude, Schächte.»

Lerner sah Möllmann, wie er sich lustlos in seiner Aufzählung erging, mit wachsender Freude an. «Dann haben wir unsere Garantie», rief er. «Solche Anlagen ist Rußland bereit zu dulden und Deutschland bereit zu schützen. Das ist das Erstaunliche an solchen Dokumenten. Es kommt hinten etwas anderes heraus, als vorne verkündet wird.» Habe er jemals etwas anderes vom Deutschen Reich und von allen anderen Reichen der Welt verlangt, als die Hütte, die er auf der Bären-Insel baute, in Frieden stehenzulassen? Der juristische Kram, über den Rüdiger sich so erregte, war ihm gleichgültig. Auch Rüdiger hätte er gleichgültig sein müssen, denn der alte Militär verstand nichts davon und wurde bei dem Versuch, etwas zu verstehen, nur jähzornig. In Wirklichkeit war alles ganz einfach. Lerner konnte auf der Bären-Insel so viel Kohlen schlagen, wie er wollte. Er konnte sie auf Schiffe laden und verkaufen, wo man sie ihm abnahm, und niemand würde ihn daran hindern. Die Frage, welches Land die Bären-Insel erhielt, würde irgendwann einmal entschieden werden. Bis dahin hatte er sich dort so ausgebreitet, daß die Nation, die schließlich nach der Bären-Insel griff, dort ihre Fahne aufzog und ihre Zollbeamten in einem amtlichen Schuppen ihr Stempelwerk vollbringen ließ, sich mit ihm arrangieren würde.

Lerner geriet in Glücksstimmung.

«Bitte», sagte er zu Möllmann und hielt ihm den Funkspruch aus der Reichskanzlei hin, wie auf historischen Gemälden Marschälle Kapitulationsurkunden ihrer Feinde präsentieren, «dies hier gibt die Bären-Insel in unsere Hand.»

«Wenn Sie sich da nicht täuschen», sagte Möllmann. «Dies gibt bis zu einem gewissen Grade die Gebäude und Schächte, die Sie hier bauen, in Ihre Hand. Ihre Pfähle dort drüben dürfen Sie vergessen, die sind vollkommen überflüssig. Die hätten wir uns sparen können. Bevor Sie hier nicht bauen, ist es, als hätten Sie die Bären-Insel nie betreten.» Er sprach ruhig und tief unter dem Schnurrbartbusch hervor. Die Zunge schien schon etwas schwer zu sein, aber Trinkergeschwätz war es nicht, was er von sich gab. Lerner setzte sich.

«Dann müssen wir sofort mit dem Bauen anfangen.»

Das klang entschlossen, war aber matt und mit bebender Stimme gesprochen.

«Ich brauche für einen Probeschacht zwölf Mann», sagte Möllmann, «zwei erfahrene Steiger, zwei ausgebildete Hauer, der Rest können Hilfsarbeiter sein.»

«Ja, warum haben Sie denn das nicht vorher gesagt? Ich habe Sie als Bergbauingenieur mitgenommen.»

«Sie haben mich als Photographen mitgenommen.» Als Photograph hatte er seine Pflicht erfüllt. Immer wieder war er in die einsame Schwärze unter das Tuch getaucht. Körniges graues Gestein, von langschnäbligen weißen Seevögeln besetzt, in bleiernem Wasser liegend, hatte er vielfach auf die Platte gebannt, auch eine Folge mit Männlein, die sich unter unendlicher weißer Himmelsglocke auf kahler Erdkruste bewegten und zwischen gestreiften Pfählen zu tanzen und zu taumeln schienen.

Es lag jetzt alles so eisklar wie das Meerwasser draußen vor Lerners innerem Auge. Jedermann konnte auf der Bären-Insel Kohlen abbauen, der die dazu erforderlichen Anlagen errichtete. So hätte man vorgehen müssen: erst das Geld für das Graben des Schachtes und den Bau der Häuser zusammenbringen, dann mit einem großen Schiff voller Arbeiter landen, die gruben und bauten. Das wäre für Theodor Lerner und Frau Hanhaus, auch bei deren hohen Gaben, allerdings ein Ding der Unmöglichkeit gewesen. Anders als er das Unternehmen begonnen hatte, hätte er es gar nicht beginnen können.

Was hatte er erreicht? Er stand auf der Bären-Insel. Er hatte Europas Mächte auf diese Schatzinsel aufmerksam gemacht und mußte nun unverrichteter Dinge wieder abziehen. In Deutschland erwartete ihn ein zornroter Chefredakteur Schoeps. Leise wiegte sich die Helgoland. Leise wie ein großes Tier im Zoo wiegte Ingenieur und Photograph Möllmann den Kopf. Auch Lerner fühlte das Bedürfnis, sich zu wiegen und in etwas Wiegendes hineinfallen zu lassen.

Die Mannschaft war auf der Insel. Die Männer jagten mit den Russen. Es knatterte lustig. Kapitän Rüdiger war außer sich und längst nicht mehr ansprechbar. Wäre Lerner mit neuerer Lyrik vertraut gewesen, hätte er die Helgoland in einem Funkspruch an den Berliner Lokalanzeiger mit Recht ein «bateau ivre» nennen können.

Eine Benommenheit und Stille lag über der Helgoland, die nicht ahnen ließ, welche Turbulenzen die Eroberung der Bären-Insel im Heimatland ausgelöst hatte. Das knappe Bulletin der Reichskanzlei, das ähnlich lautete wie die Note, die Kapitän Abaca kannte – vor allem die internationale Verabredung über die Neutralität der Polarländer war erwähnt –, erregte lebhaftes Interesse der Zeitungen. Wieder war der Berliner Lokalanzeiger, wie beim Brand in Treptow, als einziges Blatt nicht auf der Höhe des Tages. Die Berichterstattung klang überwiegend hämisch. Die Kursänderung der Helgoland, «die aufgegeben habe, Ingenieur André zu suchen», wurde mit schadenfrohem Behagen reportiert. Aus Rußland war man auch schon über den Zusammenstoß mit Kapitän Abaca unterrichtet. Die Mecklenburgische Zeitung beschrieb mit Anteilnahme, wie «Lerner sich erhoben habe und versicherte, daß er jedes zum Zweck der Flaggenhissung unternommene Landen von

Booten verhindern werde, bis der letzte seiner Leute widerstandsunfähig gemacht worden sei». Die Berliner Blätter äußerten sich ähnlich, wunderten sich aber nachdrücklich über die Leichtigkeit, mit der die Helgoland ihr Programm zuungunsten von Ingenieur André geändert habe. Wirklich unangenehm ließ sich der Pforzheimer Anzeiger aus: «Ein kurzer Meinungsaustausch zwischen Berlin und St. Petersburg brachte volle Verständigung. Deutschland hat an der Newa die bündige Versicherung abgegeben, daß Theodor Lerner wohl den Besitzer des Berliner Lokalanzeigers hineingelegt habe, daß das Reich aber damit nichts im Schilde führe. Und darob leuchteten auch im Russischen Auswärtigen Amt die Gesichter, und man gab seinerseits die Erklärung ab, die Lernerschen Warnungstafeln spaßeshalber nicht zerstören zu wollen.» Die Meldung war überschrieben: «König Theodor aus dem Hause Lerner».

Und es war gerade dieser Artikel, den die beste und aufmerksamste Zeitungsleserin der westlichen Hemisphäre, Frau Hanhaus, zusammen mit ihren enthusiastischen Glückwünschen an Bord der Helgoland funken ließ. «Gratuliere zu dem überwältigenden Erfolg! Deutsche Presse steht kopf! Diskussion über die Bären-Insel beginnt. Stehe in Verbindung mit Groß-Interessenten. Erwarte Sie schleunigst zurück! Der Kampf um die Bären-Insel findet auf deutschem Boden statt! Treulichst grüßend Frau Hanhaus.» In Pieptöne, als seien sie Mitteilungen einer Fledermaus, war dieser Text verwandelt, bevor ihn der Funker mit sauberer, charakterarmer Hand niederschrieb. Ein Schatten fiel über die Schulter des Mannes, während er sich seiner transkribierenden Arbeit hingab. Kapitän Rüdiger war unversehens auf der Brücke erschienen. Seine Unruhe drängte zur Tat.

«Ha! König Theodor aus dem Hause Lerner! Habe die Ehre, König Theodor! Warum nicht ich, warum nicht König Hugo? Nein, es ist Raison darin, es ist kein Irrsinn. Es heißt mit Absicht König Theodor! Einen einzigen König Theodor gibt es in Europas Geschichte, einen Afterkönig, den König Theodor von Korsika. Ein deutscher Abenteurer» – er wies mit stechendem Zeigefinger auf Lerner – «im Solde Englands! Ha, König Theodor, was macht dein Vetter Albion? Hast du dazu deutsche Ehrenmänner getäuscht, um auf der Bären-Insel Englands Spiel zu spielen? Jetzt ist mir alles klar, das schnelle Auftauchen der Russen, dieser Diener Englands seit eh und je ...»

Er artikulierte längst nicht mehr klar, die Entrüstung raubte ihm den restlichen Verstand. Mit ausgestreckten Armen trat er auf Lerner zu. Lerner sprang auf und lief um den Tisch herum, der Kapitän hinterher. Stühle fielen um. Lerner erreichte die Tür. Der Kapitän stürzte ihm nach, stolperte auf der hohen Schwelle und fiel die steile eisenbeschlagene Treppe in den Schiffsbauch hinab. Vierundzwanzigmal schlugen die Eisenkanten auf seinen enthaarten und eigentümlich zarten Hinterkopf. Welcher Schlag ihm das Leben nahm, konnte auch der Arzt in Tromsö nicht mehr feststellen.

12

Ein Titel
wird geboren

Redakteur Krusenstern vom *Casseler Tageblatt* schrieb wenig, er redigierte vor allem und machte Überschriften. Sein Verhältnis zum Journalismus war nicht glücklich. Weil er damit sein Brot verdiente, war eine vielfältige Berührung mit dieser Sphäre leider nicht zu vermeiden. Wer in einem Faß, dessen Wände mit widriger Schmiere bedeckt sind, versucht, Abstand zu halten, weicht vorn zurück, um sich hinten dafür um so mehr zu bekleckern. So erging es auch Krusenstern in dem Bemühen, seinen Wesenskern unbefleckt zu erhalten und in seiner innersten Person kein Journalist zu sein. Er stamme ja gar nicht aus Kassel; das sagte er stets so beleidigt, als sei eine besondere Schmach damit verbunden, in dieser kultivierten Residenzstadt womöglich für einen Einheimischen gehalten zu werden, als sei in diesem Nach-Kassel-verschlagen-Sein alles enthalten, was sein Leben qualvoll hatte werden lassen. Ob er nun dreißig oder vierzig oder gar schon sechsundvierzig war, hätte man bei seiner glatten gelblichen Haut und dem glatten rabenschwarzen Haar schwer sagen können. Manchmal sahen seine Augen wie verschrumpelte schwarze Rosinen aus, und manchmal waren sie so verschlossen und blank wie bei einer jungen Maus. War Krusenstern eitel? Nur in streng begrenzter Hinsicht: Sein schwarzer Anzug war zu eng und zugleich so ofenrohrartig, als habe ein Bauer seinen filzigen Überrock zum dritten Mal wenden lassen. Die schwarze Krawatte hatte einen geklebten Knoten und einen kleinen hellen Fleck, das scherte Krusenstern nicht. Aber das Bärtchen unter der Unterlippe wurde ängstlich betrachtet und mit Bartbürstchen und Bartwichse und Scherchen und Pinzette bearbeitet, und wenn die anderen nach solcher Bartpflege auch keinerlei Unterschied bemerkten, Krusenstern sah ihn. Mit diesem Bärtchen, das sein leidendes, jugendliches und doch unfrisches Gesicht nicht verbarg, konnte er der Welt ins mitleidlose Auge sehen. Seine Hände waren wohlgeformt, wenngleich, vor allem die Nägel, stets etwas unsauber, das war sein Kummer. Er wusch sie, aber der Schmutz flog sie an, obwohl er keine Briketts im Kohlenkeller aufschichtete. Und deshalb war es unvorteilhaft, daß er den rechten Zeigefinger durch einen Ring betonte, einen gelblichen Achat, groß wie ein Bischofsring, am Ende war es wirklich ein Bischofsring. Mit dem Ring hatte er sich gezeichnet, wie Vögel auf Vogelwarten beringt werden. So bewies er sich, daß er von weit her zu diesem profanen Kasselaner Vulgus geflogen war, wo niemand den Rang seines Andersseins erkannte.

«Ein Oscar-Wilde- und Maeterlinck-Verehrer» hieß

es mit spöttischem Unterton in der Redaktion, wenn von ihm die Rede war. Etwas vorwerfen konnte ihm niemand. Krusensterns Leben war wasserklar, seine Pflichterfüllung unfroh, aber ehrbesessen, und daß er mit den Herren Kollegen nicht trinken ging, war sein gutes Recht. Im übrigen lasen sie zuwenig, um ihn richtig einzuschätzen. Krusenstern hatte gegen Oscar Wilde und Maeterlinck zwar nichts einzuwenden, besaß deren Ausgaben aus den *Blättern für die Kunst*, aber nur deswegen, weil sie eben dort erschienen waren. Den ganzen Umkreis rund um diesen Verlag wollte er kennen; hier wurde er, der in seinem möblierten Zimmer so gut wie keinen persönlichen Gegenstand besaß, zum Sammler.

Wie an den äußersten Flügelspitzen eines seltenen schwarzen Vogels einige bunte Federchen blitzen mögen, so saßen die Herren Wilde und Maeterlinck an der Peripherie der unvergleichlichen Prachterscheinung im Zentrum des Verlages. Krusenstern hatte den Meister ein einziges Mal von fern in München gesehen, in priesterlichem Schwarz, mit hochgeknöpfter Weste, darüber das kantige Aztekenhaupt mit der goethehaften Haarkrone. Vogelhaft ruckartig, mit hochgerecktem Kinn hatte der große Mann dieses Haupt urplötzlich in Krusensterns Richtung gewandt und mit zerstreutem Mißfallen auf ihn geblickt, vielleicht auch auf seinen Nebenmann, vielleicht hatte er ihn auch gar nicht wahrgenommen. Seit diesem Tag verließ Krusenstern das Haus nie mehr ohne ein Buch des Dichters. Nicht nur auf einsamen Gängen im Park von Wilhelmshöhe, sondern auch in der Redaktion waren dessen Gedichte seine Begleiter. Der Dichter hatte gewollt, daß sein Werk in einer puristischen und zugleich schwer lesbaren Typographie gedruckt werde. Wenn Krusenstern die Seiten aufschlug, war ihm, als flögen ihm die Verse entgegen, um ihn auf der Stirn zu brandmarken. Als ein vom Dichter Gebrandmarkter fühlte er sich, und nur um dieser Empfindung willen schlug er die Bände auf, denn lesen brauchte er die Gedichte längst nicht mehr, er konnte sie alle auswendig.

So sah der Kontrast seines Lebens aus, der ausgehalten werden wollte: Vor ihm lagen die *Lieder vom Traum und Tod* mit Zeilen voll dunklem, schwerem Vorwurf, und zugleich hatte er eine Meldung zu bearbeiten, in der sich die ganze Niedertracht jener Gegenwart spiegelte, in der sich «Schranzen auf den Thronen brüsten, mit Wechslermienen und unedlem Klirren». Der geschäftstüchtige, liberale Hohenzollernstaat enthielt alles, was Krusensterns Dichter verabscheute. Da nannten arglose Geister diesen Burschen, der Hand auf eine kahle Insel im Polarmeer legte, Conquistador. Wußte denn niemand mehr, was ein Conquistador war? Ein Gewalttäter, ein Rechtloser, ein schmerzunempfindlicher, von tollkühnem Mut besessener Visionär! Diese verlorenen Gestalten, die sich durch den vollständig unbekannten Riesenkontinent gekämpft hatten, ohne Verbindung zur Heimat, ohne Nachschub, in einer Ungewißheit, als seien sie nicht in den Anden, sondern auf dem Mond, wurden gewiß von einer gewaltigen, sogar furchterregenden Gier vorangetrieben – aber Gier wonach? Auf Geld? Nein, eben gerade nicht auf Geld. Sondern auf Gold. Und

Gold war etwas fundamental anderes als Geld. Gold war letztlich gar nichts Materielles. In dem armseligen Spanien, aus dem diese Helden aufgebrochen waren, konnte man für soviel amerikanisches Gold gar nichts kaufen. Es gab dort überhaupt keine Gegenwerte. Vom Ökonomischen her gedacht war dies Gold die Katastrophe Spaniens. Dies Gold stieß Spanien in die Armut. Das Gold der Conquistadoren war ein Traum, eine große künstlerische, jawohl, künstlerische Phantasie. Dieses Gold war die lautere Poesie, und daß für Poesie Blut floß, in Strömen sogar, das mochte, wer wollte, verurteilen, beklagen, sogar verfluchen, aber banal war es nicht. Bei dem conquistadorischen Unternehmen war kein Kommerz, keine moderne Ökonomie im Spiel, sondern eine Art Wahnsinn, die bei Genies, die unter diesen Eroberern nicht so selten waren, in die Fähigkeit umschlug, wirkliche Monumente der Geschichte zu schaffen, Pyramiden geistiger Art, nicht minder bedeutend wie die geplünderten der gewiß bedauernswerten Indianer.

Aber dieser Conquistador hier, über den sich die Geprellten empört erhoben, obwohl sie doch Anteil an dem Charakter seiner Unternehmung trugen, der hatte wahrlich kein Gold im Visier, sondern Kohlen, und das war im Jargon nichts anderes als Geld. Den großartig verrückten Ingenieur André hatte er angeblich retten wollen, der sich den unerbittlichen Polarstürmen ausgerechnet mit einem Luftballon hatte aussetzen wollen. Ebensogut hätte er als zweiter Empedokles in das Magma eines Vulkans springen können. Den Rettern war es aber von Anfang an nur um Geld gegangen bei ihrem lärmenden Aufbruch ins Weiße, um «Interessen», das war für Krusenstern das verletzendste Schimpfwort, das ihm überhaupt einfiel, es reimte sich bei ihm auf zerfressen und ehrvergessen. Und dazu war dieser Mann, der lügnerischerweise Lerner hieß, obwohl er doch längst ausgelernt hatte und die Regeln seines Milieus magistral beherrschte, auch noch Journalist, Krusensterns Kollege. Durfte er sich da entrüsten? Er kam doch aus demselben Stall.

Astrologen hätten solche Leidensbereitschaft und Leidensgenügsamkeit im Zeichen der Fische vermutet. Dazu paßten auch die schwärzlichen Fingernägel. Aber Krusenstern war im Dezember geboren. Er empfand sich auch nicht ausschließlich als Leidender, er kannte auch seine Triumphe. Während er die Meldungen über Theodor Lerner noch zerstreut überblickte und dann beiseite schob, war seine Aufmerksamkeit schon wieder dem aufgeschlagenen Gedicht zugewandt. «Einst werden sie in deinen Schluchten spüren, was noch darin von deiner Stimme dröhne. Ist das der Ort von Klagen, Tränen, Schwüren? Oh kleine Tiefe. Und der Eine höhne: Sind dies die so gelobten Hügelspitzen mit ihrem Freudenblick in Fabellande? Sind dies die Wellen, die verderblich spritzen? Wir reichen mit dem Finger bis zum Sande.» Da hatte der Dichter ohne Illusion ausgesprochen, was er von seinem Kreis hielt. Dieser erlesene Kreis, in dem Krusenstern mit vollem Recht nicht zugelassen war, würde eines Tages, vielleicht bald schon, treulos sein. Das Dröhnen der Dichterstimmen, das ihn in Furcht und Schrecken gehalten hatte, war verhallt, jetzt rückte man dem akustischen Phänomen zu Leibe. Allein, da war nicht viel. Die Tiefe war nicht so tief, nachdem man aus der Verzauberung erwacht war. Die Hügel waren flach, die Wellen seiner Worte waren ein Plätschern im Wattenmeer, im Sumpfland. So würde man das im Kreis der einst Getreuen bald schon sehen. Er nie! Er war unwürdig, als Journalist auch nur in die Nähe des Dichters zu treten, aber in seinem Ohr würde dies Dröhnen nie verhallen. Nie würde die Entzauberung eintreten, niemals würde sich der Blick auf die Fabellande verdunkeln. Ohne diesen Blick müßte Krusenstern sterben. Denjenigen, der da höhnte, den gab es innerhalb des Kreises, nicht außerhalb, das war das furchterregende Rätsel im Leben des Dichters. Bei den Geistesriesen der Vergangenheit suchte er Trost und Beispiel. Daran tat der Dichter gut, aber wenn er sich in der Gegenwart auch einmal umgesehen hätte, über die Grenzen seines eifersüchtigen Kreises hinaus, dann hätte er bei gewissen Zeitgenossen gleichfalls Trost, wenn auch gewiß kein Beispiel finden können. «So sind dir Trost und Beispiel höchste Meister, die attischen, die reinsten Gottesdiener, der Nebelinseln finstrer Fürst der Geister, Valclusas Siedler und der Florentiner.» Das Dröhnen der geliebten Stimme war in diesen Zeilen so stark, daß Krusenstern in der überheizten Redaktionsstube erschauerte. «Der Nebelinseln finstrer Fürst der Geister ...», diese Zeile hatte an Wucht für ihn verloren, als er hörte, daß Shakespeare das sein sollte, aber nun war der alte Klang des ersten Hörens wieder da. Der Redaktionsbote streckte den Kopf durch die Tür.

«Sind Sie fertig?»

Krusenstern las hastig noch einmal den Artikel über

Theodor Lerner und schrieb darüber mit seiner kalligraphisch winzigen Handschrift: «Der Nebelfürst». Als Lerner deutschen Boden betrat, war dieser Titel schon überall im Schwange.

13

Der große Mann
wird erkannt

Der *Helgoland*, die fünf Wochen lang seine Heimstatt und Zuflucht gewesen war, wandte Lerner, sowie er in Geestemünde von Bord ging, keinen Blick mehr zu. Wie einem im Holzkasten beförderten wilden Tier war ihm zumute, das die stets verschlossene Klappe unversehens geöffnet findet und in die Freiheit entweicht. «Fester Boden unter den Füßen», dachte Lerner, «das müßte man beschreiben können, welch ein Gefühl das ist nach fünf Wochen. Das sind die eigentlichen Herausforderungen des Reiseschriftstellers. Da kann ich noch froh sein, daß ich solche komplizierten Sachen nicht leisten muß.» Zwei Tage später als erwartet, hatte die *Helgoland* Geestemünde erreicht. Wieder wehte Fischgeruch Lerner an, als sie ins Hafenbecken glitt. Hier war alles beim alten geblieben, während für ihn alles anders geworden war. Dank der Verspätung wurde die *Helgoland* nicht erwartet. Kein Neugieriger stellte Fragen. Dafür lag in der «Hansekogge» ein Brief von Frau Hanhaus, in dem sie ihn nach Frankfurt am Main beschied, und zwar sofort. In Berlin habe sie alles aufgelöst. War auch sein Zimmer in der Pension «Tannenzapfen» geräumt? Wenn man diese Frau einen Augenblick aus den Augen ließ, waren Überraschungen zu gewärtigen.

Das Gute an Frankfurt war: von Schoeps weit entfernt zu sein. Schoeps war jetzt sein Feind, was sonst? Frau Hanhaus beruhigte zwar. Schoeps sei bloß nicht gut auf Lerner zu sprechen, aber ohne Haß und Rachsucht oder gar Verfolgungseifer. Woher wußte sie das? Das sagte sie nicht.

Puppa Schmedecke hatte inzwischen ganze Arbeit geleistet. Die ihr von Frau Hanhaus zugedachte Aufgabe hatte sie erfüllt, wie man es nur tut, wenn man im eigenen Interesse handelt. In den fünf Wochen von Lerners Nordlandfahrt war Schoeps einer Kur unterzogen worden, die ihn den Spott über Lerners Eskapaden und die groteske Wendung der vom Berliner Lokalanzeiger großmäulig angekündigten Suche nach Ingenieur André kaum mehr empfinden ließ.

Den Fesseln der Wollust wird demoralisierende Wirkung nachgesagt, und dabei war es bei Chefredakteur Schoeps – wie lange würde er diesen Titel noch führen? – gerade das moralisch Defekte, das besagte Fesseln niederhielten. Auch im ersten Zorn, der schon milde ausfiel, hatte niemand ihn rufen hören, er werde Lerner fertigmachen, eine häßliche Drohung, die sonst leicht über seine Lippen kam. Alles, was er sagte, war ein gepreßtes: «Mit Lerner bin ich noch nicht fertig.» Wo einst Angriffswut war, herrschte jetzt Trauer, an die Stelle der Bitterkeit trat nun Wehmut. «Ich hoffe, er wird glücklich mit seiner Insel.» Hatte Schoeps das allen Ernstes ausgesprochen? Manche schworen es. So groß hätte der Bogen nicht sein müssen, den Lerner um Berlin schlug.

Für Frankfurt am Main gab es aber gewichtige sachliche Gründe. Dort forme sich das Konsortium, schrieb Frau Hanhaus. Da mußte das Haupt des Unternehmens sich sehen lassen.

In Lübeck wurde es voll in Lerners Erster-Klasse-Abteil – «Sie müssen unbedingt Erster Klasse fahren, wer weiß, wer Sie am Bahnhof erwartet!» lautete Frau Hanhausens strikte Anweisung. Die rotsamtenen Sitze mit den Spitzenschonern, auf denen das Monogramm der Reichsbahn blumig umrankt war, nahmen ein würdiges Ehepaar auf, das in Begleitung einer jungen Dame reiste – wohl nicht Tochter, eher Gesellschafterin, in jedenfalls deutlich schlichterer Toilette als die schöne Ältere. Als diese Frau ihren hellen Staubmantel ablegte, war es, als werde in einem Salon die schützende Nesselhusse von einem Prunksopha heruntergenommen. Ein Pfauenfederschillern ergoß sich changierend wie Wasseroberfläche über ihr hellgrau seidenes Complet. Sie war mollig und schwer, aber geschnürt wie eine Biene. Das Voluminös-Ausladende verjüngte sich in gedrechselten Rundungen und schwoll dann wieder an, das war ein geformtes Auf und Ab, und wenn sie sich in ihrem Samtsitz bewegte, was sie ständig tat – sie rückte und wandte sich und hob die Hände zum Haar und zeigte auf etwas draußen –, dann rauschte und raschelte es so laut, daß ein Flüstern darin ertrank. Sah sie Lerner, während sie sich einrichtete und auf längeres Sitzen einstellte? Nicht mit ungeniertem Angucken jedenfalls, das hätte sich auch nicht gehört. Daß der wohlgenährte, braungebrannte junge Mann mit dem dicken, akkurat gescheitelten Haar und den harmlosen blauen Augen ein ansehnliches, appetitliches Gegenüber war, dazu mußte sie ihn nicht anstarren, das hatte sie schon von draußen aus den Augenwinkeln bemerkt. «Immer aus den Augenwinkeln, nie direkt hinsehen!» schärfte sie ihrer Tochter Erna gern ein, die für ihr fortgeschrittenes Alter noch heillos kindlich war; Bauernmädchen bekamen mit achtzehn Jahren längst das zweite Kind. Es wäre für Erna geradezu eine Lektion in dem Fach «Wie sättige ich meine Neugier unauffällig?» gewesen, wenn sie ihre Mutter jetzt dabei beobachtet hätte, wie sie rechts und links an Theodor Lerner vorbeisah, mit den Augen blitzschnell über sein breites Gesicht wischte und die Gefahrenzone schon wieder verlassen hatte, bevor Lerner diesen Blick unangemessen hätte erwidern können.

Die Dame war entzückend ungezwungen, als sei sie mit ihrer Familie allein. Den von Salzluft und Sturmgebraus bronzierten jungen Mann ihr gegenüber gab es gar nicht. Da war ein großes Loch. Schaute sie ihn an, oder schaute sie ihn nicht an? Sie schaute ihn wahrscheinlich nicht an, entschied Lerner. Deshalb wandte er den Kopf zum Fenster.

Neben dem Fenster saß das junge Mädchen. Ilse hieß es, der Name fiel öfters. Immerfort sollte sie etwas reichen, etwas halten, etwas aus der krokodilledernen Reisetasche, dem kleinen Nachtgepäck der Dame oben im Gepäcknetz, herausholen oder dort hineintun, und sie tat alles Verlangte schnell und gewandt, ohne, wie es Lerner vorkam, dadurch besondere Zufriedenheit zu erregen bei ihrer Herrin. Die Augen des Ehemannes ruhten dagegen mit Wohlgefallen auf Ilses Bewegungen. Da gab es wirklich etwas zu sehen. Im engen Raum eines Abteils kann der Mensch sich kaum entfalten. Wie ein schöner fester Schlangenkörper drehte Ilse sich graziös um sich selbst, wenn sie aufstand, um an die Tasche zu gelangen. Sie hob und senkte den Kopf, sie zeigte den jugendlichen Oberkörper in seiner gestärkten Piquetbluse in allen Stellungen, die ein auf Frauenkörper versessener Zeichner, ein Watteau etwa, seinen Modellen abverlangen mochte: Halbprofile, verlorene Profile, sich drehende Schultern, sich senkende und hebende Kinnpartien, Schattenspiel und Licht im Schatten, das auf die dem Fenster abgewandte Pfirsichwange fiel, waren in schneller Folge zu studieren. Lerner hatte in fünf Wochen ein einziges weibliches Wesen gesehen, das Eisbärweibchen, das Kapitän Abaca geschossen hatte, mit zusammengebundenen Beinen, als elenden Kadaver. Was sich vor seinen Augen da ausstellte und im schnellen Wechsel als schier unerschöpfliches Schauspiel präsentierte, überschwemmte seine Aufnahmefähigkeit. Der Duft war nicht zu vergessen. Aus den raschelnden Pfauenaugenfalten der Herrin stieg ein feiner, sandelholzgetönter Teegeruch, der das ganze Abteil mit seiner porzellanenen Vornehmheit ausfüllte. Lerner griff ohne nachzudenken nach seinem Zigarettenetui, ließ es dann aber in die Rocktasche zurückgleiten.

Diesen Duft mit Tabakgeruch zu durchmischen kam ihm plötzlich wie ein Sakrileg vor.

Ilse, um die sich das Ehepaar gerade einmal nicht kümmerte, sah ihm voll und mit hemmungsloser Offenheit in die Augen. Ihre hochgesteckte Frisur, die nur von zwei Schildpattkämmen gehalten war, neigte zur Auflösung. Das stand in überraschendem Gegensatz zu der Perfektion, mit der die kleine Reisegesellschaft auftrat. Ohne die Augen von Lerner abzuwenden, hob sie ihre Arme, um die in die Stirn fallende Strähne wieder zu befestigen. Und dann legte sie, Lerner weiter todernst fixierend, zwei Finger auf ihre Lippen.

Er staunte, wie schnell er seine Verdutztheit überwand. Unversehens lächelte er vor Vergnügen. Dies Lächeln sah die Dame. Sie war eine Künstlerin der Beiläufigkeit. Gewiß, sie lächelte zurück, und ihr Gesicht verschönte sich dadurch beträchtlich, aber sie tat es so zerstreut, als sei ein amüsanter Gedanke durch ihren Kopf geflogen.

Jetzt stand Lerner im Gang, ein paar Abteile entfernt, beinahe draußen auf der zugigen Plattform. Er war sich sicher, was nun geschah, und mußte auch nur sieben Minuten warten, aber sieben Minuten können sich dehnen. Dann stand Ilse neben ihm. Mit demselben hemmungslos aufrichtigen Ernst, mit dem sie ihn im Coupé angeblickt hatte, sagte sie: «Wie gut, daß Sie mich verstanden haben. Wenn ich nichts zu rauchen bekomme, werde ich verrückt.» Sie nahm eine Zigarette aus seinem Etui, blickte ihn leidenschaftlich an und nahm noch zwei, und dann noch zwei, die sie sich in die Bluse schob.

«Ich habe keinen Pfennig Geld. Diese Leute bringen es fertig, mich ohne einen einzigen Pfennig reisen zu lassen», sagte sie voll gedämpfter Entrüstung. Sie rauchte wie ein Kind. Ihre Augen waren, wenn sie an der Zigarette zog, auf die Glut gerichtet. Sie bedankte sich mit keinem Wort.

Als Lerner das Coupé wieder betrat – er wartete etwa sieben Minuten, nachdem Ilse ihn verlassen hatte –, begann die Unterhaltung augenblicklich. Alle fingen auf einmal zu reden an. Der würdige Familienvater hob schließlich die Hand und gebot Ruhe: «Erlauben Sie, daß wir uns vorstellen: Kohrs, dies ist Frau Kohrs und dies ist Fräulein Kohrs, meine Nichte. Wir sind auf dem Weg nach Wiesbaden.» Lerner bekannte, nach Frankfurt zu reisen.

«Dann sind wir ja das längste Stück zusammen!» rief Frau Kohrs und wandte sich ihm nun zum ersten Mal ausdrücklich zu mit dem ganzen Gewicht ihrer Person.

«Das längste Stück, gnädige Frau, habe ich bereits hinter mir», sagte Lerner mit leichter, werbender Verneigung. Die Familie lauschte seiner Erzählung hingerissen.

Mit wenigen Worten führte er sie in den hohen Norden, über Spitzbergen hinaus in das graue öde Nichts. Und von solcher Fahrt war er heil und geradezu herausfordernd gesund wieder zurückgekehrt!

«Ich gewiß», antwortete Lerner bescheiden, «aber andere sind dortgeblieben. Den Kapitän unseres Schiffes haben wir dort oben verloren. Er bekam sein Seemannsgrab in Sichtweite der Bären-Insel.»

«Seemannsgrab?» fragte Ilse. «Nicht auf der Insel? Wirft man denn die Toten einfach so ins Wasser?» Lerner mußte ausholen. Er erzählte lebhaft und ausführlich. Die schwarzweißroten Pfähle fanden Erwähnung, die Besitzerklärung in der Cognacflasche, Kapitän Abaca und das Altgläubigengrab – Herr und Frau Kohrs hatten noch nie etwas davon gehört, daß Altgläubige sich mit zwei Fingern bekreuzigen, und schüttelten die Köpfe. Nach dem tragischen Unfall – Lerner zitierte seine eigene Meldung an den deutschen Konsul von Tromsö; das sagte man doch so: «Tragischer Unfall» – war die ganze Unerbittlichkeit des Machtkampfes um die Bären-Insel erst wahrhaft deutlich geworden. Die Russen hatten die Beerdigung des Korvettenkapitäns Rüdiger auf der Bären-Insel verboten, mit ausdrücklicher Erwähnung des Altgläubigengrabes – nein, gerade ein toter Rüdiger war Kapitän Abaca entschieden zuviel deutsche Präsenz. Und dabei war er ein ritterlicher Feind. Als Kapitän Rüdiger von Bord der *Helgoland* in sein «kühles Grab» gesenkt wurde, wie Lerner gefühlvoll sagte – «als sie die Leiche ins Wasser geschmissen haben», unterbrach ihn Ilse –, da hatte Abaca auf dem Deck seines Panzerkreuzers *Swetlana* antreten lassen. In dieser grauen Leere standen die Soldaten in Blütenweiß stramm und sangen über die Wasser hinweg ein Lied, das Lerner tief bewegte. Er versuchte seinen Hörern einen Begriff davon zu geben und erhob seine Stimme, einen hübschen Bariton: «‹Woinowo, woinowo, schuri buri›, da habe ich mich meiner Tränen nicht geschämt, und dann sank der Doppeladler auf Halbmast, und zugleich stiegen die Seevögel als riesige Wolke in die Luft, denn die Kanone wurde abgefeuert, aber das hörten wir später als die Vögel, der Schuß rollte über das Wasser, und der Gesang vermischte sich damit, und die Vögel kreischten – und wir waren ja dort oben vollkommen allein.»

Dies letzte verwunderte ihn selbst jetzt am allermeisten.

«Aber dann sind Sie ja der Nebelfürst!» rief Herr Kohrs plötzlich. Ilse erhielt die Anweisung, Tee auszuschenken, und holte eine dick in Servietten geschlagene silberne Wärmekanne hervor. Lerner fiel auf, daß Kohrs die Augen nicht von den Händen seiner Nichte ließ, als habe er jeden Griff zu beaufsichtigen.

Die Fahrt dauerte noch lang. Es dämmerte darüber. Man tauschte sich nun systematisch aus. Herr Kohrs war Bankier. Die wirtschaftlichen Aspekte der Bären-Insel interessierten ihn. Zu Lerners Ausführungen über «die entsprechenden Anlagen» wiegte er das Haupt. Als er mit seiner Nichte auf den Gang trat, um sich die Füße zu vertreten, richtete Frau Kohrs sich unversehens auf und sagte, indem sie aus dem Fenster auf das vorbeifliegende Grün sah: «Und in Frankfurt erwartet Sie Ihre Frau Gemahlin?»

«Ich bin unvermählt, gnädige Frau», antwortete Lerner. Etwas Beflissenes lag in seiner Stimme.

«Und Ihr Herz ist noch frei?»

Auch bei dieser Frage sah sie ihn nicht an, und Lerner brauchte sie nicht zu beantworten, denn Kohrs kehrte zurück. Eines müsse Herr Lerner versprechen, sagte er aufgeräumt. Zu gern wolle er seiner Tochter Erna eine Photographie des Nebelfürsten schenken – sei er bereit, ihr eine solche zu schicken? Frau Kohrs schloß sich der Bitte ihres Mannes an.

«Ich gestatte es gern», sagte sie und schenkte ihm nun endlich einen langen, sich allmählich verschleiernden Blick.

14

Ein Bild
von sich machen

Oft lag es nicht bei Theodor Lerner, ob er die Unterkunft wechselte. Es gehörte zu seinem Schicksal, daß er mit Vermietern, vor allem Zimmervermieterinnen, nur zurechtkam, wenn er sie ordentlich bezahlte. Finanzielle Ungewißheit ertrug er sonst gut, aber den Wirtinnen gegenüber erzeugte sie Unbescheidenheit, Angriffslust und Zorn. Zwei schöne weiße Hemden besaß er gegenwärtig. Eines trug er schon zwei Tage auf dem Leibe, das andere hatte er zum Waschen gegeben. Um zwei Uhr nachmittags sollte die Wirtin es gebügelt haben. Daß der Kragen nicht so beinhart gestärkt war, wie sich das gehörte, nahm Lerner schon als Gewißheit hin. Von nebenan waren Geräusche zu hören. Es klapperte dort etwas, als werde ein Bügeleisen auf seinen metallischen Halter gesetzt. In diesem Zimmer nebenan stand auch die Badewanne in einer Nische, die von einem Vorhang wie ein Alkoven geschlossen werden konnte. Wenn Theodor Lerner an diese Badewanne heranwollte, hatte die Wirtin unfehlbar dort zu tun; dann wollte sie bügeln, was sie sonst nie wollte. War er nur deshalb im Unrecht, weil er erst gegen halb elf Uhr aufstand? Wo blieb sein beliebter, gefürchteter und verspotteter Charme im Umgang mit dieser Frau? Wie ertrug er es, nach kurzem von ihr nur noch mit Vorwürfen empfangen zu werden? Die Wirtin war ein pädagogisches Naturell. Es hätte sie ratlos gemacht, wenn ihr der Stoff zum Schimpfen ausgegangen wäre. Wäre es nicht schlau gewesen, sie einmal zu verblüffen?

Um drei Uhr schließlich brachte sie das Hemd, früh genug, um ihren Mieter mit Schuhen auf dem geschwungenen Sopha, das allerdings mit einer alten Husse geschützt war, liegen zu sehen. Beide sparten nicht mit Vorwürfen. Es drang jetzt auch der Geruch jenes Topfes ins Zimmer, aus dem er sich gestern abend noch dankbar genährt hatte. Jetzt kam er ihm widerwärtig vor. Lerner besaß eine teure Flasche, die er «meinen besten Anzug» nannte, eine Mixtur aus Sandelholz, Leder und Moschusessenzen war darin, viel zu stark, um ihn außerhalb des Schlafzimmers zu verwenden. Jetzt goß er freigebig davon in die Hände und klatschte sich das Wasser um die Backen. Der Eintopf und die Gerüche Arabiens lagen in unerbittlichem Streit. Lerner fühlte sich straffer und frischer werden. Um den mäßig steifen Kragen wand er eine schwarze, weißgepunktete Krawatte. Im Hintergrund zankte die Wirtin. Es war wie das Selbstgespräch einer Krähe, die auf einer Abfallhalde herumhüpft.

«Ich werde dieses Zimmer vielleicht schon morgen kündigen», dachte er. Alles um ihn herum schien braun zu sein, auch die Stoffe, die mit ganz anderen Farben bedruckt waren. «Es ist wie im Innern einer Zigarre hier, so eng und so dunkel.» Im Dunst der Parfumflasche überwand er den Trieb, bei der Wirtin das letzte Wort zu behalten. Er mußte sich jetzt konzentrieren. Kleinliche, streitsüchtige Gedanken hinterließen gewiß Spuren auf seinem Gesicht, etwas zerrüttet Auseinanderfallendes trat dann hervor. Wenn sich das verewigte, war aller Aufwand verschenkt.

Theodor Lerner wollte sich photographieren lassen. Entgegen seiner Angewohnheit ging er zu Fuß. Hätte er nicht, um die frisch gewienerten Schuhe zu schonen, eine Droschke nehmen müssen? Nein, er glaubte, den Weg im Freien zu brauchen, um in die richtige Photographierverfassung zu geraten. Rosige Gesichtsfarbe kam zwar auf dem sepiafarbenen Photo kaum zur Geltung, aber der Eindruck eines Gesichtes setzte sich eben aus Unwägbarkeiten zusammen. Was im Paß darüber zu lesen stand, war das Unwesentlichste, was man über eine Erscheinung sagen konnte.

Das Haus, in dem Lerner sein flüchtiges Quartier aufgeschlagen hatte, lag in Bornheim. Im Parterre zeigten Goldbuchstaben eine koschere Metzgerei an. Das war nicht die Adresse eines Mannes, der ebenbürtig mit bedeutenden Kaufleuten, Ministern, Bankiers, womöglich gar hohen und höchsten Personen zu verhandeln plante. Aber er fühlte einen unbesiegbaren Widerwillen bei dem Gedanken, mit Frau Hanhaus unter einem Dach zu wohnen. Er war sich darüber klar, daß er ohne sie keinen Schritt in der Bären-Insel-Affaire tun konnte, und zugleich wuchs in ihm das geradezu abergläubische Bedürfnis, sich ihr nicht vollständig preiszugeben. Lerner hatte Geheimnisse vor Frau Hanhaus. Die Bekanntschaft mit Bankier Kohrs verschwieg er ihr. Post aus Lübeck würde er zu seinem Bruder Ferdinand schicken lassen. Heimat konnte das brüderliche Anwesen nie mehr sein, aber Briefkasten. Gerade weil die Schwägerin Isolde ihn verabscheute, würde sie nie seine Briefe öffnen. Sie kontrollierte nur die Menschen, an denen ihr gelegen war, Ferdinand an der Spitze.

Zum Photoatelier war es weit. Es lag in der Innenstadt. Und mit jedem Schritt aus dem Bannkreis der Bornheimer Wirtin heraus kräftigte sich Lerner. Es war kalt, aber er trug keinen Mantel. Die Kälte feuerte ihn geradezu an. Sie ließ ihn eine innere Wärme entwickeln, daß ihm die Wangen brannten. Der Weg in die Stadt war leicht abschüssig, das beschleunigte sein Vorankommen Alle Gedanken und Empfindungen gingen in schneller Bewegung auf. Lerner verwandelte sich gleichsam in Energie.

Das Atelier war zur Straße hin mit einem prächtigen Schild angekündigt, lag aber im Hinterhof des düsteren roten Sandsteinhauses. Auf Holzpflaster erreichte man ein Manufakturgebäude, das in den vorher großzügigen Hof hineingesetzt war. Die neuen Mauern hatten einen Sandsteinbrunnen mit schlanker Urne auf der Pumpsäule halb verschluckt. Die Tür führte in einen ungemütlichen kleinen Salon, ein Wartezimmer, das die Plage des Wartens recht deutlich fühlbar machte. Aber Lerner brauchte nur seinen Hut dort aufzuhängen, denn der Photograph kam ihm in einem weiten künstlerischen Kittel, der von der

Kleidung nur Kragen und eine flatternde Schleife sehen ließ, entgegen und bat ihn herein. Theodor Lerner betrat einen Saal. Das Blechdach, von Eisenverstrebungen gehalten, schwebte in gewiß sieben Metern Höhe. Von dort oben floß aus vielen schmalen Fenstern ein helles Milchlicht herab. In diesem Licht übersah Lerner den großen Photoapparat aus lackiertem Holz, denn er war von dem ausgerollten Bühnenbild, das den Hintergrund ausfüllte, sofort gefangen. Da gab es den Main mit Lastschiffen, hinten die Altstadt mit dem Domturm, in der Ferne unverkennbar das sanfte Hügelland zum Taunus hin, die Silhouette von Feldberg und Altkönig, und dies alles von einer herrschaftlichen Terrasse aus betrachtet, mit Sandsteinbalustrade, einem kleinen schlafenden Putto und sanft wucherndem Efeu. Auf dem Bühnenpodest lag ein Steckenpferd, an einem verschnörkelten eisernen Gartenstuhl hing eine Violine, auf der Sitzfläche lag eine reich frisierte Puppe.

«Ich bin begeistert», sagte Lerner, «aber meinen Sie nicht, daß wir die Spielsachen wegnehmen sollten? Mein Instrument ist außerdem das Akkordeon und nicht die Geige ...» – «Das ist gar nicht für Sie bestimmt», sagte der kurz angebundene Photograph. Er war verschnupft. Seine Augenlider waren entzündet, er wirkte verfroren. Lerner stellte sich vor, wie der eiskalte spitze Finger, weiß vor Kälte, auf den Auslöser drückte. Bei der Begrüßung schon fehlte dem Photographen jede Ladenbesitzergeschmeidigkeit. Er hatte Lerner eigentlich gar nicht angesehen, sondern war ihm wie ein mürrischer Atelierdiener mit gesenktem Kopf vorangegangen. Jetzt, wo er ihn ins Auge faßte, tat er das, wie Lerner zu bemerken glaubte, mit Mißtrauen. Es war doch wohl nicht der helle Staub auf den Schuhen, der dem Künstler mißfiel?

Es mißfiel ihm vielleicht überhaupt nichts. Er war vielleicht nur mit sich selbst unzufrieden, weil er noch nicht wußte, was er mit diesem Mann da anstellen sollte. Der Photograph war wirklich ein Künstler. Es war frostig in seiner Gegenwart, weil er eine dauerhafte, den Tag weithin überlebende Leistung plante. Er war jetzt nur noch mit den straff gespannten Seilen von Flaschenzügen beschäftigt, die hinauf zum Blechdach führten. Da war etwas verheddert. Dann sauste die Mainansicht mit Altkönig in die Höhe. Lerner versetzte ihr Verschwinden einen kleinen Stich. Wäre die Andeutung wohlhabender Umstände, stattlichen Gutsbesitzes im Weichbild der Stadt nicht zweckdienlich gewesen?

An seiner Stelle sah er nun eine prunkvolle Bibliothek. Ein Globus wie der, auf dem Papst Alexander der Sechste Südamerika teilte, stand neben einem teppichbedeckten Büchertisch. Darauf stapelten sich die aufgeschlagenen Folianten, eine Pergamentkaskade bildend. Dahinter erhoben sich die Bücherschreine von ägyptischer Monumentalität, Buchpylonen, Buchmausoleen, Buchsarkophage. Theodor Lerner fing sich schnell. Das war besser als eine Mainansicht. Auf einem Tischchen vor ihm lag ein echtes, ausnahmsweise nicht gemaltes kleines Buch, poesiealbumartig in hellblauen Samt gebunden, Heines *Buch der Lieder*. Er griff danach und blätterte mit einer versonnenen Miene darin, von der er hoffte, daß der Photograph sie bemerkte.

«Nichts da», sagte der Photograph und zog an der Schnur. Jetzt sauste richtiges Ägypten herab: Pyramiden im Hintergrund, gelber Sand im Vordergrund, so echt, daß er zum Husten reizte, ein hochzeitlich mit Troddeln geschmückter Kamelsattel lag vergessen darauf herum – «Nein, das sind Sie nicht», sagte der Photograph gereizt. Venedigs Seufzerbrücke, der Vierwaldstätter See, ein Strandkorb mit Sandburg und deutschen Fähnchen, eine Almhütte, eine Gartenlaube, ein Kiosk am Bosporus, all dies fiel vom Himmel und sauste wieder in ihn zurück. Der Photograph erinnerte Theodor Lerner in seiner ruhelosen Suche nach dem passenden Bildhintergrund an den Gefreiten in der Kleiderkammer, der ihn in seiner Rekrutenzeit einzukleiden hatte, ihn kaum ansah, sich dann den Fluten von Jacken und Hosen zuwandte, darin herumwühlte, schließlich etwas hervorzog, es ins Licht hielt und «Paßt nicht!» rief.

Es war eine Bilderfülle ohnegleichen, technisch vorzüglich organisiert. Ein Iglu war auch darunter, aus bläulichen Gletscherklüften sich herauswölbend, davor war ein Hundeschlitten abgestellt. Lerner empfand einen Augenblick die Versuchung, hier entschieden «Halt» zu rufen. War nicht er der Kunde? Hatte nicht er das Recht, zu bestellen, was er bezahlte? Als er sich aufraffte und die Brust mit Atem füllte, um bedeutender zu wirken, ein Mann, der wußte, was er wollte, unterbrach ihn der Photograph, indem er ihm urplötzlich zum ersten Mal richtig in die Augen sah.

«Ich weiß, was Sie sagen wollen. Dies alles ist nichts für Sie. Wir werden ein ganz einfaches Bild machen. Kämmen

Sie sich bitte die Haare. Hier ist ein Spiegel. Stopfen Sie das Taschentuch bitte etwas mehr in die Brusttasche. Machen Sie die Lippen feucht. Schauen Sie bitte etwas nach links, mit den Augen aber zu mir. Bleiben Sie bitte so, bis ich bis zehn gezählt habe.»

Bis zehn zählen, das geht schnell, aber für Lerner war es, als falle jede Zahl wie ein Tropfen aus einer mächtigen Kuppel herab. Er machte ein entspanntes Gesicht, aber während die Zahlen fielen, erstarrten seine Züge. Ein Lidschlag lang stellte sich Zeitlosigkeit, Verlorenheit im Grenzenlosen ein. Er machte jetzt kein Gesicht mehr, das war ihm ganz klar, er wies jetzt in nackter Ausdruckslosigkeit sein Gesicht vor wie einen toten Klumpen. Die Augen brannten.

«Danke sehr», sagte der Photograph, «das ist, glaube ich, sehr interessant geworden. Wie viele Abzüge benötigen Sie?»

Theodor Lerner dachte an Frau Kohrs, an Herrn Kohrs, an Erna und an Ilse und antwortete: «Zwei.» Denn einen wollte er gerne behalten.

15

Morgenstunde im «Monopol»

Worauf besaß das Hotel «Monopol» in der Nähe der Riesenglaswölbungen des neuen Hauptbahnhofs ein Monopol? Seine Zimmer waren geräumig, aber laut, denn die meisten gingen nach vorn heraus, wo schon am frühen Morgen Pferdewagen ratterten und Motoren knallten. Für den Reisenden, der aus dem Bahnhof auf den Platz davor trat, war es, als beginne hier erst richtig die Verworrenheit des Unterwegsseins. Die Zimmer nach dem Hinterhof hatten ein trübes Licht und lagen über einer Bäckerei, in der sich schon zur Nachtzeit der neue Tag vorbereitete. Wie den alten Göttern der Opferqualm verbrannter Weihrauchkörner und verschmorter Tiere in ihre reinlichen Höhen entgegenstieg, wölkte der Mehl- und Brot- und Hefegeruch in diesem Hof in die Schlafzimmerfenster der Gäste des «Monopol», die sich nach einer Weile fühlten, als seien sie satt, so hungrig sie zu Bett gegangen sein mochten. Die Zimmer waren neu tapeziert. Blätterwerk und Blütenknospen bedeckten die Wände, als solle hier ein ewiges Laubhüttenfest gefeiert werden. In Zimmer achtundzwanzig erschien welkes Ahornlaub mit bräunlichen, vertrockneten Samenkapseln, den berühmten «Nasen», in ganzen Büscheln im Wechsel mit giftig gelben Iris, aus deren Maul es violett heraustroff. Der Bilder hätte es in dieser Farbenpracht nicht bedurft, aber es war nicht an ihnen gespart. «Luther schaut als Junker Jörg dem Volk aufs Maul» und «Der junge Goethe raubt Friederike von Sesenheim einen Kuß» bildeten als große Stahlstiche schwarzweiße Ruhepole im Blätterdschungel. Die Achtundzwanzig war eines der unbeliebten Hinterhofzimmer. Als ob das Fenster sich seiner Aussicht schäme, drückte es sich in die äußerste Ecke. Wenn man das Zimmer betrat, sah man es zunächst gar nicht. Ein großer Paravent, in dessen Pappwände Pfauenaugen geprägt waren, schirmte den Fensterwinkel ab. Dahinter sah man die Messingkugel eines Bettpfostens hervorblinken. Ein weiteres Bett war zur Tür gerückt. Die Bewohner hatten in dem Zimmer alles hin und her geschoben. Man konnte den Raum nun kaum mehr aufräumen, keinesfalls aber einen irgendwie harmonischen Eindruck erzeugen. Der Kleiderschrank mit seiner ovalen Spiegeltür ließ sich nicht schließen, so vollgestopft war er. Über jedem Sessel, auf der Kommode, über dem Paravent, auf dem Kofferbock lagen Kleider. Ein Bügelbrett war auch aufgeschlagen, darauf stand ein überquellendes Nähkörbchen, hübsch geflochten, der einzig erfreuliche Anblick im Zimmer.

Wieviel Uhr war es? Im Halbdunkel war das schwer

zu schätzen. In der Bäckerei wurde schon seit Stunden mit Blechen und schweren Ofentüren hantiert. Der Brotgeruch überlagerte den Schlafzimmermuff, der in diesem Zimmer schon fest eingewohnt war, bevor seine gegenwärtigen Bewohner einzogen. Hinter dem Paravent funzelte ein gelblicher Lichtschein hervor. Das war so traulich, als brenne dort ein Kerzlein, es war aber eine schwache Glühbirne hinter unterrockartig gefälteltem Schirm mit Brandlöchern von den Zigaretten. Jetzt sagte eine hohle, tiefe Stimme, eigentümlich körperlos wie von einem Papagei: «Verdammt, jetzt reicht's mir aber.»

Das war es, worin das Hotel «Monopol» einzig war: nicht in seiner flüchtigen Sauberkeit, den Flecken in der Bettwäsche und den Staubdolden im Schrank, in seiner Unruhe oder in dem Mißtrauen, gewissen Gästen täglich die Rechnung zu präsentieren, sondern in der Konstruktion seiner Heizungsrohre, die aus weit entfernten Zimmern Stimmen heranholten, als sprächen sie in nächster Nähe.

«Das ist der Vertreter aus Düsseldorf mit der Glatze», sagte eine warme Damenstimme hinter dem Paravent. Dort herrschte Licht und Leben, und man lag wohl schon ein Weilchen wach, mit träumerischen Überlegungen beschäftigt. Sprach sie mit sich selbst oder mit dem jungen Mann oder dem großen Jungen, der auf dem Bett nahe der Tür lag? Es war heiß auf Zimmer achtundzwanzig, aber wegen der frischen Brötchen im Souterrain ließ man das Fenster geschlossen. Der Junge hatte die rotglitzernde Steppdecke zurückgeschlagen, um es kühler zu haben. Halbnackt mit weichen üppigen Brüsten und einem säuglingshaft vortretenden Bauch trug er lange Mako-Unterhosen und Sokkenhalter. Das Gesicht war jetzt noch verschlafen formlos. Das dicke glatte Haar, das keine eindeutige Farbe hatte, bedeckte Stirn und Augen wie eine Mütze. Die Wangen waren bartlos, und dabei war der Kerl schon allzu langgewachsen, die Füße in den schwarzen Strümpfen hingen durch die Stäbe des Fußendes hindurch. Auf dem Nachttisch mit der schinkenhaft gemaserten Marmorplatte tastete er nach der Blechschachtel. In das noch zugeklebte Gesicht wurde blind eine Zigarette gesteckt. Die frischen Brötchen bekamen eine herbe Beimischung, vor dem Rembrandtgelb hinter dem Paravent wallte es bläulich.

«Du rauchst», sagte die warme Stimme.

«Leutnantsfrühstück», sagte der lange Kerl wie im Schlaf, «Cognac und Zigarette.»

«Nicht, solange du bei mir wohnst.» Aber das klang nicht kampfbereit. Der kleine Dialog in der Stickluft der Morgendämmerung wurde nicht zum ersten Mal aufgeführt.

Ein metallisches Singen erfüllte jetzt die Dämmerung. Der filzige Vorhang bewegte sich. Graues Licht fiel ins Zimmer, die verstreuten und gehäuften Kleidungsstücke wurden ins Helle gehoben. Der lange Kerl kniff die Augen zu. Aber seine Mutter hatte verfügt, daß der Tag angebrochen war. Er hatte nur noch einen kleinen Aufschub. Wie im Gefängnis die Pritsche tagsüber hochgeklappt und festgeschlossen wird, würde auch ihm das Herumlümmeln bald nicht mehr gestattet sein.

Der Paravent wankte. In einem langen Nachthemd trat Frau Hanhaus hervor, das junge Gesicht von grauem dickem Haar umrahmt, das für die Nacht auf Papilloten gerollt war. Sie sah aus, als trage sie die Perücke des Lordkanzlers als Nachtmütze. Das Haar hatte der Junge von ihr geerbt, aber wer von ihnen beiden das frischere, straffere Lebewesen sei, war bei der großen Ähnlichkeit von Mutter und Sohn, die das Geschlecht überwand, nicht schwer zu sagen. Um die Augen des Jungen lagen hellbraune Schatten, und sein jugendliches weibliches Fett hatte die leichten Unebenheiten, die die Frauen fürchten. Die Mutter glich einer frisch geschälten Birne. Saftig lag leichter Schweiß auf ihrer Stirn und Oberlippe. In den warmen Mauern dieses Zimmers wurden die Körper, wie die Köche sagen, bei «kleiner Hitze» gegart. Vor der Kornmode, auf der die Waschschüssel stand, zog sie sich mit einer einzigen Bewegung das Hemd über den Kopf. Nun trug sie nur noch reich gefältelte Beinlinge, die von einer Schleife um den Leib gehalten wurden, aber aus zwei selbständigen, in der Mitte unverbundenen Röhren bestanden.

«Dreh dich um», sagte sie, ohne den Kopf zu wenden. Der Sohn rührte sich nicht und betrachtete die ihm seit langem vertraute Rückenplastik, die weißen Zwillingshügel, die sich zu beiden Seiten der mütterlichen Wirbelsäule wölbten. Ihr Körper hatte unbekleidet einen vollständig anderen Charakter als im Korsett. Die Nähe der Bäckerei legte für dies Korsett den Vergleich mit einer kupfernen Kuchenform nahe, in die ein üppiger Biskuitteig gegossen wird. Nahm man die Form weg, dann blühte es dem

Betrachter entgegen. Der Körper blies sich auf, füllte sich, rollte sich gleichsam auseinander. Es platschte leise, während sie über die Waschschüssel gebeugt stand, es klatschte und gurgelte. Der Waschlappen schlug auf die feine Haut, so geschäftig und fest handhabte sie ihn. In das Geruchsgemenge des Zimmers mischte sich nun noch eine zimtige und rosige Seife, die der Sohn nicht benutzen durfte. Der Boden vor der Waschkommode schwamm. Neckisch wackelnd hüpfte sie, die Brüste hinter einem tropfnassen Leinenhandtuch verborgen, hinter ihren Paravent zurück. Das paßte nicht zu ihr. Sie war niemals sonst auch nur für einen schwachen Augenblick lang albern. Als der Sohn sie wiedersah, trug sie ein Spitzenhemd, das zwar gewaschen, aber sehr abgetragen war.

«Wir müssen am ersten freien Tag, den wir haben, an meine Spitzen denken», sagte sie allmorgendlich, wenn sie mit den zerrissenen und sich aufdröselnden Fadengespinsten in den ovalen Spiegel sah. Und jetzt war die Frist für den Kerl, den Lümmel, das Kalb, wie sie ihren langen Sohn zärtlich nannte, wenn sie ihn nicht bei seinem Taufnamen, der seiner körperlichen Prachtentfaltung so vorzüglich entsprach, Alexander rief, endgültig abgelaufen. Er mußte sich von dem zu kurzen Bett herunterwälzen und die größte Kraftleistung des Tages vollbringen, nämlich das mütterliche Korsett strammziehen.

«Fester», stieß Frau Hanhaus hervor und stützte sich mit den runden Armen auf die nasse Marmorplatte der Waschkommode. Es war, als fordere sie von einem Folterknecht eine unerbittlichere Bestrafung. Alexander zerrte an den Schnüren, bis ihm ein hartes Rucken verriet, daß er an eine unüberwindliche Grenze gelangt sei. Wer sie überschritt, der würde die Frau in der Mitte durchbrechen.

Was nun folgte, dauerte noch lange. Alexander wurde erst wieder gebraucht, als es um die Neuordnung des Haares ging. Aber dann war der jeden Morgen aufs neue überraschende Augenblick erreicht, in dem Frau Hanhaus fertig angezogen war.

Sie trug das Kleid aus braunem Taft mit violetten Schleifen. Ihr Haar war zu einem Kissen gebildet, aus dem ein reicher Zopf herabfiel. Sie war ungeschminkt. Ihre Lippen schimmerten altrosa. Die Wangen und die Stirn waren mit zarten Linien wie dem Krakelee feinen weißen Porzellans durchzogen.

«Ich gehe Theo suchen», sagte sie. «Theo glaubt, man findet ihn nicht, wenn er umzieht. Er ist wirklich unerfahren.» Der Rocksaum verdeckte ihre Füße. Sie schien aus dem Zimmer langsam herauszurollen. Alexander lag wieder und sah im ovalen Spiegel die aufgetürmte fremde Gestalt, die seine Mutter war.

16

Die Bären-Insel wird auf die Füße gestellt

Das Schachcafé «Pique-Dame» lag nicht weit vom Hotel «Monopol» entfernt, öffnete schon um neun Uhr, war dann aber bis in den frühen Nachmittag hinein nicht sehr besucht. Die Tische mit den hübsch intarsierten Spielfeldern standen in langer Reihe vor einem schwarzen Wachstuchsopha. Wer setzte sich auf dieses Sopha, und wer nahm den auf dem Terrazzoboden scharrenden Stuhl? Den einen versetzte das Denken in eine Art Winterschlaf, kaum daß er die Fliege auf dem Handrücken verscheuchte, der andere aber dachte mit dem ganzen Körper; der in ihn fahrende Geist ließ seine Gliedmaßen galvanisch zappeln. An einem dieser Tische ein Konferenzgespräch zu führen, hätte eine grobe Unempfindlichkeit verraten. Mehrere Schilder mahnten zu «Silentium», ein Hinweis auf den Bildungsstand der zum Teil abgerissenen Gäste. Das Café bildete ein großes L. Dem langen Arm mit den Schachtischen schloß sich ein durch schwere Vorhänge abgeteilter kurzer Arm mit bloß zwei Tischen an, eine Art Séparée, in dem Karten, Domino und anderes unernste Zeug gespielt werden durften. Hierauf bezog sich aber der zunächst verwirrende Name des Lokals. Die strenge Schachobservanz war erst eingeführt worden, als das Kartenspiel zuviel dauerhaften Ärger mit der Polizei brachte. Die vertriebenen Kartenspieler rächten sich aber und nutzten nicht einmal mehr die beiden Tische im Séparée. Frau Hanhaus fand diesen Raum vorzüglich für Verabredungen geeignet. Hier war man mit Gewißheit ungestört. Wer nicht zu der Narrenzunft der Schachspieler gehörte, verirrte sich nicht hierhinein.

«Ich fühle mich hier wie zu Hause», sagte sie mit der warmen Zufriedenheit, die einen grauen Tag mit Goldstaub überglänzte. Eine seltsame Vorstellung war das: ein Zuhause von Frau Hanhaus. Würden dort auch «Silentium»-Tafeln an den Wänden hängen?

«Schluß mit den großen Ferien, junger Mann», sagte sie zu Theodor Lerner, der ihr mit seinem vom weißen Stehkragen befremdlich abstehenden nordischen Bronzeteint gegenübersaß, «jetzt wird gearbeitet.» Sie verkündete ihm eine Überraschung. Er, Lerner, habe die Bären-Insel entdeckt. Sie ahne, was er in seiner Rechtschaffenheit sagen wolle: daß die Bären-Insel doch schon seit Jahrhunderten, doch von Willem Barents schon in den Atlanten verzeichnet, ausgemessen und beschrieben sei; daß die Hochseefischerei der verschiedensten Nationen sich ihrer als Anker- und Stapelplatz bediene, daß auf den diplomatischen Konferenzen der angrenzenden Staaten schon ausdrücklich über die Bären-Insel verhandelt worden sei – alles geschenkt. In den

Lesehallen für Frauen, in denen sie sich in jeder Stadt, so auch in Frankfurt am Main, schnell heimisch fühle – «was für die glückliche Gefährtin eines Mannes der Herd, sind für mich die Lesehallen für Frauen» –, habe sie in wundervollen Aufsätzen über Columbus die Vorwegnahme «unserer ganzen Bären-Insel-Situation» entdeckt. Entdecker war nicht, wer auf einen Gegenstand stieß, ihn betrachtete und wieder fallenließ, sondern wer ihn in die Sphäre folgenreicher Wirklichkeit erhob. Daß dort oben im Norden unter karstigem Stein und dürftiger Flora, umflogen von kreischenden Seevögeln, verzaubert wie im *Ring des Nibelungen*, ein geheimnisvoller Schatz lag, hatte bis dato niemand gewußt. «Herrenlos» war die Bären-Insel gewesen, herrenlos aber heiße wertlos. Entdecken, das sei nichts anderes, als eine Sache zu dem zu machen, was sie eigentlich ist. Hier blickte Lerner verwirrt. Was war die Bären-Insel eigentlich?

Frau Hanhaus wurde beinahe ungeduldig wegen seiner Verdutztheit. Obwohl im Hauptflügel der «Pique-Dame» keine Gäste saßen, achtete sie gewissenhaft darauf, die Stimme nicht zu heben. Das Flüstern aber verlieh ihren Worten höchste Eindringlichkeit.

In der modernen Welt, in der sie zum Glück lebten, sei es endlich gelungen, alle Faktoren des Lebens, alle politischen, historischen und sozialen Gegebenheiten, alle Arten menschlicher und natürlicher Produktion auf eine einzige leicht verständliche, leicht handhabbare Formel zu bringen. Dank dieser Formel sei das wesenhaft Nichtkompatible aus der Welt verschwunden. Endlich sei man über die Mauer gestiegen, die bis dahin daran hinderte, «Äpfel mit

Birnen zu vergleichen», wie das salopp hieß. Die Wahrheit des neuen Lebens sei die grundsätzliche Vergleichbarkeit und Verknüpfbarkeit von allem Existierenden. Erst die Ökonomie mit ihrer stillen, aber naturgewalthaft unaufhaltsamen Revolution habe die politisch geforderte Gleichheit wirklich geschaffen. Vor dem Erobererblick der neuen Ökonomen seien, dank ihrer im Herzen stets präsenten Zauberformel, alle Dinge vergleichbar – ein Geranientopf, ein Gedicht von Emanuel Geibel, eine Lokomotive, eine Königskrone und eben die Bären-Insel: durch ihren Preis! Das verstehe Lerner doch inzwischen. Was keinen Preis habe, das passe nicht in dieses großartige System, das habe darin keinen Ort und könne deshalb auch nicht in die weltumspannende Totalbeziehung von allem mit allem eintreten, sei infolgedessen sinnlos und eigentlich gar nicht da.

Frau Hanhaus richtete manchmal aus ihren Lesefrüchten einen recht pikanten Salat an. «Wissen Sie jetzt, warum Sie es sind, der die Bären-Insel entdeckt hat und deshalb völlig zu Recht den Titel Nebelfürst trägt? Instinktiv hat der Redakteur des *Casseler Tageblatts* da etwas Richtiges gesehen – Nebel gewiß, auf der Bären-Insel mag es neblig sein, aber Fürst, das ist die reale Anerkennung eines Faktums. Und während Sie die Bären-Insel entdeckt haben und dort oben in Gefahren mit den Pfählen operierten – ich bewundere jeden Ihrer Schritte vorbehaltlos –, da habe ich im warmen Deutschland, Hunderte Kilometer von der Bären-Insel entfernt, im Sessel sitzend gleichsam, auf festem Boden jedenfalls, die Bären-Insel ein zweites Mal entdeckt. Ich habe die Voraussetzungen geschaffen, daß die Bären-Insel in den wahren Kreislauf eintritt, in dem sie nun endlich, spät genug, selbst eine Ware wird.»

So einfach würden die Dinge außerhalb des zivilisierten Tauschverkehrs nicht zur Ware. Am Anfang stehe etwas Geistiges, Immaterielles, eine Entscheidung. Solch eine Insel warte auf die Entscheidung irgendeines Interessenten, eines Anlegers, daß sie ihm etwas wert sei. Der Anleger sitze in seinem Mahagonikontor, umgeben von seinen realen Werten, und müsse zu dem Schritt geführt werden, diese mit Schmerzen oder List oder Fleiß erworbenen Werte hinzugeben für etwas, das bisher gar keinen Wert besaß, durch diesen Akt der Hinwendung aber plötzlich Form und Namen und Gewicht annahm. In zweierlei Hinsicht gab es die Bären-Insel nun: einmal als Steinhaufen unter der Mitternachtssonne und den Nordlichtern vierzehn Tage nördlich von Spitzbergen, und mindestens ebenso real, wenn nicht realer auf dem Papier, in Gestalt des «Deutschen Bären-Insel-Unternehmens», einer kurz vor der Eintragung stehenden Gesellschaft aus potenten Investoren. Ihr Haupt sei Theodor Lerner. Frau Hanhaus hatte alte Bekanntschaften wiederaufgenommen. Da gab es das traditionsreiche Speditions- und Kohlengroßhandlungshaus Burchard und Knöhr. Mit der Pflegetochter des alten Herrn Knöhr habe sie während der Entbindung von Alexander seinerzeit auf derselben Station gelegen, das schmiede zusammen. Herrn Otto Wal kenne sie aus der Zeit, als sie sich von der Insel Jersey aus mit Jute-Importen beschäftigt habe, ein zunächst sprödes, aber hochspezielles Geschäft, voll faszinierender Erfahrungen. Die Herren waren von den

Chancen der Bären-Insel hingerissen. Zum Glück habe die Presse, freilich unter Frau Hanhausens Regie, mitgespielt.

Lerner lauschte begierig. Die Ergebnisse seiner Expedition hatten ihm während der letzten Wochen, die er gleichsam im luftleeren Raum zugebracht hatte, unter den Händen zerfallen wollen. Es war ihm im geheimen manchmal gewesen, als sei das ganze Bären-Insel-Unternehmen bar jeden Sinnes. Mit der Entfernung von jenem grauen Berg, der aus dem grauen Wasser ragte, setzten sich die Bruchstücke wieder zusammen. Als er dem Ehepaar Kohrs und Ilse in der Eisenbahn seine Expedition geschildert hatte und von den «entsprechenden Anlagen» sprach, die es dort oben zu errichten galt, kam ihm das Bild schon wieder beeindruckend vollständig vor.

«Hier sehen Sie, was die *Darmstädter Allgemeine* schreibt. Das hat bei Burchard und Knöhr den Durchbruch geschafft: ‹Wie Theodor Lerner telegraphiert, hat Bergingenieur Möllmann mit zwei deutschen Bergleuten in vierzehn Tagen einen fast zehn Meter langen Stollen getrieben und während dieser Zeit fünfzig Tonnen sehr gut brennender, zur Kesselfeuerung, Schmiedefeuerung und zum Hausbrand sich vorzüglich eignender Kohle gefördert. Nachdem die Versuche an Bord der *Helgoland* abgeschlossen waren, wurde das Schiff mit selbstgewonnenen Kohlen nach Tromsö gesandt. Insgesamt errichtete Lerner zwei große Wohnhäuser, von denen das eine am Südhafen bereits fertig ist. Vom anderen an der Kohlenbucht ist der Grundstein gelegt. Ferner ein Lagerhaus, nahezu tausend Tonnen fassend, das am achten August dienstbereit sein soll, sowie vier Schutzhütten, wovon zwei fertig und zwei in Arbeit sind. Wegen Überwinterung erfolgt die definitive Entscheidung über den Fortgang der Bauarbeiten Mitte August.»

«Wer hat das behauptet», sagte Lerner. Er hörte die eigene Stimme wie aus weiter Ferne. Zugleich sauste es ihm hinter den Augen. Er fürchtete schwindlig zu werden und umklammerte die Lehnen des Bugholzstuhles wie nicht beim heftigsten Seegang.

«Nun, das habe ich aus Ihren Nachrichten zusammengestellt», antwortete Frau Hanhaus und schob den Zeitungsartikel geschäftig in ihre Mappe zu anderen Papieren.

«Aber ich habe nie dergleichen behauptet!» Das war ein Aufschrei im Reich des Silentiums. Zum Glück hatte keine Partie begonnen, sonst hätte der Hausbursche die Konferenz des Bären-Insel-Konsortiums durch Hinauswurf abgeschlossen. Frau Hanhaus zog die Augenbrauen hoch: «Sie haben, wenn ich mich richtig erinnere, von einer Grundsteinlegung am Südhafen gesprochen!»

Theodor Lerner hatte den panischen Augenblick des ersten Schreckens überwunden. Er sprach jetzt in hellem Zorn. Häuser hätte er gebaut! Ausgemessen habe er mit Möllmann Plätze für Häuser. Jeder, der die *Helgoland* sehe, wisse augenblicklich, daß damit nicht das Holz für zwei Häuser und vier Schutzhütten transportiert worden sei. Möllmann habe wahrlich keinen zehn Meter langen Schacht in den Felsen getrieben. Er habe mit Mühe die Stelle gefunden, an der die Ingenieure der Deutschen Hochseefischerei herumgescharrt hätten, und habe dort auch – «mit den bloßen Händen» – Kohlebrocken gefördert, aber von fünfzig Tonnen konnte keine Rede sein. Welch eine Verdrehung sorgfältiger Auskünfte, welch eine Verfälschung, welcher Betrug!

Betrug? Frau Hanhaus verbat sich das Wort. Betrug sei nicht ihr Stil.

«Wir verfahren jetzt in zwei Schritten. Zunächst beruhigen Sie sich. Dann erkläre ich Ihnen mein Vorgehen.»

Habe er schon bedacht, was eigentlich er nach seiner Expedition in der Hand halte? Gar nichts, wenn man von den bloßen Tatsachen ausging. «Entsprechende Anlagen», die das Deutsche Reich zu schützen vermochte, waren nicht entstanden. Dafür aber war die Welt auf die Bären-Insel aufmerksam gemacht worden. Burchard und Knöhr und noch ganz andere Leute konnten heute ohne die geringste Rücksicht auf Lerner zur Bären-Insel aufbrechen und dort bauen und seien dann die Begünstigten. Er möge bitte verstehen: um Geld zum Bauen auf der Bären-Insel aufzutreiben, mußte der Eindruck erzeugt werden, daß dort bereits gebaut worden sei. Burchard und Knöhr und Herr Otto Wal sollten einen Herrn Lerner als Vertragspartner akzeptieren, der auf der Bären-Insel gar nichts anzubieten hatte? Warum denn? Und hatte er das Grundstück nicht vermessen? War das denn keine Grundsteinlegung? War ein Grundstein denn nicht so gut wie ein fertiges Haus? Und stand nicht alles unter dem Vorbehalt des Wintereinbruchs? Und war es wahrscheinlich, daß Burchard und Knöhr und Herr Otto Wal nun Envoyés entsandten, um die Häuser auf der Bären-Insel zu zählen?

«Zetern Sie nicht», sagte Frau Hanhaus mit Schärfe. «Ich habe Ihnen eine hochehrbare Gesellschaft auf die Beine gestellt. Mit diesen Leuten können Sie sich sehen lassen. Burchard und Knöhr zögern noch mit der Einzahlung ihrer Quote, aber Herr Otto Wal will nächste Woche schon einmal zwanzigtausend Mark zur Verfügung stellen. Sogar Ihr Vetter, Herr Bergwerksdirektor Neukirch, den ich mit seinem Titel sehr gern dabeihabe, will sich überlegen, wie er zu uns stoßen kann. Und Ihr Bruder Ferdinand hat mir zwölftausend Mark übergeben.»

«Sie haben Ferdinand angepumpt?» Das Entsetzen ergriff wieder Gewalt über ihn.

«Wovon sollen wir denn leben? Wir haben schließlich Unkosten. Daß die Expedition vom *Lokalanzeiger* gezahlt wurde, geht niemanden etwas an.»

«Und was kommt jetzt?»

«Jetzt haben wir Kapital zum Suchen. So eine schöne Gesellschaft – für die muß doch schnell ein Käufer gefunden sein.»

17

Kommen und Gehen im «Monopol»

Frau Hanhaus ging zum Bahnhof Für ihre kurze Reise lieh sie sich von Theodor Lerner eine Tasche, die Alexander hinter ihr her trug.

«Ich rechne darauf, daß Sie ihn in meiner Abwesenheit ein wenig im Auge behalten», sagte sie, indem sie ihre weiche Hand mit den spitzgefeilten polierten Fingernägeln auf Lerners Unterarm legte. Der Auftrag war Lerner nicht willkommen. Alles, was nach Familienbanden aussah, widerstrebte ihm zutiefst. Das begann bei der eigenen Familie. Ein Besuch bei seinem Bruder Ferdinand war nach dessen Heirat unmöglich geworden. Isolde mißfiel ihm eigentlich nicht, aber als Schwägerin und Mutter und Herrin des brüderlichen Heimes war sie ein Graus. Es bekam nur wenigen Leuten, wenn ihnen solche Autorität zuwuchs. Die freundliche harmlose Isolde hatte durch den Adel der Mutterschaft eine Feierlichkeit angenommen, die Ferdinand ihr offenbar abnahm. Theodor war es, als müsse er sich einem rituellen Tauchbad unterziehen, um die Klebrigkeit abzuspülen, wenn er die Familie seines Bruders verließ. Außerdem war mit Ferdinand geschäftlich nun gar nicht mehr zu reden. «Ich habe Familie», hieß es wörtlich im Brief Ferdinands. Er wollte nun nur noch von Erfolgen hören und erkundigte sich laufend nach dem «Schicksal seiner zwölftausend Mark», die Frau Hanhaus dem Widerstrebenden, auf die außergewöhnliche Rendite zugleich Lüsternen entlockt hatte. Theodor vermutete, daß Isolde von dieser Anlage nichts wußte. Dies Geheimnis hatte Ferdinand wohl gerettet, vielleicht als ein kleiner Fetisch, der bewies, daß er noch frei war, und Theodor wollte alles tun, um ihn in dieser Überzeugung nicht wankend zu machen. War er da nicht geradezu moralisch verpflichtet, das Geld nicht zurückzuzahlen?

Frau Hanhaus schien von Familiensentimentalitäten weit entfernt. Wenn sie vor anderen die Mutter herauskehrte, war das stets Bestandteil eines geschäftlichen Konzepts. Theodor rührte nicht an die Frage, ob es einmal einen Herrn Hanhaus gegeben habe. Gespräche über die wechselseitige Vergangenheit fanden nicht statt. Immerhin hörte er Alexander, als sie zusammen in Köln im Hotel «Rheinischer Hof» abgestiegen waren, vor dem Hotelpersonal «Herrn Lerner» als seinen Vater bezeichnen. «Patenonkel» kam auch einmal ins Spiel.

Lerner war das sehr unangenehm. So bedeutend und fähig Frau Hanhaus war, so fragwürdig erschien ihm ihr Sohn. Und es war gewiß nicht gesund und keine Vorbereitung auf eine solide Laufbahn, den Jungen dieses Leben führen zu lassen. Einerseits lag er an einer stählernen Kette und hatte aufs Wort zu gehorchen. Lerner bekam mit, was geschah, wenn der Junge nicht parierte. Frau Hanhaus hatte ihn mit einem Billett zu Herren Burchard und Knöhr geschickt, traf auf ihrem Zimmer ein, erschöpft von der Konferenz mit möglichen Investoren in dem Salon eines anderen Hotels, fragte, während sie sich die Hutnadeln aus dem Haar zog und das mächtige Federungetüm auf einem Perückenkopf absetzte, den auf dem Bett ausgestreckten jungen Riesen, ob er Antwort mitbringe, und erfuhr, daß er den Auftrag vergessen hatte. Hier war augenblicklich solche Spannung im Raum, daß Lerner am liebsten geflohen wäre. Alexander rappelte sich mit vor Angst und Schuldbewußtsein ausdruckslos gewordenem Gesicht in die Höhe und empfing zwei Ohrfeigen mit der ganzen Wucht kräftiger Oberarme. Sein Kopf flog zur Seite. Das blasse Gesicht wurde knallrot. Es war, als schlage sie ein gezähmtes Tier, das seine Stärke nicht kennt. Alexander kannte die seine. Er öffnete Nüsse mit den Zähnen und riß die Türklinke ab, an der er rüttelte, aber jetzt war er gelähmt. Nicht einmal die Hände hob er, um sich zu schützen.

Er war ihr Diener, ihr Bote, ihr Leibwächter, ihr Agent. Sie sandte ihn aus und zog ihn an unzerreißbarem Strick wieder zu sich zurück. Manchmal trennte sie sich von ihm. Lerner sah sie einmal dem Jungen zwanzig Mark geben, daraufhin war er für eine Woche verschwunden. In dieser Zeit ließ sie nicht ein einziges Mal seinen Namen fallen. Es war sehr nützlich, daß er nicht da war, denn damals begannen die Gespräche mit Herrn Wal, und Frau Hanhaus wirkte viel seriöser ohne Alexander. Manche Männer werden von ihren Frauen desavouiert, andere von ihren Müttern, Frau Hanhaus von ihrem Sohn. Die überwältigende Familienähnlichkeit ließ über das Band, das sie umschlang, keinen Zweifel aufkommen. Die Solidität, die Autorität, das Professionelle, Geschäftsmäßige, das sie überzeugend ausstrahlte, wurde, wenn man den Sohn in dem aus allen Nähten platzenden Anzug sah, in Frage gestellt, so formulierte Lerner behutsam. Und sie konnte, so hart sie ihn bestrafte und so streng sie ihm befahl, dann auch nicht der Versuchung widerstehen, ihm durchs Haar zu fahren, ihn an sich zu ziehen und ihn zärtlich zu betrachten. Wenn er nicht zu gehorchen hatte, war er frei und durfte herumstreunen. Er nahm auch manchmal irgendeine Arbeit an. Er hatte viel von seiner Mutter gelernt. Die Suada war perfekt. Das störte Lerner besonders.

«Ich mag es nicht, wenn die jungen Leute Meinungen haben und herumposaunen», sagte in Lerners Kindheit Onkel Hans, der Vetter des Vaters mit weißer Schnurrbartbürste, in gereiztem Ton. Seinen Neffen Theodor hatte das tief verletzt. Jetzt verstand er den Onkel. Er war ja selber einer geworden.

«Den Weinbrand zahlt mein Onkel», sagte Alexander am Empfang, bevor er sich unsichtbar machte. Lerner kam gar nicht in die Verlegenheit, den Überwachungsauftrag von Frau Hanhaus auszuführen.

So unterwürfig der Kerl seiner Mutter gegenüber war, so frech konnte er zu allen anderen sein. Lerner war es ein Herzensanliegen, zwischen Frau Hanhaus und sich selbst nicht die leiseste Andeutung eines Flirts aufkommen zu lassen. Sie benahm sich, als ahne sie das. Sie war bewunderungswürdig ungezwungen und zugleich vollendet diskret. Sie waren Geschäftsleute. Diese Rolle hielten sie durch, auch in den Augenblicken der Entspannung. Allenfalls gestattete sie sich eine ironische Mütterlichkeit.

«Sie müssen ins Bett», sagte sie etwa, wenn er vor sich hin starrte, weil die Langeweile ihn überwältigte. Sie wußte, daß ihre Schutzbefohlenen über geringe Seelenkräfte verfügten.

Ihr Sohn fühlte sich hingegen zu jeder Taktlosigkeit berechtigt. Eine junge Kellnerin servierte, beugte sich vor, zeigte ihren Arm, während sie Tassen hin und her schob, hatte eine hübsche Hand, ließ einen Hauch von ihrem Körper schnuppern. Lerner war in diese Offenbarungen versunken, eine Entrückung von Lidschlaglänge. Er hob nicht einmal den Blick, um dem Mädchen ins Gesicht zu sehen. Niemand konnte diese verzauberte Sekunde bemerkt haben, denn sie drückte sich nur in einem Nichtstun, einer winzigen Erstarrung aus. Niemand?

«Der Onkel Lerner macht Stielaugen», sagte der Kerl so laut, daß das Mädchen es wahrscheinlich hörte, während es davoneilte. Frau Hanhaus tadelte in solchen Fällen sehr nachsichtig. Plötzlich standen die beiden als geschlossene Partei da.

Jetzt war der Milchbart, das Früchtchen weg. Lerner hatte genug zu tun. Er mußte die neue Kalkulation, die er nach Hamburg schicken wollte, zu Herrn Otto Wal, seinem potentesten, aber auch kritischsten und unwilligsten

Gesellschafter, schön abschreiben. Frau Hanhaus hatte einen gewissen Dr. Schreibner aufgetan, der Möllmanns Gutachten neu formulieren und durch wissenschaftliche Redewendungen abstützen sollte. Natürlich verstand ein solcher Mann nicht gleich, was von ihm erwartet wurde. Dr. Schreibner hatte mit seinem Gutachten vielleicht keinen Schaden, gewiß aber auch keinen Nutzen angerichtet. Er schätzte den Kohlenvorrat der Bären-Insel mit seinem Gutachten viel zu gering ein – zwanzig Millionen Tonnen – woher wollte der Mann das wissen? Er hatte der Bären-Insel wahrlich nicht unter die frostige Wäsche geschaut. Schreibner nannte seine Schätzung, das war besonders perfide, «konservativ». Forderte das nicht dazu auf, jeder höheren Schätzung mißtrauisch zu begegnen? Ingenieur Andersson aus Stockholm, der sich ebenfalls ausschließlich auf Möllmanns Angaben stützte, sprach von siebzig Millionen Tonnen. Und wo siebzig Millionen waren, da waren auch hundert Millionen, das galt jedenfalls für Geld, und nicht umsonst wurde Geld «Kohle» genannt. Es gab noch genügend unbeantwortete, Lerner im geheimen beunruhigende Fragen. Jeder Mangel an Enthusiasmus konnte da gefährlich werden.

Lerner war, seitdem ihm Rechtsanwalt Drehn, der Sachwalter der Walschen Interessen, die erste der vereinbarten Raten ausgehändigt hatte, gleichfalls ins «Monopol» gezogen, obwohl ihm das Hotel nicht gefiel und die innere Stimme, die ihn vor zu großer Nähe zu Frau Hanhaus warnte, nicht verstummt war. Zugleich fühlte er aber den Sog der Bequemlichkeit. Und dann war das Bahnhofsviertel neu. Nichts hier erinnerte an das verbaute Fachwerkgeschachtel der Innenstadt, die kleinen Fenster, das Eingenistetsein uralter Lokal-Dämonen, die jeden ungewohnten Gedanken vergifteten und erstickten. Hier am Bahnhof deuteten sich weite Häuserfluchten an, die zum Teil noch erst entstanden, und der Blick auf die riesenhaften Glasgewölbe verhieß Reisen, Aufbrüche, Beweglichkeit.

Das Hotel war stattlich geplant, aber nach zwei Konkursen schon durch mehrere Hände gegangen. Manchmal kam der Fortschritt nur schwer voran. Unten in der Halle sah alles noch sehr pompös aus. Hier saß Lerner im Schatten einer Palme an einem kleinen Schreibtisch und hatte mehrere Doppelbogen eines fein elfenbeinfarben getönten Kanzleipapiers vor sich. Abschreiben war keine Tätigkeit, die seinen Geist beschäftigte. Es war hell hier. Draußen flutete der Verkehr vorbei, in der Halle herrschte Kommen und Gehen. In der Nähe war ein Fensterputzer am Werk. Allzu häufig erschien ein Kellner, um nach Wünschen zu fragen. Lerner war es, als befinde er sich auf offener Straße. Er meinte in Wind- und Staubwolken zu sitzen. Er tauchte die Feder in das winzige Tintenfaß. Sie glänzte jetzt schwarz, wie lackiert. Ein Tropfen breitete sich auf dem Papier aus, eine schwarze hochgewölbte Träne wie eine Glasperle. Vom Pult des Concierge drangen Stimmen, eine helle knabenhafte Stimme, die französisch sprach, war dabei.

Lerner sah hinüber. Es hätte weniger bedurft, um ihn abzulenken. An dem hohen holzgetäfelten Pult stand ein Paar, ein schlanker hochgewachsener Mann mit blondem Haar in einem gestreiften Anzug, der ihn noch dünner, ja wie aus Draht gezwirbelt erscheinen ließ, und daneben eine verschleierte Frau in einem reich drapierten, hellblau karierten Kleid. Ihre Taille war straff vom Stoff umspannt. Lerner meinte, diese Taille mit seinen beiden ziemlich großen Händen umspannen zu können. Diese Taille war das Individuellste, Körperlichste an der jungen Frau. Alles andere war umrüscht, verhüllt. Kleine schlanke Hände waren von roten, vielfach geknöpften Handschuhen bekleidet. Sie sagte etwas. Bei ihr klang das Französisch anders. Sie sah etwas, was sie amüsierte. Sie lachte. Der Kopf mit dem hellen, unterm Kinn zugebundenen Schleier legte sich in den Nacken. Die Mohnblumen und Margeriten auf dem Strohhut zitterten. Das Paar ging zum Aufzug. Lerner bemerkte, daß die Frau einen eigentümlich breiten Gang hatte. Ihre Schuhe verschwanden vollständig unter dem Rocksaum, aber es war etwas Tanzendes in ihrem Schritt. Er erinnerte sich, daß Alexander ihm zugeraunt hatte, manche Paare stiegen nur für einige Stunden im «Monopol» ab.

Die Schreibarbeiten nahmen ihren Fortgang. Es war einem Geschäftsführer oder Direktor oder Hauptunternehmer, oder wie er sich denn bezeichnen wollte, zwar eigentlich nicht angemessen, das ganze Zeug selbst abzuschreiben, aber Lerner gewann der Tätigkeit allmählich etwas ab. Er sah seine Handschrift gern. Wenn irgendwo ein Blatt von seiner Hand lag und er blickte zufällig darauf, war ihm das ein angenehmer Anblick. Seine Schrift war klar und gut leserlich, hatte aber nichts schulmäßig Naives, sondern eine geübte, harmonische Unbekümmertheit. Wenn er schrieb, ging es ihm wie Leuten, die gut tanzen und ihre Bewegungen genießen. Während der Arbeit nickte er einmal ein, wie das bei stillem, unabgelenktem Tun geschieht. Der Kellner berührte ihn leicht am Arm. Man sah nicht gern, daß in der Halle jemand mit herabgesunkenem Kopf auf der Schreibtischplatte ruhte. Lerner fuhr auf. Die Aufzugtür öffnete sich rasselnd. Der dünne, jugendliche Franzose und die biegsame Frau in dem hellblau karierten Kleid stiegen aus. Es war warm. Die Frau hielt inne und band den hellen, fast undurchdringlichen Schleier los. Sie schlug ihn über die Hutkrempe. Lerners erwachende Augen trafen genau ihren Blick. Sie hatte die Zungenspitze auf die Lippen gelegt, eine Zunge von zartestem Rosa. Ihr Gesicht war schwarz.

18

Im
Schumann-Theater

Theater liebte Lerner gar nicht. Er wollte selbst der Regisseur seiner Phantasie sein. Wenn er still rauchend auf einem Kaffeehaussopha saß, ein Blatt Papier vor sich und den goldenen Drehbleistift als Spielzeug dabei, wenn er herumkritzelte und seine Gedanken in Ornamente, Schlangenknäuel und Kastensysteme übersetzte, genoß der äußerlich Unbeschäftigte eine bunte Folge innerer Bilder.

«Man könnte ...», sagte er leise vor sich hin, aber eigentlich hieß das: «Man kann – man muß – man will.» Er sah vor sich, wie sich die Bären-Insel in kurzem entwickelte, wenn sie erst an den Finanzstromkreis der Länder tief in ihrem Süden angeschlossen war, und erlebte Augenblicke solcher Farbigkeit und Glut, wie sie ihm eine fade Liebesgeschichte mit chargierenden, überschminkten Darstellern in leise zitternden Leinwandtapeten niemals schenken konnte. Da lag die Insel, an einem Sonnentag, im überirdischen Geglitzer eines in den Bürgermeisterhafen getriebenen Eisbergs und seiner lichtsprühenden Schluchten. Keine Diamantgrube brachte solch eine Schlacht aus tausend Lichtmesserchen hervor. Die Diamanten waren im Rohzustand stumpfe Steine, von den armen schwarzen Sklaven in Afrika aus der Erde gewühlt. Schwarz waren die Gesichter der Norweger, die auf der Bären-Insel einfahren würden, gleichfalls, aber von Kohlenstaub. Daraus leuchteten die hellblauen träumerischen Augen der in der Betrunkenheit gewalttätigen, sonst so biederen, gutmütigen Riesen. Der Staub aus den Loren verteilte sich rechts und links von den Schienen, die zum Hafen führten, in den Schnee. Eine Zebralandschaft entstand, eine Schachbrettwelt, ein dreidimensionaler Stahlstich. Wie stellte man Kohlen im Schnee auf Stahlstich dar? Das war die Sorge der vielen angereisten Pressezeichner. Lerner hingegen beschäftigte sich schon mit dem stattlichen Holzhaus für die Jäger und Touristen; zunächst ein einfaches Gebäude, aber bald nach Art der russischen Datschas oder der Schweizer Häuser, die sich die Frankfurter Bürger oben in Königstein bauten, reich mit Schnitzwerk verziert, mit durchbrochenen Veranden, Holzzipfeln und Schabracken, die von der Dachkante als Laubsäge- und Spitzengebilde herabhingen und sich mit immensen lichtdurchglühten Eiszapfen abwechselten. Innen hingen die herrlichsten Trophäen an den Wänden, Eisbären, Schneehühner, Polarfüchse, Silberwölfe, eine reinliche Pelz- und Federpracht auf den Naturholzwänden. Der Boden war dick mit Fellen bedeckt. Es gab ein Klavier mit Messingkerzenleuchtern. Die Sessel im Rauchzimmer waren aus Elchschaufeln zusammengebaut, Rentierstangen trugen auch die hängenden Petroleumlampen, die Fenster waren von Eisblumen der phantastischsten Formation überwachsen. Man nahm einen Silbertaler, wärmte ihn in der Hand, drückte ihn mit dem Finger gegen die Scheibe: ein Kreis schmolz auf und eröffnete einen Schlüssellochblick aus der üppigen kleinen Menschenwelt in die majestätischen, unbelebten Eis- und Steinmassen. Und dann ertönte von Ferne, aus dem Vorzimmer, ein gedämpftes Klingeln. Ein Kellner erschien und bat mit gedämpfter Stimme zum Telephon.

Zum Telephon? Selbstverständlich würde es auf der Bären-Insel, wenn alles soweit war, ein Telephon geben. Das entwickelte sich alles rasend schnell. Man kam vom Schneehuhnschießen, nahm ein dampfendes Bad in dem von reichlich vorhandener Kohle gewärmten Wasser, und sprach dann, in Frotteetücher dick verpackt, mit Köln oder Berlin. Die neue Zeit versöhnte die Zivilisation mit der unholden menschenfeindlichen Barbarei. Auf der neuen Weltkarte würden die Länder mit den wilden Massen von Kohle, Öl, Nickel und Kupfer und den wilden Tieren und den wilden Menschen die Regionen der Hochkultur organisch umkränzen, leicht aufzusuchen, leicht zu nutzen, dem hochzivilisierten Kommerz und der bürgerlichen Entspannung und Unterhaltung geöffnet. Davon profitierten die wilden Regionen, weil wirklicher Kommerz nur Frucht trug, wenn es zu einem wirklichen Austausch kam. Würde die Bären-Insel anders ein Telephon und ein Klavier erhalten? Kaum.

Eine Weile vergnügte Lerner sich an der Besichtigung

seiner Tagträume. Er stellte sich jetzt vor, er berichte dies alles der staunenden Familie aus der Eisenbahn, Herrn Bankdirektor Kohrs und seiner pfauenhaft schillernden Gemahlin und Fräulein Ilse mit ihrer heimlichen Liebe zu den Zigaretten. Die Bilder tanzten an, wie sie aufgerufen wurden. Manche mußten in die Kulisse zurück, wenn sie noch nicht schön genug waren, und kamen vollständiger und reicher daraus wieder hervor. Daneben lief ein innerer Monolog. Das floß nur so – würde es bei den Werbevorträgen nur auch so laufen, da geriet er manchmal ins Stocken, und dies Stottern war nur in England vornehm, wo er vielleicht nie oder vielleicht doch einmal, oder vielleicht sehr bald schon auftreten würde. Und dann wurde die innere Laterna magica, der doch so viel abverlangt wurde, plötzlich lebendig und selbständig. Sie entschied auf einmal selbst, welches Bild sie an die weiße Wand des Hirns zaubern wollte. Da war gar nichts zu machen.

Rote kleine Handschuhe tauchten auf, mit vielen Knöpfchen, und hoben einen dichten cremefarbenen Schleier. In dem Gesicht darunter war alles groß: die Augen, die wie Kugeln rollten, die flache Nase, deren Flügel weit auseinanderstanden, der breite Mund mit den dicken Lippen, die weißen Zähne. Nur die Zungenspitze war katzenfein. Als sie seinen Blick trafen, standen die überbeweglichen Augenkugeln plötzlich still.

«Was kann denn dieser Mohr dafür / daß er so weiß nicht ist wie ihr?» Das hatte ein Frankfurter Dichter gereimt. Dennoch geschah es selten, eigentlich nie, daß draußen «vor dem Tor» ein «kohlpechrabenschwarzer Mohr» spazierenging. Und nun war es kein Mohr, sondern eine Mohrin. Zuerst schwebte sie nur als Taille durch den Saal, dann offenbarte sie ihr Gesicht, mit dem verheißungsvollen Rosa am Mund. Was tat sie hier? Sie war elegant, aber vielleicht etwas zu effektvoll gekleidet. Die hellblau-weißen Karofluten hoben das schwarze Gesicht erst richtig hervor. Sie wußte offenbar genau, was ihr stand. Oder hatte der Lackel aus Frankreich das Kleid ausgesucht? Französische Männer mischten sich dem Vernehmen nach in Toilettefragen ihrer Damen ein. In welchem Verhältnis stand er zu der schwarzen Frau? Jetzt ging der Franzose allein durch die Halle. Er war etwas verstrubbelt. Der Portier kam aus seinem Holzkäfig hervor und zeigte an den gebogenen Glasfenstern neben der Drehtür nach links.

«Seulement trois pas», verstand Lerner. Das verstrubbelte Haar verschwand unter braunem Filz. Als der Franzose sich durch die Drehtür hindurchwand, war es, als fädele er sich durch eine Spule hindurch. Es schien ihm Spaß zu machen, besonders wenig Platz wegzunehmen, anders als Lerner, der am liebsten durch geöffnete Flügeltüren schritt.

Eine Stimme raunte in Lerners Ohr. Jemand war hinter seinen Stuhl getreten.

«Das ist der Freund von Mademoiselle Louloubou, die jetzt eine Woche im Schumann-Theater tanzt.» Lerner fuhr zusammen. Der Atem, der sein Ohr streifte, war wie die Berührung durch ein großes Insekt. Hinter ihm stand Alexander, das dicke Haar mit Pomade an den Kopf geklebt, einen engen Anzug am Leib, aus den Hosenbeinen schauten Lackstiefeletten, das hübsche Vollmond-Kinderpopo-Gesicht war zu vollendeter Ausdruckslosigkeit gebracht.

«Schönen Abend, Onkel Lerner! Hast du vielleicht mal fünf Mark für mich?»

Theater liebte Lerner nicht? Nun folgte er der Richtung, die der Portier dem Tunichtgut von Franzosen gewiesen hatte, und fand sich, nur ein paar Häuser weiter, am anderen Ende des Bahnhofsplatzes vor der Kasse des Schumann-Theaters, eines karyatidengeschmückten Baus mit zwei Kathedraltürmen aus dunklem Stein, Balkons im Hauptstock und vielen scheunengroßen Eingangstoren. Es flutete dort hinein, viele junge Paare, hierhin schien man gern auszuführen, auch Kleinstädter in altfränkischen Gehröcken, deren Frauen ausgestopfte Vögel auf dem Kopf trugen, das war gegenwärtig vollständig démodé. Ein Theater, wie Lerner es überhaupt nicht liebte, war das «Schumann» wohl nicht. Hier stand weder die *Jungfrau von Orléans* noch *Charlies Tante* zu befürchten. Es war ein Varieté. Von steil aufsteigenden Sitzreihen, Logen gab es auch, blickte man in eine Zirkusarena, eine weite hohe Rotunde. Ein großes Orchester spielte. Ein mächtiger Gaskronleuchter hing wie ein Sternenhaufen über dem Menschengebrodel. Es gab lange Bartresen, hinter denen geschliffene Spiegelwände aufragten. Hier bestellte Lerner ein großes Bier, das flüchtig gezapft wurde und überschäumend in tropfnassem Glashumpen in seine Hand kam. An diesem Tresen konnte man sich auch während der Vorstellung aufhalten. Viele Männer machten das und versuchten von dort aus die Arena im Auge zu behalten. Wenn man den Blick über das halbbesetzte Zuschauerrund schweifen ließ, war es, als habe ein Vogelschwarm aus dem brasilianischen Urwald sich dort niedergelassen, die Damen aus Gießen, Friedberg und Offenbach, die ihre Häupter hin und her wandten und die Bälger lebendig erscheinen ließen. Ein Zirkusprogramm schien für Lerner zwar erfreulicher als die dramatische Kunst, aber er folgte doch seinem Vater, der stets erklärt hatte: «Zirkus ist wie Lungenhaschee. Nicht öfter als einmal im Jahr.»

Nun waren viele Jahre ohne Zirkus und ohne Lungenhaschee verstrichen. Lerner genoß es heute, in dieser brausenden und erwartungsvollen Menschenmenge zu stehen, unter dem zischenden Milchstraßenmonstrum, das kalte Bier in der Hand, und mit niemandem zu sprechen. In dem nun schon allzulang währenden Stadium immer neuer Pläne, immer anderer Geschäftspartner, immer mißtrauischerer Freunde war es eine Wohltat, nicht sprechen und den neuesten Stand der Geschäfte erklären oder erfinden zu müssen.

Gab es noch einen Grund, warum er hier war? Es hatte ihn gegeben, aber es schien in diesem beleuchteten und bevölkerten Saal plötzlich ausgeschlossen, daß die schwarze Dame – Mademoiselle Louloubou? – hier Platz nahm oder gar auftrat. Das war jetzt eine Vorstellung von höchster Irrealität. Und sie verfestigte sich zur Unmöglichkeit, während das Programm voranschritt. Die Nummer mit zehn rosa gefärbten Zwergpudeln, die Nummer mit den Schweizer Käse jonglierenden Holländerinnen, der Menschenturm aus sechzehn ungarischen, in paillettenbesetzten Stierkampftrikots gezwängten und bestrumpften Athleten, die fliegenden Balbinis, die dressierten Kanarienvögel, die einen *english waltz* zwitscherten, der klavierspielende Elephant und manches dazwischen, das man sofort vergaß, folgten in schnellem Tempo und boten wirkliche Kurzweil, aber schufen zugleich eine ästhetische Atmosphäre, in der sich Lerner einen Auftritt von Mademoiselle Louloubou – er blieb jetzt bei dem Namen – nicht denken konnte. Warum eigentlich nicht? Das hätte er nicht zu sagen gewußt. Oft enttäuscht es den Theaterbesucher, wenn er die umjubelte, prächtig frisierte und gewandete Bühnengottheit später vom Kothurn herabgestiegen im bürgerlichen Kleid erlebt. Hier war es umgekehrt: Mademoiselle Louloubou hatte Lerner in ihrem fremdartig eleganten Auftritt einen solchen Eindruck gemacht, daß er sich im Bühnenflitter keine Steigerung ihrer Erscheinung vorstellen konnte.

Er hatte jetzt schon drei große Bier getrunken. Der Kopf sauste angenehm. Er würde gut schlafen, denn wenn man allein zechte, beruhigte der Alkohol. Lerner war so zerstreut, daß er kaum mitbekam, wie in Blitzesgeschwindigkeit Gitter rings um die runde Bühne aufgebaut wurden. Ein halbhoher Käfig füllte jetzt die Manege, und innerhalb seines Bezirks glänzte es weiß wie von tausend winzigen Kristallen.

Und in diese blitzende Weiße trat mit wogendem Schritt ein Eisbär mit dem tückischen kleinen Kopf und den Riesentatzen, und ein zweiter wogte hinterher, ein dritter mit gelblichem Fell, das gegen das Schneeweiß des

Bodens geradezu warm-schmutzig abstach, ein vierter, ein fünfter, ein sechster. Der Dompteur war als Trapper in Leder mit viel Fell gekleidet. Er schritt auf knirschendem Boden gewandt zwischen den Riesen hin und her. Die Bären erklommen Podeste. Sie richteten sich auf. Ein Kreis urtümlicher Fellgiganten baute sich auf. Das Orchester begann eine schwellende, brausende Musik, die Rheingold-Ouvertüre war es, und obwohl Lerner sie nicht kannte, weckte das drohende, gefährliche Orchesterrauschen ihn auf, hellwach sah er in das Raubtierrund. Jetzt begann es zu schneien. Schneeflocken wirbelten in Stößen, wie vom Polarwind gepeitscht auf die Bühne herab. Im Saal setzte sich das Schneegestöber in Form von Lichtpünktchen fort, Lichtschneeflocken wanderten kreisend über die Köpfe des Publikums. Und nun hob sich der Bühnenboden. Er barst in Eisschollen. Die bläulichen und gläsern klirrenden Schollen schoben sich wie von einer unterirdischen Faust gedrängt ineinander und immer höher. Zwischen den Eisbären, die unruhig, aber gehorsam auf ihren Piedestalen hockten, türmte sich ein schroffer unregelmäßiger Turm. Dann hielt diese Bewegung ruckend inne, und zugleich war es im Orchester, als fliege unter Überdruck dort gleichsam der musikalische Stopfen aus der Flasche, Die Musik explodierte und ergoß sich förmlich nach allen Seiten, und nun gerieten die obersten, blitzend ineinander verkanteten Schollen wieder in Bewegung. Sie ruckten auseinander, sie sanken auseinander wie eine aus Spiegelscherben gebildete riesige Seerose. Als Staubgefäß in der Mitte dieser Eisblüte aber stand eine Frau in einem aus Silberspitze und weißen

Atlasrüschen wie aus Schneekristallen und Schneebällen geformten kurzen Kleid, das die Unterschenkel und die Arme freiließ und tiefausgeschnitten war, und all die Haut, die es zeigte, war schwarz. Mit einem Sonnenschirm aus Glas und Perlmutter stand kohlpechrabenschwarz Mademoiselle Louloubou umgeben von den männchenmachenden Eisbären und versank in alle Richtungen in Hofknickse, während die Wellen des begeisterten Applauses über ihr zusammenschlugen.

19

Der Franzose
in Not

War es vermessen, nach diesem unerhörten Eindruck auch die Rückverwandlung von Mademoiselle Louloubou in ihre alltägliche Gestalt erleben zu wollen? Von der Blumenfrau im Foyer kaufte Lerner einundzwanzig weiße Rosen, bezahlte den hohen Preis ohne Zögern, nachdem er in den letzten Wochen jeden Pfennig umgedreht hatte, und wäre beinahe ohne Blumen losgelaufen, weil die Blumenfrau ihr Wechselgeld nicht fand. An dem Seiteneingang, an dem seit eh und je die Bewunderer und Habitués ihre Lieblinge erwarteten, stand niemand. Schlug in dem laut applaudierenden Publikum kein einziges feuriges Herz?

Oder ob sie bereits davongezogen war? Nein, sagte der Portier, der dort hinter einem sehr kleinen Fenster saß, einem Loch buchstäblich, das mit Papierstößen, Tintenflaschen und aushängenden Plänen zusätzlich verkleinert war, so daß man den Mann in seiner Loge nur fand, wenn man sich tief zu ihm hinabneigte. Nun, ein solcher Portier ist ein wichtiger Mann. Es gehört sich, mit Verbeugung zu ihm zu sprechen, so dachte Lerner, einer mußte in einem solchen Zirkus für Ordnung sorgen. Dem Portier war seine Loge ein erweiterter Anzug. Ein Strom von warmem Portiersgeruch drang aus dem Schalter. Die schwarze Dame sei mit Gewißheit nicht hier vorbeigekommen, sagte er mit unerschütterlicher Sicherheit. Eine andere Tür als diese gebe es für die Mitwirkenden nicht. Vorn sei jetzt schon zugeschlossen. Für die Bewunderer gab es hier ein Bänkchen, ein, wie Lerner schien, etwas erniedrigendes Bittstellerbänkchen. Nein, darauf setzte er sich nicht. Er wollte Mademoiselle Louloubou stehend empfangen.

Bis eine solche Dame umgezogen war, verging freilich etwas Zeit. Das eine Korsett mußte auf-, das andere zugeschnürt werden. Ob sie überhaupt ein Korsett brauchte? War diese Biegsamkeit in ihrer Palmenschlankheit nicht die reinste Natur? Schminke jedenfalls war nicht vonnöten. In diesem matt polierten Ebenholzton war die Natur nicht zu übertreffen. Ob der Franzose sie begleitete? Abholen wollte der Mann sie nicht, sonst stünde er hier. Wartete er in der Kulisse, den Hut auf dem Kopf und eine dort streng verbotene Zigarette im Mundwinkel? Oder war das ein Vorrecht trinkgeldspendender Roués, nicht von Artistenbegleitern?

Es dauerte schon eine halbe Stunde. Lerner saß nun doch auf dem Armsünderbänkchen. Sein Rosenstrauß lag wie ein Regenschirm neben ihm. Was würde er sagen, wenn sie erschien? Ständig liefen Männer und Frauen in unauffälligen Mänteln an ihm vorbei. Niemanden erkannte er von der Bühne her, bis auf den Zauberer, dessen geölter Scheitel auch bei viel trüberem Licht blitzende Signale auswarf. Es war warm in diesem Vorraum, ein wenig wie in einem Armenasyl in der Nähe des Ofens, als müsse das versprengte Artistenvölkchen sich hier erst einmal die steifgefrorenen Beine aufwärmen.

Aber es war doch nicht möglich, daß der junge Lerner, in Erwartung der schwarzen Schönheit, wie ein Bettler in einem solchen Asyl einnickte? Die bloße Annahme war schon empörend. Eine erneute Frage bei dem in seinem Kasten einwohnenden Portier ließ sie aber wahrscheinlich werden.

«Mademoiselle Louloubou? Die ist längst vorbeigekommen», sagte der Mann in seiner Seelenruhe, die weder Furcht noch Hoffnung bewegten. Blamabel ging dieser Huldigungsakt aus. Nun konnte man immerhin die Blumen im Hotel mit kleinem Billett noch aufs Zimmer schikken lassen. Das tat Lerner dann auch, aber schon viel lustloser. Die Spannung, die ihm beim Wiedererkennen der Tänzerin geradezu den Atem nahm, hatte sich verflüchtigt, da war keine Spannung mehr, so peinlich war der Vorfall.

Und am nächsten Morgen war alles unwirklich geworden. Auf die Blumen folgte keine Antwort. Im Frühstückszimmer saß kein hellblau kariertes Kleid, von einem Strohhut beschattet, und auch der Lackel mit dem in Wirbeln vom Kopf abstehenden Blondhaar war nicht da. Dafür aber die Zeitungen, die *Abendpost*, die *Frankfurter Illustrierte*, die *Frankfurter Zeitung* und der *Morgenkurier*. Dort war Mademoiselle Louloubou höchst präsent. Sie hatte den Kritikern mißfallen.

«Die Unsitte, solch eine schwarze Venus nur einfach komplimentmachend auf eine Hochzeitstorte zu stellen und dies für Tanz auszugeben ...», hieß es. «Die Negerin machte einen Knicks mit der Anmut einer unbegabten Ballettschülerin und verließ sich auf den Effekt ihrer ungewohnten Erscheinung – zu Recht, wie die Begeisterung des provinziellen Publikums bewies», das war auch gesalzen. «Nach dem unvergessenen ‹sterbenden Schwan›, den Fräulein Lisa de Weert zwischen den Eisbären getanzt hat, war der Auftritt von Mademoiselle Louloubou aus Französisch-Westafrika eine krasse Enttäuschung. Man fragt sich, woher die Direktion den Glauben nahm, ein paar Knickse und das Winken mit dem Sonnenschirm könne eine hochstehende künstlerische Leistung vergessen machen. Die Spekulation auf das Interesse, das gegenwärtig alles Koloniale findet, schlug fehl. Aus Afrika erwarten wir mehr als schwarzes Gold!»

Lerner war verblüfft. Wie unverständlich war diese Entrüstung. Konnte man denn Louloubous überraschenden und überwältigenden Auftritt derart anders erleben, als er es getan hatte? Gewiß, sie tanzte nicht. Sie stand nur strahlend da und machte diese reizenden, aus einem gewissen Übermut kommenden Verneigungen und Knickse, die auch deshalb so liebenswürdig waren, weil es zum Bedanken gar nichts gab. Wie gut, daß sie nicht herumgehopst war, da vorn auf ihrem winzigen Podest! Ballett war für Theodor Lerner keine Freude. Das zog sich oft hin, und es wurde versucht, die Handlung durch ein unruhiges Hin und Her auszudrücken, allzu lange Scharaden und Rebusse und Pantomimen waren das, darüber vergaß man oft die schönen Tänzerinnen, die so schön dann auch gar nicht waren mit ihren muskulösen Beinen und der flachen Brust. Mademoiselle Louloubou jedenfalls hatte keinen Ballettänzerinnenkörper, und deshalb mußte sie auch nicht tanzen. Sie war auch ohne Tanz schön. Man mußte sich bloß vorstellen, daß sie, auf den Zehen stehend, zwischen den Eisbären ausrutschte. Die reine Torheit war die Vorstellung, in solch gefährlicher Lage Tänze abzuhalten. Eisbären waren schon gut, aber Mademoiselle Louloubou fügte ihnen etwas hinzu, als trete sie allein für Theodor Lerner auf. Niemals konnte all das, was an Luxus, Schönheit, Genuß aus der Kohle der Bären-Insel aufsteigen sollte, einen reineren Ausdruck finden als in Mademoiselle Louloubous krönendem Auftritt zwischen den Bären.

Da war der Kerl, der windige Franzose. Er setzte sich weit von Lerner entfernt, warf ihm aber deutlich einen musternden Blick zu. Etwas schien dem Bürschchen Sorgen zu bereiten, denn das Haar war zerraufter denn je, und das Gesicht weißer als sein Hemd, wie man boshaft sagen durfte. Er bestellte Kaffee und trank, indem er sich über die nur leicht angehobene Tasse beugte, während er den Saal scharf spähend im Auge behielt. Es war, als sei ihm nur eine kurze Rast vergönnt und als mache er sich auf einen fluchtartigen Aufbruch gefaßt. Er blieb aber lang. Nach und nach holte er sich jede Zeitung herbei, sogar von Lerners Tisch, ihn kaum dabei ansehend, das hatte schon etwas Verächtliches. Zwischendrin ging er mit seinen langen dünnen Beinen an die Empfangstheke und konferierte dort mit dem Portier. Ständig mußte da etwas nachgeschlagen und herausgesucht werden, und auch das Telephonhäuschen wurde öfter aufgesucht. Für den müßigen Betrachter, der Theodor Lerner in diesen Tagen war und sein durfte, denn sein Warten gehörte nach Frau Hanhausens Definition zur Arbeit und war damit gleichsam Arbeit, stellte der fahrige bleiche Franzose das Gegenteil solch friedvollen und vernünftigen Wartens dar. Er machte überdeutlich, daß es ihm schier verzweifelt um den Empfang einer Botschaft oder das Eintreffen einer Sendung oder eines Menschen ging. Man konnte geradezu sagen, er spiele ein solch entnervtes Warten dem Publikum, das ihm dabei zusah, dem Hotelpersonal vor allem, aber auch Lerner, vor. Über die langen Vormittagsstunden hinweg erhielt Lerner viele kalte, abschätzende Blicke von dem nervösen Mann. Normalerweise hätte man bei solch langem gemeinsamen Aufenthalt im selben Raum irgendwann mit einem konventionellen Lächeln beginnen müssen, aber keine Spur davon bei diesem Sohn eines für seine angebliche Höflichkeit so hochgerühmten Volkes.

«Er sagt, daß er auf eine telegraphische Überweisung seines Vaters wartet», hörte Lerner eine schmeichelnd gedämpfte Stimme neben sich. Alexander Hanhaus war auf einmal wieder da, stark nach blumigem Rasierwasser duftend, mit braunen Schatten unter den Augen, die molligen Hände, Erbstück von der Mutter her, kamen Theodor Lerner immer vor, als hätten sie in etwas Klebrigem herumgepatscht und dann Staubiges angefaßt, ein vielleicht ungerechter Eindruck, denn Alexander Hanhaus hatte die Bubenaffinität zum Schmutz entschieden hinter sich gelassen und tat des Guten beim Sich-Putzen eher zuviel.

«Wo kommst du denn her?» fragte Lerner geradezu streng. Er vertrat ja Mutterpflichten an dem Knaben. Alexander überhörte die Frage, winkte statt dessen dem Kellner und bestellte ein großes Schinkenbrot.

«Wie war's denn im Schumann-Theater gestern abend?» Die Frage wurde dreist und mit beziehungsreichem Lächeln gestellt.

«Wieso ... warum?» fragte Lerner mehr verwirrt als entrüstet. Einerseits ging Alexander nichts an, was Lerner abends tat, und andererseits brauchte er vor dem Jungen nichts verbergen, denn er war ihm gleichgültig. Warum also dies Stottern?

«Ich hab dich gesehen, du hast am Tresen drei Maß Bier getrunken und dann einen Rosenstrauß gekauft.»

Ja, warum eigentlich nicht, was sollte denn der dümmliche Triumph, dies freche Hervorheben einer Beobachtung, die an sich bereits nicht statthaft war? Alexander senkte die Stimme noch mehr, blickte dabei aber in der demonstrativen Unschuld, die sein üblicher Gesichtsausdruck war, zu dem Franzosen hinüber. «Er ist ganz knapp. Ich kenne ihn schon aus anderen Hotels. Er ist aus dem «Würzburger Hof» rausgeflogen. Die Nacht gestern zahlt das Schumann-Theater, aber die kleine Schwarze hat kein Engagement bekommen. Was heute ist, ist offen. Sie liegt oben im Bett, weil ihr Kleid geflickt wird; sie hat sich in der Droschke ein Dreieck hereingerissen.»

«Woher weißt du denn das alles?» fragte Lerner in dem fahlen Versuch, amüsiert zu wirken. Alexander empfand diese Frage als Kompliment. So wohlgenährt er war, das blies ihn zusätzlich noch etwas auf.

«Hast du mal fünf Mark für mich, Onkel Lerner?»

«Fünf Mark sind viel Geld.» Lerner hörte sich diese, gerade für ihn und Alexander Hanhaus unbestrittene Wahrheit aussprechen und fühlte zugleich Verlegenheit über das Philiströse daran. Er suchte in der Westentasche, fand dort aber nur Groschen.

«Er will sie vermieten, für zweihundert Mark. Er wird aber auch hundert Mark nehmen, denn das Wasser steht ihm hier.» Bei diesen weithin hörbar geflüsterten Worten wies Alexander mit der Handkante auf seinen Kehlkopf, der stark entwickelt war und aus dem samtweichen mütterlichen Fleisch seines Halses geradezu drollig hervorstand.

«Was redest du denn für einen Unsinn.» Jetzt flüsterte auch Lerner, aber gereizt, denn das Getuschel in dem leeren Frühstückssalon bildete eine Art Kraftfeld, und der unruhige Franzose hatte wohl verstanden, daß von ihm die Rede war, denn er blickte zuweilen starr wie ein wütender Hahn herüber.

«Ich habe mein ganzes Leben mit Mama in Hotels gewohnt. Ich weiß, was läuft», sagte Alexander herablassend, und er log nicht, denn das Leben hatte für ihn erst begonnen, als ihn seine Mutter vor fünf Jahren aus dem Waisenhaus abgeholt hatte, und die Erfahrungen seitdem durfte Lerner jedenfalls nicht bestreiten. Das Schinkenbrot war verschlungen, kaum daß es gebracht war. In Lerners

Hosentasche fand sich ein Fünfmarkstück, schwupp war es in Alexanders Tasche. Lerner hielt den Jungen nicht zurück, der zu unbekannten Zielen aufbrach und unsichtbar dennoch stets in der Nähe sein würde.

Auf hundert Mark paßte Lerners Wort über Alexanders fünf Mark noch besser: das war gegenwärtig wirklich viel Geld für ihn. Und zugleich war es nichts. Mademoiselle Louloubou für hundert Mark – das klang wie ein Traum. Aber hatte er ihr nicht Rosen hinaufgeschickt, eine zarte Gabe der Verehrung? Was hatte daraus eigentlich werden sollen? Gar nichts, glaubte er jetzt. Es war ihm noch nicht klar gewesen, wohin es ihn drängte. Das Licht hatte ihm erst der kleine Herumtreiber aufgesteckt. War Lerner gar ein wenig enttäuscht? Keineswegs! Genau so war es richtig. Seine Begeisterung für Mademoiselle Louloubou würde durch ein Geschäft mit ihrem Beschützer nicht im mindesten geschmälert. Und ein Geschenk mußte sie ohnehin bekommen. Gerade in diesem Augenblick sah der Franzose von seiner Zeitung auf und blickte mit gerunzelten Brauen zu ihm hinüber, als ob ihm an Lerner etwas ganz und gar nicht gefalle.

20

Eine Aufmerksamkeit
unter Freunden

Wer etwas kaufen wollte, konnte sich zunächst fragen, ob er das Geld dazu besaß, und dann zum Kauf schreiten. Frau Hanhaus hätte den umgekehrten Weg favorisiert: man sicherte sich durch Vertrag die begehrte Ware und sah dann zu, wie und wieviel und ob überhaupt man bezahlte. Gegenwärtig herrschte Offenheit zwischen Lerner und Frau Hanhaus hinsichtlich ihres gemeinsamen Umgangs mit den finanziellen Ressourcen. Gegenüber Lerner besaß sie einen Vorsprung im Auftreten. Sie war von solcher Achtbarkeit und vermittelte das Gefühl von Tapferkeit – «als Frau, allein, außerdem Mutter», das war eine Steigerung der Schutzlosigkeit, der manches, was bei Männern schon recht ungewöhnlich gewirkt hätte, zugute gehalten wurde. Die Kaufleute wahrten ihr oft lange, nachdem sie geliefert hatten und nicht bezahlt worden waren, ihren Respekt. Bei ihr erfuhr man erst, was Kredit wirklich war: es war ein Glauben, und diesem Glauben gewann Frau Hanhaus immer neue Jünger, so viele auch nach einer Weile wieder davon abfielen. Angesichts des großen Vorhabens, das, wie beiden klar war, nur unter Aufbietung und Zusammenraffung aller Kräfte zustande kommen würde, hatten sie sich aber gegenseitig versprochen, keine eigenständigen Ausgaben jenseits des unbedingt Erforderlichen zu tätigen – eine vernünftige, aber unbestimmte Klausel –, ohne den anderen zu Rate zu ziehen.

War Frau Hanhaus derzeit wirklich ausschließlich für das Bären-Insel-Syndikat tätig, wie sie behauptete, oder liefen da doch noch ein paar andere Vorhaben nebenbei, die natürlich auch in anderen Bilanzen abgerechnet wurden? Hütete er hier treulich den Bargeldschatz von vierhundert Mark, mit dem sie bis März gemeinsam auskommen wollten, während sie inzwischen über ganz andere Beträge gebot? Ungeklärt war, ob sie gemeinsam für Alexander aufkamen, oder ob der Junge für sich selbst sorgte, das sah immer wieder anders aus. Nein, Mißtrauen empfand Lerner nicht gegenüber der weisen Freundin. Diese Fragen stellten sich in der augenblicklichen Notlage zum ersten Mal. Er wollte über hundert Mark verfügen und vielleicht auch über etwas mehr. Er träumte jetzt.

Konnte man Mademoiselle Louloubou nicht womöglich – bei Gefallen, wie es in Kaufhäusern hieß – aus ihrem bisherigen Engagement, das wahrscheinlich nicht gar so erfreulich war, herauslösen und in einen neuen Zusammenhang eingliedern? Wer einen Alexander mit durchschleppte, ernährte wohl auch eine Mademoiselle Louloubou? Das war ein Wahngebilde. Die bloße Frage war der Beweis, daß dem Herrn Lerner irgendwelche Körpersäfte in den Kopf geschossen waren. Er sagte sich das sogar selbst. Man brauchte sich nur vorzustellen, wie das Bären-Insel-Unternehmen in Lübeck bei Bankhaus Kohrs oder in Hamburg bei Herren Burchard und Knöhr oder, als vielleicht furchterregendste Möglichkeit, bei Vetter Neukirch mit Mademoiselle Louloubou im Troß angerückt kam. In den Augen solcher Herrschaften war bereits Alexander eine Belastung, obwohl er dann dienend, sekretärs-, kammerdiener-, assistentenmäßig auftrat. Die verfluchte Ähnlichkeit mit seiner Mutter machte das ganze Theater für gute Beobachter leider recht durchsichtig. Nein, vorerst kein Reiseharem mit Mademoiselle Louloubou, aber vielleicht eine Woche im «Monopol», solange Frau Hanhaus noch verreist war. An diesem Entschluß war nicht zu rütteln, aus jeder Ader sprach er, erwogen werden konnte hier nichts mehr. Nur mit dem Franzosen war noch zu verhandeln.

Konnte man Alexander da nicht vorschicken? Das angenehmste wäre, solche Gespräche nicht persönlich zu führen. Lerner entdeckte eine gewisse Sympathie für den Franzosen. Was er vorhatte, war vom ritterlichen Standpunkt gesehen nicht schön, für den jungen Mann aber gewiß auch nicht leicht. Wie entlastend wäre es für einen vielversprechenden Anfang der Affaire, wenn der Franzose irgendwie das Gesicht wahrte. Er blickte jetzt schon wild, stechend geradezu um sich. Wenn man ihn so sah, wie er voll Abscheu in seinem Kaffee rührte, aufsprang, nach Zigaretten suchte, wirkte er nicht, als sei er dabei, ein heikles

Geschäft anzubahnen. Hätte er da nicht etwas Beruhigendes ausstrahlen müssen?

«Nein, die Dame ist gesund, kommt aus den besten Händen, hat so etwas noch nie gemacht, käme ihr gar nicht in den Sinn, wenn die augenblickliche Verlegenheit nicht so drückte. Wo denken Sie hin. Die Dame ist nur etwas für einen Ehrenmann, der ihre Lage nicht ausnützt – dies alles muß sich unter Gentlemen in der höchsten Verschwiegenheit abspielen», so hätte Theodor Lerner gesprochen, stünde er an der Stelle des Franzosen, aber der Franzose schien so nicht sprechen zu wollen. Er war jung und sehr dünn und dennoch furchterregend, wie er beim Gehen die Gliedmaßen um sich schleuderte und sich durchs gesträubte Haar fuhr. Seine Schleife flatterte sorglos, besser: schlampig gebunden vor ihm her. Lerner vermutete plötzlich, daß der Franzose schmerzunempfindlich sei und in Schlägereien Messerstiche erst zur Kenntnis nahm, wenn er gesiegt hatte, und sich verächtlich, eine Zigarette nach der anderen einsaugend, verbinden ließ.

Über lange Stunden des Tages lag dieser Speisesaal verlassen da. Dennoch war alles zum Servieren großer Mahlzeiten vorbereitet. Die Tische standen gedeckt, erhielten aber nicht täglich neue Tischtücher. Kaffeeflecken bewahrten oft tagelang das Gedenken an ein hastiges, mit Blick auf die Bahnhofsuhr eingenommenes Frühstück. Auch der palasthaft hohe Spiegel wurde nur selten vom Fliegendreck befreit. Das Leeren der Aschenbecher geschah hingegen mit einer derart erfahrenen Geste, daß in ihr alles aufbewahrt schien, was das «Monopol» dem Gast einstmals hatte bieten wollen. Der Saal war kein schlechter Aufenthaltsort. Wer wußte, daß es Wärmestuben auch ohne Spiegel und Kronleuchter gab, beschwerte sich nicht über das «Monopol».

Die Schwingtür öffnete sich in Lerners Rücken, und dennoch wußte er augenblicklich, daß es nicht der Kellner war, der in dem Saal nach dem Rechten sah. Kein Mann, sondern ein von Rauschen und Schleifen begleitetes Wesen, ein Rocksaum, der in den Sonnenstrahlen schwebende Staubwölkchen aufwirbelte, und zwei talergroße hölzerne Absätze, die dem Tanz der Sonnenstäubchen einen klakkernden Takt schlugen, synkopisch von dem Aufsetzen eines Schirms begleitet, dessen Metallgestänge pianissimo mitklang. Lerner hörte, was kein normaler Mensch hören kann. Er fühlte, wie es sich in seinem Rücken verdichtete. Es war wie auf dem Trumeau-Gemälde über dem Spiegel, wo Venus, oder war es Galatea oder Amphitrite in ihrer Muschel – genug, es war eine nackte Frau – in einer Wolke aus Engelsköpfchen und Engelshinterteilchen, Beinchen, Händchen, Pfeilchen und Bögelchen daherfuhr. Die Erscheinung kam näher und zog vorüber, hellblau karierte Stofffluten, die sich unterhalb der Taille aufbauschten und wie von einem Tapezierer über Hüften und Rückseite drapiert waren. Das hineingerissene Dreieck war perfekt zwischen den Falten verborgen. Den Hut trug sie nachlässig in der linken Hand. Der Schleier schleifte über den Boden. Das Haar war ein dickes Roßhaarkissen, der Nacken darunter kindlich schmal in seiner erschreckenden, anziehenden Schwärze. Mit breiten Schritten, wie ein kleines Mädchen im übergroßen Kleid, ging sie auf den Franzosen zu. Der

Flegel erhob sich nicht einmal. Sie stand vor ihm und sprach leise. Lerner bekam kaum mehr als ein Räuspern mit. Freundlich klang es aber nicht, was sie sagte. Sie warf ihren Hut mit der wehenden Fahne auf einen Stuhl und setzte sich. Wenn sie ein wenig den Kopf wandte, konnte sie zu Lerner hinübersehen.

Jetzt war sie heiter. Ihre Stimmungen wechselten offenbar schnell. Es war, als lasse sie ihr Licht ständig durch andere Gläser scheinen. Der Kellner brachte ihr eine Schokolade. Sie nahm den Löffel, sah unverwandt zu Lerner hinüber und schleckte mit der rosa Zunge die Sahne ab. Sie hatte ihre Handschuhe ausgezogen. Ihre Handinnenflächen waren so rosig, daß Lerner sich vorstellte, sie trage die Handschuhe, um die zarte Haut innen zu schützen. Sie wandte sich dem jungen Franzosen zu. Die Riesenaugen wölbten sich vor, das Augenweiß leuchtete.

Was mochte der Franzose sagen? Lerner hielt ihn unerhörter Eröffnungen nicht für fähig. Wie solch ein Kerl durch diese Frau aufgewertet wurde. Die Rede da drüben floß jedenfalls ungebremst. Und Mademoiselle Louloubou war eine Frau, die zuhören konnte.

Draußen war es laut. Es ratterte, es hupte, die Peitschen knallten, und diese durch die hohen Glasscheiben gefilterte Unruhe ließ es hier drinnen doppelt still erscheinen. Die große Stadt war wie ein lärmender Strom, aus dem Sandbänke der Stille ragten. Es tickte nicht einmal die voluminöse Pendüle unter dem Spiegel; sie war nicht aufgezogen. Im Winkel neben dem Spiegel saß das schwarzweiße Paar, in der Diagonalen quer durch den kleinen Saal neben der Glastür zur Halle Theodor Lerner. Er versuchte, seine Blicke unbeteiligt schweifen zu lassen, aber sie rollten wie Kugeln nach kurzem immer die abschüssige Bahn hinab, dorthin wo Louloubou saß. Die Blicke begegneten sich häufiger. Lerner sah sich bald außerstande, seine Blicke zu beherrschen. Er sah jetzt einfach immer dort hinten hin. Inzwischen war klar, daß über ihn gesprochen wurde. Beide wiesen mit den Köpfen in seine Richtung, nun auch schon ungeniert.

Wie mochte die Spannung quer durch den Raum sich auflösen? Vielleicht löste sie sich in Ewigkeit nicht auf. Vielleicht war dies ein vertrackter Fall von Magnetismus, der die Körper zusammenzwang, zugleich aber verhinderte, daß sie sich berührten? Auf Lerner lagen Zentnerlasten. Er gab eine wehrlose, passive Person ab in dieser Versuchsanordnung. Schamlos sah er dort hinüber und wurde schamlos zurückbetrachtet, und sonst tat sich nichts. Worauf wartete er? Auf eine Explosion, die sie durcheinander und hoffentlich auch zueinander warf? Er hatte Rosen geschickt. Vielleicht war der Franzose auch durch Alexander längst im Bilde. In welchem Bilde? Lerner hatte sich doch gehütet, vor Alexander Interesse zu bekunden. Dennoch – das war ein Gelegenheitsmacher, ein Kuppler. Wer wußte, was er den Leutchen erzählt hatte? Der junge Hanhaus übte sein Verbaltalent bei Kutschern und Hotelportiers im Erfinden gewagter Geschichten.

«Lassen Sie ihn», sagte Frau Hanhaus, als Theodor Lerner sich darüber beschwerte, von Alexander als Amerikaner, Bevollmächtigter der Familie Mellon in Pittsburgh, beim

Bürovorsteher von Rechtsanwalt Drehn angekündigt worden zu sein, der Lerner längst kannte.

«Solche Widersprüche sind nützlich. Sie geben der Person etwas Undurchschaubares». – «Aber Alexanders plumpe Lügen durchschaut doch jeder.» – «Die Leute lieben die Vorstellung, sie durchschauten einen. Also durchschauen sie Alexanders Bluff – und dann? Was haben sie davon?» Hatte Alexander aus reiner Lust an der Intrige eine Vorarbeit geleistet, die dieses paralysierte Herumstarren unnötig machte?

Die Erlösung kam von außen. Die Tür schwang auf, und eine Schar von Reisenden trat ein, die wohl auf denselben Zug warteten. Die Spannung platzte. Lerner hatte keine Sicht mehr in die hintere Ecke. Dort erhob man sich. Nach zeitloser Verzauberung war jetzt der Augenblick zu handeln gekommen. Mademoiselle Louloubou nahm ihren Hut, ließ den Schleier herab und band ihn sich unterm Kinn zu. Mit kerzengeradem Rücken ging sie durch den Saal. Die Leute wichen ihr erstaunt aus. Sie nahm sie gar nicht wahr.

Der junge Franzose stand plötzlich vor Lerner und zog einen Stuhl heran. Das Drohende, Arrogante war weggewischt. Sein Jungengesicht strahlte verbindlich. Er sprach gut Deutsch, mit deutlichen Gallizismen allerdings und starkem Akzent. Eindringlich lächelnd kam er gleich zum Kern der Sache.

«Mademoiselle Louloubou hat den Eindruck, daß Sie sie gern zum Diner einladen würden, Monsieur. Man hat nichts dagegen einzuwenden, man geht sehr gern heute abend mit Ihnen essen. Darf ich Mademoiselle Ihr Einverständnis ausrichten?»

Lerner beeilte sich, so selbstverständlich wie möglich, wenn auch leicht stotternd, zuzustimmen. Der Einbruch der vielen fremden Leute war wie das Einströmen von Luft in einen luftleeren Raum. Den Rest des Geschäftes ging der Franzose noch leichter an. Von dessen augenblicklicher Geldknappheit, verursacht durch unerklärliche Stockungen im Geldtransfer zwischen den Nationen, wußte Lerner schon durch Alexander. Der kleine Kredit, den er dem Franzosen gewähren würde – nicht sofort, sondern heute abend, wenn der junge Mann die Dame mit Lerner bekannt machen würde –, hatte mit dieser Gefälligkeit nicht das mindeste zu tun. Es war ein Entgegenkommen unter Herren.

«Um acht Uhr, Zimmer achtundzwanzig», sagte der Franzose. Leichtfüßig ging er davon. Am Pult der Rezeption hielt er für eine kurze Erklärung inne, viel weniger nervös als zuvor, im nächsten Augenblick war er nicht mehr zu sehen.

Lerner konnte sich jetzt beim besten Willen nicht mehr seinen Abschriften widmen. Er ging in sein Zimmer und warf sich aufs Bett. Jetzt spürte er die Anspannung der vergangenen Stunden. Sechs Tassen Kaffee hatte er getrunken. Dennoch war er schwer wie ein Stein. Die Natur wußte endlich, daß sie zu ihrem Recht kommen würde. Der Jäger durfte sich schlafen legen, um die Kräfte zu schonen und zu erfrischen. Die Nacht war lang.

Als Theodor Lerner von einem wirbelnden Türklopfen

erwachte, war es draußen dunkel. Im Zimmer war es kalt, er war ausgekühlt. Schon acht Uhr? Nein, es war erst sieben. In Strümpfen ging er zur Tür. Das Klopfen wirbelte weiter, ein weibliches Klopfen. Er öffnete einen Spalt. Es war Frau Hanhaus, noch in Mantel und Hut, gerade erst angekommen.

«Neuigkeiten!» flüsterte sie verheißungsvoll. «Wissen Sie, wen ich im Gepäck habe? Sie ahnen es nicht. Mr. Sholto Douglas, höchstpersönlich! Das Syndikat, Burchard und Knöhr, Herrn Wal und die ganzen Störenfriede haben wir damit in der Tasche! Und Sie haben fabelhaft vorgearbeitet, mein Lieber. Nicht bescheiden sein, Alexander hat mir alles erzählt. Die schwarze Perle ist eine Aufmerksamkeit für Sholto, der ist es aus den Kolonien so gewohnt. Mit hundert Mark ist das nicht schlecht bezahlt. Nein, Theodor, mich alte Frau dürfen Sie da nicht einspringen lassen. Fürs Geschäft müssen Sie auch einmal auf etwas verzichten.»

21

Vormittag
eines Tycoon

Das wurde eine schlimme Nacht für Theodor Lerner. Er hatte sich während des ganzen Treibens um die Bären-Insel erst einmal so schäbig gefühlt: als er Schoeps den Bären von der Suche nach Ingenieur André aufgebunden hatte. Immerhin war es damals nicht ganz ausgeschlossen, irgendwie auf Andrés luftige Spur zu geraten. Niemand wußte, wo er war, also konnte er überall sein. Warum sollte man ihn nicht auf der Bären-Insel suchen? Außerdem hatte Schoeps Stoff für seine Spalten bekommen, wenn auch ein wenig später als die anderen: ein lebendiger deutscher Conquistador gab mehr Nahrung für Artikel als ein dauerhaft verschwundener schwedischer Ballonfahrer. Bei Frau Hanhaus durfte er sich nicht beklagen. Sie hatte ihm vom ersten Augenblick ihrer Bekanntschaft gezeigt, daß sie bei der Durchsetzung ihrer Pläne keinerlei Bedenken kannte. Und dabei trat sie gar nicht als Kriemhild und Lady Macbeth auf. Um sie herum wehte eine Atmosphäre von Vernunft, Weltkenntnis, frischem Lebensmut, Sachlichkeit, die an faule Machenschaften und kleinliche Berechnung nicht einen Augenblick denken ließ. Wenn sie entschied, daß auf der mühevollen Expedition durch den Lebensdschungel dieser Koffer und jener Kasten zurückgelassen werden mußten, dann war damit nie Leichtfertigkeit im Aufgeben heiligster Güter verbunden, sondern die blanke Nüchternheit und Lebensbejahung. Sie rechnete damit, daß jeder Mensch so dachte. Ebensowenig wie sie anderen etwas nachtrug, würden die Leute ihr etwas übelnehmen, das glaubte sie wohl wirklich. Lerner glaubte sie erkannt zu haben. «Hier überwiegt ihr Temperament ihren Verstand.»

Aber dieses Verfügen über Mademoiselle Louloubou und Theodor rührte doch an tiefere Schichten. An tiefere Schichten? Worum konnte es sich denn bei einem solchen Geschäft schon handeln? Es wurde weitergeführt, wie es angefangen hatte: der schlanke Franzose mit dem zerrauften Haar verkaufte seine Freundin, und Lerner machte mit dem gekauften Artikel, was ihm beliebte. Er reichte ihn als Aufmerksamkeit an neue Geschäftsfreunde weiter. Das war der ganze Vorgang. So durften Frau Hanhaus und alle anderen Beteiligten es sehen. Oder etwa nicht?

Wenn es so schwer auszudrücken war, was da noch hinzukommen sollte, dann handelte es sich wohl um eine zu vernachlässigende Größe, um etwas Luftiges, Unfaßbares jedenfalls. Und dieses Luftige war auf eine kaum wahrnehmbare Weise entstanden. Es setzte sich aus unbeherrschbar vorbeifliegenden Bildern zusammen, die aber in der Brust dennoch Raum einnahmen, denn es entstand dort ein Druck, eine Unruhe, die aus einer Beengung im Innern hervorwuchs. Eine von hellblau kariertem Kattun umspannte Taille gehörte zu diesen Bildern, ein kleiner Schock, als rote Handschuhe den Reiseschleier hoben. Große Augen und großer Mund im Ebenholzschwarz, die Geburt aus dem Eis, der Knicks zwischen den Bären, Alexanders intrigantes Flüstern wie ein den Effekt verstärkendes Pulver, das endlose Hinüberstarren im leeren Speisesaal. Das alles hatte dem Luftigen, Unsichtbaren Konturen verliehen. Aber wovon war denn die Rede? Von Geschäft in seiner schnödesten Form! Für Lerner eben nicht, wie er jetzt begriff; als er es allein im Bett nicht aushielt vor Schuldbewußtsein und Selbstekel, aufstand, sich anzog und das Hotel verließ, um durch die schlafenden Straßen zu wandern.

Das Gefühl, das ihn erfüllte, konnte er niemandem, schon gar nicht Frau Hanhaus und ihrer ruhigen Vernünftigkeit, kaum sich selbst darstellen. Ihm war, als hätte er Mademoiselle Louloubou erobert und gegen Widerstände von außen und ihre eigene Skepsis schließlich den Sieg davongetragen. Ihm war, als habe er zwischen ihnen etwas Gemeinsames gestiftet, als habe der Franzose sie ihm nicht vermietet, sondern eingesehen, daß er sich zurückzuziehen habe, weil eine stärkere Kraft an seine Stelle zu treten wünschte. Daß bei dem ganzen Austausch, der im Lateinischen bekanntlich *commertium* heißt, Geld im Spiel war, erschien Lerner als eine Steigerung seines Kampfes um Louloubou. Gerade weil er dies Geld eigentlich nicht hatte, gehörte es sich, die Summe aufzubringen. Das war wie bei jenen rituellen Aufgaben, die Freier erfüllen mußten, wenn sie um märchenhafte Königstöchter warben. Theodor Lerner fühlte sich ganz unmittelbar in Mademoiselle Louloubous Schuld. Sie hatte sich entschlossen, sich ihm und nur ihm zuzuwenden, und nun wurde ihr ein anderer, ein alter Engländer, untergeschoben und ließ sie blamiert und überführt und getäuscht erscheinen. Jetzt erst war sie vor der Welt, was sie mit Theodor Lerner, davon war er überzeugt, nie gewesen wäre. Die Verzauberung war weg und ließ in kaltem Licht ein häßliches Anekdötchen zurück. Eine schöne Frau war kompromittiert, weil sie sich großzügig gezeigt hatte. Ein roher alter Mann naschte von einer aufs Zimmer gebrachten Aufmerkamkeit, wie er aus einem üppigen Obstkorb mit gelben Fingernägeln zwei Trauben pflückte. Herr Theodor Lerner stand bekleckert da. Er reihte sich ebenbürtig neben den jungen Franzosen ein, den er eben noch ruhmreich aus dem Felde geschlagen hatte. Frau Hanhaus widmete sich den Aufgaben des Tages in bewährter Sachlichkeit, und diese Sachlichkeit bekam angesichts des dafür zu zahlenden Preises etwas Monströses.

Hier und da waren Nachtcafés geöffnet, die ins Dunkel strahlten. Lerner hatte Durst, aber er traute sich in keines hinein und schaute nur durch die Scheiben: hier wurde Billard am großen Tisch unter tief hängenden Lampen gespielt, dort saßen junge Männer mit Hüten auf dem Kopf mit Frauen in bunten Kleidern und tranken Bier aus beschlagenen Humpen. Von dieser Gesellschaft, die ihm stets so willkommen war, fühlte er sich ausgeschlossen.

Man würde ihm ansehen, was er getan oder, besser, zugelassen hatte. Gegen drei oder vier Uhr fand er ins Hotel zurück. Er war müde und dachte traurig daran, welche Art von Müdigkeit ihn eigentlich um diese Stunde hatte erfüllen sollen. Er ging die Treppe hinauf, als stehe ihm die Benutzung des Lifts nicht zu. Man hörte die Aufzugsmaschine in den Zimmern nahe des Schachts. Vielleicht schlief dort Louloubou nach ihrem Dienst.

Der Korridor war matt beleuchtet. In größerem Abstand brannten zischende Gaslampen. Der Boden knarrte, der Läufer war dünn und schon schadhaft. Lerner ging auf Zehenspitzen. Da öffnete sich weit hinten die letzte Tür. Ein hellblau karierter Rock schwang heran, man meinte ihn rauschen und schleifen zu hören. Mademoiselle Louloubou hielt den Kopf gesenkt. Ihr Hut mit den zerdrückten Blumen hing ihr am Arm, das Mieder war flüchtig verschlossen, das Kleid wirkte zerknittert und zerstört. Lerner erkannte jetzt, daß sie ein Taschentuch vor ihr Gesicht preßte. Da war auch etwas Rotes – ihr roter Handschuh? Nein, sie trug keinen roten Handschuh. Es war ihre schwarze Hand, die das Taschentuch hielt, und das Taschentuch war mit Blut getränkt. Langsam kam sie auf ihn zu. Sie bemerkte ihn spät. Er stand an die Wand gedrückt, starr vor Schreck. Sie blickte ihn aus kleinen gleichgültigen Augen an. Er war ein Fremder für sie. Sie ging an ihm vorbei. Sie war ausgequetscht worden. Durch den Korridor wankte, was Sholto Douglas übriggelassen hatte.

Als Lerner in seinem Bett lag und das Licht gelöscht

hatte, als er in der Stille – denn um diese Zeit war es selbst im Hotel «Monopol» still – in die Dunkelheit sah und dankbar empfand, daß er nun zugedeckt und verborgen war, hörte er ein Knistern, und aus diesem Knistern wurde ein Schrei, aber kein menschlicher, sondern das helle Knallen zerberstenden Holzes, das im Zerbrechen noch einmal seine ganze Resonanzfähigkeit aufbietet, bevor es ein stimmloses Scheit wird. Dies Geräusch war laut, aber es fand seine Grenzen in der Oberfläche seines Körpers. Es kam aus seinem Herzen heraus. Es ging dort etwas mit Getöse kaputt.

Brücken abbrechen, Boote verbrennen, das waren Redensarten, aber jetzt erfuhr er, was sie bedeuteten. Er war weit vorangeschritten in seinem großen Vorhaben, weit über sein gewohntes Lebensgefühl hinaus, weit über die Fähigkeiten, die er sich zugetraut hatte, weit über alles, was er zu erleben für möglich hielt. Er hatte die Welt seiner Familie verlassen, in gewisser Weise auch das Land, er gab Geld aus, das ihm nicht gehörte, und er stellte Wechsel auf die Zukunft aus. Und jetzt war es zu spät umzukehren. Hinter ihm war alles eingestürzt. Es ging nur noch voran, allein, oder in der Gesellschaft jener Menschen, die ihm auf diesem Pfad begegnet waren.

«Lieber Gott, bloß nicht allein!» dachte Lerner, bevor er in Schlaf sank.

Ein kühler, aber auch erwartungsvoller Theodor Lerner erhob sich am anderen Morgen um neun Uhr. Der kleine Klopfwirbel, der Frau Hanhaus ankündigte, kam eine halbe Stunde später. Lerner empfing sie bereits in Hosenträgern.

Sie öffnete die Tür nur so weit, daß sie sich eben hindurchdrücken konnte, und sprach gedämpft, aber strahlend lächelnd, als sei ein großes Geheimnis zu wahren.

«Alles läuft großartig!»

Was so großartig lief, sprach sie nicht aus.

«Sholto weiß, daß ich hier bei Ihnen bin, er wird uns gleich rufen lassen.» Ob noch Zeit für einen Kaffee sei, fragte Lerner. Besser nicht, riet Frau Hanhaus. Sholto sei eigensinnig. Er lasse die Leute manchmal warten, eine Angewohnheit aus den Kolonien mit ihrem Überfluß an Zeit und Dienerschaft, aber wenn er dann einen Einfall habe, müsse alles ganz schnell gehen. Sie sagte das in einem Ton, als schildere sie die lustigen Eigenschaften eines Genies, lobenswerte Schwächen eines wahrhaft großen Mannes.

«Bis ich ihn überhaupt hierhatte.» Sie sei ihm in Düsseldorf auf dem Bahnhof begegnet. «Wir sind ja uralte Freunde.» In Wiesbaden hatte sie ihn schließlich so weit, daß er im Zug sitzen blieb. «Wenn wir das Gespräch verschoben hätten, wenn wir gesagt hätten, wir kommen morgen, übermorgen, in einer Woche nach Wiesbaden, wäre aus dem Termin nichts geworden. Er ist so. Man kann ihn auf nichts festlegen. Ein Stück nasse Seife. Ein wunderbarer Mann, der das Geschäft wirklich kennt. Er ist im Grunde mein Lehrmeister. Sholto, habe ich gesagt, Ihnen verdanke ich alles. Madame, hat er gesagt – er ist unerhört höflich, Gentleman alter Schule, wenn Sie verstehen –»

«Was hat er gesagt?»

«Nun, ich weiß nicht mehr. Er war von unserer Sache, der Bären-Insel, unerhört angetan ...»

«Was hat er dazu gesagt?»

«Klingt gut. Aber mit einer Betonung und einem Blick ... Das kann ich Ihnen gar nicht beschreiben. Dies typische britische Understatement – mehr als solch ein ‹klingt gut› bekommen Sie bei den tollsten Sachen aus ihm nicht heraus. Aber hinter der Stirn rattert das Zählwerk, und Sie sehen die Rechenmaschine förmlich vor sich, mit der alles rasend schnell durchgeprüft wird.»

Es verflossen jetzt Augenblicke, in denen sie nicht sprachen.

«Er braucht wohl noch etwas Zeit, es war wohl spät gestern abend», sagte Lerner und wunderte sich über seine Gleichgültigkeit. Nichts regte sich, blähte sich, drückte in seinem Innern bei diesen Worten.

«Das war die Krönung», sagte Frau Hanhaus, «als Alexander mir am Telephon sagte, was Sie vorbereitet hatten – ohne von Sholto zu wissen! –, da hatte ich gewonnenes Spiel. Je später wir gerufen werden, desto besser für die Sache. Er soll sich schön ausruhen. Er ist auch nicht mehr der Jüngste. Lerner, auch Sie sind mit dreißig Jahren kein Jüngling mehr.» Als erstes habe sie das Altwerden bemerkt – an den grauen Haaren? Keineswegs, die seien schon mit fünfundzwanzig dagewesen, das Erbteil einer Tante, und sie habe sich immer – hier nahm ihr Blick etwas Flammendes an – geweigert, sie zu färben. Aber es hatte mit den Haaren zu tun. Eines Tages stellte sie fest, daß ein Haar in den Augenbrauen seltsam lang und dick gewachsen sei, eine Konsistenz wie Roßhaar, nahezu drahtig. Und diese seltsame Verdickung der Augenbrauenhaare, die sei der Vorbote jenes körperlichen Umbaues, der das Altern genannt werde. Der Körper ziehe gleichsam sich selbst ein Stützkorsett in Form solcher verdickten Haare ein, oder versuche es jedenfalls, denn in den Augenbrauen sei das Drahthaar ja ohne Funktion. Gewiß entsprächen diesem Prozeß noch andere innere Vorgänge, Umbildungen noch anderer Organe – sie könne sich eine Herzschwiele vorstellen, die sich das Herz in seinem steten Pumpen schließlich zulege. Die dicken Augenbrauenhaare zupfe sie sich aus, aber sie kehrten mit einem eigensinnigen kraftvollen Eifer wieder zurück. Sie habe begriffen, daß das Altern ein Gewinn an Kraft sei – zunächst jedenfalls, bis dann freilich irgendwann der Verfall einsetze.

Sie sei heute mit fünfzig Jahren kraftvoller als mit zwanzig, brauche weniger Schlaf, halte länger durch, sei nie krank, und dazu komme noch der Gewinn an Erfahrung. Wie ein solch zarter junger Mensch überlebe, sei ihr rätselhaft.

Dachte sie an Alexander, der unter dem Glasdach ihrer massiven Protektion erblühen durfte? Bei Sholto – sie fand zu ihrem Ausgangspunkt zurück – würde Theodor Lerner jedenfalls genug ausufernd wuchernde Augenbrauen feststellen. An Sholtos höchst gepflegter Erscheinung seien sie ein winziger Dschungel, wie eine Erinnerung an die afrikanischen Regenwälder, in denen er so lange Zeit zugebracht habe.

Es klopfte. Ein Etagenkellner in unsauberer weißer Schürze ließ in Dialekt wissen, «der Herr Douglas» sei jetzt empfangsbereit.

In dem großen Zimmer mit der wie bei Frau Hanhaus lebhaft gemusterten Blumentapete – bei Lerner waren es Streifen – lag Sholto Douglas im seidenen Morgenmantel auf dem Bett, hatte aber schon seine rundgebügelten weiten hellgrauen Hosen an.

Sein Gesicht war voll und weich. Wären nicht die von Frau Hanhaus angekündigten in die Luft stechenden Augenbrauenbärte gewesen, hätte man es für ein Frauengesicht halten können. Seine Hände waren groß und weißlich wie neugebackener Brötchenteig, ein Gedanke, der mit dem starken Bäckereigeruch gleichsam in der Luft lag.

«Madame», sagte Douglas mit hoher krähender Stimme in einem englisch-französischen Mischtonfall, «Sie verzeihen, wenn ich liegenbleibe, um diese Zeit bin ich in der Senkrechten etwas fragil. Und da haben Sie den tüchtigen jungen Mann, der so fleißig die Eisbären eingezäunt hat. Junger Mann, ich habe mir die Sache gut überlegt. Meine Freundin hat mir die Rechtslage zwischen Düsseldorf und Frankfurt einigermaßen deutlich gemacht – reden können Sie, Madame. Natürlich muß man grundsätzlich noch die Details bedenken, aber soviel kann ich jetzt schon sagen: die Bären-Insel, oder vielmehr Ihre Anteile daran, sind mir hundertfünfzigtausend Mark wert. Damit machen Sie ein schönes Geschäft, ich aber auch. Außerdem können wir darüber reden, ob Sie für ein ordentliches Gehalt mein Geschäftsführer bei diesem Objekt werden – ich rechne mit sechstausend Mark Gehalt und sechstausend Mark garantierter Gewinnbeteiligung, aber das werden wir in Ruhe ausrechnen.»

Frau Hanhaus hatte sich zu ihm auf den Bettrand gesetzt, mit äußerster Kühnheit, wie es Lerner vorkam.

«Sholto», sagte sie munter, während sie ihre Hand leicht auf seinen Unterarm legte, «anstatt zu schlafen und dich auszuruhen, hast du heute nacht wieder gearbeitet.»

«Ich arbeite immer, Madame», sagte er mit gezierter Stimme, tätschelte ihre Hand, ergriff sie dann und schob sie von sich. «Ich gehe heute nachmittag zurück nach Wiesbaden. Ihr beiden kommt in den nächsten Tagen, um alles festzumachen. Madame, eine Bitte. Sie überlassen mir für eine Weile Alexander. Ich brauche Hilfe, einen Sekretär, *valet de chambre*, jemanden, der da ist.» Dies war gedämpft und vertraulich gesprochen, als sei Lerner nicht mehr im Zimmer. Sie atmete schwer. Sie legte ihre Hand auf die Brust. Ihre Stimme zitterte leicht, als sie antwortete: «Gewiß, das wird er gerne tun. Bei dir kann er auch etwas lernen.»

«Darauf können Sie sich verlassen», sagte Sholto Douglas. Die Audienz war beendet.

22

Aug in Aug
mit der Gefahr

Mecklenburg liegt weit weg von allen exotischen Reichen. Der Ostsee kehrt das Land den Rücken zu. Die Sprache der Mecklenburger scheint wie dicker Lehm an ihren Stiefeln zu kleben und hält sie fest an ihrem Bauernboden. Aber das Nashorn, das hier in einem mit schwarzem Eisen gerahmten Glaskasten stand und das fremdartige Haupt mit den kleinen Augen abwartend gesenkt hielt, war vom Herzog von Mecklenburg geschossen worden, und nicht nur an dessen Tod trug der Herrscher die Schuld, sondern auch an seiner Mumifizierung im gläsernen Sarg. Die Ausstopfer gerbten die graue Haut und tränkten sie mit konservierenden Flüssigkeiten, und diese Behandlung verlieh ihr das Aussehen von hartem Gummi. Das Nashorn stand zwar nun da wie an seinem letzten Tag, als es den Herzog erblickte, einen großen Mann mit Backenbart in einem von Lederriemen kreuz und quer gegürteten Khaki-Anzug, sah aber toter aus als nach dem Schuß, der den angriffsbereiten Riesenpanzer in einen schlaffen Sack verwandelt hatte. Waren es die Störche auf den Dächern Schwerins, die dem Mecklenburger Herzog die Sehnsucht eingepflanzt hatten, ihnen nach Ägypten und darüber hinaus, bis an die Quellen des Nils zu folgen?

Das fragte sich der Mann, der dem Nashorn gegenüberstand. Störche kannte er, Nashörner hatte er lebend noch nicht gesehen. Es war ein kalter Tag, und das Museum war nicht geheizt. Der Wächter mit der goldbestickten Mütze trug gestrickte Pulswärmer und hustete unterdrückt. Dann sah er sich schuldbewußt um, als sei die Ruhe in den Ausstellungssälen heilig. Der Mann war der einzige Besucher. Er trug einen steifen Hut, so bombig rund, als hätten die Ausstopfer auch diese Filzhalbkugel mit Roßhaar und Sägemehl gefüllt. Weil sein gesundes junges Gesicht mit wohlgenährten dicken Backen gleichfalls etwas Kugelrundes hatte, war es, als übersetze der Hut den Kopf in schwarze Abstraktion. Hätte das Nashorn den Träger dieses Hutes als einen Verwandten angesehen, wie es selbst mit einem harten Auswuchs bekrönt? Oder hätte die Melone es zu noch größerer Wut gereizt?

Den Wächter erfüllte der Hut mit Ehrfurcht. Es war aber vielleicht nicht nur der Hut, der erzeugte, was den Wächter beeindruckte. Der Mann darunter, so sinnlich und lebensfroh er unter der Krempe hervorsah, hatte doch zugleich etwas Gebietendes. Seine Atemluft umwölkte ihn zwischen den roten Sandsteinsäulen, als wolle sie seine Erscheinung vergrößern und in einen fürstlichen Rauhreifmantel hüllen.

«Es ist jetzt genug mit dem Nashorn», sagte er zu dem Wächter, «ich möchte jetzt die Dioramen betrachten. Haben Sie die Freundlichkeit, dort für Licht zu sorgen.»

Das Museum war ein Palast, ganz neu gebaut und noch nach Mörtel und frischem Lack riechend. Der Spiritus aus den hohen Glasflaschen, die aus viel älteren Sammlungen stammten und korkenzieherartig gedrehte Bandwürmer, bleiche Schlangen, turmschädige Embryonen und unheimliche halbtierische Gewächse aus dem Meer enthielten, schien durch die geschliffenen Glasstopfen hindurchzudringen. Oder war das Bohnerwachsgeruch? Was hier in der Luft lag, ließ jedes Leben dahinwelken. Da stand die Dronte, der legendäre drollige Vogel, groß wie ein Huhn, mit seinem geräumigen Schnabel, der auf der Insel Mauritius schon ausgerottet war, als die Ausstopfer des Senckenbergmuseums ihre belehrende Tätigkeit noch lange nicht aufgenommen hatten. Nur die Knochen dieser Kreuzung aus Ente und Pelikan waren übriggeblieben und hielten in ihrem Glashäuschen Schildwache.

«Das ist die berühmte Dronte», sagte der Wächter. Die schwarze Bombe neigte sich vor. Die freundlichen hellgrauen Augen unter der geschwungenen Krempe blickten neugierig. Der Kopf des Herrn richtete sich wieder auf. «Die Insel Mauritius liegt von der Bären-Insel doch wohl sehr weit entfernt. Dronten habe ich da oben jedenfalls keine gesehen.» Das klang beinahe streng. Der Wächter sollte nicht auf alles und jedes, auf jedes Straußenei, jeden Schmetterling, jede ein Wasserschwein verschlingende Riesenschlange hinweisen. Der Herr war nicht aus allgemeinem Wissensdurst ins Museum gekommen. Er arbeitete. Er wünschte, dem Gegenstand, der seinen Geist beschäftigte, nahe zu sein. Er war auch nicht zum ersten Mal hier. Der Wächter kannte ihn. Ziellos pflegte der Herr durch die Säle zu wandern, bis er dann schließlich den Weg zu den Dioramen fand. Manche Säle waren noch leer. Aber es stand schon fest, was dort hineinkommen würde. Mit dem Museum verhielt es sich wie mit dem Wissen allgemein, dessen Tempel und Schatzhaus es darstellte: noch waren nicht alle Kammern des einst zu Wissenden betreten, aber man wußte schon, wo sie liegen würden und wie groß sie waren, und man ahnte, was sie beherbergten. Wenn dieses Museum einmal ganz voll war, dann würde auch die Erde vollständig erforscht sein. Schon waren die weißen Flecken auf der Weltkugel den Schneefeldern an einem südlichen Taunushang im März vergleichbar. Sie schrumpften unter der Sonne schrankenloser menschlicher Neugier. Es schien zu genügen, daß ein Stück Erde unbekannt oder unzugänglich und bisher noch nicht betreten war, um aufwendige und wagemutige Expeditionen dorthin auf den Weg zu bringen, und dabei ging es keineswegs immer nur um die Hoffnung auf Beute oder gewinnbringende Nutzung. Die spanischen Hidalgos, die unter der Last ihrer Rüstungen die peruanischen Anden hinaufkeuchten, waren mit ihrer Erwartung, das Goldland zu finden, dagegen die reinsten Vernunftmenschen und Utilitaristen gewesen – Gold suchte der moderne Forscher zunächst jedenfalls nicht. Wie ein kleines Kind, das die tickende Weckeruhr auseinandernimmt, war es ihm nur um einen zweckfreien Blick in das verschlossene Gehäuse zu tun.

Auch der Mann mit der hohen Melone war gekommen, um einen Blick zu tun, in einen erleuchteten Kasten nämlich, deren eine lange Reihe in einem dunklen Gang lagen. Der Wächter mahnte umständlich zur Vorsicht, als warteten im Finstern Fallstricke und Schlaglöcher. Es war aber ganz eben in dem Korridor. Wie in freier Wildbahn, nur viel bequemer, nahm man hier am Leben der scheuesten und flüchtigsten Tiere teil, ohne nasse Füße und steife Knie zu bekommen und das Wild dann zu verpassen. Ganze Bäume hatte man herbeigebracht, Eichen mit mächtigem Wurzelwerk, in dem die Biber hausten, als Familie arrangiert, mit Vater, Mutter und Kindern. Das Laub war natürlich künstlich, im Kastensommer von ewiger Papiergrüne. Und das Wurzel- und Schilf- und Erdhaufengemenge, im Vorder- und Mittelgrund von überzeugendem Naturalismus, ging im Hintergrund in Malerei über. Da war der Taunus auf der Leinwand neu entstanden, mit den dicken Pinseln der Bühnendekorateure, aber nicht ohne Kenntnis neuester Landschaftsmanier, von Hodlerschen phosphoreszierenden Almwiesen und schlammig-pastigem Spätimpressionismus. Der Mann mit der Melone fand Gefallen an Rehen und Hirschen im Herbstwald, an Hasen und Fasanen in von Mohnblumen und Kornblumen durchwachsenen Feldern, an dem mächtigen Auerochsenpaar, das in den niedrigen Pfützenausläufern weit ausgebreiteter vorgeschichtlicher Stromlandschaften herumplatschte, aber er schenkte ihnen nur flüchtige Beachtung. Am Ende des dunklen Korridors lag sein Ziel.

Hier strahlte das Licht, so schien es, heller, denn es wurde nicht von Eichenlaub oder Kornfeldern, sondern von Schnee und Eis reflektiert. Gips-Eisschollen wie dicke Sahnebaisers türmten sich übereinander. Eiszapfen hingen gläsern von ihnen herab. In die Hintergrundmalerei hatte der Künstler kräftige rosafarbene und hellgelbe Striche gesetzt, als gehe über dem Eisland die Sonne auf und färbe die Ödnis in den süßen Farben eines Halbgefrorenen. Die Schollen hatten sich ineinandergeschoben und bildeten eine Art Höhle. Hier war das Loch, aus dem der Eisbär hervorschloff, beinahe so groß wie der Auerochse ein paar Kästen weiter. Der seltsam kleine Kopf, das vergilbte, schmutzigweiße Zottelfell, die frostige Schwärze um die spitze Schnauze herum, die Riesentatzen, mit denen er am Eisloch auf Fischfang ging – flaschengrünes Glas spiegelte den gefühllosen Ausdruck des Raubtierauges –, das alles ließ den Eisbär sogar für die Geruchsnerven anwesend sein. Der Mann meinte einen durch Kälte gedämpften Aasgestank zu riechen, der von dem Atem dieses Tieres einstmals ausgegangen war. Hellgelb und Rosa, gab es das dort, wo solche Bären lebten? Wenn die Sonne ihr kurzes Tauchbad im Meer nahm und wieder aufging, war es, als werde die dunkle Eiswatte, in der man steckte, bleicher. Dann erschien ein hellerer Punkt am Horizont, wie eine Gasflamme hinter dicken Milchglasscheiben. Ja, Milch! Wenn es Tag wurde, war es, wie wenn man Milch in schwarzen Kaffee goß. Wer im Nebel einen Eisbären suchte, sah ihn erst, wenn er über ihn gefallen war, das hatten die Matrosen der *Helgoland*, die mit den Russen auf Jagd gegangen waren, jedenfalls so berichtet. Viele Eisbären hatte der Mann noch nicht gesehen. Da gab es Kapitän Abacas Weibchen. Ob das jetzt auch in einem Glaskasten Männchen machen mußte?

23

Die Lobby
übt Druck aus

Die Gästeliste, die Mister Douglas für das große Bankett zu Ehren von Herrn Reichstagsabgeordneten Doktor Hahn vorlegte – Alexander reichte ihm auf Fingerschnipsen eine rote Maroquinmappe, der Douglas ein großes Blatt entnahm –, glich einer Ratsversammlung, so viele Räte waren gebeten: Kommerzienrat Lampadus, Kommerzienrat Gebert-Zahn, Justizrat Frispel, Geheimrat Donner, Sanitätsrat Hartknoch, Staatsrat Albertshofen und Amtsgerichtsrat Fritze.

«Wenn Sie diese Leute haben, haben Sie auch Hahn. Diese Leute sind, äh, wichtig.» Das klang in dem hellen stotternden Krähen von Mister Douglas plötzlich, als wolle er das genaue Gegenteil sagen. Diese Zweifel befielen Lerner beinahe bei jeder Äußerung des Kolonial-Gentleman. Er fühlte sich in Douglasens Gegenwart in wachsendem Maße unwohl. Seine Instinkte waren schlicht. Es widerstrebte ihm, sich von jemandem demütigen zu lassen, den er bezahlte. Nun bezahlte Lerner Douglas nicht geradezu. Es war ein wenig komplizierter. Aber der Schwebezustand, in dem sich das Bären-Insel-Unternehmen befand, seitdem Sholto Douglas imperial erklärt hatte, es zu kaufen, war teuer. Er war mit Lerners Mitteln kaum mehr aufrechtzuerhalten, und diese Mittel bestanden schließlich aus den Vorschüssen von Herrn Otto Wal, Bergwerksdirektor Neukirch und aus Ferdinands heimlicher Kriegskasse. Burchard und Knöhr forderten inzwischen ultimativ, daß Lerner seinen Anteil einzahlte, die fünfundzwanzigtausend Mark, die nach Anrechnung seiner großzügig kalkulierten Expedition – vor allem unter Berücksichtigung der Häuser auf der Insel – noch fehlten. Herren Burchard und Knöhr erklärten, das Warten satt zu haben, hanseatisch vornehm allerdings. Der ganze Verdruß steckte in dem Wort «nunmehr». «Erwarten wir nunmehr die gefl. Überweisung ...»

Zum Glück war es Winter. Um die Bären-Insel türmten sich die Eisschollen und machten jede Annäherung unmöglich. Lerner sah in den *Illustrierten Blättern* einen schönen Stahlstich: Ein spitzig-zackiges Schollengeschiebe formte eine Art Turm von Babel aus Eis; mit vernichtender Gewalt hatten sich die splitternden Riesenplatten ineinander verkeilt und in die Höhe getrieben; wie hoch dieser Berg sich mitten im offenen Meer erhob, erkannte man an einem umgekippten Dreimaster, der in dem stillen Krachen, das von dem Blatt ausging, wie ein Spielzeug, wie die *Helgoland* im Tosen der Naturgewalt zermahlen wurde. «Die gescheiterte Hoffnung» hieß das Bild – ja, da oben scheiterten viele Hoffnungen auf Ruhm und Gewinn.

«Die Situation ist ganz im Gegenteil sehr günstig für uns», sagte Frau Hanhaus. «Was wir brauchen – das sieht Sholto richtig –, ist ein ganz klein wenig Rückenwind von oben. Herrenloses Land – darin liegen Chancen, aber auch Risiken, und es liegt in den Händen der Reichsregierung, diese Risiken ganz erheblich zu verringern. Ich habe die Verhältnisse genau studiert. Doktor Hahn ist gegenwärtig der profilierteste deutsche Kolonialpolitiker, jedenfalls in einer bestimmten Gruppe, auf keinen Fall ohne Gewicht – wichtig eben.»

Bevor Lerner Sholto Douglas kennenlernte, hätte er Frau Hanhaus dies «wichtig» ohne weiteres abgenommen. Jetzt kam es ihm plötzlich nachgeplappert vor. Das Gemeinsame an «wichtigen» Leuten war, daß man ihnen zunächst etwas bieten mußte. Wichtige Leute waren vor allem geschäftstüchtig. Ihr Interesse kostete etwas. Auch Herr Dr. Hahn würde keineswegs nur aus vaterländischer Begeisterung tätig werden. Einem Abgeordneten konnte man zwar nicht unverblümt eine kostenlose Beteiligung am Bären-Insel-Unternehmen anbieten. Das wäre zu plump gewesen. Man konnte sich aber verpflichten, alle erforderlichen Maschinen zur Errichtung des Bergwerks in der Fabrik von Kommerzienrat Lampadus, des Compagnons von Dr. Hahns Schwiegervater, zu bestellen. Kommerzienrat Gebert-Zahn vertrat jene Kräfte der liberalen Partei, die Herrn Doktor Hahn auf seinen Listenplatz geschoben hatten. Er stellte Konserven und Fleischextrakt und Pemmikan her und würde damit die Ernährung der zukünftig auf der Bären-Insel überwinternden Bergarbeiter gewiß bereichern. Dort eine Fischfabrik zu errichten, schloß er nicht aus. Justizrat Frispel war Douglas persönlich verbunden. Er beriet ihn, wie es hieß, in rechtlichen Angelegenheiten und hatte ihm schon einmal «sehr geholfen», wie Frau Hanhaus so vielsagend bemerkte, daß es klang, als habe der Anwalt Douglas aus dem Gefängnis geholt. Geheimrat Donner habe drei große Zeitungen besessen und einen spektakulären Bankrott erlebt. Sein Einfluß sei immer noch groß in Pressekreisen. Viele behaupteten, er stecke längst hinter dem Berliner Börsencourier. Sanitätsrat Hartknoch war ein eleganter Mann, wiederum eine Bekanntschaft von Sholto, «aus Tanganjika», das war für Frau Hanhaus eine jede Frage beantwortende Erklärung. Staatsrat Albertshofen und Amtsgerichtsrat Fritze waren beide a. D., obschon jugendliche Männer. Was konnte einen preußischen Amtsgerichtsrat bewegen, sein Amt zu quittieren? Genug, jetzt war er «wichtig», wichtiger sogar als der ranghöhere Albertshofen.

«Ich mache Ihnen einen tollen Tisch, junger Mann», quäkte Douglas. «Das Menü bestimme ich, damit ich mich nicht blamiere.»

«Sholto, was ziehe ich an?» fragte Frau Hanhaus, indem sie den Versuch unternahm, Vorfreude und dankbare Aufregung auf weibliche Weise zu zeigen. Lerner spürte die Anstrengung, die in dieser munter-naiven Frage lag. Seitdem Sholto Douglas sie dazu gezwungen hatte, ihm Alexander abzutreten, war ihr Verhältnis zu dem kaufmännischen Vorbild nicht mehr im Lot. Es war jetzt schwierig geworden, den Anschein von Gleichberechtigung der Parteien wenigstens im Umgangston zu wahren. Sie versuchte es dennoch. Wenn jemand ihre Umgebung Disziplin lehren konnte, war es Frau Hanhaus.

Lerner fürchtete, daß Douglas sie mit voller Absicht an die Grenzen ihrer Fassung geführt hatte. Wenn sie zusammen waren und Alexander trat ins Zimmer, fuhr sie zusammen und suchte den Blick ihres Sohnes, oft genug vergeblich. Alexander trug jetzt einen teuren Anzug und eine dickseidene rosafarbene Krawatte, die unter seinem unfertigen und zugleich unfrischen Gesicht heftig blühte. Seine Vorstellung von einem herrschaftlichen Sekretär entsprach dem Vorbild des Bühnendieners, Feierlichkeit und Unverschämtheit mischten sich darin. Statt seiner Mutter zu antworten, hob er die Augenbrauen und nahm den Ausdruck des vollständigen Desinteresses an. Daß er das wagt, dachte Lerner.

«Alex?» sagte Sholto Douglas, während Alexander die Vorhänge zurückzog, denn Douglas hatte lang geschlafen und empfing seine Freunde im Bett.

«Sir?» antwortete Alexander. «Fine weather today», sagte Douglas, und «How right you are, Sir», sagte Alexander, der nur ein paar Worte Englisch sprach, geläufig und mit affigem Akzent. War dies der Junge, der eben noch mit mütterlichen Ohrfeigen auf dem rechten Weg gehalten worden war? Solange Sholto sich ihr nicht zuwandte, blickte Frau Hanhaus voll Beklemmung zwischen den beiden hin und her. Dann setzte sie wieder ihr Strahlen auf.

«Es ist gleichgültig, was Sie tragen, Madame», sagte Sholto nun gutgelaunt. «Es ist ein Essen ohne Damen.»

«Aber ich soll doch dabeisein, sagtest du?» Sie tat kokett.

«Aber Sie sind doch keine Dame, Madame.» «Ein schönes Kompliment.»

«Nehmen Sie's, wie Sie's wollen.»

Wenn man einen Faden in ein Glas voll alaungesättigter Lösung hängt, kann man sehen, wie es um diesen Faden herum zu Kristall schießt. In dem Salon, in den Sholto Douglas seine Gäste gebeten hatte, war die Stimmung derart von den Erwartungen der Anwesenden gesättigt, daß sie sich in Form von hundert blitzenden Prismen um die Bronzekette des Kronleuchters herum zu materialisieren schien. Sholto Douglas trug zur weißen Frackwäsche eine husarenmäßig verschnürte Prunkjacke aus rotem Samt und goldgestickte Samtpantoffeln an den kleinen Füßen. Je weniger er daran denken durfte, in seine Heimat zurückzukehren, desto wichtiger war es ihm, englische Spezialsitten auszustellen. Selbst den für Wiesbaden nächstliegenden Wein, den Rheingauer, nahm er als «Hock and seltzer» zu sich. An seiner Seite, einen halben Schritt hinter ihm, stand Alexander im Frack mit einem blauen, genauer, dunkelviolett verfärbten Auge in seinem glatten Mondgesicht, es war fast zugeschwollen und fügte sich in seine makellose Erscheinung wie eine ins Gesicht gerutschte exzentrische Dekoration. Seine hochnäsige Feierlichkeit verbot jede Erkundigung nach der Ursache dieser Prellung. Die hatte man hinzunehmen.

Die Frage nach der passenden Toilette hatte für Frau Hanhaus einen ernsten Aspekt. Sie besaß kein präsentables Abendkleid und konnte nicht improvisieren. Für sie hätte schon etwas Ordentliches hergemußt. Sholtos Unverschämtheit brachte sie auf einen genialen Einfall. Sie bestellte bei einem vornehmen Leichenbestatter ein Witwengewand. Als der Pikkolo die Flügeltür öffnete, stand sie wie eine Königin mit langem schwarzem Kreppschleier auf der Schwelle. Ihr Anblick ließ die Versammelten verstummen. Die Begrüßung fiel respektvoll, ja ehrfürchtig aus, obwohl Sholto es für richtig hielt, sie kopfschüttelnd höhnisch anzulächeln. Nach einem gramvollen Blick auf Alexander gab sie sich einen Ruck und wandte sich zu dem nächststehenden Herrn: «Wir haben keine Zeremonien heute abend. Wir wollen uns zwanglos mit Freunden unterhalten. Herr Staatsrat, möchten Sie mich zu Tisch führen? Die anderen Herren nehmen Platz, wo es ihnen beliebt.»

Lerner sah dankbar und bewundernd zu ihr hinüber. Sie war souverän. Vor diesem Tisch, der mit Silber und Kristall überhäuft war, saß sie gelassen wie im Séparée der «Pique-Dame». Aber die eigentümliche Anzüglichkeit der Atmosphäre bekam sie nicht in den Griff; die konnte sie nur ignorieren. Die Herren hatten sämtlich etwas Lauerndes. Man sah, daß sie sonst nicht so zusammenkamen. Ihre Höflichkeit gegeneinander war steif und zugleich tastend. Sie waren der Einladung des fabulösen Herrn Douglas gefolgt. Gewiß würde hier etwas Exquisites geboten.

Auf der Menükarte standen die Namen kostbarer alter Weine. Burgunder und Tokajer, Sherry und Champagner, zweihundertjähriger Portwein und hundertjähriger Cognac folgten in schier endloser Reihe.

«Sie sind über das Nordmeer gefahren?» fragte der Amtsgerichtsrat Fritze, der Jugendlichste nach Lerner und Alexander, aber statt Lerner die Gelegenheit zu einer Antwort zu geben, zitierte er: «Da ist das Meer, so groß und weit, drin wimmelt es ohne Zahl, das kleine Getier und das Große, Seeungeheuer schwimmen darin, Leviathan, den du schaffst dir zum Spielzeug. Sie kennen natürlich die Stelle? Haben Sie den Leviathan gesehen?» Staatsrat Albertshofen, mit sehr rotem Gesicht, das talgig glänzte, nahm Lerner die Antwort: «Fritze, Sie sind wie ein Engländer. Es geht um die Kolonisierung des Polarmeers und Sie zitieren Bibelsprüche. Die Dämonie der Macht versteckt ihr wahres Gesicht hinter der Maske der Gerechtigkeit. Das ist die englische Neigung zu moralischer Schönfärberei und Verbrämung der Machtpolitik, fängt übrigens schon bei Thomas Morus an. Herr Douglas, wie nennen Sie das?»

«Das nennen wir den Cant», sagte Sholto mit breitestem Vergnügen. Doktor Hahn, der Lerner jetzt erst auffiel, sein Gesicht sah hinter mehreren großen weißvernarbten Schmissen wie hinter Gitterwerk hervor, respondierte ironisch: «Das gute Recht eines Volkes, das sich selbst als Standard für die ganze Menschheit setzt.»

«Es machen doch alle mit», sagte Sholto, «Sie alle hier sind doch auch dieser Meinung.»

«Auf jeden Fall leitet England als Seemacht eine politische Revolution ein», sagte Geheimrat Donner. «Die Landmacht ist auf den Raum bezogen, Raum und Macht sind quasi identisch. Deshalb leuchtet mir ohne weiteres die neue Wortbildung Großraum ein, während man zwar von einer großen Zeit, aber nicht von einer Großzeit spricht.»

«Man spricht von hoher Zeit, von Hochzeit!» rief Fritze. «Teure Heirat» sang er zur Melodie des Nabucco-Chores «Teure Heimat». «Verzeihen Sie den Spaß», wandte er sich an Frau Hanhaus, «Sie haben gerade den Herrn Gemahl verloren.»

«Schon länger», rief Sholto mit offenem Hohn. Donner wollte seine Gedanken unbedingt zu Ende bringen, gewann in der jetzt ausbrechenden Unruhe das Wort aber nicht zurück und knöpfte sich Lerner zu einem Privatissimum vor.

«Das Wesen der Macht ist Präsenz, und das heißt Raum. Die Undurchdringlichkeit der Körper war Raum, und das heißt Macht. Ebendas hört auf. Die grenzenlose Durchdringlichkeit der Wellen ist nicht mehr Macht, sondern Einfluß.»

«Heute verstehen wir unter Raum nicht mehr eine bloße, von jeder denkbaren Inhaltlichkeit leere Tiefendimension. Raum ist uns heute Kraftfeld menschlicher Energie, Aktivität, Leistung geworden.» Das war mit Diskantstimme über das allgemeine Brodeln hinweggerufen, Doktor Hahn reckte sein Kinn über den Tisch zum Fenster hin. Lerner war, als verstehe er zum ersten Mal den Ausdruck «Fensterrede». Auf jedem Teller lag jetzt eine schwarze Kugel, die von einem mit Blattgold versetzten Gelee überzogen war. Wenn man es mit der Gabel entfernte, kam ein kleiner Vogelkörper zum Vorschein, der in der ausgehöhlten Trüffel wie in einem Ei kauerte.

«Ah, Fettammern royal», rief Gebert-Zahn, der sich ebensowenig wie Hartknoch an der Konversation beteiligt hatte.

«Nein, à la Rothschild», sagte Douglas, «ich vermute, eine Hommage an das Gold.»

Man merkte der Gesellschaft an, daß viel und durcheinander getrunken wurde.

«Erobern kann nur derjenige, der seine Beute besser kennt als sie sich selbst», das war mit stechendem Blick von Albertshofen zu Lerner gesprochen. Tatsächlich richtete manchmal einer der Gäste das Wort an ihn. Nur zum Antworten kam er nie. Das Bankett hätte auch ohne ihn stattfinden können. Nein, keineswegs: Die Rechnung ging natürlich auf das Deutsche Bären-Insel-Unternehmen.

«Davon hätten wir ein Jahr im ‹Monopol› wohnen können», flüsterte er Frau Hanhaus zu, als sie das Hotel verließen. Sie wankte leicht. Ihre Hand war mit einem Netzhandschuh bekleidet. Es tat weh, als sie die seine fest drückte.

Das Ergebnis des Abends konnte sich sehen lassen. Auf Fingerschnipsen von Douglas überreichte Alexander seiner Mutter eine Woche später das Protokoll der einhundertsiebenundsiebzigsten Sitzung des Reichstages. Mit blauem Stift war folgender Dialog darin angestrichen: «Der Abgeordnete Doktor Hahn: Ich kann nicht umhin, an den Herrn Staatssekretär die kurze Frage zu richten, wie es augenblicklich mit der Angelegenheit der Bären-Insel steht.» – (Heiterkeit) Doktor Graf von Posadowsky-Wehner, Staatsminister, Staatssekretär des Innern, Stellvertreter des Reichskanzlers, Bevollmächtigter zum Bundesrat: «Meine

Herren, der Herr Abgeordnete Doktor Hahn hat die Aufmerksamkeit des Hauses auf die Bären-Insel gelenkt. Ich nehme Anstand, ihm dorthin zu folgen, es würde uns etwas zu weit führen.»

24

Lerner
macht Kolonialpolitik

Seitdem Herr Sholto Douglas in Lerners Leben getreten war, bestimmte er den Rhythmus aller Vorgänge allein. Vorher hatte Lerner sich täglich mit Frau Hanhaus beraten, Briefe entworfen, sie Frau Hanhaus im Konzept vorgelesen und danach meist neu formuliert. Er konferierte mit Herren Burchard und Knöhr und mit Herrn Wal in Köln, er trieb Herrn Möllmann und Herrn Dr. Schreibner dazu an, ihre Gutachten zu überarbeiten und etwas attraktiver zu gestalten. Jetzt aber war alles Pläneschmieden und Konzeptemachen Herrn Sholto Douglas' Ressort. Er allein war es, der nachdachte und das Ergebnis seines Nachdenkens mitteilte, und zwar nicht, indem er Herrn Lerner von den einzelnen Schritten seiner wechselnden Konzepte zu überzeugen suchte, sondern in Befehlsform. An Kommerzienrat Gebert-Zahn sei das Schreibnersche, aber nicht das Möllmannsche Gutachten zu schicken – warum das eine und nicht das andere, erfuhr man nicht, und das schlimmste war, daß Frau Hanhaus sich diesem Stil vollständig unterwarf.

Wenn Douglas etwas hervorstieß, gedehnt-stotternd, wie ihm das eigen war, und Lerner den Satz ungeduldig zu Ende sprechen wollte, legte sie den Finger auf ihre Lippen, während sie den quälenden Sholto gebannt ansah. Hatte sie nicht gerade eben noch mit der größten Achtung über Theodors Verstand und seine Energie gesprochen? «Gewiß», schien sie jetzt zu sagen, «dies alles denke ich nach wie vor. Ich verehre Sie bedingungslos, aber wir sollten das, während Mr. Douglas spricht, einen Augenblick zurückstellen.» Und dabei war die ganze Zeit unklar, was Mr. Sholto Douglas mit der Bären-Insel eigentlich im Sinn hatte.

Die große Proposition, die er an dem unvergeßlichen, von Pein und Glück erfüllten Morgen im Hotel «Monopol» gemacht hatte, war das geistige Kapital, von dem seine Autorität bei Lerner und wohl auch Frau Hanhaus lebte. Aber von diesem Kauf, von der «Übernahme», von der Sholto Douglas an jenem Vormittag sprach, indem er seine verwöhnte, helle Stimme plötzlich stahlhart werden ließ, war nun schon länger nicht mehr die Rede. Wenn über den Preis Einigkeit erzielt war, warum vollzog er den Kauf nicht, bezahlte und ging seiner Wege? Er hatte sein Angebot abgegeben, es war angenommen, der Preis war weniger ausgehandelt als von Douglas festgesetzt worden, Lerner hatte akzeptiert, und nun – ja nun mußten ständig weitere Vorbereitungen getroffen werden, um das Geschäft abzuwickeln.

«Was wollen Sie?» fragte Frau Hanhaus. «Sholto hat im Kolonialgeschäft Millionen gewonnen und verloren. Er ist ganz andere Dimensionen gewohnt.» Dimensionen im Verlieren eben auch. Frau Hanhaus hatte ihn kennengelernt, als ihm in London der Prozeß gemacht werden sollte. Seitdem liebte er Deutschland, vor allem den Rhein, und dort vor allem Wiesbaden, da hatte er so viele Engländer, wie er wollte, und Russen dazu.

«Man sollte Städte gründen im Niemandsland, nur für wohlhabende Leute, aus jedem Land der Welt, das Konto ist der Paß, nach nichts sonst wird gefragt. Das ist eine Idee, an der ich arbeite. Südafrika wäre klimatisch nicht schlecht dafür, ist leider jetzt politisch zu schwierig geworden.» An der Tatsache, daß er die Bären-Insel übernahm oder gar übernommen hatte, zweifelte Sholto selbst wohl nicht. Lerner und Frau Hanhaus waren ohne eigentlichen Vertrag von Eigentümern zu Angestellten des Herrn Sholto Douglas geworden.

War es so? Lerner durfte nicht fragen. Frau Hanhaus fand es hochgefährlich, «Sholto zu reizen». Sie nannte ihn beim Vornamen, während Lerner bei ihr immer noch «Herr Lerner», allenfalls «lieber Freund» war. Douglas sagte, leicht englisch eingefärbt, «Madame». Etwas Zweideutiges hatte diese Anrede bei ihm, als mache er einen perfiden Scherz auf Frau Hanhausens Kosten.

Auch über sein Kommen und Gehen ließ er sie im dunkeln. Manchmal bereitete er ein Gespräch mit Kölner oder Hamburger Kaufleuten vor und war dann nicht zur Stelle, wenn es stattfand. Dann hatte Lerner aufzutreten und mußte dabei strikt vermeiden, Douglas ins Spiel zu bringen.

«Ich verstehe nicht, warum wir die Bären-Insel oder Beteiligungen an ihrem Unternehmen immer noch verkaufen und vertreten, wo sie doch längst verkauft ist?» fragte Lerner. «Wenn wir vorhätten, weiterhin Investoren zu suchen, könnten wir das auch ohne Douglas.»

«Wir könnten vieles ohne ihn, lieber Freund, aber mit ihm geht es noch besser, vertrauen Sie mir.»

Niemandem vertraute Lerner wie Frau Hanhaus. Sie hatte ihn vollständig für sich eingenommen. Er folgte ihr, auch wenn es ihm schwerfiel, aber es beunruhigte ihn, daß sie plötzlich nicht mehr die letzte Instanz war. Frau Hanhaus erkannte – vielleicht sogar immer schon? – etwas über sich an, und die Person, auf die es im letzten jetzt ankommen sollte, war unangenehm.

Zugleich öffnete die Einführung einer neuen Figur auch für Lerner einen Spielraum, der ihm bisher verschlossen war. Die Bekanntschaft mit der Familie aus dem Eisenbahnabteil, Bankdirektor Kohrs mit Frau Gemahlin und der reservierten Nichte, stellte ein geheimes Guthaben dar, das Lerner durch Übersendung einer Photographie zwar gepflegt hatte, das er aber nicht anzugreifen wagte. Seltsam: Dank hatte er für sein Bild nicht erhalten. Aber die Erinnerung an den Abschiedsblick der pfauenhaft schillernden Dame bannte jeden Zweifel.

Hinter Frau Hanhausens Rücken nahm er Verbindung zu Elfriede Kohrs auf. Am Ende war Bankhaus Kohrs der Joker im Spiel?

«Mit der Bären-Insel bin ich immer noch nicht vom Fleck gekommen, und mein Herz ist immer noch frei», schrieb er in einem humorvollen Brief, wie Frau Elfriede Kohrs es hoffentlich schätzte. Sie antwortete ironisch und freundschaftlich. Im Postscriptum war die Frage angehängt, ob er wohl manchmal nach Lübeck komme? Das war eine Reise, die sich lohnte. Auch Frau Hanhaus verfolgte in allen Geschäften den Grundsatz, mehrere Eisen ins Feuer zu legen.

Es gab in Lerners Leben Augenblicke, in denen er sich deutlich vom Schicksal geführt fühlte. Er wollte die Zugänglichkeit Frau Elfriedes nicht allzulang auf die Probe stellen und antwortete ihr, er sei am sechzehnten November «geschäftlich» in Lübeck – ob er sie sehen dürfe? Der sechzehnte November war der Tag, an dem Frau Hanhaus mit Sholto Douglas nach Stuttgart reisen sollte. Davon hing sein Vorschlag aber gar nicht ab. Er wollte einfach ein festes Datum nennen, das nicht danach aussah, als reise er eigens wegen Frau Kohrs. Wenn ihr der Tag nicht paßte, konnte er geschmeidig einen anderen vorschlagen. Kaum war der Brief im Kasten, als Sholto Douglas ihn dringend nach Wiesbaden zu sich ins Hotel «Rose» rief. Für Lerner machte Douglas keine großen Umstände. Er kam aus dem Thermalbad und hatte den weißen Körper in einen türkischen Mantel mit Quasten gehüllt. Auf dem Kopf trug er einen Turban, um sich nicht zu verkühlen.

«Der Durchbruch!» krähte er Theodor entgegen, ohne sich von seiner Ottomane zu erheben. «Der Herzog-Regent von Mecklenburg, Ehrenpräsident des Deutschen Kolonialvereins, bittet zum Vortrag über die Bären-Insel.» Wenn es gelinge, den Herzog zu gewinnen, sei das gesamte Vorhaben gesichert. Der Herzog habe in Tanganjika mit Douglas gejagt. Sie verbinde eine Jägerbrüderschaft. Ihm, Douglas, habe der Herzog einen solchen Vortrag niemals abschlagen können.

«Morgen abend in Schwerin im Schloß. Vortrag ist im Frack, Uniform wäre freilich besser, gerade bei einem solchen Thema, aber Uniform haben Sie ja keine. Die Herren lassen sich vom Zivil ungern Okkupationsvorschläge machen. Junger Mann, Sie müssen eben überzeugend sein.»

In Frankfurt erwartete Lerner ein Telegramm von Elfriede Kohrs. Sie sei unglücklich, daß er am sechzehnten anreise. An diesem Tag sei sie bei dem großen Kostümfest von Kommerzienrat Grauthoff in Schwerin. In diesem Augenblick war Lerner davon überzeugt, daß die Reise ihm Glück bringen werde.

Seinen Stoff konnte er auswendig aufsagen. Die Kalkulationen, die sich aus den verschiedenen bergmännischen Gutachten ergaben, spulte er auf Konferenzen mit den Herren, die Frau Hanhaus anbrachte, beeindruckend sicher herunter. Diesen Punkt stellte auch niemand in Frage. Es war auffällig, wie wenig die konkreten Angaben zum Bären-Insel-Vorhaben in Zweifel gezogen wurden. Es schien den Leuten gar nicht darauf anzukommen, wirklich zu wissen, ob auf der Bären-Insel die verheißenen Kohlenvorräte lagen und ob sie so leicht abzubauen und zu verschiffen waren, wie beschrieben. Sie hörten sich seine Darlegungen stets mit hohem Respekt an. Aber niemand ging so richtig auf die Sache ein. Es war schon erstaunlich, daß Burchard und Knöhr zu ihrer Einlage hatten gewonnen werden können, aber die bereuten die Herren nun heftig und wären am liebsten schon wieder aus allem draußen gewesen.

Der Nebel, der oft über der Bären-Insel lag, umgab sie mit einer Art Watte, und diese Watte machte sie ungreifbar und unwirklich. Es war den Leuten vielleicht unheimlich, daß, wie bei einer «Ile flottante» der Schokoladensee unter weißen Sahnebaisers verborgen ist, auf der Bären-Insel unter Schnee und Eis die Kohle ruhen sollte. Sholto Douglas hatte recht: wenn der Herzog sich für die Bären-Insel interessierte, würde die Furcht der deutschen Kaufleute schwinden, im «rechtsfreien Raum» ihren Einsatz zu riskieren, denn die deutschen Kolonialvereine, denen der Fürst präsidierte, halfen dabei, solche wirtschaftlichen Engagements politisch abzudecken, wie es diplomatisch hieß.

In der Eisenbahn entwarf Lerner auf mehreren Briefbögen aus dem Hotel seine Eröffnung. Vom Aufsatzschreiben war ihm aus der Schule haftengeblieben, Einleitung, Hauptteil und Schluß zu bedenken. Den Hauptteil konnte er extemporieren. Und wie würde seine Rede fließen, wenn er daran dachte, daß er spät noch bei Elfriede war!

«Hoheit!» notierte er, strich durch und schrieb «Hoheiten», denn es würde möglicherweise Familie zugegen sein. «Aufgefordert von Seiner Hoheit dem Herzog-Regenten, Herzog Johann Albrecht, hier in Schwerin für die hochverehrten Mitglieder der Deutschen Kolonialgesellschaft einen Vortrag zu halten, habe ich dieser mich sehr ehrenden Aufgabe mich nicht entziehen zu sollen» – Sollen? Nein, dürfen war besser – «dürfen geglaubt, trotzdem die Zeit von zwei Tagen, die dazu durch anderweitige Arbeiten sehr in Anspruch genommen war, reichlich knapp besonders für einen Anfänger in der Rhetorik bemessen war.»

Sehr gut gefielen ihm diese Zeilen beim wiederholten Lesen. Es war darin enthalten, daß er ein Mann der Tat und nicht ein Drechsler schöner Worte war. Man sollte auch in hohen Sphären ruhig den Eindruck erhalten, daß Lerner die Audienz nicht daumendrehend erwartete, sondern für sein Referat aus prallem Geschäftsleben herausgerissen wurde.

«Was die Form betrifft, werde ich daher wohl die Nachsicht einer hochgeehrten Versammlung weitgehend in Anspruch nehmen müssen. Allerdings sind meine Behauptungen und die dieselben belegenden Ziffern aufgrund einer vierjährigen» – Oder schrieb er besser: vieljährigen? Richtig war beides nicht, aber viel klang bedeutender und zugleich ungenauer als die mit Frau Hanhaus abgesprochene Vier – «ernsten Beschäftigung mit dem Gegenstande aufgestellt, so daß ich dieselben daher in jeder Hinsicht und gegen jedermann vertreten kann. ‹Deutsche wirtschaftliche Interessen auf der Bären-Insel›, die Überschrift klingt einigermaßen selbstbewußt» – Nein, das strich er gleich wieder, um das Publikum nicht an etwas Kritisches zu gewöhnen –, «die Überschrift hat einen hohen Klang – einerlei, ich hoffe am Schlusse meines Vortrags Sie alle überzeugt zu haben, daß im europäischen Polarmeer erhebliche deutsche wirtschaftliche Interessen in Frage kommen, und daß die wirtschaftliche Ausbeutung der Polarländer heute, nachdem in wissenschaftlicher Beziehung das meiste getan zu sein scheint, in den Vordergrund treten muß. So ist es denn auch an der Zeit, daß die Deutsche Kolonialgesellschaft diesen Punkt auf ihre Tagesordnung setzt» – war das zu drängend? Zu grob? Mußte man einem solchen Herrn nicht eher «anheimstellen», «zur gnädigen Prüfung empfehlen», «angeregt haben wollen» oder ähnlich Ehrfürchtiges drechseln, das dem Herzog einen würdigen Rückzug erlaubte und ihn nicht zu Ja oder Nein zwang? Er würde diese Passage noch etwas glätten, etwas seifiger machen, ohne die Aufforderung selbst allzusehr abzuschwächen.

«Die besonderen politischen Verhältnisse der herrenlosen europäischen Polarländer lassen es aber zu, daß, sei es von welchem Land auch immer» – gemeint war Rußland, vertreten durch Kapitän Abaca –, «eine leidenschaftliche Agitation in Szene gesetzt wird, um die Heimatregierung zu einer Annexion des Ganzen oder eines Teilgebietes hinzudrängen. Aber nicht die politisch betriebenen, sondern diejenigen Unternehmungen werden die meiste Aussicht auf politische Konsequenzen im Hinblick einer späteren eventuellen Besitzergreifung bieten, die wirtschaftlich am weitgehendsten durch entsprechende Anlagen» – die «entsprechenden Anlagen» aus dem Brief des Reichskanzlers waren nun fester Teil von Lerners Sprachschatz geworden – «und nachgewiesener Rentabilität gefördert sind.» Keine Angst, meine Herren von der Politik, sollte das heißen, Ihr sollt die Gans erst dann in Euren Stall holen, wenn sie schon dick und fett gemästet ist. Daß die Kraft dieses Arguments den Herzog bestricken würde, glaubte Frau Hanhaus, und auch Sholto Douglas schärfte es Lerner von der Ottomane her mit schlaff herunterhängenden Fingern an der ausgestreckten Hand noch einmal ein.

«Mehr wie überall anderswo gilt hier der Grundsatz: Die Flagge soll dem Kaufmann folgen! – wobei ich aber hinzusetze ...»

Hier mußte Lerner umsteigen. Er fand später keine Muße mehr, die Notiz zu beenden. Statt dessen träumte er davon, wie er Elfriede wiedersehen würde. Das Kostümfest wurde in einer Villa am See gegeben. Herr Kohrs war im Hotel abgestiegen, aber seine Damen wohnten bei einer Freundin und sollten dort noch über das Fest hinaus bleiben, gleichfalls in einer Villa am See. In Schwerin schien sich alles um diesen See zu bewegen.

In seinem Gasthof fand Lerner die Nachricht, Herr Kammerjunker von Engel schicke ihm um siebzehn Uhr einen Wagen. Als Lerner seinen Frack anzog, dachte er daran, daß auch Elfriede jetzt Festtoilette mache, nur wenige hundert Meter entfernt womöglich. Es war ein Planeten- und Götterfest, Kohrs ging als Jäger Orion, Elfriede Kohrs als Luna. Der Kellner meldete, der Wagen warte.

Lerner fuhr dem bunten Marmorpalast entgegen, der in Herbstnässe troff und dort, wo Lampen brannten, wie aus Edelsteinen gefügt schien. Die Schloßwache nahm von Lerner keine Kenntnis. Auf einer breiten hohen Treppe kam ihm in Hofuniform, den Schlüssel an der Hosennaht, Kammerjunker von Engel entgegen. Sie schritten durch hohe, mit dicht aneinander hängenden Gemälden geschmückte Säle. «König Theodor», dachte Lerner unwillkürlich, während sich Flügeltüren vor ihm öffneten und hinter ihm schlossen. Gab dies nicht einen Vorgeschmack auf den Augenblick, in dem nicht Sholto Douglas, nicht Burchard und Knöhr, nicht Herr Otto Wal und nicht der Herzog von Mecklenburg, sondern er, Theodor Lerner, die Bären-Insel besaß?

25

Himmelssphären in Schwerin

Lerner sprach im Blauen Salon des Schweriner Schlosses, einem unregelmäßig geformten, in mehrere Erker auslaufenden Raum, den man Saal genannt hätte, wenn damit nicht die Vorstellung hallender Leere verbunden wäre. Der Blaue Salon war indessen so reich möbliert, daß man darin keine zwei Schritte geradeaus gehen konnte. Blaue gesteppte Sophas, blaue Sessel mit Fransen und Quasten, blaue Poufs, Taburetts, Fußbänkchen, mit blauem Brokat oder blauen persischen Teppichen bedeckte Tische und Tischchen, etwa siebzig an der Zahl, blaue Lampenschirme und Glasglocken bildeten in den weiten Flächen ein gebirgiges Auf und Ab. Wenn man den Blauen Salon wie Lerner als Bühne sah, war die Hauptschwierigkeit, wie man in seine ästhetische Fülle einen neuen Gedanken einführen konnte, das hatte gleichsam mit einem Schuhlöffel zu geschehen. Die fünfzehn Damen und Herren wuchsen vereinzelt aus Kissen heraus. Wie Juweliere ihre Schmucksachen mit gepolsterten Kästchen umgeben, war hier um jedes würdige Gesicht viel schwellender Stoff gelegt. Der Herzog-Regent hatte es mit Lerner besonders gut gemeint. Eine private Atmosphäre sollte dem Sprecher erlauben, auszusprechen, was er nicht am nächsten Tag in der Zeitung wiederfinden wollte. Ein kleiner ausgewählter Kreis sollte sich mit Gedanken beschäftigen, deren politische Voraussetzungen noch nicht vollständig gereift waren, mit der Gunst dieses Auditoriums jedoch reifen konnten. Schöne weiße Schnurrbärte schwebten im Blau, schöne Haarkissen im Stil der Kronprinzessin Cäcilie erhoben sich vereinzelt dazwischen. Um den Ernst der Zusammenkunft zu bezeichnen, wurde Tee gereicht. An einem Buffet wurde jede Tasse aus riesenhaften Silberkannen und Samowaren kunstvoll gemischt, dann wanderte sie einem Sopha entgegen und landete auf einem der Tischchen.

Lerner fühlte nicht die Spur einer Unsicherheit. Eine innere Stimme gab ihm ein, daß der nationale Standpunkt, das deutsche politische Interesse im europäischen Polarmeer zwar angedeutet, aber nicht polternd betont werden durfte. Das Politische verstand sich in diesem Zirkel von selbst. Daß es für Deutschland vorteilhafter wäre, selbst auf der Bären-Insel zu stehen, als es dort mit Russen oder Engländern zu tun zu haben, mußte in einen Nebensatz einfließen. «Sapienti sat», «der Wissende ist satt» oder so ähnlich hieß das. Der Wissende hatte vor allem Zeitungsartikel und politische Fensterreden satt, er forderte Exklusivität. Das schönste Ergebnis wäre, wenn der Herzog-Regent und seine Gäste selbst darauf kamen, die Bären-Insel, wie die Dinge dort standen, annektieren zu müssen. Noch schöner: unbedingt auf der Bären-Insel investieren zu wollen und zur Absicherung dieses Engagements politischen Druck auszuüben. Lerner vermutete plötzlich, daß Sholto Douglas im geheimen Dienst des Herzogs stand. Während er maßvoll und vernünftig sprach, stellte er sich vor, der Herzog-Regent suche nur noch den Beifall des Publikums, um zu veranlassen, was er mit seinem Jagdfreund Douglas längst beschlossen hatte. Douglas ließ Lerner nicht in die Karten schauen, aber nun mußte er ihn schließlich doch in sein Spiel hineinziehen. Vielleicht war dies die letzte Gelegenheit, nicht ganz aus dem Bären-Insel-Unternehmen herausgedrängt zu werden. Seltsam, die wirklichen Interessenten waren stets gefährlicher als die umworbenen Fremden, die schließlich abwinkten.

So souverän und erhoben fühlte sich Theodor Lerner, daß er den ergreifenden Gegensatz empfand, in diesem vom Dekorationsexzeß der Tapissiers überwältigten Salon von der Welt der Trapper zu sprechen. Durchscheinende, gespitzte Ohren, gemeißelte hellblau geäderte, gekräuselte Stirnen umgaben ihn im Halbkreis, während er die Bären-Insel als «Stapelplatz für den Einkauf und die Verarbeitung von Walfischtran, Fellen, Rentierfleisch und Eiderdaunen» schilderte. Die gesamte Pelzbeute Spitzbergens könne hier aufgekauft, in «entsprechenden Etablissements» vorläufig gegerbt, konserviert und schließlich zu den großen Pelzauktionen von Leipzig und Sankt Petersburg gebracht werden.

Es war, als ziehe ein Geruch von Blut und Häuten durch

den teeduftenden Saal. Das alte Nowgorod stand auf: Ein draufgängerischer Kaufmannsgeist, nicht pfeffersackmäßig, sondern dem schweifenden Ritter verwandt, männlich räuberisch und unbedenklich. Der Herzog-Regent erhob sich. Ungezwungen folgten ihm seine Gäste und traten zueinander, während der einstige Großwildjäger Lerners Arm nahm.

«Ihre Ausführungen haben mir fabelhaft gefallen. Mr. Douglas hat nicht zu viel versprochen. Er lebt jetzt ganz in Wiesbaden? Geht nach der dummen Geschichte nicht nach London zurück?» Lerner möge verstehen: Der Herzog fühle sich «Herrn Douglas» sehr verpflichtet. Er verdanke «Herrn Douglas» eine der schönsten Wochen seines Lebens. «Diese freie Abenteuerluft, in der nicht wie bei uns alles nachgeguckt und nachgerechnet wird. Vorbei, vorbei!»

Das klang nicht wirklich wehmütig, das hatte einen leicht unernsten Akzent. Daß der Herzog Tanganjika mit Mecklenburg, den Viktoriasee mit der Schweriner Seenplatte oder die Gesellschaft der ergrauten Herzogin mit von Sholto Douglas herbeigeschafften Sklavinnen vertauscht hätte, blieb unwahrscheinlich. Hatte er jemals auch nur den leisesten Wunsch in dieser Richtung verspürt?

«Hören Sie, Verehrtester», sagte der Herzog und sah Lerner geradezu streng und befehlend an, «daß ich in Zukunft aber auch über jeden Schritt, den Sie bezüglich der Bären-Insel unternehmen, unterrichtet werde. Es geht nicht an, daß ich in diesen Dingen ahnungslos bleibe – selbstverständlich nur, wenn Sie das für richtig halten, ich stelle anheim. Aber Sie müssen wissen: wir sind neugierig hier oben. Sie haben diese Neugier heute abend stark angeheizt.» Er ließ den Blick schweifen, wandte sich Lerner dann ruckartig, wie aus dem Schlaf erwachend zu, schlug sich leicht mit der Hand auf die Stirn – eine schöne Bewegung – und rief so leise, daß es schon im nächsten Umkreis nicht mehr zu verstehen war: «Kennen Sie eigentlich Herrn General von Poser und Groß-Naedlitz? Der hätte das heute abend hören müssen. Tun Sie mir bitte den großen Gefallen und schicken Sie Poser das Manuskript Ihrer Rede – in meinem Auftrag. Poser ist Ihr Mann, da müßte ich mich sehr täuschen.»

Lerner war entlassen. Kammerjunker von Engel geleitete ihn durch die leere Raumfolge zum Wagen. Das eigentümliche Schweben aller Menschen und Tassen im Blauen Salon hatte nun auch ihn ergriffen. Ungeheures, kaum zu Fassendes hatte er erlebt. Dies war das erste Mal, daß die Bären-Insel den Raum des Zweifelhaften, Angestrengten, Fragwürdigen verlassen hatte. Dies war die Ellipse nah an den Brennpunkten der Macht. Was vorher mit seiner Entdeckung der Bären-Insel verbunden war, Frau Hanhaus, Ingenieur André, Herr Schoeps, fiel jetzt von ihm ab. Die Bären-Insel zu kolonisieren und an die Grenzen der bewohnbaren Erde Wertschöpfung und kaufmännische Vernunft zu tragen, darum allein war es immer gegangen. Der Herzog mochte aus den Zeitungen von fragwürdigen Komplimenten, vom «Nebelfürsten und Abenteurer», vom «König Theodor» gar gelesen haben – nie würde Lerner das erfahren, ein solcher Mann zitierte kein Zeitungsgewäsch –, entgegen lateinischer Spruchweisheit war aber ganz offensichtlich an Lerner nichts hängengeblieben. Mit dem ererbten Blick von oben unterschied der Herzog-Regent den tatsächlichen Charakter der Sache von Spreu und Holzwolle, die sie umgab. Lerner hatte in dem Blauen Salon, dem, wie er sich sagte, schönsten Zimmer, das er jemals betreten hatte, nach seinem Vortrag, wie das bei hohen Persönlichkeiten war, Anweisungen erhalten. Er verließ das Schloß nach seinem Referat mit Befehlen. Ein Souverän hörte nicht bloß, er entschied immer auch. Herr General von Poser und Groß-Naedlitz war nicht einfach ein dem Herzen des Regenten nahestehender verabschiedeter Militär, sondern treibende Kraft in der Kolonialgesellschaft. Wenn der Herzog ihn an General von Poser verwies, hieß das nichts Geringeres, als daß er Taten zu sehen wünschte. Ja, Taten.

Lerner ließ sich zum Hotel fahren. Es schlug neun Uhr. Bis um ein Uhr, wenn Elfriede Kohrs den Ball bei Kommerzienrat Grauthoff verlassen und zu ihrer Freundin in die Villa Walthare fahren würde, war es noch lang. Bei Lerner erwachte nach der Anspannung der Appetit. Im Restaurant des Hotels ließ er sich einen Tisch im Extrazimmer geben und bestellte Suppe und Braten. Er zog sich nicht um. Es war eine schöne Vorstellung, Elfriede Kohrs in ihrem Ballkostüm, wenn sie noch vom Tanz erhitzt und vom Wein beschwingt war, im Frack entgegenzutreten. Mit welchem Schwung würde er das nach diesen Stunden im Schloß tun. Nicht ein Bittsteller nahte sich ihr, sondern ein Husar, der sie zu sich auf sein stolzes Pferd hob, um über Stock und Stein durchzubrennen.

Lerner trank ein großes Bier. Das Restaurant war als Bräustübl eingerichtet. Man sollte hier oben im Norden an Bayern denken. Die Stadt war ausgestorben. Was heute in Schwerin ausging, war im Schloß oder bei Kommerzienrat Grauthoff auf dem Planetenball. Nicht einmal Sternschnuppen hatte dieser Magnet für das Bräustübl übriggelassen. Wer als Schweriner nicht zu Grauthoffs gebeten war, gehörte zum grauen, in trostlosen Wohnstätten verschanzten Pfahlbürgertum. Sollte Lerner nicht mit Frau Hanhaus telephonieren? Er brannte darauf, irgend jemandem von seinem Erfolg zu berichten. Ob Sholto schon wußte, wie sein Envoye gefeiert worden war?

«Ich erwarte von Ihnen, über jeden Schritt auf der Bären-Insel unterrichtet zu werden! Es geht nicht an ... in Zukunft ... ich stelle anheim ... tun Sie mir den Gefallen und schicken Sie Ihre Papiere ...» Das war die Sprache, mit der auf den Bären-Insel-Geniestreich geantwortet wurde. Alles stand Lerner noch genauestens vor Aug und Ohr. Selbstverständlich war diesen Befehlen augenblicklich zu entsprechen. Übermorgen würde Herr General von Poser das gesamte Bären-Insel-Material in Händen halten, allerhöchst empfohlen. «Auf Befehl Seiner Hoheit überreiche ich Ihnen ...», so würde sein Schreiben anfangen.

Und dann? Lerner hatte den Wortwechsel des frühen Abends so präzis rekapituliert, daß die Worte plötzlich stärker waren als die Stimmung, in der er sie vernommen hatte. Was hielt er eigentlich in Händen? Was genau hätte er Frau Hanhaus berichten können? Ihm war plötzlich, als sei er in einem Traum, in dem etwas Einfaches nicht gelingen will, weil die Sachen immer wieder weggleiten. Hatte er die Stimmung im Schloß etwa falsch gedeutet? Es wurde wahrlich nicht jeder Deutsche mit plausibler Geschäftsidee in den Blauen Salon des Schweriner Schlosses bestellt, um dort vorzutragen, vor erlauchtem und kompetentem Kreis. Die Einladung allein war ein sicheres Zeichen – wofür eigentlich? Nein, er weigerte sich, das große Erlebnis zu zerpflücken. Er hatte vorzüglich gesprochen. Er war stolz auf sich. Herr Kohrs hätte sich besser um eine Einladung zu diesem Vortrag bemüht, anstatt mit seinen Damen tanzen zu gehen. Lerner hatte die Welt der Hotelzimmer verlassen, in denen schwadroniert und gedroht und phantasiert wurde. Die reale Politik wog seine Worte ab. Dort hatte er sich über keinen Mangel an herzlichem Interesse zu beklagen. Der Herzog nahm ihn am Arm: «Verehrtester». Auch das gehörte in die Waagschale. Ihm war warm. Das steife Vorhemd schmolz. Er würde Frau Kohrs entgegentreten, als komme er gleichfalls vom Tanzen. Das war nicht schlecht. Sie sollte bloß nicht denken, er habe auf sie gewartet.

Theodor Lerner brach auf. Durch Seitenstraßen gelangte er zum See. Er entfernte sich vom Schloß. Je weiter er ging, desto größer wurde der bunte Marmorbau, ein Bühnenbild im Mondschein. Es begannen jetzt Villen mit Seegrundstücken. Glasveranden hinter dem Gartenzaun blickten auf die Straße, Erker sahen auf den See.

Haus Walthare hatte eine falsche Fachwerkverblendung. Das Grundstück war lang. Im Haus brannte kein Licht. Es war halb hinter Bäumen verschwunden, eine schwarze Nachtmasse. Jetzt kam das Seitentörchen, von dem Elfriede Kohrs gesprochen hatte. Ja, es war nicht abgeschlossen. Es quietschte auch nicht. Von hier gelangte man zum See, ohne den Schatten hoher Rhododendronbüsche zu verlassen. Bei aller Großzügigkeit des Grundstücks waren es nur wenige Schritte, lautlos über erdigen Weg.

Lerner fuhr ein wenig zusammen, als er unversehens vor dem gotischen Giebel des hell im Dunkel schimmernden, weißlackierten Boots- und Badehäuschens stand. Er drückte die Klinke. Die Tür öffnete sich,

«Gnädige Frau?» flüsterte er. Es kam keine Antwort. Er trat ins Gebüsch zurück. In das dunkle Häuschen würde er allein keinen Schritt setzen. Am Himmel standen Orion und eine schmale Mondsichel. Vom Haus her kamen Stimmen. Frauen lachten leise. Dann tat sich eine Erscheinung vor ihm auf. Im Freien auf dem Rasenhügel stand eine Frau in blitzendem Gewand und hielt ein Zepter in der Hand, das von einem kleinen Silbermond gekrönt war.

26

Die Fernen
beherrschen

In dem Torweg einer Ritterburg, an einem zugigen steinigen Ort, hing einst der Kopf des Märchen-Pferdes Fallada, das auch nach seiner Enthauptung nicht aufhörte zu sprechen. In Schwerin war das alte Schloß, das einer solchen Burg glich, längst abgerissen und durch jenen modernen, mit Marmor inkrustierten Palast ersetzt worden, dessen Ornamente sich in dem von Schwänen durchmessenen See verdoppelten. Halb Pariser Hôtel de Ville, halb Dom von Florenz, hatte der Anblick der herzoglichen Residenz Theodor Lerner zu Recht verzaubert. Für ein abgeschlagenes Pferdehaupt, das einem bösen Herrscher Unbequemes verkündete, war hier ohnehin nicht der Ort, denn die Mecklenburger Herrscher waren seit langem weit davon entfernt, Unrechtes zu tun oder zu denken. Und dennoch gab es unter den hundert Zimmern einen vom Herzog besonders geliebten Raum, in dem die abgeschlagenen Tierhäupter sich nur so drängten, seitdem der Herzog-Regent Herzog

Johann Albrecht in den Savannen und Wäldern Ostafrikas auf die Pirsch gegangen war. Über dem Kamin trat ein halbierter Löwe aus der Wand, es war, als habe ihm die Erschießung die Fähigkeit verliehen, dicke Mauern zu durchdringen. Wappenförmige Holztafeln trugen die Köpfe jeder erdenklichen Antilopenart. Über dem immer noch scheu und demütigen Rehblick – die Glasaugen hatten geradezu etwas Beseeltes – schraubte und bohrte es sich in die Lüfte. Die Hörner wurden zu Korkenziehern, drehten sich, strafften sich zu Dolchen, verdickten sich schwärzlich oder waren zierlich gedrechselt. Vor allem waren sie groß. Jede Trophäe zeugte vom ungezügelten Wachstum in freier Wildbahn. Gelbe Elephantenzähne bildeten ein Tor. Darunter stand ein mit silbernen Nägeln beschlagener Kasten mit ausgesuchten Likören. Das Jagdzimmer hatte, bei allem fortschrittlichen Luxus, etwas von einem Zelt, einem herrschaftlichen allerdings. Vier Tiger rissen auf Knöchelhöhe ihre Rachen auf. Hinter den gefährlichen Mäulern ging es aber teppichplatt weiter, der Körper war auf das bloße Fell reduziert. Und wenn der Herzog in diesem seinem Lieblingszimmer einmal etwas Unerfreuliches gelesen hätte, dann hätte er das zerrissene Papier in einen zum Papierkorb gewordenen Elephantenfuß werfen können. Alles stand bereit, um die Erinnerung an unvergeßliche Jagdtage in sandgelber Trockenheit inmitten der grünen Laubwälder und der nassen Wiesenlandschaften Mecklenburgs wachzuhalten. Der Herzog hatte nach Lerners Vortrag den «Interimsrock» ohne Rangabzeichen angelegt, blickte auf die fernen Schwäne und das nahe Nilpferdhaupt in seiner eunuchenhaften Aufgeschwemmtheit und grübelte über die Frage, die Kammerjunker von Engel nach dem Vortrag kühl, ja geradezu skeptisch geäußert hatte.

War Herr Theodor Lerner ein Gentleman? Das war nicht Herrn von Engels genaue Frage, aber auf diesen Punkt wollte der Herzog sie jetzt reduziert wissen. In Afrika war er oft mit Engländern in Berührung gekommen.

Das waren stets anziehende, aber auch beunruhigende Begegnungen. Was machte diese Leute so selbstsicher? Sie ließen es an einer äußeren Höflichkeit nicht fehlen, wenn sie so mit Händen in den Hosentaschen dastanden und den Herzog «Sir» anredeten, aber darunter war deutlich fühlbar ein stets bereites Potential geradezu ungeheuerlicher Unverschämtheit. In Afrika bewegten sie sich, als gehöre das alles ihnen, auch wenn sie sich in einer deutschen Kolonie befanden. Afrika und Asien waren ihre selbstverständlichen Spielplätze. Es war, als hätten die steinzeitlichen und bronzezeitlichen Kulturen Afrikas und die in ihrer Überfeinerung bis zur Bewegungslosigkeit eingesponnenen Kulturen Asiens gleichermaßen nur darauf gewartet, von englischen Füßen betreten, von englischen Köpfen verwaltet und von englischen Händen ausgeraubt zu werden. Englischer Hausrat und Lebensstil konnte sich offenbar unter ausgespannten Mückennetzen am besten ausbreiten. Der Whisky mußte von einem braunhäutigen Boy eingegossen, die Gummibadewanne zum Geschrei von Affen und Papageien gefüllt werden. Ob es die Strohhütten der Zulus oder die Shikaras von Bihar waren, die in den Monsunhimmel ragten, es war immer ein englischer Oberst oder Missionsbischof in der Nähe, der sie aquarellierte. Der Herzog besaß ein schönes Album mit solchen Aquarellen, von Captain Arthur Beauchamp, es war ein Name, von dem viele Engländer nicht wußten, wie man ihn aussprach, und solche Herrschaften mit solchen unaussprechlichen Namen beanspruchten eine Aufmerksamkeit, daß man als deutscher Fürst nur staunen konnte.

Was war denn das überhaupt mit dem Gentleman, von dem unablässig die Rede war? Wer war ein Gentleman? War etwa er selbst, der Herzog, ein Gentleman? Welch eine Frage! Der Herzog war der Herzog, damit war alles Erforderliche gesagt. Oder doch nicht? Es war mit dem Gentleman, auf den die Engländer diesen gesteigerten Wert legten, ein Trick verbunden. Sie brachten diesen Maßstab auf; und alle Welt akzeptierte ihn einfach. Anstatt sich zu fragen, welche realen Chancen Herrn Theodor Lerners Pläne mit der Bären-Insel besaßen, saß der Herzog von Mecklenburg nun da und überlegte, ob Lerner ein Gentleman sei.

Von ungefähr kam die Frage allerdings nicht. Wie Lerner sich dreist im Schneesturm ins Herrenlose stellte und einfach verkündete, daß dies Land nun ihm gehöre, das hatte doch etwas vom Gentleman, so etwas unternehmen doch die Gentlemen. Der Herzog hätte niemals davon geträumt, auf anderer Leute Land lauthals zu erklären, das gehöre jetzt ihm, und auf herrenlosem Land seltsamerweise schon gar nicht – einfach etwas nehmen, bloß weil es niemandem gehört –, unbegreiflich.

So machten die Gentlemen das aber. Sie hatten ihre tausend wichtigen Gewohnheiten, ihren Tee und ihr Khaki und ihr Cricket und ihren komischen Akzent, und übten sie ohne Hemmung überall aus und behaupteten dadurch das Herrenrecht, überall auf eigenem Boden zu stehen. Und womöglich war ein solches Weltreich anders auch gar nicht unterm Stiefel zu halten. Herren, wie der Herzog einer war, gab es nicht in beliebiger Zahl. Man konnte sie nicht nach Bedarf vermehren. Der Herzog war der Herzog, dies Axiom hatte er mit dem Satz gemeinsam, mit dem Jehova sich definierte. Ob der Herzog Fischmesser benutzte oder verabscheute – er benutzte sie –, ob er abends braune Schuhe trug – daran hinderte ihn Putz, sein langjähriger Kammerdiener –, ob er Portwein trank oder Bier – beides mit großem Genuß –, er blieb stets er selbst. Die elegantesten Allüren hätten seiner mecklenburgischen Herzoglichkeit nicht eine Elle hinzufügen oder nehmen können. Als Gottesleugner und Blaubart wäre er immer noch der Herzog gewesen – er hätte sogar katholisch werden können, na, da war der Herzog dann doch nicht so sicher. Aber für ein Empire brauchte man nicht ein paar herzogliche Dinosaurier – so nannte er sich mit Vergnügen –, sondern tausend, vielleicht hunderttausende Herren, der Herrenstand mußte bis tief in den Mittelstand, bis ins Kleinbürgertum womöglich erweitert werden, um all diese Sepoys und Askaris und Mamelucken und Zuaven und Sherpas im eisernen Griff zu halten.

Da kam der Gentleman wie gerufen. Etwa sechshundert Verhaltensmaßregeln wurden dem Mann – irgendeinem Mann, aus der gestaltlosen Menge herausgegriffen – eingebleut, und dann hatte man den Gentleman und setzte ihn auf ein Schiff und verfrachtete ihn mit einem Klavier und einem Schmetterlingsnetz und einem grünfilzigen Kartentisch nach Ozeanien, und dort ließ er es dann England werden. Alles, was von den Universitäten kam, alles was dort genügend Wissen akkumuliert hatte, um die eigene bescheidene Stellung im Leben unerträglich zu finden, kam auf solche Schiffe, und war noch stolz darauf. Und an den langen Abenden gab es ein herrliches Gesellschaftsspiel: beherrschte jeder der Anwesenden die bewußten sechshundert Regeln? Wer einen Fehler machte, war kein Gentleman und mußte ausscheiden.

Für Deutsche war das eine ewig verschlossene Welt – oder doch nicht? Schwappte dieser machtbewußte, nach Modell immer weiter zu produzierende Gentleman jetzt nicht doch schon aufs Festland über? War Herr Theodor Lerner schon ein erster deutscher Gentleman? War er dafür nicht etwas *pushing*? Dem Herzog kam unwillkürlich ein englisches Wort auf die Lippen. Aber wer war mehr *pushing* als Mr. Sholto Douglas, und der war doch, dem Vernehmen nach, ein Gentleman. In Kenia wurde Mr. Douglas in einer Sänfte getragen, es gab jedenfalls eine solche Photographie. Nun, auf der Bären-Insel gab es keine Sänften. Dort trug das Empfangskomitee zwar Frack, aber einen angewachsenen: die Pinguine, von denen Herr Lerner so amüsant erzählte. Die Jagd auf die Pinguine war jedenfalls ganz und gar nicht gentlemanlike, auch Herr Lerner verurteilte sie. Die verdutzten, an Land ungeschickt herumwackelnden Speckvögel wurden von rohen Seeleuten mit Stöcken totgeschlagen, während ihre Artgenossen hilflos zusahen. Was für die Bären-Insel sprach, war ihre geographische Lage – weit weg zwar, aber nicht in Regionen gelegen, wo Deutsche immer Fremde blieben, wie es dem Herzog in Tanganjika aufgefallen war.

«Wir haben dort letztlich nichts zu suchen», flüsterte ihm dort nachts eine heimliche Stimme zu. Aber im Norden waren die Wikinger schon an Land gegangen, eine «ultima Thule», die für Mittelmeerbewohner eigentlich in Mecklenburg schon begann. Und was wäre, wenn bei den Tigern mit ihren gähnenden Rachen bald auch ein Eisbärfell hier liegen würde? Selber wollte der Herzog nicht mehr hinauffahren, bei Kälte taten ihm die Knochen weh. Aber Mr. Sholto Douglas hatte von dem Eisbärfell gesprochen, als sei es schon da, und Herr Lerner notierte sich den Eisbären mit einem goldenen Drehbleistift in ein krokodilledern eingebundenes Büchlein. Was hatte Herr von Engel da zu erinnern? Das waren doch überaus wohlerzogene, liebenswürdige Gesten.

27

Das Athletenstück
mit Frau Bankdirektor

Frau Kohrs war im Mondlicht auf dem Rasenhügel so schön wie nie, eine erhabene, furchterregende Schönheit. Es wäre nicht erstaunlich gewesen, wenn sie zu singen begonnen hätte. Und in der Verfassung, eine Zorn- und Rachearie wie die Königin der Nacht zu singen, befand sie sich tatsächlich. Sie stand still wie ein Denkmal, aber nicht um nachts allein unter Sternen zu sein und mit den Reflexen der Glasperlen, die tausendfach auf das Kleid genäht waren, das kosmische Funkeln in den Höhen zu beantworten, sondern um gespannt ins Dunkel hineinzulauschen. Lerner wagte nicht, sie anzusprechen, und schon gar nicht, aus dem Gebüschschatten auf den ungeschützten Rasen zu treten, denn es war Leben im Haus dort oben, das war schwach, aber deutlich zu hören. Er war gebannt von ihrem Anblick, ein hingerissen Schauender. Seine Sinne waren weit geöffnet. Sie nahmen fauligen und frischen Geruch auf, der vom Wasser her wehte, sie tranken Wald- und Erdluft.

Lerner atmete tief durch die Nase ein. Er stutzte. In See- und Pflanzenduft mischte sich etwas Fremdartiges, Unerwartetes. Was war das? Es war Zigarettenrauch. Dann mußte es auch einen Raucher geben. Lerner sah zu dem Bootshaus hin. Die Scheiben waren schwarz. Nur in ihrer Mitte glomm ein rosa Pünktchen, wanderte jetzt halbkreisförmig in die Höhe, verharrte dort, glühte auf und fiel in ähnlicher Kurve wieder hinab. Wie seltsam waren die Lebenswege gemischt, dachte Lerner. Eben noch hatte er im Blauen Salon des Schlosses von höchsten Staatsfragen gehandelt, und jetzt stand er im Rhododendron zwischen der königlichen Mondgestalt der Frau Elfriede Kohrs und dem heimlichen Raucher in ebenjenem Bootshaus, zu dem ihn Elfriede beschieden hatte. Wußte sie, daß das Bootshaus besetzt war? Ahnte sie, daß sich im Garten noch ein anderer herumdrückte? Hatte sie den stillen Raucher am Ende gleichfalls herbestellt?

Lerner näherte sich ihr, ohne den Schatten zu verlassen. Es knackte im Gebüsch. Elfriede wandte den Kopf und kam langsam auf ihn zu. Bei jedem Schritt knirschte ihr Kleid. Die tausend Perlchen rieben sich aneinander. Es war, als trage sie einen Panzer, und daß dies Kleid tatsächlich panzerschwer war, sollte Lerner noch erfahren. Sie stand vor ihm. Er sah jetzt die weichen Hautfalten ihres Halses. Ihre Schminke war etwas zerlaufen. Als Luna hatte sie sich Gesicht und Decollete mehlweiß gepudert. Der rote Mund floß in feinsten Fältchenkanälen ins Weiße, die klare Kontur war aufgelöst. Aus ihrem Kleid stieg der Dunst des Balles, Puder, Parfum und Schweiß.

War dies nicht der Augenblick für eine stumme, leidenschaftliche Begrüßung, einen ersten langen Kuß? Frau Kohrs war nicht danach zumute, sie ließ Lerners Umarmung kaum zu, stieß ihn dann von sich, sah sich um und flüsterte: «Es ist unerhört. Wir sind nicht allein.»

Das wisse er, raunte Lerner ihr ins Ohr, im Bootshaus rauche ein Unbekannter seine Zigarette. Er verschwieg, daß er «Gnädige Frau» ins Dunkle gesprochen hatte. Der Kerl dort unten war ein Mann mit Nerven. Kaum der Entdeckung entgangen, steckte er sich eine Zigarette an.

«Jetzt ist es auf immer Schluß», zischte Frau Kohrs. «Morgen fliegt Ilse aus dem Haus.» Wieso Ilse? «Durch Zufall habe ich herausgefunden, daß sie hier einen Verehrer hat, einen Leutnant Gerlach, der bei den Grauthoffs eingeladen war. Natürlich habe ich dafür gesorgt, daß sie keine Einladung bekam und zu Hause blieb. Es reicht, daß wir sie durchfüttern, sie muß nicht noch Erna die Tänzer wegschnappen. Und auf dem Ball tanzt Leutnant Gerlach vier, fünf Mal mit Erna, er ging als Mars, hat schöne lange Beine, scheint stolz darauf zu sein, zeigt Interesse, trägt sich bei Erna und bei mir ein, tanzt mit mir, ist perfekt galant und adrett, und auf einmal ist er weg. Leutnant Gerlach verläßt keinen Ball um elf. Ich habe schon das Schlimmste geahnt. Und eben, als ich Erna auf ihr Zimmer bringe, damit sie auch wirklich schläft – Erna und Ilse schlafen in einem Bett –, höre ich Schritte und Türklappen auf der Hintertreppe und finde neben dem Bett in der Untertasse eine Zigarettenkippe mit Goldmundstück, wie Leutnant Gerlach sie überall zurückläßt ...»

Diese Kippe, ein goldglitzerndes Röllchen, hielt sie in der von einem schwarzen Satinhandschuh bekleideten Hand. Während sie sprach, versuchte Theodor Lerner sie zu beruhigen. Er zog sie an sich. Seine Hände ließ er über die knirschende dicke Glasperlenhaut gleiten, die angenehm kühl war und den Körper darunter gut zur Geltung brachte. Sie hinderte ihn nicht daran, aber ihre Entrüstung ließ nicht nach.

Elfriede Kohrs dachte nur an Ilse. Ilse hatte sich erlaubt, den Bann zu durchbrechen, mit dem sie das Mädchen belegt hatte. Elfriede Kohrs war verletzt, und diese Wunde machte sie für die verführerischen Hände Lerners empfindungslos. Er gab sich alle Mühe, aber vermeiden konnte er nicht, gleichfalls an Ilse zu denken, das zwang Elfriede ihm geradezu auf. Das schlanke freche Mädchen mit der stets in Auflösung befindlichen Frisur – immerfort mußte da eine Strähne zurückgesteckt werden, wobei schon klar war, daß sie wieder herunterfallen würde – war ihm allzugut in Erinnerung. Sie hatte ihn im Abteil, als sie den Tee reichte, angesehen, als hätte sie ihn bei einem Gedanken ertappt. Theodor Lerner ahnte nicht, daß die meisten männlichen Gäste des Hauses Kohrs in ihre Richtung schauten und nicht alles mitbekamen, was die Hausfrau gerade gesagt hatte. Ilse war dazu bestimmt, die Rächerin aller armen Verwandten zu werden, die von reichen Verwandten als Gesellschaftsdamen und Haushälterinnen aufgenommen wurden und das Vergnügen genossen, halb zur Familie und halb zum Personal zu zählen, und von beiden Teilen die schlechtere Hälfte abzubekommen. Wenn die Dienstmädchen freihatten, war die arme Verwandte weiter im Dienst, denn sie gehörte ja zur Familie; statt Lohn bekam sie nur ein Taschengeld. Bei angenehmen Vorhaben des Hauses, Reisen nach Berlin und Neapel, Festen bei Kommerzienrat Grauthoff, Empfang interessanter Gäste, gehörte sie augenblicklich zum Personal. Für alles mußte sie sich bedanken, wurde dennoch als undankbar angesehen und mit wachsender Nachlässigkeit behandelt. Sie fühlte sich ausgenutzt und sah ihre besten Jahre in gedrückter Stellung verstreichen, in den abgelegten Kleidern der Töchter des Hauses, in einer Kammer unterm Dach, nachdem man ihr das bessere Zimmer der Anfangszeit wieder genommen hatte. Das war auch Ilses Status, aber sie begehrte mit keinem Wort und keiner Miene dagegen auf und hatte Elfriede Kohrs dennoch gegen sich aufgebracht.

Lerner glaubte schon im Coupé, daß Kohrs sich für Ilse interessierte. Etwas Gefühlvolles trübte den Blick des Bankiers, als er Ilse mit dem heißen Tee beobachtete. Was hinderte, daß sie der Sonnenschein im Hause Kohrs war? Ilse war meist vergnügt. Wenn sie nicht vor sich hin lächelte oder summte, war sie träumerisch versonnen, aber nie übellaunig. Lerner stellte sich vor, Ilse sei eine als Mensch verzauberte Katze, eine Katze mit weißer Schürze, sich putzend und leckend, unverwandt um sich schauend, von rätselhaft schnellen Entschlüssen, wechselnden Launen, unbeeinflußbar, durch Lob nicht zu bestechen, durch Tadel nicht zu rühren. Oft schwieg sie, aber manchmal sprach sie aus, was Frau Elfriede Kohrs versteinern ließ.

«Du darfst nicht auf den Kapitänsball gehen», hieß es etwa barsch.

«Und warum nicht?»

Das war gleichgültig gefragt. Sie empfand nicht den leisesten Schmerz über dieses Verbot, sondern war nur gleichsam wissenschaftlich auf dessen Begründung neugierig. Frau Kohrs schwieg.

Herr Kohrs sagte verlegen: «Tante Elfriede fürchtet, daß dort gewisse Herren nur im Kopf haben, die jungen Mädchen zu verführen.»

«Wieso gewisse Herren?» fragte Ilse. «Das kann doch jeder.»

Herr Kohrs errötete. Das unterlief ihm nur, wenn es nicht eintreten durfte, unter den Augen seiner Frau.

Geräuschlos, als sei sie barfuß, strich Ilse durch das Haus. Elfriede Kohrs hatte eine kleine Schwäche. Wenn sie allein war, setzte sie sich gern vor ihre Poudreuse, streckte die Hände von sich und ergötzte sich am Anblick ihrer Ringe. Sie trug viele Ringe auf den kurzen, spitz zulaufenden Fingern. Schön war das Licht und das Feuer der Steine. Dann steckte sie die Ringe um und suchte andere Ringe heraus und ließ auch sie auf den Fingerchen funkeln. Ergebnis solch versunkener Stunden war oft ein Besuch beim Juwelier, um etwas umarbeiten zu lassen. Sie erlebte fruchtbare, schöpferische Augenblicke bei dieser stillen Freude an den eigenen Händen und Ringen. Wie sie da vor ihrer Poudreuse saß und die Hände im Sonnenlicht hin und her drehte, daß die Lichtpünktchen der weißen, roten und blauen Steine nur so spritzten, herrschte ein Friede, wie ihn andere Frauen beim Anblick ihres satt schlummernden Säuglings empfinden.

Etwas raschelte im Zimmer. Elfriede fuhr zusammen, als sei sie bei einem geheimen Laster ertappt worden. Ilse saß in einem Sessel und sah sie an.

«Wie lange bist du denn schon hier?»

«Ach, eine halbe Stunde.» Das klang schwebend und schläfrig, und zugleich ließ die Pendule einen Glockenton wie einen geschmolzenen Tropfen Silber in den Raum fallen.

«Ich bin gerade dabei, meinen Schmuck durchzugehen. Ich möchte einige Stücke umarbeiten lassen», sagte Elfriede hastig. Sie war wütend über Ilses unbemerkte Anwesenheit und über die eigene Unsicherheit und den lächerlichen Versuch, etwas zu erklären, als sei es nicht ihr gutes Recht, von morgens bis abends dazusitzen und sich an den geschmückten Händen zu weiden, es gab wahrlich bedenklicheren Zeitvertreib.

«Aber das tust du doch jeden Tag», sagte Ilse freundlich.

Inzwischen war Elfriede Kohrs vom Umgang mit Ilse vollständig zermürbt. Nachts erwachte sie mit Beklemmungen und konnte beim Gedanken an Ilse nicht mehr einschlafen. Sie fürchtete, eines Tages dem Mädchen gegenüber die Nerven zu verlieren, was freilich schon einige Male vorgekommen war, in wirklich verstörender Weise. Elfriede Kohrs hatte sich lange nicht beruhigt und behielt eine unterdrückte Furcht vor der Wiederholung eines solchen Ausbruchs zurück – unnötig zu sagen, daß Schreie auf Ilse nicht den mindesten Eindruck machten.

Diese Ungerührtheit sah Elfriede Kohrs mit Angst wachsen. Nahm sie ihre Umgebung noch richtig wahr? Sah sie und hörte sie dasselbe wie ihre Familie? Kurzum, sie fürchtete, verrückt zu werden.

Lerner konnte nicht wissen, daß Elfriede, während er sie umfing und ihren knirschenden Körper betastete, kaum mehr fähig war, etwas davon zu spüren. Daß der Versuch, Ilse vom Planetenball der Grauthoffs fernzuhalten, dies empörende Ergebnis hervorgebracht hatte, ließ sie eine Ohnmacht spüren, als sei Ilse mit dem Teufel im Bunde. In ihrem Mondgöttinnenornat, der auf dem Ball den größten Eindruck erregt hatte, war sie ein seelisches Wrack.

Das allerdings bekam Lerner mit, auch ohne den Grund zu kennen. Er fand eine nicht so abwegige Erklärung. Elfriede Kohrs war keine gewohnheitsmäßige Ehebrecherin. Daß Kohrs nach vielen Richtungen hin blühte, erboste sie, verleitete sie aber nicht zu regelmäßigem Rachenehmen. Sie fühlte sich dazu nicht berechtigt. Wenn ihr alle drei Jahre ein Fehltritt unterlief, bereute sie ihn. Es war ihr eigentlich lieber, mit den Gelegenheitskavalieren nicht gar so weit zu gehen. Meistens genügte ihr die Möglichkeit eines Abenteuers. Diese Verhaltenheit strahlte sie auch aus.

Lerner stellte sich vor, die Anwesenheit des Leutnants im Bootshaus habe ihre Furcht geweckt, und mit der Furcht sei die Reue gewachsen. Sie war jetzt geistesabwesend, weit weg in ihren Gedanken. Sie fiel von Lerner ab wie ein Blutegel, der sich dickgetrunken hat. Wortlos standen sie zusammen. Nach einer Weile ging Elfriede auf die Villa zu. Lerner folgte ihr, aber nicht mehr huschend und schleichend, sondern mit großen Schritten. Er hatte vor, sich kühl und korrekt mit Handkuß zu verabschieden. Sie legte die schwarze Seidenhand auf die Klinke der Terrassentür. Die Klinke sank herab.

Die Tür blieb zu. Die Terrassentür war abgeschlossen.

Elfriede war, als stehe ihr Herz still. Sie stand ohne Bewegung. «Nein», flüsterte sie so leise, daß Lerner sie nicht verstand. Jetzt löste sich die übergroße Spannung in das Eingeständnis, geschlagen zu sein. Tränen stiegen in ihre Augen. Die schwarzen Hände schlug sie vors Gesicht. Ihre Schultern bebten.

«Dort steht ein Fenster offen», sagte Lerner in ihr Ohr. Wenn sie auf einen Gartenstuhl stieg, reichte ihre Brust bis zum Fensterbrett.

Der Stuhl wankte unter ihrer Last. Es war vorbei mit der Majestät ihrer Erscheinung. Die vollen Arme waren schwach. Die weiße Haut spannte sich um Fett. Sie war wie ein schweres Tier mit verkümmerten Knochen, ein Walroß, das sich an Land nur wälzend bewegte. Lerner trat hinter sie. Er legte seine Hände unter ihre Hinterbacken. Leise sprach er ihr Mut zu. Schweiß trat auf seine Stirn. Er stemmte mit seiner ganzen Kraft. Der Körper hob sich. Jetzt mußte er durchhalten. Wenn er erlahmte, stürzten sie beide ins Rosenbeet. Er schob und drückte, daß ihm die Adern im Kopf zu platzen drohten. Plötzlich bewegte sich der Körper überhaupt nicht mehr. Es war, als sänken seine Hände immer tiefer in das Fleisch, als wiche das Fleisch zurück. Dann hob es sich wieder. Elfriede Kohrs wurde leichter.

Schwebte sie? Die Hände stießen ins Leere. Elfriede hing über dem Fensterbrett. Unter dem Fenster stand ein Sopha, dahinein ließ sie sich fallen. Ein Prasseln begleitete ihr Verschwinden. Tausend Glasperlchen hatten sich gelöst und kullerten auf die Fensterbank.

Lerner atmete auf. Dann entdeckte er im Fenster des ersten Stocks den Umriß eines Frauenkopfs. Eine Strähne löste sich, eine Hand schob sie nachlässig wieder zurück. Ob sie ihn sah, zeigte die einsame Beobachterin nicht.

***

«Was ist denn das?» fragte sich Lerner mit Schrecken, als er sich im Gasthof auszog und seine Handteller sah, die dunkelrot gepunktet waren. Wie eine Tätowierung war das in Glasperlchen gestickte Granatapfelmotiv in die Haut gepreßt. Noch am nächsten Morgen sollte er eine rosige Spur davon finden.

28

«Bankgeschäft W. Kohrs» wird tätig

Das Comptoir des «Bankgeschäfts W. Kohrs» lag in der Lübecker Mengstraße 12 in einem zweihundertjährigen Backsteinhaus. Auf den schwärzlichen alten Backsteinmauern blitzte das täglich gewienerte Messingschild in englischer Schreibschrift wie ein goldenes Scheckformular. Hinter dem Haustor tat sich ein enges Vestibül auf, es folgten große Büros, in denen selten anderes als Stühlerücken und das heuschreckenhafte Kratzen von Stahlfedern auf Kanzleipapier zu hören war. Ein geflüsterter Gruß wirkte hier schon verstörend, so erstarrt sahen die Mienen der sich aufrichtenden Schreiber aus. Im Hause Kohrs wurde grundsätzlich noch mit der Hand geschrieben. Es war vornehmer so. Die Schreiber, drei ältere Herren, hatten asketisch alles Persönliche in ihrer Handschrift abgetötet und ließen anschwellend und abschwellend schwarzblaue Tinte in feinen Fäden über das elfenbeinfarbene, glatte Papier regnen. Diese Schreiber dienten dem «Bankgeschäft

W. Kohrs» ihr ganzes Leben lang; vierzig Jahre saßen sie schon auf den hohen Böcken vor den mit grünem Lampenlicht beschienenen Pult und gossen immer neuen Inhalt in die immer gleiche Form. Oben saß Herr Kohrs in seinem schönen Kabinett mit barocker Stuckdecke, umgeben von gediegenem Renaissancemobiliar. Der Schreibtisch allein war so schwer, daß er von außen an einem Kran hatte hinaufgezogen werden müssen, weil die Männer, deren es bedurfte, dies höchst unmobile Möbel zu bewegen, nicht in das schmale Treppenhaus paßten. Das Messingschild draußen hatte schon Herrn Kohrs' Vater angebracht, der Wilhelm hieß, während er seinen Sohn Walter taufen ließ, das hatte etwas Englisches. So ehrwürdig sah das alles aus in der Mengstraße 12, daß ein Beobachter, der sich nur auf den Augenschein verließ, das «Bankgeschäft W. Kohrs» für ein immer schon zu Lübeck gehörendes, von lübischem Wesen geprägtes, wie auch dieses lübische Wesen erst herstellendes Institut hätte halten müssen. Und doch war das «Bankgeschäft W. Kohrs» im Gegenteil ein besonders neues, im alten verfilzten Lübeck tastend und werbend agierendes Unternehmen. «W. Kohrs» hatte sich erst vor einem Jahr von den beiden Compagnons trennen müssen, die in Wahrheit die Säulen des Hauses seit Gründung gewesen waren. Ohne «Apelbeck & Söhne» und ohne «Firma Wilhelm Binsenhoff» hätte es ein «Bankgeschäft W. Kohrs» einst nicht gegeben. Apelbeck war Großkaufmann, Binsenhoff Reeder und Spediteur. Die beiden Häuser hatten den jungen Wilhelm Kohrs, Prokurist bei Binsenhoff, zu ihrem Sachwalter und vorgeschobenen Agenten gemacht, als sich für gewisse Vorhaben in England die Gründung eines eigenen Bankgeschäfts empfahl. Kohrs, der Vater, war die richtige Wahl, denn er war ein guter Bankier und wirtschaftete mit dem ihm überlassenen Pfund so erfolgreich, daß in der Geschäftswelt das «Bankgeschäft W. Kohrs» bald als eigenständige Größe galt, die es dennoch niemals war. Der alte Kohrs hielt gerade zehn Prozent an dem Haus, das seinen Namen trug, und so sollte es nach dem Wunsch aller Beteiligten auch sein. Wenn einem solchen Unternehmen in der hanseatischen Welt eine gewisse Dauer beschieden war, dann wuchs ihm, natürlich allmählich, der Charakter einer wirklichen Institution zu, und das war zu dem Zeitpunkt, als «W. Kohrs» vom Vater auf den Sohn überging, bereits eingetreten. Daß diese Institution zu einem fremden Blutkreislauf gehörte, war schon beinahe in Vergessenheit geraten.

Dann trat ein, was der alte Kohrs immer befürchtet, der junge schon für ausgeschlossen gehalten hatte: Apelbeck «ging es nicht gut», nicht von einem auf den anderen Tag, sondern schleichend, dann aber mit einem Knall. Das Bargeld, das Herren Apelbeck jetzt augenblicklich benötigten, zogen sie, viel zu erleichtert, um Bedauern zu heucheln, aus «W. Kohrs» heraus. Binsenhoff hingegen geriet in die Hände einer gierigen Erbengemeinschaft – alle Erbengemeinschaften sind gierig –, die nur von dem Wunsch beseelt war, Geld zu sehen; die Damen und Herren hatten Lübeck sämtlich verlassen und betrieben ihre Interessen in anderen Weltgegenden. Für Walter Kohrs, der inzwischen in den besten Jahren stand, mit Weib und Kind und stattlichem Haushalt, hieß es, aufzugeben oder allein weiterzumachen. Tausend Augen beobachteten ihn auf seinen Schritten. Mit Worten ermutigte man ihn, das ging bis zum Schulterklopfen, aber zugleich hieß es, «nun müsse man mal sehen». Hätte Bankier Kohrs das Bären-Insel-Unternehmen des Herrn Theodor Lerner angefaßt, als er noch mit Apelbeckscher und Binsenhoffscher Kraft gezogen einherfuhr?

Das waren Fragen, die Kohrs nicht zuließ. Vor ihm stand die Photographie des Vaters, Herr Kommerzienrat W. Kohrs an seinem fünfundsiebzigsten Geburtstag. Der Alte blickte an seinem Schreibtisch stehend mit grauen Augen ins Weite. Die Blumenbuketts, die rund um ihn aufgebaut waren, als solle er auf dem Markt Blumen verkaufen, bemerkte er nicht. Sein Studio war von unmusischer Nüchternheit, nicht spartanisch, sondern billig, wie der Sohn gern sagte, und die Geburtstagssträuße waren ein fremdartiges Element darin, Blumen hatte es in diesem Zimmer nie gegeben. Hier war alles zigarrenbräunlich eingefärbt, auch die Gedanken des Kommerzienrats.

«Bevor du was anfängst, zweifle, frage, klopfe ab; aber wenn du angefangen hast, darf es keine Zweifel mehr geben», das war eine väterliche Devise, knorrig und gradlinig und durch Blumensträuße von ihrem Ziel nicht abzulenken. Immerhin, die Bären-Insel gab es. Sie war in Atlanten eingezeichnet, vor Lerner hatten sie andere Leute betreten und beschrieben. Zu Kohrs paßte die Demut noch nicht recht, die dem verbliebenen Umfang von «Bankgeschäft W. Kohrs» angemessen war. Er bemühte sich neuerdings um Kundschaft, die sich noch vor einem halben

Jahr nicht die Treppe zu seinem Renaissancezimmer hinaufgetraut hätte. «Tja», sagte man in den Kreisen, denen er zu seiner Beruhigung immer noch bis zu einem gewissen Grade angehörte, «manche fangen klein an und werden groß, und manche werden groß geboren und machen dann immer kleiner weiter.» Er hatte recht, wenn er sich über solche Sottisen ärgerte. «W. Kohrs» hatte wahrlich nicht durch sein Unvermögen an eindrucksvollem Umfang verloren. Außerdem rühmte er jetzt seinen Weitblick, Frau Kohrs geheiratet zu haben. Auch auf ihrer Seite lag etwas, und das war in Lübeck bekannt.

Damit war ihr allerdings auch Autorität zugewachsen. Das Bären-Insel-Unternehmen hatte in ihr eine wichtige Fürsprecherin, erstaunlich genug, denn für Kohle interessierte sie sich eigentlich nicht. Sie hielt es mehr mit Venedig, deshalb auch der schwere Schreibtisch, ihr Geschenk, aus reinem Ebenholz, eine teure Anschaffung, weil nichts im Zimmer dazupaßte, alles mußte dazugekauft werden.

«Laß den netten jungen Mann doch mal machen», sagte Frau Kohrs, im Schlafzimmer auf den hochgetürmten Kissenberg an seiner Seite gestützt. Ihre vollen Lippen küßten die Luft bei jedem Wort, das sie aussprach. Manchmal machte ihn der Nachdruck, mit dem sie ihm ihre Lippen vorführte, so ärgerlich, daß er wegsah. Manchmal gefiel es ihm aber auch.

«Anständig aussehend ist Herr Lerner, gut gewachsen, er muß nur aufpassen, daß er nicht so dick wird wie du», fuhr sie fort. Walter Kohrsens Bauch war ein Scherzthema zwischen ihnen. Sie neckte ihn damit, ließ aber gleichzeitig durchblicken, sie finde diesen Bauch anziehend. Ein kleines Eheritual bahnte sich hier an, vor dem der Außenstehende höflich die Augen verschließt.

Sechshundertfünfzigtausend Mark in Anteilen am Bären-Insel-Unternehmen unterzubringen, waren nicht der Pappenstiel, als den Lerner und seine Compagnons das darstellten. Kohrs hatte die Herren Burchard und Knöhr im Verdacht, das Kapital der Gesellschaft in der Absicht zu erhöhen, daß Lerner die Puste ausging. Glaubten sie demnach also an die Bären-Insel? Wollten sie sie alleine haben? Oder sollte das ein elegantes Rückzugsgefecht werden – «Tja, Herr Lerner, wenn Sie passen, dann müssen wir leider auch passen» –, wurde eine solche Reaktion vorbereitet? Gab es womöglich gute Gründe, warum die Bären-Insel immer noch herrenlos war? War sie das Mauerblümchen des Eismeeres, eine alte Jungfer ohne Vermögen, die nicht wegging? Dem Vernehmen nach hatte in dem Zirkel um Herzog Johann Albrecht alles ganz anders geklungen. Der Herzog habe die Bären-Insel für «hochinteressant» erklärt. Aber wie war das bei hohen Herrschaften – Obligo übernahmen die aus Grundsatz nicht. Ein Fürst inaugurierte irgend etwas mit eindrucksvollem Auftritt, und wenn sich die ersten Schwierigkeiten zeigten, sah man nur noch seinen Rücken, denn dann inaugurierte er gerade etwas anderes. Für «W. Kohrs» war es allerdings reizvoll, eine derart hohe Rendite anzubieten, vierundzwanzig Prozent pro Jahr, mit steigender Tendenz, das bot hier niemand. Es war gewiß nicht schlecht, überhaupt etwas anzubieten zu haben, etwas Phantasieanregendes. Auch wenn nichts Großes dabei herauskam, war man im Gespräch; es gelang dann etwas anderes. Einigen schmeichelte es, ein solches Vorhaben von vaterländischer Bedeutung angetragen zu bekommen, das war ein Kompliment für die Finanzkraft eines Kunden. Wer nicht mühelos mithalten konnte, erweckte oft gern den Eindruck, als könne er es.

Er war Lerner jetzt im Wort. Er mußte etwas tun. Ständig erreichten ihn Anfragen von der Dame, die für Lerner tätig war, eine penetrante, zähe Dame war das. Wenn sie Anspruch auf ihre Damenhaftigkeit erhob, mußte sie vorsichtig sein – Kohrs hatte Lust, auf ihre drängenden Telegramme einmal warnend zu antworten. Ein lübischer Kaufmann machte so etwas natürlich nicht. Kohrs beklopfte seine vorgewölbte schwarze Weste, auf der die Uhrkette lag wie an einen düsteren Felsen geschmiedet, und faßte einen Entschluß. Er würde ausgewählten Kunden, oder besser, ehemaligen Verbindungen aus den großen Zeiten, oder vielleicht auch neuen Leuten, um die niemand sich so richtig kümmerte und die durch diese Beziehung das ihnen bis dahin verschlossene «Bankgeschäft W. Kohrs» entdeckten, ein kurzes Angebot mit beigelegten Gutachten machen. Für das Gutachten haftete er nicht, die Herren mußten selbst entscheiden, ob sie sich überzeugen lassen wollten. Er würde eine sehr kurze Frist setzen. Wer nicht anbiß, der hatte schon, wie der alte Wilhelm Kohrs gesagt hätte. Und die Sache war über die Bühne gebracht. Kurz und bündig: entweder hoch erfolgreich, mit reichlich gezeichneten Anteilen, oder aber abgeblasen, weg damit, was Neues her! So hätte sein Vater es gehalten.

Hätte es der Vater wirklich so gemacht? Hätte er für Herren Lerner pp. überhaupt einen einzigen Brief geschrieben? Wie bei einem Karussell flog immer derselbe lästige kleine Gedanke an ihm vorbei.

Am nächsten Tag schon brachte Herr Schrootens, abseits von der übrigen Post, einen kleinen Stapel von Antworten auf die Kohrssche Offerte. Man hatte den Termindruck ernst genommen und augenblicklich überlegt und diktiert. Das gesetzte Datum, so knapp es war, durfte nicht ungenutzt vorüberschreiten. «Firma Franz Heinrich, regelmäßige Dampferlinien zwischen Lübeck, Rotterdam, Düsseldorf, Köln, Mannheim, Bordeaux etc.», die im Briefkopf noch ein unter Segel stehendes Dampfschiff mit schwarzer Rauchfahne zeigte – die letzten dieser sinnreichen Konstruktionen waren inzwischen abgetakelt worden –, teilte Herrn Kohrs mit: «Antwortlich Ihres werten Heutigen danke ich Ihnen bestens für die gefl. Offerte zur Beteiligung an dem Unternehmen des Herrn Lerner auf der Bären-Insel. Die Sache hat mein volles Interesse, und glaube ich auch, daß dieselbe ganz richtig angefangen ist. Bevor aber an irgendeine Rentabilität zu denken ist, wird aller Wahrscheinlichkeit nach noch viel Geld hineingesteckt werden müssen, und dann ist das Unternehmen auch insofern recht riskant, weil bei der Lage der Insel leicht ein schlechter Winter ganz enormen Schaden anrichten kann, welcher kaum wieder einzuholen ist. Aus diesem Grunde muß ich von einer Beteiligung vorläufig Abstand nehmen.» Später, bei Erfolg der Sache, wolle man gerne ...

Nun, das war eine substantielle Antwort. Herr Heinrich schätzte Kohrs. Schade, gerade auf ihn hätte Kohrs am ehesten gesetzt. «Firma Ewers, Fabrik von Blechembalagen», die ihn um Anlagerat angegangen hatte, war kürzer: «Im Besitz Ihrer gefl. heutigen Zuschrift teile ich Ihnen ergebenst mit, daß ich auf die mir gemachte Offerte nicht reflektiere.» Das war fast eine Ohrfeige, aber Kohrs entschied sich, es «korrekt» zu finden. Von zeremonieller Höflichkeit hingegen, wie Kohrs ihn aus dem Club auch kannte, Herr Dr. jur. von Brocken, Rechtsanwalt und Notar: «Unter höflicher Bezugnahme auf Ihr gefälliges Schreiben vom 28. Sept. 98 lasse ich Ihnen hierdurch mit ergebenstem Dank die mir gütigst überlassenen Schriftstücke zurückreichen. Der Bericht des Herrn Schreibner beseitigt zwar jedes Bedenken wegen der Heizqualität der Kohle, doch habe ich mich zu einer Beteiligung nicht entschließen können.» Warum denn nicht? fragte Kohrs gereizt, bist du knapp oder hast du Angst? «Herren Wolfgang Gaedertz & Co.» waren besonders gewissenhaft: «Für Ihr freundliches Anerbieten mit Ihrem gestrigen verbindlichst dankend bedauern wir von demselben keinen Gebrauch machen zu können, da wir keine Interessen» – hier hatte Herr Gaedertz nachträglich «pekuniäre» eingeschoben – «für die Sache haben» – politisch, sozial, historisch, geographisch interessierte sie ihn offenbar brennend. «E. Meyer & Co.» teilten trotz Abwesenheit geistesgegenwärtig mit, «daß unser Herr Iwan Meyer momentan verreist ist. Im übrigen aber haben wir momentan für quest. Sache kein Interesse und retournieren Ihnen in der Falte uns übersandten Anlagen.» Die Anwälte Dr. Vermehren und Dr. Wittan – nach Geldanlagen angeblich dürstend, man hatte geerbt und geheiratet – ließen schließlich wissen, «leider darauf verzichten zu müssen, sich an dem Lerner-Syndikat zu beteiligen». Ja, das war das Ergebnis dieser schnellen kleinen Enquete: In Lübeck jedenfalls waren die fehlenden sechshundertfünfzigtausend Mark für Herrn Lerner nicht unterzubringen. Eine Katastrophe? Wenn das für Herrn Lerner eine Katastrophe war, dann war ihm nicht zu helfen.

29

Auf der Durchreise

Vom Hotel «Monopol» aus betrachtet, lief das Leben auf dem Bahnhofsvorplatz in Konvulsionen ab. Wie auf ein geheimes Signal zogen sich plötzlich alle Leute zurück und suchten, ins Bahnhofsgebäude hinein oder in die angrenzenden Straßen zu entkommen. Für Augenblicke schien es in einer höheren Absicht zu liegen, den Platz zu evakuieren. Ein paar Leute blieben allerdings unentschlossen zurück, als seien sie dem Sog weniger stark ausgesetzt. Und dann schwappte die Menschenmenge mit Gewalt zurück. Das pulste aus allen Toren und Straßenmündungen heraus, als wolle eine Volksmenge zu mächtigem Geschehen zusammenlaufen. Lerner schwamm in solch einer Woge mit, die sich auf das «Monopol» zu bewegte und sich, bevor sie dort anbrandete, in alle Richtungen zerteilte.

Der Mensch ist in solchen Massenanballungen nicht darauf eingestellt, seinen Nachbarn zu beachten. Die Gesichter sind nur Material, um das allgemeine Geschiebe herzustellen. Das schönste junge Mädchen wiegt ihm soviel wie die erloschene, auseinandergelaufene Frau. Der Demiurg schüttet schamlos zusammen, wessen er habhaft wird, um die reine Quantität herzustellen. Wenn tatsächlich einmal ein Name über die Köpfe hinweg gerufen wird, fährt der Angerufene zusammen wie ein Mondsüchtiger und blickt verwirrt und hilflos um sich.

Es hätte gut sein können, daß Lerner den Kopf, der ihm zwischen den hundert Köpfen und Schultern entgegenschwamm, übersehen oder vielmehr durch ihn hindurch geguckt hätte wie durch alle anderen hübschen und häßlichen. Das Haar des Mädchens war unter einem schwarzen Strohhut verborgen, von dem der zurückgeschlagene Reiseschleier nachlässig herunterhing, aber sein Gesicht war auch jetzt von solcher Vergnügtheit und zugleich Arglosigkeit und Offenheit, daß Schleier und dergleichen damenhafter Tand nicht zu ihr passen wollten. Es trug diese Sachen mit einer gewissen Ungeschicklichkeit, weil es sich eben so gehörte, und hatte sich davon auch schon wieder halb freigemacht.

«Fräulein Ilse, das sind ja Sie», rief Lerner, als sie schon an ihm vorbeigetrieben war. Hatte sie seinen Blick nicht erwidert? Waren die Augen in der Annäherung nicht unwillkürlich ineinander hängengeblieben? Ilse drehte sich erstaunt um, sie erkannte ihn erst jetzt. Die Menschenflut staute sich. Sie bildeten ein Hindernis.

«Wohin gehen Sie?»

«Zum Bahnhof.»

«Gestatten Sie, daß ich Sie begleite?»

«Wenn Sie eine Zigarette für mich haben.»

Lerner bemerkte erst jetzt, daß sie eine Reisetasche trug. «Darf ich Ihre Tasche tragen?»

«Oh, bitte.» Sie amüsierte sich über sein Angebot. Ebensogut hätte er ihr vorschlagen können, auf den Händen zu laufen, das hätte sie genauso komisch gefunden wie diese beflissene Hilfe mit der Tasche.

Der Wartesaal Zweiter Klasse, in den Lerner Ilse Kohrs geleitete, war ein mit Goldstuck und Deckengemälden kirchenmäßig geschmückter Raum, dessen Pathos sich auf der Erde in vielen weiß gedeckten Tischchen wieder verlor. Hoch oben fand in Titanenkörpern der Kampf des Menschengeistes gegen Trägheit, Aberglaube und Finsternis statt, von Feuerschein beleuchtet, während unten Kaffee und Pflaumenkuchen auf den Tischen stand. Es war Nachmittag.

«Wie seltsam, daß wir uns hier wiedersehen», sagte Lerner, nachdem er Ilse den Reisemantel abgenommen hatte. Darunter kam Schottisch-Kariertes zum Vorschein. Was sie trug, war gut und solide, aber ohne Charme. Sie sah aus wie eine reisende Gouvernante aus herrschaftlichem Haus, aber zugleich sah sie überhaupt nicht so aus. Es war klar, daß sie mit diesen Kleidern nichts zu tun hatte, daß nicht sie es war, die sie aussuchte, und daß sie sich in jedweder Tracht verkleidet vorkommen würde. Sie trug ihr Schottenkaro mit vollendeter Gleichgültigkeit, nachdem sie es unterm Weihnachtsbaum kopfschüttelnd betrachtet hatte.

«Seltsam ist es nicht», antwortete Ilse. «Ich habe Sie gesucht.»

«Sie haben mich gesucht? Wo denn?»

«Nun, da drüben, in dem häßlichen Hotel dort, wie heißt es doch ...» Sie nahm aus ihrer Handtasche einen Briefumschlag, auf dem Lerner seine Handschrift erkannte. Wie war denn das? Herr Kohrs hatte eine Photographie des Nebelfürsten Lerner für seine Tochter Erna erbeten, und Lerner hatte sich daraufhin tatsächlich photographieren lassen. Dank für das Bild aber war keiner gekommen.

«Hier steht als Adresse ‹Hotel Monopol› auf dem Umschlag. Warum haben Sie mir eigentlich Ihr Bild geschickt?»

«Ich habe Ihnen mein Bild geschickt», das war keine Frage, sondern der Versuch, sich im überraschend Neuen zurechtzufinden.

Theodor Lerner drehte den Umschlag um: «An Ihre Hochwohlgeboren Fräulein Ilse Kohrs» stand dort schlicht und klar. Wie war ihm denn das unterlaufen? War es denn nicht gerade darum gegangen, sein Bild an ein Mädchen zu schicken, das er nicht kannte? War ihm nicht wichtig gewesen, mit diesen Leuten anzubändeln? Ging es nicht nur um die abwesende Tochter, während die reizvolle Mutter das ganze Abteil mit ihrer Gegenwart ausfüllte? Als Persönlichkeit der Zeitgeschichte um ein Bild gebeten zu werden, war ihm doch schmeichelhaft.

«Das war ein Irrtum, nicht wahr?» sagte Ilse in geradezu herzlicher Offenheit. «Wieso sollten Sie auch? Aber es war blöd von Tante Elfriede, mir vorzuwerfen, ich hätte das Bild unterschlagen. Deshalb habe ich den Umschlag so gesucht. Sie haben das Bild an mich geschickt, das ist der Beweis.

Tante Elfriede interessiert sich nicht für Beweise, aber mir ist das wichtig.»

Lerner stotterte. Er wollte alles tun, um Ilse Genugtuung zu geben. Was er sagte, sollte so wahr wie möglich herauskommen. Ihm war, als sei dies das Allerwichtigste überhaupt. Breitbeinig saß er auf seinem Stuhl und hatte sich mit dem ganzen Körper Ilse zugewandt, als wolle er verhindern, daß sie aufstand und weglief.

«Es war so: Ich habe diesen Brief adressiert, an Sie, kein Zweifel. Und wenn ich das getan habe, dann habe ich das auch gewollt. Ich bin kein Unmündiger, kein Wahnsinniger. Ich – gebe zu, daß ich das Bild zunächst Ihrer mir unbekannten Kusine senden wollte, wie Herr Kohrs es, glaube ich, angeregt hatte, aber ... als das Bild dann da war ...»

Was war da geschehen? Etwas höchst Knappes und Präzises, ein sekundenlanger Einschub in die Kausalitätenkette des Lebens. Aus dem Dunkel erschien plötzlich das Bild Ilses vor ihm, wie sie kindlich begierig ihre Zigarette rauchte, sich ihm, der am Hotelschreibtisch gerade dabei war, die Adresse zu schreiben, unversehens zuwandte und ihn fest ansah, während ihr eine schöne Strähne schwebend über die Stirn sank, und dann war es, als strecke sie aus dem geisterhaften Niemandsland ihrer Erscheinung die Hand heraus und nähere sie seiner Hand, die die Stahlfeder in das winzige Tintenfaß tauchte, lackschwarz war sie daraus hervorgegangen, und was die Feder dann geschrieben hatte, das hatte Lerner augenblicklich vergessen. Ganz schnell gab er den Brief an der Rezeption ab, aber das war nur wegen Frau Hanhaus geschehen, die sein Umgang mit dem Hause Kohrs nichts anging.

«Ich habe ... es geschrieben», sagte er jetzt mit flehender Stimme.

«Gut», sagte Ilse, «darf ich jetzt meine Zigarette haben?» Er verstehe doch: Sie nehme hin, daß man sie im Hause Kohrs – «Onkel Walter war der Vetter meines Vaters» – nicht weiter haben wolle. Das zeichne sich länger schon ab – «nicht bei Onkel Walter, der kommt immer, tätschelt meine Hand, sagt nett gemeinte Sachen und verhaspelt sich dabei wie Sie eben, mit großem Schwung geht's los, und dann beginnt das Stottern, aber immer freundlich, verstehen Sie? Er verschafft mir nicht die Impression, daß er mich nicht gerne sieht.» Verschafft mir nicht die Impression – solche gewählten Formulierungen klangen angelernt bei ihr, wie wenn intelligente Kinder erwachsen spielen, aber es war keinerlei Prätention dabei, nur die unschuldige Zuversicht, Redewendungen gereifter Personen besäßen schon ihre Berechtigung. Mit Tante Elfriede sei es hingegen nie gutgegangen. Tante Elfriede sei mißtrauisch, gerade wenn Ilse gar nichts tat. Die ganze Kraft der Eltern Kohrs konzentrierte sich, so erfuhr Lerner jetzt, auf ihre Tochter Erna. Ilse mochte Erna. Sie fühlte nicht die Berufung, wie Erna stundenlang Klavier zu üben, Stöße von Romanen zu lesen und sich zu fragen, ob dieser oder jener Mann wohl Interesse zeige. Für Erna war das Leben ein Kampf. Sie hatte ein verkürztes Bein und laborierte mit erhöhten, plump geformten Schuhen herum. Sie hatte sich eine Art taumelnde Tanzschrittweise antrainiert, die das

Hinken in sich aufnahm und dadurch verdeckte. Manchen Leuten war dieses Hinken noch nicht aufgefallen. Es durfte auch nicht darüber gesprochen werden, sonst geriet Erna in fürchterliche Erregung. Ilse verstand das alles auch so sehr gut. Es machte ihr nichts aus, wenn Tante Elfriede immer nur sie und nie Erna vor Gästen herumschickte. Erna lag malerisch wie festgewachsen auf der Ottomane, und Ilse reichte den Tee, und das war aus irgendeinem Grund Tante Elfriede dann auch wieder nicht recht. Ilse sagte: Bitte sehr, während sie die Tasse einem jungen Herrn reichte, und der junge Herr sagte: Vielen Dank, und sah sie lächelnd an, und das reichte, um Tante Elfriede völlig finster werden zu lassen. Die Tante habe in der Überzeugung gelebt, ein Haus, in dem Ilse sich aufhalte, sei wie das einer heißen Katze von maunzenden Katern menschlicher Spielart umlagert.

Sie habe einen Freund. Das sei eine Zigarettenfreundschaft. Leutnant Gerlach habe herausgekriegt, daß sie gern rauche, und habe sich eine Freude daraus gemacht, sie zu versorgen, mit sehr hübschen Zigaretten übrigens, mit Goldmundstück. Sie säßen zusammen und rauchten und hätten es sehr nett. Erna rauche nicht, und Leutnant Gerlach möge kein Piano, und man könne solch einen netten Mann nicht dazu zwingen, sich Ernas Chopin anzuhören. Ilse respektierte jede Vorliebe, jede Laune, aber bei den Kohrsens wurde aus allem eine Affaire.

Lerner war rot geworden, aber das bemerkte sie offenbar nicht, ebensowenig wie sie ihn im Garten der Villa Walthare bemerkt hatte. Das war nicht verwunderlich: Sie guckte aus dem Hellen ins Dunkle, da sah man nichts.

Lerner glaubte Ilse alles, jedes einzelne Wort. Ilse war zu einfach, vielleicht gar zu faul zum Lügen. Das Schlimmste und Peinlichste würde sie ohne Zögern aussprechen.

In der Zeit mit Frau Hanhaus hatte Lerner sich daran gewöhnt, in einer Wolke zu leben. Nun war es, als fege ein einziger scharfer Windstrahl die Wolke auseinander. Was sie verborgen hatte, war reizvoll und erregend schön.

«Wohin gehen Sie?» fragte er aufspringend, als Ilse sich unversehens erhob.

«Gewiß nicht zurück nach Lübeck.»

«Aber wohin? Wollen Sie nicht ein wenig in Frankfurt bleiben, bei ...» Mir wollte er sagen, aber das kam ihm so plump vor, daß er verstummte.

«Zu Ihnen und Ihrer Frau?» fragte Ilse kühl. «Zu meiner Frau?»

«Ich habe dort im Hotel mit Ihrem Sohn gesprochen. Er hatte das Gefühl, er müßte mich in Ihren Lebensstil einweihen. Ihre Frau habe nichts dagegen, wenn Sie Freundinnen empfingen. Er rate mir nur, den vereinbarten Betrag vorher, so seine Worte, zu erbitten, denn Sie könnten sehr vergeßlich sein und sich an Vereinbarungen später partout nicht erinnern.»

Ilse drehte sich um und ging mit schnellem Schritt hinaus. Die Menschenmenge schwoll gerade wieder an. Im Nu hatte sie sich darin aufgelöst wie der Honig im Tee. Lerner stand da; ihm war, als habe einer der Titanen, der in die Felsen der Deckenmalerei Schienenwege sprengte, den dicksten Brocken auf ihn hinabgeschleudert. Und zugleich erwachte in ihm eine Empfindung, die es seit einer gewissen Nacht eigentlich nicht mehr geben konnte. Kälte und Gleichgültigkeit, mehr war nicht geblieben in diesem unter der Last der eigenen Niedertracht gebrochenen Herzen. Jetzt aber tat es weh, als habe es einen tiefen Stich empfangen. Die Wunde brannte wie Feuer. Da war es verzeihlich, daß er vergaß, ihren Kaffee zu bezahlen. Der Kellner, der ihn an der Tür noch gerade erwischte, konnte das natürlich nicht wissen.

30

Alexanders
Geheimnis

Nachdem Theodor Lerner sein Herz ausgeschüttet hatte und keine Klage über Alexander, die er mit sich herumtrug, unausgesprochen geblieben war, lehnte Frau Hanhaus sich in ihrem Korbsessel zurück und thronte nun – man erinnere sich an Möllmanns Photographie – wie eine der mit ihrem Stuhl verschmolzenen römischen Matronen, die marmorn in der Loggia Albani stehen. Lerners Klage bewegte sie zutiefst. Er hatte sie in den schwierigsten Augenblicken erlebt, wenn die Angriffe auf sie herniederprasselten. Aber ein Gespräch mit Gläubigern, mit mißtrauischen Financiers, mit unwilligen und treulosen Compagnons berührte nie den Kern, aus dem sie ihre seelische Kraft bezog. Alexander hingegen blieb aus ihren bezwingenden Darlegungen stets ausgespart. Alexander war kein Gesprächsgegenstand für sie, auch wenn er dazu häufig Anlaß gegeben hätte. Frau Hanhaus war großzügig und nachsichtig und hielt keine Gardinenpredigten, wenn

Lerner einen Fehler machte. Sie beobachtete unbestechlich und zog ihre Schlüsse. Nicht ihr Gegenüber hatte sich zu verändern. Das hielt sie für unmöglich. Ihr eigenes Verhalten jedoch vermochte sie zu revidieren. Lerner fand deshalb nie, Frau Hanhaus hänge an ihrem Sohn in unkontrollierter Affenliebe. Sie sah ihn wahrscheinlich genauer als alle, die ihre Erfahrungen mit ihm gemacht hatten. Deshalb widerstrebte es Lerner, sich über Alexander zu beschweren. Was er vorzubringen hatte, ahnte Frau Hanhaus meist ohnehin oder wußte es längst. Wenn sie nicht darauf zu sprechen kam, hatte sie ihre Gründe. Vielleicht tat es ihr weh, vor anderen Alexanders Anlagen gleichsam zu fixieren, als würden sie erst zu Tatsachen, wenn sich die Mutter zu ihnen bekannte.

Nicht zufällig war es die Dämmerung, die Theodor Lerners Zunge löste. Er mußte Frau Hanhaus nicht ins Gesicht sehen. Es war ihm, als führe er ein Selbstgespräch. Plötzlich war ihm klar, daß er den Anblick einer Frau Hanhaus, die einen Schlag empfing, nicht ertrug. Sie stellte Regeln auf, ohne ein Wort zu sagen. Und er verletzte diese Regeln jetzt.

Daraufhin herrschte Schweigen. Dann brach ihre warme, sichere Stimme, ein wenig erschöpft, aber ohne Vorwurf in die Beklommenheit ein. Es war, als entzünde die Stimme ein behagliches Licht in der nächtiger werdenden Dämmerung. Frau Hanhaus drapierte stets Schleier über die Lampenschirme, die das Grelle verschluckten und ein weiches dunkles Rosa oder Goldgelb, das sich mit den Schatten verband und das Dunkel nicht völlig vertrieb, erglimmen ließen. Sie war unbewegt. Sie erzeugte die Vorstellung belebenden Feuerscheins nur mit ihrem Timbre.

«Es ist, glaube ich, jetzt der Zeitpunkt gekommen, Ihnen von meinem Leben zu erzählen», sagte sie. Das war eine bestürzende Ankündigung. Was in den Jahren geschah, bevor sie unversehens von der anfahrenden Droschke auf das regennasse Pflaster geworfen wurde, wurde zwischen ihnen ebensowenig erörtert wie Alexander. Sie teilten ihre Hoffnungen und Befürchtungen, sie schmiedeten Pläne, sie offenbarten einander ihre Gedanken, aber sie blieben in allem stets auf die Zukunft ausgerichtet. Lerner empfand, daß es bei ihm zu wenig und bei ihr zu viel Vergangenheit gab. Aber nun sollte der Damm brechen, und danach würde alles anders sein. Wie vor einer grundlegenden Veränderung des Lebens fürchtete Lerner, was er ausgelöst hatte, und wünschte, er hätte auch diesmal Alexanders Streiche schweigend ertragen. Aber jetzt war es zu spät. Frau Hanhaus wandte sich mit ihrem ganzen Gewicht der Vergangenheit zu. Raste eine Lawine zu Tal?

«Ich wurde in der Altmark als Tochter eines Pastors geboren. Ich war das vierzehnte Kind meiner Mutter.» So klassisch begann ihr Lebensbericht. Lerner war überrascht. Er stellte sich ein vierzehntes Kind unwillkürlich mickrig geraten vor, und davon konnte bei Frau Hanhaus nicht die Rede sein. Wenn des Pastors und der Pastorin Lebenskraft sich bis zu ihr unverdünnt bewahrt hatte, mußten sie ein Geschlecht von Riesen in die Welt gesetzt haben. Frau Hanhaus entwarf das Bild einer Jugendidylle. Der weite Apfelgarten hinterm Haus, das Barfußlaufen im Sommer, die stimmungsvollen Weihnachtsabende, dies alles schilderte sie in heiterer Dankbarkeit. Der Pastor sei ein «hochgebildeter Mann» gewesen, sagte sie mit ernstem Nachdruck. Konnte sie das eigentlich beurteilen? Die bloße Frage war schon unzulässig. Ihr Bericht ließ keinen Raum für zweifelnde Zwischenfragen. Sie erzählte wie über eine fremde Person. Und das tat sie mit höchster Autorität. Wenn es jemals einen «allwissenden Erzähler» gegeben hatte, dann war es Frau Hanhaus.

In einem großen Haushalt konnte man das Wirtschaften lernen. Das Einmachen, das Hühnerschlachten, das Wäschestopfen, sogar das Schuhebesohlen wurde im von viel männlicher Jugend bewohnten Pfarrhaus betrieben. In allem ging sie ihrer Mutter zur Hand, wobei es natürlich mehrere Dienstmädchen gab, die aber beaufsichtigt und angeleitet sein wollten. Als sie achtzehn Jahre alt war, bestimmten ihre Eltern sie, Kinderfräulein bei einer früh verwitweten Gräfin Voss zu werden, «bei zwei entzückenden Buben»; dem folgte eine Stellung bei Herrn und Frau Justizrat Hoeres, auch mit zwei, schon etwas älteren Buben, dann bei Herrn und Frau Vermehren, Getreidehändler aus Bremen, aber in Mecklenburg ansässig, mit sechs Kindern – hier war sie nur für die Mädchen zuständig –, dann bei Rittmeister und Frau von Pistatius mit einem Neugeborenen, in Darmstadt war das, etwas außerhalb, «sehr hübsch gelegen», dann bei Herrn Dr. Freiwald, Arzt «mit entzückender Frau» und drei kleinen Kindern, zwei Mädchen und einem Buben. «Entzückende Kinder, entzückende Frau», so sprach sie eigentlich sonst nicht. Lerner fand, daß sie, obwohl körperlich geradezu eine Muttergottheit, in ihren Reportagen einen männlichen Stil pflegte. Aber die ferne, ruhige Würde, mit der sie sprach, hob alles in das geistige Licht des Tatsächlichen. Lerner war, als wende er die Seiten eines Albums um und betrachte die Photographien der Gräfin Voss, von Justizrat Hoeres, dem Arzt Freiwald und dem eleganten Paar Pistatius.

«Nach einem Jahr aber entschied ich mich zur Ehe.» Eine souveräne, Unwichtiges weglassende, zusammenfassende Wendung war das. Sie sprach zu einem Mann, der das Leben, obwohl zur Ehe noch nicht entschieden, kannte und über Selbstverständlichkeiten nicht informiert werden mußte. Nach harmonischer Berufserfahrung hatte sie schließlich genug vom Dienst in fremden Haushalten und war reif für die Gründung eines eigenen, und friedvoll und erfreulich schienen die einzelnen Stellen doch gewesen zu sein, die fünf, die sie in einem Jahr bekleidet hatte. In einem einzigen Jahr. Aber auf diese häufigen Stellenwechsel kam es für den Verlauf der Geschichte offenbar nicht an. Die Gründe dieser Stellenwechsel waren für die Kenntnis der Geschichte entbehrlich. Dies alles war bloß Vorgeschichte, bewegt und zugleich ein wenig blaß, wie auch die Vorgeschichte von Robinson Crusoe bis zum Untergang des Schiffs und der Landung auf der Insel ein blasses Abhaspeln von Lebensplunder ist. Die Geschichte begann erst nach dieser pflichtgemäßen Abhaspelung. Frau Hanhausens Geschichte begann mit ihrem Entschluß zur Ehe.

Seltsam, daß sie, die sprachlich gewandte Frau, diese

spezielle Wendung gewählt hatte. Sie nahm keinen Mann, sondern «entschied sich zur Ehe», als könne man auch ohne Mann verheiratet sein – und war es das nicht, was sie ausstrahlte? Sie war allein mit ihrem monströsen Söhnchen, keine alte Jungfer, auch keine Witwe, sondern unbestimmbar Ehefrau, so etwas wollte sie womöglich ausdrücken.

Nun kam Alexanders Erzeuger ins Spiel, oder eben nicht ins Spiel. Alexanders Vater? Oh nein, das war ein anderer Mann, eine andere Epoche ihres Lebens.

«Ich muß dazu sagen, daß ich später eine Weile in Neapel gelebt habe.» Eine Parenthese öffnete sich wie zwei hohe Fensterflügel mit Blick auf den Golf und die Inseln Ischia und Capri. Die große Wohnung mit den halbleeren Zimmern und den Steinböden, die geschlossenen Fensterläden, das Hereindringen der Stimmen von Straßenverkäufern und müßigem Volk, das alles rief sie in wenigen Worten aus dem Dunkel der Vergangenheit hervor. Die Sommerhitze sei eine Belastung für sie gewesen. Daß sie heute für das Bären-Insel-Unternehmen tätig sei, für frostige Weltzonen mithin, entspreche vielleicht der Erhörung so mancher Stoßseufzer im neapolitanischen August.

«Mein Mann war in der Tabakbranche tätig. Campanien war damals wichtiger Tabakproduzent. Das alles haben wir ganz wesentlich aufgebaut.» Bei Frau Hanhaus klang solch eine beiläufige Bemerkung nie prahlerisch. Ein befremdetes Staunen lag in den Worten. «Mein Gott, was man schon alles gemacht hat!» Erst nach Sonnenuntergang atmete sie auf. Sie ließ dann einen Stuhl vor die Haustür stellen und setzte sich an den Straßenrand. Dort war ein

Zeitungsstand, auch Zitronenwasser konnte man haben, und um dies Häuschen gruppierten sich die Stühle aus den umliegenden Häusern. Die Laternen wurden angezündet, und so saß man denn dort in der herabfallenden Nacht. Frau Hanhaus hatte keine Schwierigkeiten, mit den Leuten ins Gespräch zu kommen. Ein kleiner Kreis formierte sich. Wenn eine der Damen nicht kam, wunderte man sich und ließ nachfragen. Nie hatte sie eine Wohnung dieser Damen, mit denen sie Nacht für Nacht zusammensaß, betreten. «Das war nicht üblich.» Hier sprach sie plötzlich als strenge Sittenrichterin, die nicht bedauerte, niemals hinaufgebeten worden zu sein. Manchmal wurde es drei oder vier Uhr. Die Gespräche flossen gedämpft. Sprach sie da nun italienisch? fragte sich Lerner. Er wußte gar nicht, daß sie italienisch sprach, obwohl sie mit der Erwähnung von Kenntnissen nicht hinterm Berge hielt. Diese Frage wurde nicht weiter erörtert. Zeitlosigkeit und Verlorenheit eines Lebens im Ausland waren schon hinreichend glaubwürdig und deutlich geworden. Dieses nächtliche Sitzen auf einem Stuhl am Straßenrand enthielt das ganze Elend und den ganzen Zauber der Emigration, eine Tapferkeit und das Gefühl, daß es kein Zurück gibt und daß das Leben vielleicht noch lange dauert. Es war in diesem Sitzen in den heißen, allmählich abkühlenden Nächten von Neapel ein Abschied von der Vielgestaltigkeit des Lebens enthalten. Auf einem solchen Stuhl konnte man neunzig werden, ohne es zu merken. Das Erstaunliche an Frau Hanhaus war, daß sie die ganze Eigentümlichkeit solchen Verbanntseins geschmeckt hatte, ohne darüber neunzig zu werden. Es war ja, trotz gleichsam ewigen Verweilens auf dem Stuhl in der Nacht irgendwann auch zu einem Aufstehen von diesem Stuhl und zu einem Verlassen der abschüssigen Straße und ihrer Zitronenlimonaden gekommen.

«Und in Neapel also ist Alexander geboren?»

«Nein, nein», das klang ein wenig müde, als schaudere sie vor der Anstrengung, die Zwischenstufen, die aus Neapel zu Alexanders Geburt führten, im einzelnen noch einmal zurücklegen zu müssen. Sie raffte sich auf. Munter, wie diese Bemerkung fast immer fällt, sagte sie: «Alexander ist ein Berliner.» In der Oranienburger Straße habe seine Wiege gestanden. Das sagte sie, als sei die Wiege dort allein gewesen, und das war sie wohl auch häufig, denn Frau Hanhaus war beschäftigt. «Wir haben damals mit Kunstgummi, Jute und Harzen gehandelt – eine spannende Welt, ein interessantes Geschäft, aber aufreibend.»

Wer war «wir»? Bezog sie jetzt den Vater von Alexander ein? Lerner holte zu seiner Frage aus, kam aber nicht zum Zuge, denn Frau Hanhaus richtete sich auf und fixierte ihn, so daß er im Finstern ihre Augen blitzen sah. Die Gaslaternen draußen erhellten inzwischen einen Streifen Parkett am Fenster, der wie ein gefrorener Teich wirkte.

«Und jetzt kommt es», sagte sie, hierauf sei sie die ganze Zeit zugesteuert. «Wir hatten eine sorbische Amme; alle Berliner haben diese Spreewald-Ammen, obwohl ich Alexander selbstverständlich selbst genährt habe. Ich mochte auch diese Spreewälder Trachten nicht. Ich mag kein Hauspersonal in Tracht; schwarzes Kleid und weiße Schürze, das genügt bei mir. Alexanders Wiege stand neben meinem Bett –» Also doch nicht ganz allein in Berlin. War dies Bett ein Ehebett? Das war nun immer noch nicht geklärt – «Ich wache eines Nachts auf, schaue in die Wiege, der Mond scheint auf ein leeres Kissen – ich springe aus dem Bett, taste mich durch die Wohnung. Die Küchentür ist angelehnt. In der Küche sehe ich Licht. In der Küche war der Hängeboden. Dort schliefen die Amme und ein Dienstmädchen. Schliefen – ja, denkste!» Unversehens verfiel sie ins Berlinische, was sie sonst zu verbergen verstand. «In der Mitte der Küche stand ein Kohlenherd. Obwohl Nacht war, brannte Feuer. Die Ringe waren abgenommen, und die Flammen stiegen aus dem Loch. Und um den Herd herum gingen die Amme im Nachthemd mit Alexander auf dem Arm und hinter ihr das kleine dumme Dienstmädchen, auch aus dem Spreewald, auch Sorbin. Dreimal gingen sie so um den Herd. Da fragte das Dienstmädchen: Was trägst du? Und die Amme antwortete: Einen Fuchs und einen Luchs und einen Hasen, der schläft. Ich bin wahrhaft nicht abergläubisch, aber ich habe das sichere Gefühl, Alexander ist damals verhext worden. Was meinen Sie?»

Lerner war verwirrt. «Verhext ist vielleicht zuviel gesagt, aber unheimlich klingt es schon.»

31

Die weiße Hölle

Die Rhetorik kennt eine regelrechte Kunst des Übergangs, die den Wechsel des Themas über schöne und bequem zu beschreitende Treppenanlagen vollzieht. Frau Hanhaus beherrschte diese Kunst – welche hätte sie nicht beherrscht? –, aber sie machte nicht in allen Fällen von ihr Gebrauch. Nicht immer wünschte sie, den Zuhörer auf den Themawechsel einzustimmen und damit auch zu warnen. Wer wußte, was jetzt kam, vermochte sich zu wappnen. Lerner war weit weg in die Zauberküche der sorbischen Amme entrückt, als Frau Hanhaus sagte: «Ich fände es übrigens sinnvoll, wenn wir unsere Vorstöße absprächen. Mit Firma Ewers und mit Herrn Wolfgang Gaedertz war ich nämlich selbst schon im Gespräch», und, als Lerner sie stutzend ansah, fortfuhr: «Ich meine die Kohrssche Offerte – ich weiß, Sie wollten mir nichts verheimlichen, aber es wirkt nicht günstig auf die übervorsichtige Kaufmannszunft, wenn sie von mehreren Seiten mit derselben Sache belagert wird.»

Wie war sie an die Kohrssche Offerte gelangt?

«Durch Firma E. Meyer in Lübeck», sagte sie leichthin, als erkläre das etwas. «Ich verstehe, was Sie beabsichtigten. Es wäre zu schön, von Sholto unabhängig zu sein, und ich lobe Sie, daß Sie den Befreiungsschlag vorbereitet haben, aber jetzt ist alles noch ein bißchen schwieriger. Hoffentlich hat Sholto nicht auch etwas davon mitbekommen.» Nun, das würde man bald erfahren. Sie waren in Eile. Sholto erwartete sie in Wiesbaden.

Frau Hanhaus setzte ihren Wagenradhut auf und fixierte ihn mit einer halbmeterlangen Hutnadel. Es war für Lerner immer wieder verblüffend, wie sich die Einzelteile ihrer imposanten Erscheinung zusammenstecken ließen. Die durch den Aufbruch verursachte Unruhe nahm den Schmerz um Ilse, die Empörung über Alexander, die Enttäuschung über Kohrs und die Verlegenheit gegenüber Frau Hanhaus in sich auf.

Der Lift blieb aus. Sie wallten die Treppe hinab, wie es für Frau Hanhaus passend heißen kann, und Lerner wallte in ihrer Bugwelle aus aufwirbelnden Sonnenstäubchen mit. Auf dem letzten Treppenabsatz aber hielt er inne und umklammerte Frau Hanhausens braunseidenen Arm. An der Rezeption stand ein Mann mit Backenbart in englischem Tweed-Reiseanzug und hellgrauer Melone und wartete auf den im Hinterzimmer verschwundenen Portier. Der Mann stand regungslos, bis auf die linke Hand, die auf der Theke Klavier spielte.

«Mein Vetter Neukirch aus Zwickau», flüsterte er ins Ohr von Frau Hanhaus, in die nun gleichfalls der Blitz gefahren schien. Der Treppenabsatz war nicht der Ort für lange Konferenzen. Es zeigte sich jetzt, welche Frucht ihr langes, die Seelen tief verschränkendes Zusammenleben trug. Sie verständigten sich in diesem Augenblick nicht mit Worten. Zwei Möglichkeiten erwogen sie gleichzeitig: Zurück auf die Zimmer zu schleichen – aber dann waren sie gefangen, wenn Neukirch den Belagerungszustand verhängte. Oder er schloß mit Hilfe des Portiers, der schon berufsmäßig auf der Seite der stärkeren Bataillone stand, die verrammelten Türen auf, dann waren sie ihm erst recht ausgeliefert. Es blieb nur die Flucht aus dem Hotel, aber über den Hof, denn vorn kamen sie an Vetter Neukirch nicht vorbei.

Frau Hanhaus ließ ihren Hutschleier herab, Theodor Lerner senkte sein Kinn, als sei er in Trübsinn versunken. Zügig, aber würdevoll schritten sie voran. Herr Bergwerksdirektor Neukirch sah immer noch dem Portier entgegen. Das Paar eilte hinter seinem Rücken vorbei. Neben der Tür zum Speisesaal führte ein Korridor ins Innere des Gebäudekomplexes. In dessen Dämmer bogen sie nun ein. Er war lang. Lerner öffnete wahllos eine Tür. Dahinter war eine Kellertreppe, auf der es übel roch. Sie war mit dem Küchentrakt verbunden. Wer über sie geschritten war, verlor jede Lust, im «Monopol» etwas zu sich zu nehmen. Ihre Schritte scharrten laut. Es war ein Hall wie in einer Brunnenröhre hier unten. Über ihren Häuptern zogen sich die Heizungsrohre entlang, dies «Ohr des Dionys» vom «Hotel Monopol». In welches Zimmer wurden ihre Schritte und ihre geflüsterten Bemerkungen übertragen? Es ging nach rechts, dann nach links, dann verlor der Gang sich im Dunkeln. Wie in Höhlen oder Katakomben war nur ein kleinerer Teil des Kellergewölbes beleuchtet. Lerner ging mit dem Feuerzeug voran. Es wurde jetzt sehr warm. Näherten sie sich dem Inneren der Erde? Und warum eilten sie so, immer noch gehetzt, als sei ihnen Direktor Neukirch unmittelbar auf den Fersen? Nicht nur Lerner hatte Grund zur Sorge. Frau Hanhaus wollte vermeiden, daß Neukirch sich vor Lerners Ohren mit ihr aussprach. Was sie von Lerner verlangte, das Absprechen aller Aktionen, hielt sie selbst nicht immer für erforderlich.

«Wir sind hier unten in einem Rattenloch», sagte Lerner. «Es riecht nach Ratten, merken Sie nichts?»

Frau Hanhaus war erhitzt. Aus ihren Kleidern drang der Duft von Zimt und Rosenseife, Puder und warmem, schwerem Körper. Sie hatte erstaunlich kleine Nasenlöcher. Damit sog sie die Luft prüfend ein, aber um sie herum roch es nur nach ihr selbst. Die Vorstellung, im Dunkeln auf eine Ratte zu treten, setzte ihr zu.

«Wir müssen zurück.» Zurück durchs warm modrig Finstere. Was an Spinnenweben und Kalkstaub bei einer solch raumverdrängenden Gestalt wie Frau Hanhaus hängenbleiben würde! Sie standen im Dunkel eine Weile still. Ihre Herzen pochten. Lerner lehnte sich mit der Hand an die Wand. Dort war eine Türklinke. Er drückte die Klinke. Sie gab nach. Eine Tür tat sich auf. Heißer Brötchenschwall kam ihnen entgegen, auch fahles Licht. Man sah Treppenstufen. Sie tasteten sich hinauf. Oben war eine Eisentür, durch einen Hebel verschlossen. Die Tür war warm. Selbst der Hebel, den Lerner nun mit aller Kraft herunterdrückte, hatte Wärme gespeichert wie ein Bügeleisen. Die Tür öffnete sich einen Spaltbreit. Weißes Licht füllte den Spalt. Ein heller Nebel lag dort drinnen. Aber die Tür wollte über den Spalt hinaus nicht weichen. Etwas Schweres lehnte dagegen. Lerner mußte sich mit der Schulter dagegenstemmen und die Tür regelrecht aufschieben. Plötzlich ging es leicht. Das Schwere war umgefallen. Und nun standen Lerner und Frau Hanhaus im Lagerhaus der Bäckerei, deren Düfte sie schon so lange in den Nasen hatten.

Was war umgefallen? Ein Sack Weizenmehl. Er war aufgeplatzt und gab eine Mehlwolke von sich. Frau Hanhausens Rock schleifte im Weißen, Lerner stand bis zu den Knöcheln im Pulver. Unwillkürlich begannen sie, an sich herumzuklopfen, aber das machte alles noch schlimmer. Sie husteten und wirbelten immer mehr Staub um sich auf. Es bedurfte der Souveränität einer Frau Hanhaus, den Zug durch die Bäckerei, zwischen den mit Brötchenteig besetzten Blechen, den Brotknetmaschinen, der Wand mit den schwarzen Eisentüren der Öfen anzutreten. Die Bäcker sahen von ihren Mehltrögen auf und trauten ihren Augen nicht.

Auf dem Friedhof von Staglieno in Genua – hatte Frau Hanhaus nicht Jahre in Genua zugebracht? – blühte eine aufwendige Sepulkralkunst. Dort wurden die Toten in Marmorstatuen, die jedes Teil ihrer Toilette, vom Gehrock bis zum Zylinder, vom Spitzenunterrock bis zu den Netzhandschuhen, naturgetreu wiedergaben, tonnenschwer auf die eigenen Gräber gestellt. Was den Bürgern wichtig gewesen war, ihr Kleiderstaat, war hier in blütenweißem Carrara dem Gedächtnis der kommenden Generationen überliefert worden. Und wie solche steinernen Gäste vom Friedhof Staglieno wanderten nun an den voll heißem Leben steckenden Bäckergesellen Frau Hanhaus und Herr Lerner vorbei, weiß von Kopf bis Fuß. Keine Hand rührte sich, keine Stimme hob sich. Die Tür zum Hof war schnell erreicht. Auch über den Hof eilten sie, um nicht noch aufgehalten zu werden.

An der Toreinfahrt, auf dem Holzpflaster, blieben sie stehen. Ein großes Emailleschild war dort angeschraubt: «E. Dalton, Feine Seifen, Frankfurt am Main». Wer jetzt an diese feinen Seifen, vielmehr noch an einen stillen Raum und eine Kleiderbürste gelangen konnte! Im Hotelfoyer lauerte der böse Drache.

«Wir gehen in den Hauptbahnhof und suchen einen Diurnisten», sagte Lerner. Frau Hanhaus bot ihm schweigend ihren Arm. Sie war angeschlagen durch die Ereignisse, aber sie jammerte nicht. Hatte irgendwer sie einmal jammern sehen?

Wenn sich Frau Hanhaus morgens über die Konstellation der Planeten gebeugt hätte, wäre sie vielleicht gar nicht ausgegangen. Sie hätte womöglich gar gewagt, Sholto Douglas abzusagen. Es sollte nicht gutgehen heute. Der Mehlstaub, der sie bedeckte, war keine Tarnkappe und verlor sich bereits ein wenig. Die Farbe von Haut und Kleidungsstücken trat wieder hervor. Das Paar sah dadurch eher noch verkommener aus. Dieser Aufzug bot keinen Schutz vor den Wechselfällen des Lebens.

Sie waren noch nicht weit gegangen, da kreuzte Direktor Neukirch ihren Weg. Er ging vor dem Hotel auf und ab, fest entschlossen, sie irgendwann abzufangen. Als er Lerner erkannte, fielen ihm fast die Augen aus dem Kopf. Zornrot musterte er ihn stumm.

«Vetter Lerner», sagte er schließlich gepreßt. Sein Backenbart schien vor innerem Überdruck zu wachsen.

«Vetter Neukirch, darf ich Sie meiner Beraterin und Geschäftspartnerin Frau Hanhaus vorstellen?» Das kam nicht gewandt, sondern schulbubenmäßig. Seine Gewandtheit hatte Lerner gründlich verlassen. In diesem Aufzug und an diesem Ort konnte nicht verhandelt werden. Vetter Neukirch möge gestatten, daß man sich umziehe. Einen Grund für ihren Aufzug nannte er nicht, der interessierte Vetter Neukirch auch nicht.

«Jawohl, ziehen Sie sich getrost um», sagte er, plötzlich sarkastisch, «aber ich werde mir erlauben, Sie auf Ihr Zimmer zu begleiten. Ganz gewiß werde ich Sie nicht stundenlang vergeblich in der Halle erwarten.» Wer wollte ihm das Recht, so zu sprechen, streitig machen? Also zurück ins Hotel. Frau Hanhaus bedurfte der Restauration noch eher als ihr Compagnon, verzichtete aber darauf und folgte den Herren. Lerner sah sie mit verstörter Dankbarkeit an. Sie ließ ihn nicht allein. Lerners Zimmer war nicht für geschäftliche Begegnungen eingerichtet. «Aha», sagte Vetter Neukirch, als er die heftig gemusterte Tapete, die gesprungene Waschschüssel und die unordentliche Bettdecke sah. «Ich sehe, ich bin hier im Herzen des Deutschen Bären-Insel-Unternehmens. Es gibt also tatsächlich ein Deutsches

Bären-Insel-Unternehmen. Und es gibt sogar zweifelsfrei die Bären-Insel, wie ich sicherheitshalber in Meyers Conversations-Lexikon nachgeschlagen habe. Die Redensart ‹jemandem einen Bären aufbinden› hat nichts mit diesem Flecken Erde zu tun.»

«Vetter Neukirch, ich bitte Sie!»

«Nein, ich bin es, der Sie bittet. Nein, ich werde mich nicht auf Ihr Bett setzen, Vetter. Ich stehe gut. Mein Platz gebührt der gnädigen Frau, die hier wohl gar heimisch ist ...»

«Vetter Neukirch!»

«Vetter Theodor Lerner. Ich bin Bergwerksdirektor in Zwickau. Da sind Sie noch nie gewesen, weder zur Beerdigung meines Vaters noch zu meiner Hochzeit. Nun begann aber die unselige Bären-Insel in Ihr Leben oder Sie auf die Insel zu treten, und auf einmal war ein blutsverwandter Bergbaudirektor etwas Nützliches – nicht als Ratgeber, o nein, man wußte selber alles besser, aber als Reputation und Garant und Bürge und Aushängeschild, und in dieser Form haben Sie von mir, obwohl ich Ihnen frühzeitig versichern ließ, mit der Sache nichts mehr zu tun haben zu wollen, reichlichst Gebrauch gemacht.»

«Sie hätten mich wissen lassen ...?»

«Ich erkläre Ihnen das später», sagte Frau Hanhaus. Sie hatte ihren Schleier gelöst. Wo das Gespinst sie geschützt hatte, um Hals und Schulter, leuchtete der Taft teefarben.

«In dieser Funktion als Zahlmeister und als unfreiwilliger Gewährsmann dieses fragwürdigen Unternehmens bin ich nun zur Zielscheibe unablässiger Anfragen geworden. Ein Herr Otto Wal aus Hamburg teilt mir mit, Ihnen zwanzigtausend Mark übergeben zu haben, als Anzahlung auf die Teilhaberschaft an dem Unternehmen. Herren Burchard und Knöhr, gleichfalls Hamburg, erklären mir, notfalls ultimativ durchsetzen zu wollen, daß Vetter Lerner seine Rate einzahle, andernfalls sie das Unternehmen zum Verkauf zu bringen gedächten. Dein Bruder Ferdinand» – hier glitt er unversehens ins familiäre Du, das er eigentlich verbannt wissen wollte – «hat zwölftausend Mark bei Ihnen eingezahlt – wo ist das Geld? Halt, ich will es nicht wissen. Ich weiß etwas Besseres. Ich habe mich auf die Suche nach Herrn Bergbauingenieur Möllmann gemacht. Ich habe ihn gefunden, in einer ähnlich geschmackvollen Pension wie dieser. Er war betrunken, aber noch artikulationsfähig. Irgendwelche Anlagen, Häuser, Schienen, Hütten, Schächte gebe es auf der Bären-Insel nicht. Das wa wa wa wa doch garnit möchlich!» Hier ahmte er die schwere Zunge des Rheinländers nach, aber es war keine Freude in dieser Maskerade. Möllmann habe zugegeben, nur dort, wo der Deutsche Hochseefischerei-Verein seine Probeschürfung vorgenommen habe, ein «bißchen herumgestochert zu haben». Alle späteren Gutachten, von Doktor Schreibner und von Ingenieur Andersson, arbeiteten ausschließlich mit Möllmanns Daten – «‹denn die He-He-Herren sind doch garnit da-da-dagewesen›. Zu allem erfahre ich durch meinen alten Korrespondenten Justizrat Frispel, ein übel beleumundeter Spekulant aus Südafrika, ein gewisser Herr Douglas, habe das gesamte Bären-Insel-Unternehmen für hundertfünfzigtausend Mark verkauft – wo ist das Geld?

Wiederum – keine Antwort! Aber ich habe eine Antwort: Ich fahre jetzt nach Zwickau und richte von dort Briefe an Herrn Otto Wal, Herren Burchard und Knöhr, Herrn Ferdinand Lerner, an das Bankhaus Kohrs in Lübeck, an Herren Eiffelsfeld und Schrader und an Justizrat Frispel und an noch viel mehr Leute, an die ganze Welt, in denen ich alles, was ich zu diesem Casus weiß, mitteile und dazu noch erkläre, weder mit meinem Vetter Lerner, noch mit irgendeiner seiner Unternehmungen irgend etwas zu tun zu haben. Guten Abend!»

Er haute sich mit Schwung seine graue Melone auf den Kopf, daß es hohl klang, und schritt aus der Tür. Lerner und Frau Hanhaus saßen auf dem Bett. Lerner war es, als seien ihm Herz und Mut aus dem Leib wie der Korken aus einer Flasche gezogen worden. Frau Hanhaus sagte: «Also, was er über Sholto gesagt hat, das war wirklich interessant.»

32

Erinnerungen
an Capri

Wann hatten sie Sholto Douglas zum letzten Mal gesehen? Die Frage war nicht leicht zu beantworten, denn der große Spekulant aus den Kolonien hielt sie mit Botschaften und Anrufen und von Alexander übermittelten Befehlen täglich in Trab und beschäftigte ihre Phantasie, auch ohne ihnen leiblich gegenüberzustehen. Wenn es hieß, Herr Douglas sei am Apparat, fuhr Frau Hanhaus zusammen, als habe sie an ihn gedacht und fühle sich von ihm ertappt, und gewiß war es auch so. Das fabelhafte Reichstagsprotokoll hatten sie noch von höchstseinen Händen entgegennehmen dürfen. Unvergeßlich war die Schärfe, mit der er sie maßregelte, als sie nicht in einen Begeisterungssturm ausbrachen.

«Sie machen sich, glaube ich, nicht klar, was Ihr Ausgangspunkt war und in welche Sphären Sie durch mich aufgestiegen sind. Ich ermahne die Herrschaften eindringlich, Ihren Ausgangspunkt zu bedenken. In gesellschaftlicher, politischer, ökonomischer, aber auch durchaus persönlicher, die Begabung betreffender Hinsicht.» Sholto sprach gut Deutsch, das bestätigte ihm Frau Hanhaus jetzt bewundernd. Nein, sitzenlassen ließ sie solch einen groben Tadel nicht auf sich. Das letzte Wort behielt stets sie, ein liebenswürdiges Wort im übrigen, das alles wieder in ein humanes Gleichgewicht brachte.

Heute also sollten sie Sholto wiedersehen. Er hatte Arbeit in Aussicht gestellt, die Übersetzung eines Gutachtens von Doktor Schreibner ins Englische.

«Die Bären-Insel ist etwas für eine Seefahrernation. Die Deutschen sind doch nur als Matrosen verkleidete Landratten», hatte er launig hinzugefügt. Nun hatte man ihm etwas auszurichten. Bergwerksdirektor Neukirch würde ganze Arbeit leisten. Zur Entschuldigung ihrer Verspätung sandte Lerner ein Telegramm in die «Rose» nach Wiesbaden. Obwohl bei Frau Hanhaus jeder Handgriff saß, dauerte es, bis ihr Ornat wiederhergestellt war.

«Braun ist dumm bei hellen Flecken, aber ich habe mich ganz früh für Braun entschieden. Es ist die würdigste, die vornehmste Farbe und drückt soviel aus: Reife, Geschmack, Erfahrung. Und dann ist es für das Leben, das ich führe, so praktisch. Ich bin abends und morgens damit richtig angezogen.» Wenn sie solche Weisheiten von sich gab, verstand Lerner, wie wohl sie sich in ihrer Haut fühlte. Das war keine törichte Selbstzufriedenheit, sondern die Lebensfreude eines Vogels, der mit dem Schnabel seine Federn ordnet und sich nicht vorstellen kann, schöner gefiedert zu sein. Ihrem Wirklichkeitssinn taten solche kleinen Selbstfeiern keinen Abbruch. Unversehens, man saß schon in der Eisenbahn nach Wiesbaden, wurde sie ernst.

«Unsere finanzielle Lage ist inzwischen knapp. Wir leben so billig wie möglich, aber es gab ein paar Posten, die unvermeidbar waren: Herrn Doktor Schreibners Gutachten zum Beispiel, weil Möllmann sich um alle Autorität gebracht hat mit seiner Sauferei, und außerdem mußte ein Name her, und Ihr Vetter Neukirch hat eben noch bestätigt, wie gut Schreibners Name klingt.» In welchem Zusammenhang er das bestätigt hatte, spielte jetzt keine Rolle mehr. Sie nahm aus allen Vorfällen nur heraus, was sie nährte, wie ein Huhn zwischen Steinchen und Wurzeln genau das Maiskörnchen pickt, das ihm goldgelb entgegenleuchtet.

«Und das Bankett mußten wir geben – ein Wahnsinn in unserer Lage, aber ein noch größerer, es nicht zu tun.»

«Wir mußten es bezahlen, wir haben es nicht gegeben», sagte Lerner mürrisch.

«Wir haben Reisekosten und allen möglichen Aufwand», fuhr sie fort, in dem sie seinen Einwurf überhörte. «Kurzum, wenn wir uns irgendwie weiter bewegen wollen, dann können wir die Hotelrechnung der letzten drei Wochen nicht mehr bezahlen. Das wird ein Thema mit Sholto jetzt sein. Wir müssen endlich Bilanz machen, einen Strich ziehen und ausrechnen, was entfällt auf ihn und was entfällt auf uns, und damit basta.» So hatte sie sich das zurechtgelegt. Draußen sauste Hochheim mit den Weinbergen vorbei, die Sholtos «Hock» hervorbrachten. Die Landschaft war so satt und friedlich, daß ein Leben, in dem nicht alles seine Ordnung hatte, gar nicht vorstellbar war.

Lerner erinnerte sich später, wie gelassen Frau Hanhaus während der ganzen Fahrt gewesen war. Niemand hätte für möglich gehalten, daß diese Dame eben noch durch die Kellergänge des Bahnhofsviertels geflüchtet sei, weil sie der Begegnung mit einem ehrbaren Kaufmann aus dem Weg gehen mußte.

In Wiesbaden nahmen sie keine Droschke, obwohl sie nun schon über drei Stunden verspätet waren. Den Betrag sparten sie lieber. Ein Außenstehender hätte sie für distinguierte Kurgäste gehalten, eine jugendliche Mutter mit ihrem stattlichen Sohn, wie sie da die Wilhelmstraße entlangwandelten und, wenn Frau Hanhaus außer Atem geriet, innehielten, um die Auslagen zu betrachten, denn eine große Fußgängerin war sie eigentlich nicht, und kurz bevor sie zur «Rose» einbogen, sagte sie mit fester Stimme: «Zurück nehmen wir die Droschke.» So plant der Mensch und springt mit der Zukunft um, und kann es auch gar nicht anders halten, denn sonst müßte er vor Verzweiflung gleich im Bett bleiben.

In der «Rose» waren sie inzwischen bekannt, auch durch Alexander, der hier nun selbstverständlich residierte und das Personal herumscheuchte, wie es sich nur ein großer Herr erlauben kann, ohne Unwillen zu erregen, sondern im Gegenteil Zustimmung, ja Bewunderung. Sholto Douglas mit seiner schneeweißen Haartolle im dunklen Haar stützte sich stets leicht auf den jungen Mann – «Alex, mein lebender Spazierstock» –, und das verlieh den Befehlen des Sekretärs in den Augen der Angestellten dasselbe Gewicht, als hätte der Engländer sie selber ausgesprochen.

Es geht nichts über einen hochnäsigen Sekretär. Er erst gibt seinem Herrn die Möglichkeit, sich menschenfreundlich zu betragen, ohne es als Schwäche ausgelegt zu bekommen. Hätte Douglas sie doch einmal nur ergriffen!

Steinerne Höflichkeit empfing Frau Hanhaus und Theodor Lerner am Pult des Empfangschefs. Der Leibarzt des Papstes hätte in seinem Bulletin der hohen Gesundheit nicht verschlossener sein können. Die Herren seien abgereist. Sie hätten die Suite aufgegeben. Die Herren hätten das Hotel nicht für eine kleine Reise, sondern endgültig verlassen.

«Verstehen gnädige Frau? Herr Douglas und Herr Hanhaus wohnen nicht in diesem Hotel.»

«Aber wir haben doch telegraphiert», sagte sie, als schaffe das Telegramm, wenn es erst einmal losgeschossen war, auf jeden Fall eine Verbindung zu seinem Adressaten.

«Wir haben das Telegramm auch empfangen», antwortete der Mann mit den gekreuzten Schlüsseln am Gehrock, «aber wir haben es sogleich in den Papierkorb geworfen. Das ist es, was Herr Douglas angeordnet hat: Keine Nachsendungen, keine neue Adresse – einfach weg damit, es interessiert mich nicht mehr!» Bei diesen letzten Worten wich die eisige Höflichkeit des Mannes einer amüsierten Impertinenz.

Frau Hanhaus stand unbewegt vor ihm, dann tastete sie nach Herrn Lerners Arm: «Bitte führen Sie mich hier weg.»

Langsam gingen sie durch die Straßen. Sie hätten nun stracks zum Bahnhof zurückeilen können – vom Droschkennehmen war nun nicht mehr die Rede –, aber Lerner fühlte die Ziellosigkeit seiner Freundin und war selbst zu perplex, um eine Richtung vorzugeben. Es war Herbst. Der Tag war schön und warm, aber das Wetter schlug nun um, die Wolken verfinsterten sich, bald würde es regnen. Sie näherten sich den Wandelhallen des Kurhauses, als der Regen einsetzte, die Glastüren standen gastlich offen. Eine weißlackierte Bank neben einer dicken Palme erschien ihnen wie eine Insel. Sie setzten sich. Sie schwiegen.

Lerner wagte nicht, zu Frau Hanhaus hinüberzusehen. Er wollte nicht Zeuge ihrer Erschütterung sein. Aber da war noch mehr. Sie atmete hörbar. Sie beugte sich ein wenig vor. Aus ihrer schwarz bestickten, mit Quasten besetzten Handtasche nahm sie etwas heraus, ein kleines Taschentuch. Sie führte es an die Augen und betupfte sie vorsichtig.

«Ich habe eine solche Angst», sagte sie leise. Das habe sie schon einmal erlebt. Sholto sei schon einmal so plötzlich verschwunden, «untergetaucht» sei das richtige Wort. Da habe sie gleichfalls dagestanden und nichts gewußt – und das sei natürlich klug gewesen, denn so habe sie mit bestem Wissen jede Auskunft ablehnen können. Er sei klug, sehr klug, leider nicht immer kontrolliert, aber danach sofort wieder beherrscht, und wisse, was zu tun sei.

Damals sei Sholto Douglas noch wirklich mächtig, einflußreich und wohlhabend gewesen, kein Vergleich zu heute, ein Mann mit vielen Freunden in den höchsten Positionen, davon habe Lerner keinen richtigen Eindruck bekommen. Solch einen Kommerzienrat Gebert-Zahn – Gabbertson sprach Sholto das aus – habe er früher gar nicht in seine Nähe gelassen, und solche berüchtigten Halbweltgestalten wie Albertshofen und Fritze und der um seine Anwaltszulassung kämpfende Frispel – wegen Verdacht der Untreue mit Mündelgeldern immerhin –, die hätten in der Gegenwart eines Mister Douglas nichts zu suchen gehabt. Nun, das war ja schön, sagte Lerner, daß er nun auch einmal etwas über seine Gäste erfuhr.

«Nein, das war schon alles in Ordnung so», sagte Frau Hanhaus zerstreut und kehrte sofort zu ihren Sorgen zurück. Zinngruben im Kongo, Diamantengruben in Südafrika, überall habe Sholto seine Hände drin gehabt. Lerner sah unwillkürlich die kleinen, mit Altersflecken besetzten weißen Hände in fuchsbauartige schwarze Gruben hineingreifen. Sholto habe damals mit Krupp von gleich zu gleich verhandelt, da sei sie Zeugin. Sie habe ihn kennengelernt, als sie im Tabakgeschäft tätig gewesen sei, da hätten sich «natürlich viele Berührungspunkte» ergeben – wieso der Diamantentycoon sich auch mit Tabak «natürlich» befaßte, ließ Lerner jetzt ungeklärt, denn er erhoffte sich wichtigere Aufschlüsse.

«Sholto ging damals nach Capri. Ich blieb in Neapel, das ich gut kannte, wie Sie wissen. Ein Leben wie in den Kolonien war in Europa kaum irgendwo zu führen. Er hatte sich an Freiheiten gewöhnt. Er entfaltete seine eigenen Vorlieben und Wünsche fern von jeder Konvention, wenn Sie verstehen. Sholto hatte sich angewöhnt, auf das, was allgemeinen Maßstäben nach noch erträglich und zulässig ist, überhaupt keine Rücksicht zu nehmen Ich verstehe ihn, ich versuche, ihn nicht zu verurteilen, aber er hatte sich doch sehr weit von dem, was Sie und ich für wünschenswert halten, entfernt.» Ihre Behutsamkeit war rührend. Sie hatte sich darauf eingestellt, alles und jedes zu verstehen und nichts einfach nur empört von sich zu weisen, aber es gab da eine Grenze, die sie ratlos machte. Sollte sie, mußte sie sie wirklich überwinden? Oder stand sie schon viel zu weit auf einem Territorium, dessen Boden giftige Dämpfe ausströmte?

«Sholto hatte dort auf der Insel eine einsame Villa gemietet, auf einem Felsen hoch über dem Meer. Das war kein gut beleumundeter Ort. Der Erbauer hatte sich soeben in seinem chinesischen Salon mit Opium umgebracht. Sholto hatte damals einen jungen Sekretär» – sie bekam das Wort kaum über die Lippen, sie mußte husten, so belegt war jetzt die Stimme –, «einen Italiener, ein hübscher Junge war das, ich hatte viel mit ihm zu tun. Sehen Sie, Sholto liebt junge hübsche Menschen, und das ist vollkommen verständlich und gar nicht exzentrisch» – sie, die jeder Liebesregung außer zu ihrem Sohn abgeschworen hatte, war uferlos in ihrer Toleranz und Einsicht –, «aber was er besonders liebt, das ist ... haben Sie Alexanders blaues Auge neulich gesehen?»

Lerner nickte. Er gestand aber nicht, wie gern er derjenige gewesen wäre, der Alexander ein blaues Auge schlug. Hatte Alexander nicht mehr als eine Tracht Prügel verdient?

«Nein, nicht so, wie Sie meinen», sagte Frau Hanhaus, die in seinen Gedanken las. «Sholto liebt den Schmerz. Er fügt gern Schmerzen zu. Er ist so.»

Lerner legte die Hände vor sein Gesicht. Er sah den Hotelkorridor vor sich mit seiner zischenden Gasbeleuchtung, und er sah Mademoiselle Louloubou vorübergehen, ein blutiges Taschentuch vor den Mund gepreßt.

«Sie haben das gewußt.»

«Ja, ich habe es gewußt», sagte sie beinahe ächzend, richtete sich dann auf und fuhr schließlich leidenschaftlich fort: «Ich weiß ohnehin alles. Ich weiß auch, wozu Sie fähig sind.»

«Aber wie konnten Sie dann ...?» – einem Mann wie Douglas Louloubou oder Ihren Sohn ausliefern, das ließ Lerner unausgesprochen. Sie antwortete eindringlich, werbend.

«Ich habe in meinem Leben einen Entschluß gefaßt. Ich lasse mich aus keinem Spiel herausdrängen. Wenn ich mich an den Spieltisch setze, bleibe ich sitzen, bis ich gewonnen habe. Da gibt es kein: Ich passe. Wer paßt, hat verloren. Wer sagt: dies oder jenes ist die Grenze, hat verloren. Wer glaubt, ich bin am Ende, der kennt mich nicht, denn ich bin bereit, bis zum letzten zu gehen. Und deshalb», sie holte Luft und sah ihn empört an, «will er mich zwingen, genauso böse zu sein wie er, er will mich zum Äußersten verleiten, aber das muß er doch gar nicht, denn ich bin doch schon zu allem entschlossen ...»

Lerner fürchtete, daß die Aufregung und Angst ihren Verstand verwirrt hatten. Sie schwiegen.

«Mit der plötzlichen Abreise von Sholto damals in Capri war es so», sagte sie leise mit veränderter Stimme. «Der junge Sekretär lag tot in der einsamen Villa. Das hatte natürlich niemand gewollt, aber der Polizei sind solche Dinge schwer zu erklären.» Sie schien jetzt ganz sachlich zu sein, sagte aber kein Wort mehr. Es hatte zu regnen aufgehört. Sie fuhren mit der Droschke zum Bahnhof. In Frankfurt geleitete Lerner sie behutsam auf ihr Zimmer. Sie schloß auf. Drinnen brannte Licht. Alexander lag mit Stiefeln auf ihrem Bett und rauchte eine große Zigarre. Frau Hanhaus betrachtete ihn versteinert. Dann brach sie in lautes Weinen aus.

33

In höchster Not
zum Zoo

Sholto Douglas verschwunden, Bergwerksdirektor Neukirch in gemeingefährlicher Rage, die Barschaft aufgezehrt – das sah nach vollständiger Manövrierunfähigkeit des Deutschen Bären-Insel-Unternehmens aus. Niemals jedoch wohnte Frau Hanhaus so schön, wie wenn sie sich in aussichtsloser Lage befand. Den Tag nach der Katastrophenhäufung verbrachte sie in ihrem gestreiften türkischen Morgenrock und widmete sich ihrem braunen Taftkleid, «ihrer Uniform», wie sie diese bemerkenswerte Toilette nannte. Ein Stoffgebirge bauschte sich vor ihr auf. Als hätte sie nichts Wichtigeres zu tun, ging sie diese Massen – zwanzig Meter Taft waren erfinderisch verarbeitet worden – Zentimeter für Zentimeter durch. Hier waren Flecken zu beseitigen, dafür hatte sie die verschiedensten Tinkturen, nahm häufig aber auch Wasser und Seife, behutsam, damit keine Ränder entstanden. An vielen Stellen lösten sich Nähte auf; hin und wieder war eine Kante zerschlissen. Mit brauner Nähseide wurde nun zusammengezogen, nachgenäht, wieder angeheftet, festgesteckt. Von den sechzig Knöpfen, die über die ganze Robe verteilt waren, ohne wirklich etwas zuzuknöpfen, mußten manche ersetzt werden. Zum Glück besaß sie einen Vorrat mit Taft bezogener Ersatzknöpfe. Schließlich wurde das Kleid liebevoll, unter Verwendung von Löschpapier, Seidenpapier; feuchten Tüchern und mildem Dampf; Rüsche für Rüsche gebügelt. Als es schließlich auf dem Kleiderbügel hing, war es wie das Federkleid eines Vogels, der gebadet und die Tröpfchen von sich geschleudert hat und nun leicht aufgeplustert dasitzt.

Dies war geleistet. Kein Bergwerksdirektor Neukirch konnte ihr das nehmen.

Auch die Vermieterin der möblierten Wohnung im Westend blieb von dem erfrischten Pomp, der Frau Hanhaus umgab, nicht unbeeindruckt. Während sie durch die hohen Räume schritten, die ein wenig hallten, weil noch Teppiche fehlten, erklärte Frau Hanhaus, sie wolle nach einem anstrengenden Leben in Holland und Belgien als Ehefrau eines Großimporteurs nun endlich einen ruhigen Witwensitz nehmen, damit sie sich um ihren Sohn kümmern könne. Alexander beende hier in Frankfurt seine Ausbildung und brauche die Mutter. Wenn wohlhabende Leute einen kleinen Kummer, zugleich aber vernünftige Ansichten haben, ist das für andere immer erbaulich. Das Haus war nicht groß. Der Vermieterin war eine alleinstehende Dame recht, die gern auch schon einziehen sollte, bevor das große Gepäck, wohl auch ein Konzertflügel, aus Brüssel nachgesandt würde.

«Es ist in einem eigenen Heim immer anders als im Hotel», sagte Frau Hanhaus in ihrem mit Korbmöbeln versehenen, dennoch ein wenig kahl wirkenden Wintergarten zu Lerner, der im Hotel zu seiner Verwunderung nur noch eine Nachricht ihres Auszuges vorgefunden hatte. Um die Direktion nicht zu beunruhigen, hatte sie Alexander dort zurückgelassen.

«Wir können das Hotel nicht bezahlen, und Sie mieten diese riesige Wohnung», sagte Lerner kopfschüttelnd und zum Glück ziemlich gedämpft, denn soeben erschien das Dienstmädchen von unten mit einer Kanne Kaffee. Frau Hanhaus legte anmutig den Finger auf den Mund. Als das Mädchen verschwunden war, sagte sie: «Die Kleine hat Verdruß mit ihrem Verlobten, einem Gefreiten beim Bokkenheimer Infanterieregiment Nummer zweiundvierzig. Ich berate sie. Ihre Herrin gleichfalls, wir haben schon ihre Erbstreitigkeiten durchgesprochen. Sie hat gesagt, sie sei nun sehr erleichtert, sie müsse mir die Hand küssen. Im übrigen bleibe ich hier nur drei Wochen. Bevor die erste Miete fällig ist, sind wir schon in Hamburg. Es muß mit der *Willem Barents* nun vorangehen, sonst hat sich die Arbeit bisher nicht gelohnt.»

Da hatte sie recht. Die *Willem Barents* war als neues Expeditionsschiff, als Nachfolgerin der *Helgoland* ausersehen. Aber wie sollte es nun noch mit der *Willem Barents* vorangehen? Wer war bereit, Herrn Theodor Lerner ein Schiff zu schenken? Ingenieur André hatte ein grausiges Ende gefunden. Ein Eisbär war sein Schicksal geworden, aber nicht, weil er den Forscher, sondern weil der Forscher ihn aufgegessen hatte. Chefredakteur Schoeps schwelgte geradezu in den Details, über die er diesmal rechtzeitig und in großer Fülle verfügte. Als Lerner von den Trichinen las, die sich in die Magenwände des abgestürzten Luftschiffers gebohrt hatten, mußte er sich an die Gurgel greifen, so übel wurde ihm.

«Chefredakteur Schoeps, wie mag es ihm gehen?» fragte Frau Hanhaus besinnlich. Erst vor kurzem hatte sie Lerner die Annonce gezeigt, mit der Herr Moritz Schoeps und Frau Pauline, geb. Schmedecke, ihre Vermählung bekanntgaben. Lerner wunderte sich stumm, daß der ehemalige Dienstherr ihn dieser Mitteilung würdigte, und erfuhr deshalb nicht, daß die Annonce von Frau zu Frau gelangt war. «Sein Blatt wird schwächer und schwächer. Aber seine Kolumne hat gewonnen. Es ist ihm nicht mehr nach Witzen zumute. Und außerdem ...» Sie klopfte auf den *Lokalanzeiger*, daß das Papier wie ein Drachen im Wind knarrte. «Schoeps hat wieder mal die Lösung. Wenn wir die *Barents* kriegen, müssen wir uns bei Schoepsen bedanken.»

«Bitte nicht!» flehte Lerner.

«Bitte doch», sagte Frau Hanhaus genießerisch, wie stets, wenn die Flügel einer Zeitung sie umgaben. Zeitungen waren schnell verderblich. Die sprichwörtlichen Heringe wurden in sie eingewickelt, und manchem Schreiber versetzte das Flüchtige seines Tuns einen Stich. Solch ein Redakteur hätte Frau Hanhaus Zeitung lesen sehen müssen, es wäre ihm ein Lebenstrost gewesen.

«Hier», sagte sie mit jener pedantischen Strenge, die sie annahm, wenn sie Artikel rezitierte: «Der Eisbär des

Berliner Zoologischen Gartens im Alter von zwanzig Jahren plötzlich verstorben. Tausende von Berlinern nehmen. Abschied von Harry.»

Manchmal glaubte Lerner, Frau Hanhaus habe unter den vielen Schicksalsschlägen ihres Lebens den Wirklichkeitssinn verloren. In allem Ernst über Harrys Tod und die Trauer der Berliner hier in einer Wohnung nachzugrübeln, deren Miete sie nicht bezahlte und aus der sie schon bald wieder fliehen mußte, war offener Wahnsinn. Frau Hanhaus ließ die Zeitung sinken, betrachtete seine verbitterte Verzweiflung und begann geduldig, ihn in ihren Gedankengang einzuweihen.

Lerner habe gewiß von der Tierliebe der Berliner gehört? Diese Tierliebe gehe weit über die wohlbekannte Liebe zu Schoßhunden und verwöhnten Katzen hinaus. In Berlin wurden die Tiere angebetet. Es herrschte dort die Tierreligion. Inder und Ägypter mochten sie gestiftet haben. Hundsköpfe, Falkenköpfe, heilige Katzen und Krokodile zogen sich über Ägyptens Tempelwände und hatten dort die höchste Würde erreicht. Sie waren Buchstaben geworden. In Indien verehrte man Ganesh, den elephantenköpfigen Sohn Shivas, und den Affengeneral Hanuman, den Vasallen Ramas. Heilige Kühe, heilige Schlangen, heilige Ratten wurden in Indien regelrecht angebetet. Frau Hanhaus wollte das jetzt unerörtert lassen, die Inder mochten ihre Gründe haben. Bei den Indern, so hatte sie in der Zeitung gelesen, sah der Gottesdienst so aus: Der Priester begab sich allmorgendlich zum Bild des Gottes, warf sich vor ihm nieder, schlug eine große Glocke an, um den

Gott zu wecken, wusch ihn mit Milch und Wasser, legte ihm ein neues Gewand an, entzündete Räucherstäbchen, bedeckte das Bronzehaupt mit orangefarbenen und roten Fettschminkepunkten, umkränzte das Bild mit Blumen und fütterte schließlich die Gottheit, indem er ein Schüsselchen mit Nahrung vor ihr aufstellte und dann den Vorhang schloß. Nach einer Weile zog er den Vorhang wieder auf und nahm weg, was nicht angerührt worden war.

«Ich kritisiere dies alles in keiner Weise», sagte Frau Hanhaus, «wäre ich in Indien, ich würde es genauso machen. Sie wissen, mein Prinzip ist die Anpassung. Ich sollte übrigens einmal nach Kalkutta reisen, und werde es höchstwahrscheinlich auch einmal tun – nichts ist je ganz zu den Akten gelegt.»

Ja, Indien, die Tiere und Götter – und nun Berlin, der Zoo. Der Berliner Zoologische Garten war in Frau Hanhaus' Augen das spirituelle Zentrum von Berlin. Der Berliner Zoodirektor, ein gewisser Herr Dr. Heck, sei der Großmufti, der Kalif, der Erzbischof und Oberrabbiner von Berlin. Er verwalte Berlins eigentliches Sanktuarium. Hier saßen die Tiere in ihren Häuschen, wurden beobachtet, gefüttert, gewaschen, gestriegelt, an die Luft geführt, wieder in den Käfig geführt, von ihren Pflegern, die ihre Priester waren. In Ehrfurchtsabstand, hinter tiefen Gräben und Zäunen stand in Trauben das gläubige Volk, oberflächlich gesehen von Neugier, Langeweile, zoologischen Interessen, Liebe zum Exotischen bewegt, in Wahrheit aber von Religion, die sich hinter den vernünftigen Alltagsgründen allzu durchsichtig verbarg. Das Tier lebte hier ein heiliges Dasein. Es war so unverletzlich wie je die Rinder des Apollo. Es führte ein stellvertretendes Leben. Seine Sprachlosigkeit und Dumpfheit waren ein Numinosum.

Aber betete im Berliner Zoo denn jemand zu den Tieren? Selbstverständlich wurde dort zu den Tieren gebetet, im höchsten Maß sogar, im religiös wertvollsten Sinn. Kein Gebetsgebettel freilich, dies und jenes zu tun, hier und dort zu helfen, Feuer zu löschen und die Miete zu bezahlen. Die Gläubigen versanken vor ihren Tiergottheiten vielmehr in Betrachtung. Sie meditierten vor dem Tier. Sie versuchten, sich ihm geistig zu nähern, in eine Beziehung zu ihm zu treten, ihr Bestes dem Tier darzureichen, sich dem Tier zu weihen und danach erhoben und beglückt nach Hause zu gehen. Natürlich wurden die Tiere getauft. Heilig, wie sie ohnehin schon waren, erhielten sie Namen, die sie aus ihren Urwäldern und Savannen dem Herzen Berlins näherbrachten. «Ede» hieß der Löwe, «Horst» das Nashorn und «Harry» der Eisbär.

«Guckste, er hat geblinzelt! Immer, wenn er mich sieht, blinzelt er. Er kennt mich», hieß es in stolzer Rührung an der Kunststeinfelsenbrüstung.

Seine Majestät der Kaiser versuchte, seine Hauptstadt zu einem Rom des Protestantismus voll neuer prächtiger Kirchen aufzubauen, aber der wahre Kult wurde nicht zum Schwall der Orgeln, der von den Emporen hinabflutete, zelebriert, sondern durch den Kauf einer Tüte Nüsse vor dem Affenkäfig.

«Und deshalb ist bei der Zoologischen Gesellschaft in Berlin Geld wie Heu. Manche Leute hinterlassen dieser

Gesellschaft ihr ganzes Vermögen. Die Zoologische Gesellschaft in Berlin kann ihr Geld gar nicht ausgeben. Zoologen sind keine Geschäftsleute. Diese Doktoren und gelehrten Herren sind verzweifelt über das viele Geld, das sie zu verwalten haben. Man ist dort verrückt nach guten Ideen. Wissen Sie, was die Zoologische Gesellschaft Berlin nicht besitzt? Ein Schiff im Polarmeer! Die Frankfurter Senckenberggesellschaft hat dort schon eines gehabt, die Royal Zoological Society hat dort schon zwei gehabt, aber Berlin...?»

«Woher wissen Sie das?» fragte Lerner verwundert.

«Ich weiß es nicht, aber ich rechne hoch und extrapoliere», sagte Frau Hanhaus. «Sie wissen, womit Sie sich ab morgen beschäftigen? Sie werden Herrn Dr. Heck zwingen, die *Willem Barents* zu kaufen.»

«Aber das ist ja dieselbe Chose wie mit dem *Lokalanzeiger* und Schoeps!» stöhnte Lerner. Wie ein Mann auf hoher Mauer, der plötzlich keinen Schritt mehr tun kann, sah er vor sich, was er beim *Lokalanzeiger* hinterlassen hatte. Nein, ein zweites Mal brachte er so etwas nicht fertig.

«Ganz ruhig», sagte Frau Hanhaus. «Erstens werden wir dem Reichskanzler diesmal keine Depesche schicken, und zweitens soll Herr Dr. Heck seine Eisbären ja wirklich bekommen.»

34

Das Logbuch
der *Willem Barents*

«Sie brauchen ein Schiff, das Sie bezahlen können», hatte Herr Krokelsen von Firma Hoffmann, Krokelsen und Söhne gesagt, als Lerner bei der *Willem Barents* nicht so recht anbeißen wollte. Lerner erlaubte sich, auch in der unterstmöglichen Kategorie heikel zu sein, obwohl er nicht wußte, woher das Geld kommen sollte. Krokelsen war die *Willem Barents* eingefallen, als er merkte, daß Lerner nicht aus dem vollen schöpfte, und nun hatte er sich in den Gedanken verliebt, gerade Lerner die *Willem Barents* zu verkaufen. Für einen Hamburger war er geschmeidig und beflissen. Seine Glatze schwitzte leicht, das gab ihm etwas Kämpferisches. Lerner trug den «guten Anzug», wie Frau Hanhaus ihm eingeschärft hatte. Der steife Kragen schützte seinen kräftigen Hals wie das Kollar einer Rüstung und gab dem arglosen jungen Gesicht darüber Würde. Man konnte Krokelsen nicht verdenken, daß er Lerner zunächst für zahlungsfähiger gehalten hatte.

«Diese Eismeerschiffe haben keine lange Lebensdauer. Das Material ist starker Belastung ausgesetzt, wem sage ich das, das wissen Sie besser als ich, Sie sind eismeererfahren, eismeergeprüft. Zweiundzwanzig Jahre ist die *Willem Barents* alt, aus der Meursing-und-Huygens-Werft in Amsterdam, und damit ist sie ein altes Mädchen und für die ganz großen Expeditionen nicht mehr recht zu brauchen – da braucht man Schiffe, die im Packeis nicht zerbersten, und solchen Proben sollte man die *Willem Barents* vielleicht doch nicht mehr aussetzen, wenn man sie wieder nach Hause bringen will.»

«An eine Überwinterung ist nicht gedacht. Es handelt sich vor allem um den Transport zur Bären-Insel», sagte Lerner und dachte mit Schauder daran, was alles dort hinaufgeschafft und gekauft und bezahlt werden sollte.

«Die Bären-Insel kennt die *Willem Barents* so gut, daß sie ihren Weg auch ohne Kapitän findet.» Das war ein kleiner Scherz. Krokelsen sprach gern davon, daß er die Atmosphäre «auftaue», was vielleicht durchaus körperlich durch innere Hitze und Schweißausbrüche geschah. Er holte die Akte der *Willem Barents* herbei. Die Geschichte des Schiffes begeisterte Lerner. Vor diesem Hintergrund sah das Bären-Insel-Unternehmen ganz wahrscheinlich aus.

Vierzig Lokalkomitees hatten 1877 vierzigtausend holländische Gulden aufgebracht, um die *Willem Barents* zu bauen, neunundzwanzigtausenddreihundert Gulden betrugen die Baukosten, der Rest war für die erste Expedition bestimmt. So hätte das Bären-Insel-Unternehmen sich finanzieren müssen. Lokalkomitees in ganz Deutschland hätten das Geld mit Leichtigkeit zusammengebracht. Die Holländer erkannten in diesen Polarfahrten eben das nationale Interesse. Sie bewahrten das mächtige Erbe der holländischen Walfängerei, die den Atlantik zu einem von Menschen beherrschten Raum hatte werden lassen. Die Willem-Barents-Komitees unterschied allerdings von Lerners Vorhaben, daß sie kein Privatunternehmen begünstigten. An den Willem-Barents-Expeditionen sollte niemand verdienen; aber das war Augenwischerei, dachte Lerner. Holländer wollten immer verdienen. Man hatte den kommerziellen Zweck nur besser verdeckt als Theodor, der rührend aufrichtige Deutsche.

«Hier die Jungfernfahrt», sagte Krokelsen. «Kapitän war Leutnant zur See de Bruyne, Offiziere H. M. Spahmann, Dr. Sluyter, Student Heymans, Photograph Grant, Koolemans war Steuermann, zwei Fischer waren an Bord, und los ging es am fünften Mai 1878 in Amsterdam. Am achtzehnten Mai war man in Bergen, Nordspitzbergen, bis Wijde Bai, Amsterdam-Insel, Bären-Insel, Vardö, Nowaja Semlja, am sechsundzwanzigsten September Hammerfest, das ist zu großen Teilen ja auch ihre Route.» Krokelsen bildete aus den Namen eine klangvolle Girlande. «Die Kosten der Expedition betrugen achtzigtausend Gulden, der Marineminister sagte die Unterstützung zu.»

Da war wieder dies Empörende: das kleine Holland wußte, was nottat.

«Seefahrt tut not», pflegte Lerners Onkel mit der weißen Schnurrbartbürste zu zitieren, ob es paßte oder nicht. Marineminister öffneten im Haag die prallgefüllte Schatulle. Und was tat ein Großadmiral von Tirpitz, was ein General von Poser, was die Majestät des Kaisers selbst? Lerner wußte, aus welcher Litanei von Zurückweisung und Demütigung die Antwort auf diese Frage bestand. Der hohe Sinn der Holländer kam in der zweiten Expedition der *Willem Barents*, die am dritten Juni 1879 aufbrach, noch schöner zum Ausdruck, denn das Ziel dieses Unternehmens war die Errichtung eines Denkmals auf der östlichsten der Barents-Inseln, und zwar auf Cap Nassau. Wieder waren Kapitän de Bruyne, Jonkheer Spahmann und Photograph Grant mit von der Partie. Herr Grant hatte vermutlich die Enthüllung des Denkmals auf die Platte gebannt. Lerner konnte sich eine ähnliche Szene auf der Bären-Insel lebhaft vorstellen. Er war augenblicklich davon überzeugt, daß auf der Bären-Insel ein Denkmal errichtet werden müsse, das weithin sichtbar die vorüberfahrenden Schiffe «grüßte», wie es hieß, ein Denkmal für die Helden der Bären-Insel, von denen ihm jetzt eigentlich nur der anonyme Altgläubige und Kapitän Rüdiger einfielen, und beide wollte er, aus unterschiedlichen Gründen, nicht allzusehr herausgehoben wissen. Nun, man würde schon sehen, wer zum Vorschein kam, wenn im kalten Wind ein sich blähendes Segel von dem Denkmal herunterfiel, in Gegenwart von Persönlichkeiten aus dem Bergbauwesen, dem Kolonialverein und wohl auch einem Prinzen, denn die Herren jagten doch alle gern. Der Photograph würde zu tun bekommen, daß sich keine Eisblumen auf der Linse bildeten.

Herr Krokelsen suchte nach einem Weg, nicht allzu gewichtig erscheinen zu lassen, was nun kam. Er wackelte amüsiert mit dem Kopf, als schildere er nur ein drolliges Mißgeschick.

«Und dann kam die traurige dritte Expedition im Jahre 1880. Am siebten August lief die Willem Barents bei Annäherung an die Henry-Inseln auf ein Riff und kam erst nach Überbordwerfen von Ballast und Kohlen und zwölfstündiger Arbeit wieder los. Mußte dann aber in einem russischen Hafen Zuflucht suchen. Gründliche Untersuchung soll ergeben haben, daß der Zustand des Schiffes bedenklich war. Gründliche Untersuchungen finden immer etwas Bedenkliches, das kennen wir von den Ärzten, nicht wahr? Am sechsundzwanzigsten August konnte die Rückfahrt angegangen werden, am vierten September war man schon in Hammerfest. Havarie steht hier in der Akte, ein böses Wort. Seit dem sechsundzwanzigsten August 1880 sei die Willem Barents ein ‹angeschlagenes› Schiff.» Aber was hieß das? «Das angeschlagene Schiff fährt wieder aus. Eine erste Expedition noch 1880, eine zweite 1882, eine dritte 1883, eine vierte nach Archangelsk 1884, eine fünfte 1885, da steuert sie am zehnten Juni noch einmal die Bären-Insel an. 1886 bricht sie von der Altgläubigenbucht auf und begegnet am dritten August den Rettungsbooten der Eira mit Leigh Smith und seinen Kameraden, die nach Schiffbruch auf Franz-Joseph-Land überwintert hatten und ‹auf der Willem Barents beste Aufnahme fanden›, wie hier steht. Die Willem Barents brachte die Schiffbrüchigen zur Bucht der Altgläubigen, wo sie von der Hope aufgenommen wurden, die zur Rettung Smiths' ausgesandt war. Mr. Grant mußte sich in die Photomotive, die die Willem Barents erschloß, verliebt haben, denn er nahm an den meisten Expeditionen teil. Es gab da wohl ein immenses Bildarchiv.»

Was war nur immer mit diesen Altgläubigen? Lerner mißfiel die Anwesenheit dieser Altgläubigen im Norden immer mehr. Die Bären-Insel mußte Neuland sein, nichts Altes durfte ihn da mit Zentnergewicht in die Tiefe der Zeit hinabziehen. Goldglimmer, Mosaiken, dunkle Gesänge, süßer Weihrauch, eine Schar von Bettlern, die Köpfe fast zum Boden gedrückt, damit wollte er die Bären-Insel nicht in Verbindung gebracht sehen. Eisbären stammten aus älteren Zeitschichten als Altgläubige, schleppten aber nicht deren Geschichtsgepäck mit sich herum, als seien sie eben aus Gottes Hand entsprungen.

«Sie sehen also, die *Willem Barents* hat etwas erlebt», sagte Krokelsen, und als ahne er, was Lerner gerade dachte, fuhr er fort: «Die *Willem Barents* hat Geschichte.» Und nun kam das dicke Ende. Nach ausführlichem Gutachten der Reederei, die das Schiff auf Trockendock gelegt hatte, entschloß sich die Willem-Barents-Gesellschaft zu Amsterdam, das Schiff nicht mehr auszusenden. Seitdem lag sie in Amsterdam. Um sie flottzumachen, müßte man sie umbauen, auch ein neuer Hilfsmotor sollte eingebaut werden. Wie sie war, kostete sie zwanzigtausend Mark, weil die Willem-Barents-Gesellschaft das treue Schiff nicht verschleudern wollte. Sechstausend Mark mußte man gewiß investieren. Für sechsundzwanzigtausend Mark war das Schiff immer noch billig.

«Sie wollen ja keine sieben Expeditionen damit unternehmen», sagte Krokelsen sanft werbend. Theodor Lerner war nahe daran, jetzt sofort zuzuschlagen. Ein so berühmtes, ein so bewährtes Schiff. Das Schiff, das einen Leigh Smith gerettet hatte. Er war stolz auf sich, daß er sechsundzwanzigtausend Mark selber billig fand. Im großen Geschäft war es entscheidend, daß man den Sinn für die Proportionen nicht verlor. Man durfte nie davon ausgehen, ob ein Betrag den eigenen Verhältnissen entsprach. Wer nach den eigenen Verhältnissen ging, war verloren. Daß man das Geld nicht hatte, hieß nicht, daß es viel Geld war, und wenn es nicht viel war, dann war es aufzutreiben. Die *Willem Barents* mußte gekauft werden.

«Lieber Krokelsen, wir machen das», sagte Lerner und setzte seine hohe Melone auf. Dem feuchtglänzenden Glatzkopf stand jetzt die schwarze trockene Filzbombe gegenüber. «Wie – das müssen wir noch sehen. Ich spreche nächste Woche meinen Verwaltungsrat.»

Herr Krokelsen begleitete den hochmögenden Gast zur Tür, wandte sich dann einem anderen Vorgang zu und war augenblicklich tief in ihn versunken.

«Wenn wir Herrn Dr. Heck von sechsundzwanzigtausend Mark schreiben, wird er stutzen», sagte Frau Hanhaus, die Lerner lobte, als er ihr die Verhandlung mit Herrn Krokelsen nach seinen Bleistiftnotizen auf einem kleinen Block vorgetragen hatte. «In unserem Brief schreiben wir sechsunddreißigtausend Mark, denn Umbauten kosten immer mehr als vorgesehen. Ist die *Willem Barents* nicht für uns bestimmt? Daß ich sie nie betreten werde ...!» – Ihre Seekrankheit war ein fester Topos, der nicht bewiesen werden mußte, dazu kannte sie sich zu gut. «Man muß Herrn

Dr. Heck darstellen, daß alle Tiere, die mit der *Willem Barents* nach Deutschland kommen, seine Investition augenblicklich amortisieren. Was kostet ein Eisbär oder ein Walroß? Das ist für ihn bereits verdientes Geld. Und dann gibt es dort allerlei seltsame Vögel, die er in seine Volieren sperren kann – bevor wir das schreiben, gehen wir noch einmal in die Bibliothek. Und das Wichtigste sind natürlich die Menschen.»

«Die Menschen?» fragte Lerner verwundert.

«Nun, die armen kleinen Menschen mit ihren Schlitzaugen, die in diesen Regionen wohnen. Ich weiß alles über sie, aus der Zeitung neulich. Sie leben von Lebertran und schnitzen häßliche Figürchen aus Walroßzähnen und stikken und nähen mit buntem Garn, das sie irgendwie gefärbt haben in ihrer weißen Welt, bauen Iglus, fahren mit Hundeschlitten, verehren winzige Götzen und sprechen eine besonders wortarme Sprache. Und natürlich sind sie schon vom Aussterben bedroht, trunksüchtig und unmoralisch, wie sie sind. Es gibt ein gewaltiges wissenschaftliches Interesse am Studium dieser Völker, und die Kinder sehen im Zoo auch gern mal etwas anderes. Die *Willem Barents* wird dem Berliner Zoo eine ganze lappländische oder samländische Eskimofamilie in die Gehege bringen, die ihr Schnitzen und Sticken vor dem Hauptstadtpublikum vorführen darf und später dankbar und zufrieden wieder in ihre kalte Dunkelheit gebracht wird. Die großen Spender der Zoologischen Gesellschaft werden mit der *Willem Barents* zu Jagden aufbrechen ...»

Jetzt konnte Theodor Lerner nicht mehr an sich halten.

«Das geht nicht», rief er. «Das Schiff muß vor allem unsere Holzhäuser auf die Bären-Insel bringen, und es soll Möllmann und zehn Bergleute mit Maschinen zur Anlage des Stollens transportieren – für Jagdgäste und Käfige ist kein Raum. Und ob die *Willem Barents* eine zweite Fahrt schafft, ist nach Herrn Krokelsen mehr als fraglich.» Er glaubte ihrer Miene unwillkürliche Verwunderung anzumerken. War sie mit ihrer planenden und vorausschauenden Kraft ganz in den Dienst von Herrn Dr. Heck und seinem Zoo getreten? Wieder fühlte er, daß sie nie ausschließlich für das Bären-Insel-Unternehmen da war. Aufwachend versuchte Frau Hanhaus, das Unvereinbare doch noch zu verbinden: «Wenn das stimmt, kann Herr Dr. Heck immer noch Compagnon des Unternehmens werden, dann ist er mehr als entschädigt!»

35

Die Bären-Insel auf die Staffelei

«Ich muß, wenn ich an die *Willem Barents* denke, stets auch an Mr. Grant, den englischen Photographen, denken», sagte Frau Hanhaus, während sie die Zeitung schloß. «Wenn eine derart angesehene Expeditionsgesellschaft ihn so oft mitgenommen hat, dann muß er doch etwas geleistet haben. Möllmanns Bilder regen meine Phantasie nicht an, und werden auch niemanden sonst neugierig machen. Ich verstehe, daß auf der Bären-Insel fürs Auge wenig zu finden ist. Um so mehr muß ein Bildkünstler den Laienblick anleiten. Ohne diese Anleitung wird es nicht gehen. Und da trifft es sich, daß an der hiesigen Kunstakademie gegenwärtig ein Maler aus Frankreich zu Gast ist, der wie geschaffen wäre, die Bären-Insel zu einem eisklaren Sehnsuchtsort werden zu lassen, was sie ganz gewiß auch ist.» Dieser Monsieur Courbeaux habe, wenn man der Zeitung glaube, nichts von einem blassen Ästheten. Er sei Jäger – «Großwildjäger?» fragte Lerner – Nein, hier stehe nur etwas von der Jagd in seiner Heimat, der Franche-Comté; Hasen, Rehe und Fasanen fielen Monsieur Courbeaux zum Opfer. Ein Mann der freien Luft, ein Mann des Abenteuers, der große Fußtouren unternahm, bei der Rast mit Rotweinflasche und Wildpastete das Skizzenbuch aufschlug und Atelier-Kompositionen nach der Natur vorbereitete. Die Frankfurter Maler seien gespalten. Es gebe feurige Anhänger, die Courbeaux' neuartige, kraftvolle Malweise adaptierten, und entschlossene Gegner, die ihn einen schlechten Zeichner und rohen, gewaltsamen Coloristen nannten. Ein umstrittener Mann, der höchste Aufmerksamkeit errege – der richtige Propagator der Bären-Insel bei der Menschenmenge, die sich in seine Ausstellungen dränge.

Lerner hatte sich nie mit Malerei befaßt. Er erinnerte sich aber an den hellgelben, rosafarbenen und hellblauen Schnee auf den Kulissen des Museums-Dioramas. Kunst war kein eigentlich männliches Ressort, eher eine Damenbeschäftigung. Nicht umsonst war es Frau Hanhaus, die auf den Aufsatz über Monsieur Courbeaux gestoßen war. Auch Damen konnten freilich etwas für die Bären-Insel tun, wie Frau Elfriede Kohrs bewies, die sich für die Insel eingesetzt hatte wie kaum ein Mann.

«Wir müssen tun, als hätten wir die *Willem Barents* schon», sagte Frau Hanhaus. Das war das Beflügelnde an ihrem Arbeitsstil. Sie mischte das zähe Tagesgeschäft des Grabens und Bohrens mit den Zukunftsaufgaben, die den Geist beschäftigten und ihm Laune machten.

Das Atelier von Monsieur Courbeaux im hinteren Trakt des Museums war hoch wie eine Kirche. In der Mitte glühte rot ein großer Ofen, dessen Rohr durch den Raum und das vielfach unterteilte Fensterglas nach draußen führte. Den Meister zu besuchen war leicht. Er empfange, während er male, hieß es, dann kamen auch seine deutschen Kollegen, die er offen Einblick in seine Techniken nehmen ließ. Ateliergeheimnisse schien er nicht zu kennen.

«Es ist wie mit dem Kochen», sagte der schwere Mann mit dem bis zur Brust reichenden dunklen Vollbart. «Die guten Rezepte schützen sich selbst. Ein schlechter Koch kann nichts mit ihnen anfangen, ein guter Koch interessiert sich für sie, braucht sie aber eigentlich nicht.»

Im ersten Augenblick fühlte Lerner sich ins naturkundliche Museum versetzt. Auf einem Podest standen zwei ausgestopfte Hirsche mit gesenkten Köpfen, bereit zum Brunftkampf. Bei dem Gedanken an die Begegnung mit einem Künstler war Theodor nicht ganz wohl gewesen. Die Hirsche erfreuten und beruhigten ihn. Sie waren schon lange tot und standen unsicher auf ihren kleinen Hufen. Beide wurden von Stühlen gestützt, sonst wären sie umgefallen. Courbeaux machte keine Honneurs. Er begrüßte Lerner mit einem Nicken und arbeitete weiter an der großen, auf zwei Staffeleien postierten Leinwand. Er hatte sich über Lerner nicht weiter unterrichten lassen. Ein Mann wollte ihn sprechen, gut, er sollte kommen. Courbeaux war in Weste und Hemdsärmeln. Der nur von dem rückwärtigen Kragenknopf gehaltene Kragen umstand seinen Kopf halbmondförmig. Der Malgrund war schwarz, wie geteert, aber von den beiden Hirschen war schon viel zu sehen. Steif und verdreht wie auf dem Podest standen sie sich auch auf der Leinwand gegenüber. Nur die Stühle hatte der Maler weggelassen. Er hielt die große Palette mit Ocker- und Umbratönen, einem kräftigen Grün und einem Fleckchen Zinnoberrot und rührte mit breitem Pinsel darauf herum. Nach einer Weile des Schweigens begann Lerner zu sprechen.

«Erzählen Sie, erzählen Sie», ermunterte ihn der Maler, eigentümlich zwischen den Zähnen sprechend, während er einen Schritt zurücktrat und den Vorderlauf des linken Hirsches, der wie gebrochen war, scharf beäugte. Manchmal stellte er eine Zwischenfrage, wenn er wegen Lerners deutschem Akzent etwas nicht verstanden hatte, immer ohne den Blick vom Bild zu lösen, und auch Lerner mußte gelegentlich um Wiederholung bitten, denn Courbeaux sprach im Dialekt seiner Heimat.

«Was haben Sie dort oben erlegt? Vierzig Eisbären, sechzig Seehunde, siebzig Rentiere? Eine prachtvolle Strecke. Das würde mich schon locken.»

Lerner hatte bei diesen Zahlen nicht das Gefühl zu lügen. Was Kapitän Abacas Männer erlegt hatten, wußte er nicht. Die fünf Matrosen der *Helgoland*, die mit ihnen gejagt hatten, kamen mit einem toten Seehund zurück, aber jetzt kam es darauf an, die Jagdleidenschaft des Malers zu wecken.

«Es wäre eine Wonne, dort oben zu jagen, und das Malen würde mich auch locken», murmelte Courbeaux, sah dann überraschend zu Lerner hinüber, der seine Filzbombe neben sich auf einen farbbefleckten Hocker gelegt hatte, und sagte drohend und entrückt wie Jupiter: «Sie wissen wahrscheinlich, daß ich der einzige Maler der europäischen Malerei bin, der weiß, wie man Schnee malt.»

Lerner wußte es nicht, hielt aber für möglich, daß es in der Kunst wie auf jedem anderen Tennisrasen oder Crikketground genaue Regeln und Maßbänder und Punktzahlen gebe, mit deren Hilfe man die einzelnen Leistungen präzise bestimmen konnte. Grützner malte die besten weinprüfenden Mönche, Koester die besten Enten und Anton von Wernher die schönsten Soldatenstiefel. Wenn Monsieur Courbeaux am besten Schnee malte, dann hatte Frau Hanhaus wieder einmal die Sicherheit ihres Instinktes bewiesen.

«Schnee zeichnet sich dadurch aus, daß er weiß ist», sagte Courbeaux, «und Weiß ist der Todfeind, die Hauptgefahr der Malerei. Deshalb vernichte ich als erstes bei jeder neuen Leinwand das tödliche Weiß und bedecke es mit Schwarz. Das Weiß ist dann geknebelt, es kann nicht mehr japsen. Ich habe dem Weiß mein Knie in den Nacken gesetzt und presse es zu Boden. Dann beginnt die Malerei. Die Malerei von Schnee zum Beispiel, vom weißesten Weiß, das die Natur kennt, weißer als Milchzähne, Augäpfel, Margeriten, Stärkehemden, Gänsefedern. Ja, das ist nicht leicht. Sie kennen natürlich die berühmten flämischen Schneebilder – wie sehen die aus? Als habe man schön gemalte bunte Figuren ausgeschnitten und auf weißes Papier geklebt. Aber weißes Papier ist kein Schnee. Schnee ist ein Körper. Man muß den Körper des Schnees definieren. Frisch gefallener Schnee, wie sieht der aus? Wie Schwanenflaum, wie feines Mehl, wie Zucker, wie Salz, wie Gips, wie Kalk, wie

Marmorstaub? Ich rede wie ein elender Poet – wie, wie, wie! Salz sieht eben wie Salz aus, nicht wie Zucker. Auf einem Bild muß das zu sehen sein: ist das ein süßes Weiß oder ein salziges Weiß? Grob gesprochen könnte man sagen, das Süße ist gelblich und das Salzige ist gräulich. Aber es kommt noch anderes dazu.»

Courbeaux hatte ganz vergessen, daß Lerner kein Maler war.

«Sie wollen dort am Nordpol Schnee malen – welchen Schnee? Das ist die erste Frage. Tauenden, schmutzigen, schweren, pappenden Schnee, Firnschnee, getauten und wieder überfrorenen Schnee, wattigen Schnee, buttrigen Schnee, pulvrigen oder cremigen Schnee, sulzigen oder knirschenden Schnee – zwischen all dem liegen Welten. Zwei Dinge müssen immer dabeisein: Schnee besteht aus Wasser. Das Charakterlose, Durchsichtige des Wassers ist allem, auch seinen festen Aggregatzuständen anzusehen. Man muß spüren, daß diese Substanz niemals Asche werden kann, sondern Pfütze. Und dann muß die Farbe das Kalte ausströmen, die klamme Verfrorenheit nach einem langen Jagdtag; der Schnee ist in den Stiefel gefallen, und der ganze Körper ist schmerzhaft ausgekühlt; das muß in dem gemalten Schnee drinnen sein, dies erbarmungslos Lebensfeindliche. Ich träume davon, eine Schneefarbe zu mischen, in der die ganze Schwere von Februarschnee ist, und dieses Weiß dann wie ein Maurer mit der Kelle auf meine Leinwand aufzutragen, das Bild mit Schnee zu verputzen, auf der Leinwand einen Iglu ganz aus fettem Ölfarbschnee dick und pastig aufzubauen.»

Bei dem linken Hirsch war eine Schwierigkeit aufgetreten, die den Maler verstummen ließ. Bis dahin bildeten das Reden und das Malen Courbeaux' eine Einheit, zwei Motionen, die sich gegenseitig in Schwung hielten. Die Großzügigkeit, im Atelier während der Arbeit Besucher zuzulassen, hatte hierin vielleicht ihren Grund. Lerner sah einer Expedition mit Courbeaux sorgenvoll entgegen. Was war Kapitän Rüdiger gegen die Monologe dieses Mannes! Der Kapitän war tot, zum Glück, wagte Lerner zu denken. Mit Rüdiger und Courbeaux auf einem Schifflein wie der *Helgoland* zu sitzen wäre wie von zwei Mühlsteinen zermahlen zu werden. Frau Hanhaus traute seiner Kraft oft zu viel zu. Wenn eine Konstellation sich bewähren sollte, war sie stets abwesend. Sie brachte die Leute zusammen und verschwand. Und hatte sie nicht recht? Das Bären-Insel-Projekt würde nur Wirklichkeit werden, wenn große Naturen dafür gewonnen wurden. Und Courbeaux war vielleicht auch bereit, einen ausgestopften Eisbären zu malen und ihn sich im Schnee seiner Franche-Comté vorzustellen.

«Sie sehen, womit ich kämpfe: mit diesen beiden schlecht ausgestopften, hinfällig an den Stühlen klebenden Hirschen. Sir Edwin Landseer in Schottland rümpft die Nase vor solchen Modellen. Er malt nur Hirsche, deren Köpfe ein Lord sich in sein *hunting lodge* hängen würde. Auch ich kenne bessere Hirsche, aber die halten nicht still. Ich male keine Vision von einem Prachthirsch, sondern diese hinfälligen, steifen Hirschlein. Wenn diese Hirsche fertig gemalt sind, werden Sie sogar noch erkennen, daß die Modelle ausgestopft waren. Ich werde nichts vorgaukeln.

Und dennoch werdet ihr sie für lebendig halten. Die Wirklichkeit tritt in der Kunst an die Stelle des Lebens. Man müßte von einer gut gemalten Leiche sagen können: sie ist so wahr, als spränge sie im Zimmer herum.»

Er trat von der Leinwand zurück, wischte den Pinsel ab und sah mit schiefgelegtem Kopf auf seine Tagesleistung.

«Solange ich mit meinen armen Hirschen hier beschäftigt bin, ist an Ihre Eisbären nicht zu denken, trotz der hanffarbenen, bepißten Zotteln am Leib und dem Aasgestank, der das Tier umgibt. Diese Vorstellung reizt mich, aber nach den Hirschen male ich ein schwarzweißes Kalb und danach eine Magd mit nackten Füßen im Schweinekoben. Ja, ich weiß», jetzt herrschte er Lerner mit blitzendem Auge an, mit seinem Bart glich er Jupiter mehr denn je, «ich bin der einzige, der Ihre Insel malen könnte, aber ich tue es nicht. Sie wollen doch nicht behaupten, Ihre Insel sei wichtiger als ein ausgestopfter Hirsch? Also wird Ihre Insel unentdeckt bleiben, während diese Hirsche hier sich ihrer Entdeckung nähern.»

36

Der Kongreß
der Meeresbiologen

Mancher dem Landleben entrückte Stadtbewohner empfindet im Umgang mit Tieren die Sorge, ohne Vorwarnung angefallen, angespritzt oder gebissen zu werden. Dem widersprechen Zoologen und Biologen. Die Sprache der Tiere sei erlernbar, die Gedanken der Tiere ein offenes Buch. Für den Tierfeind ist der Anblick eines Zoologen, auf dessen Schulter ein Papagei an seinem Ohr knabbert, während er mit achtloser Bewegung den pumpenden Leib einer Python von sich schiebt und mit der anderen Hand eine Zebranase recht nah am großen Gebiß tätschelt, stets mit der bangen Frage verbunden: Wann wird die sprachlose Meute unversehens eines Sinnes werden und über den Tierfreund herfallen? Herr Doktor Heck, der Direktor des Berliner Zoologischen Gartens, war ein solcher Zoologe. Von Schlangen gebissen, von Gorillas bis zum Rippenbruch gebeutelt, von Wildpferden in die Nierengegend getreten, von Mücken bei der Vogelbeobachtung bis zur Unkenntlichkeit zerstochen, war sein Enthusiasmus für die brüderliche Gemeinschaft mit den Tieren, besser, mit «dem Tier», nur gewachsen. Frau Hanhaus konnte nicht wissen, wie genial ihr Einfall war, sich wegen der *Willem Barents* gerade an Heck zu wenden. Doktor Heck war den Nil hinaufgereist und hatte die Berliner Nilpferde selbst fangen helfen. Beinahe war er dabei zertrampelt worden. Seinen jugendlichen Assistenten, der sich zur morgendlichen Wäsche etwas vom Lager entfernt hatte, hatte ein Krokodil gefressen, und es war Hecks äußerster Schmerz, daß es nicht gelang, in der Schar der von Vöglein umflatterten Panzerechsen diejenige auszumachen und zu fangen, die Herrn Doktor Borowski in sich trug. Wäre es nicht tröstlich für Borowskis Familie gewesen, diesen leidenschaftlichen Zoologen in seiner neuen Gestalt – denn in diesem Krokodil lebte er fort – täglich beobachten zu können? Der Zoo, diese Arche Noah, dies Abbild friedlichen Zusammenlebens der Menschheit mit aller Kreatur – Herr Doktor Heck sah im Zoo ein prophetisches Modell, den Ort, wo der Löwe neben dem Lamm lag, durch einen Zaun getrennt allerdings, aber bei schon stark geminderter Aggressivität –, war freilich von der Vollständigkeit ebensoweit entfernt, wie die einzige friedliche Völkerfamilie im ganzen. Mit um so größerem Schwung ging Heck an seine Aufgabe heran.

«Ich bin ein unverbesserlicher Optimist», sagte Herr Doktor Heck oft. Die Vorstellung, der Berliner Zoologischen Gesellschaft ein eigenes Schiff für Polarexpeditionen zu beschaffen, bewegte ihn stark. Um so besser, wenn es einen erfahrenen Mann gab, der sich in diesen Regionen auskannte, dann konnte man mit der Durchdringung der nördlichen Fauna sofort beginnen. Das Frühjahr war freilich abzuwarten. Herrn Doktor Heck lagen nicht nur der Brief von Theodor Lerner und das Angebot der *Willem Barents* von Schiffsmakler Krokelsen vor, sondern auch die jüngste Ausgabe der *Naturwissenschaftlichen Rundschau* von Herrn Doktor E. Thiessen. Dort hieß es: «Das allgemeine Interesse, das sich in letzter Zeit auf die Länder des nördlichen Eismeeres gelenkt hat, wird noch bedeutend erhöht durch die Entdeckungen von Reichtümern, die bisher wenig oder nicht bekannt waren. Nicht nur die Menge von See- und Pelztieren, Rentieren sowie der Reichtum des umgebenden Meeres an Fischen und Walrossen hat die Bären-Insel und Spitzbergen zu einem Sammelplatz der Fischer aller Nationalitäten gemacht. Auch wissenschaftlich, besonders paläontologisch bieten die Inseln viel Besonderes. In den verschiedenen Formationen, die im übrigen Skandinavien ganz fehlen, sind Steinkohlelager zu vermuten, ‹Ursa- oder Bärenlager› genannt, in denen auch Abdrücke merkwürdiger südländischer Tiere und Pflanzen entdeckt wurden, die für die Steinkohlezeit auf eine bedeutend höhere Temperatur schließen lassen. Der Betrieb regelrechter Ausbeutung der ‹Ursa- oder Bärenlager› ist allerdings durch die örtlichen Verhältnisse recht behindert. Die ungewöhnliche Härte der Erdkruste, der Mangel an geeigneten Ausfuhrhäfen und die häufigen Nebel bringen große Schwierigkeiten mit sich.» Das las Heck besonders gern. Sein Eisbärenparadies soll kein polares Ruhrgebiet werden, in dem die Bären schwarzbestäubt herumliefen. Mit dem industriellen

Aspekt schien Herr Lerner, dem große Flecken der Bären-Insel schließlich gehörten, zum Glück nichts im Sinne zu haben. Er wollte mit Herrn Doktor Heck auf Tierfang gehen.

Heck konnte sich Gerüche vorstellen. Eben jetzt stieg der beizende Uringeruch einer unruhigen, von flachem Gebimmel überflatterten Hundemeute als berauschendes Parfum vor ihm auf. Er hatte einen langen, braunen Bart. Aus der Dunkelheit des Haardickichts krabbelten zwei winzige Ameisen hervor. Heck strich sich versonnen den Bart. Die Ameisen fanden den Weg auf seinen gebräunten Handrücken. Dort entdeckte er sie. Er ging zum Fenster, öffnete es, fern drang Verkehrslärm vom Kurfürstendamm herein, er pustete behutsam, die Ameisen wurden ins Freie geweht.

Wo Heck Tierfreunde vermutete, konnte er, der im Umgang mit Menschen oft schüchtern war, von zutraulicher Herzlichkeit sein. Sein Brief auf Lerners Anerbieten war der bereitwilligste, begeisterndste, den das Deutsche Bären-Insel-Unternehmen seit seiner Gründung erhalten hatte. Heck bekannte darin, wie willkommen ihm der Vorschlag sei, daß er bereits ähnliches erwogen habe, daß er begierig sei, endlich einen Nordlandfahrer kennenzulernen. Auch die geschäftliche Seite der Sache sprach er an. Billig sei eine solche Expedition nicht, aber soweit er das übersehe, seien die Kassen der Berliner Zoologischen Gesellschaft gefüllt – «wir haben einige hochherzige große Spender und ein Heer von treuen, begeisterten kleinen Spendern, die sogar den größeren Anteil aufbringen», schrieb er wörtlich, zur

Genugtuung von Frau Hanhaus, die sich die ökonomische Basis des Zoos genau so vorgestellt hatte.

Doktor Heck stand vor einer Reise nach Ostende zur Tagung der Meeresbiologischen Gesellschaft – wie wäre es, so sein Vorschlag, wenn Lerner ihn dorthin begleitete und man danach in Holland gleich einen gemeinsamen Blick auf die *Willem Barents* warf?

«Schon die Geschichte des alten Mädchens ist hinreißend», schrieb Heck, «ein Denkmal der Naturforschung, und offenbar noch kräftig genug, um uns zur Bären-Insel zu tragen.»

«Es scheint der geheime Sinn all unserer Schwierigkeiten gewesen zu sein, uns schließlich zu Herrn Doktor Heck gelangen zu lassen», sagte Frau Hanhaus. «Sind Sie nun zufrieden? Fassen Sie wieder Mut? Wie es jetzt aussieht, haben wir die Insel in der Tasche. Diese Hütten, deren Lage schon völlig feststeht und deren Grundsteine gelegt sind, die müssen nun endlich auch aufgerichtet werden. Und dann stehen wir unter dem Kanonenschutz des Reiches – und dann schnell das Ganze verkauft und vergessen.»

War es Hecks Brief, der eine bis dahin verborgene Saite in Lerner angeschlagen hatte? Fühlte er die Pflicht, dem anständigen, freundschaftlich begeisterten Mann gerecht zu werden?

«Nein, ich werde die Bären-Insel nie vergessen», sagte er nun. «Dieses Licht – man muß dieses Licht gesehen haben. Beschreiben kann man es nicht. Und dann der Blick von der Anhöhe über den Bürgermeisterhafen, oder die Morgenstunden am Altgläubigengrab, glauben Sie mir, das hatte was. Da steht man so allein im aufsteigenden Nebel, und die Seevögel kreischen – ja, das ist, als sei man schon tot und ganz weit weg. Das ist wie ein schlimmer Traum, aber es ist kein Traum, und man hört die eigenen Schritte in der Einsamkeit.»

«Ja, natürlich», antwortete Frau Hanhaus, die schon dabei war, den Fahrplan zu studieren.

Man verabredete sich, in Aachen zueinanderzufinden. «Das ist sehr angenehm, denn hier hätten wir Herrn Doktor Heck nicht angemessen empfangen können», bemerkte Frau Hanhaus. In Aachen gab es einen längeren Aufenthalt. Da würde man am Bahnhofsbuffet ein erstes Glas zusammen leeren – «Ich wette, der trinkt nicht», sagte Lerner –, und dann ginge es weiter nach Belgien zu den Meeresbiologen. In der Wissenschaft liege noch viel brach, sagte sie, beinahe schon im Selbstgespräch. Wissenschaftliche Kongresse seien anregend. Wissenschaftler seien wie Kinder, da sei viel aufzubauen.

Mit braunem Schlapphut im weiten, braunen Lodenanzug lehnte Herr Doktor Heck am Tresen des Aachener Bahnhofsbuffets. In dem vielen Braun ging sein Bart beinahe unter, und schon gar die Ameisen darin, aber die kristallblauen Augen leuchteten um so stärker, als reflektiere in ihnen schon der Firnschnee des Nordens. Man hatte vergessen, ein Erkennungszeichen zu vereinbaren, aber der Direktor wurde von der kleinen Gruppe, die auf ihn zusteuerte, sofort ausgemacht. Er war verdutzt, als er die raumgreifend imposante Dame sah, die ihn mit Namen begrüßte. Ebenso verwirrte ihn ein herausgeputzter junger Herr, groß, dicklich, mit rosafarbener Krawatte. Seine Augen fanden Halt an Theodor Lerners gesunder Stämmigkeit, dem arglos gutmütigen Lächeln unter der harten Wölbung der Melone. Da hatte Heck das Deutsche Bären-Insel-Unternehmen vollzählig. Soviel war davon übriggeblieben, nachdem alle anderen sich davon zurückgezogen hatten und auch noch Drohungen ausstießen.

Solch erstes Kennenlernen ist häufig ein wenig befangen. Man war übereingekommen, daß Frau Hanhaus gleich nach Rotterdam weiterreiste, um die *Willem Barents* in einen ersten Augenschein zu nehmen. Es ging vor allem darum, rechtzeitig gewisse Weichen zu stellen, denn in Gegenwart des Zoodirektors würden manche Fragen nicht besprochen werden können. Daß die *Willem Barents* verschiedenen Zwecken zu dienen hatte – wozu sie in ihrer Stattlichkeit auch vollständig geeignet war; sie war schließlich kein abgetakelter Fischkutter wie die *Helgoland* –, mußte nicht vor allem Anfang an die große Schiffsglocke, die bei der *Willem Barents* gewiß besonders schön klang, gehängt werden. Fakten waren immer das beste Argument. Anstatt zu verteidigen und um Verständnis zu werben, schuf der kluge Mann unter Anleitung von Frau Hanhaus Fakten, die durch ihr bloßes Dasein erzwangen, daß man sich mit ihnen arrangierte. Die Männer sollten sich auf dem Meeresbiologischen Kongreß erst einmal anfreunden, dann wurde das Schiff schon in wechselseitiger Sympathie besichtigt.

«Waren Sie auch auf der Bären-Insel, gnädige Frau?» fragte Heck in dem Bemühen, Konversation zu machen. Dabei fühlte er sich immer besonders unwohl. Was er zu einer Schimpansin sagen sollte, war ihm klar, aber zu solch einer Dame? «Ich werde seekrank, Herr Direktor», antwortete Frau Hanhaus lächelnd, «Herr Lerner allein ist der Held. Sie wissen, daß ihm die Reise den Titel ‹Nebelfürst› eingetragen hat?»

«Nein, durchaus nicht, wie seltsam: Nebelfürst! Was wollte man damit wohl ausdrücken?»

Zwei Herren mittleren Alters, betont bescheiden gekleidet, traten zu der Runde und baten in anständigem und gedämpftem Ton um Entschuldigung, die Unterhaltung unterbrechen zu müssen.

«Befindet sich in diesem Kreis ein Herr Alexander Hanhaus?»

Was wäre die Antwort gewesen, wenn man sich nicht soeben Herrn Doktor Heck ausführlich vorgestellt hätte? Dennoch schwiegen alle zunächst betreten, aber Herr Doktor Heck zog die Brauen zusammen, und so gab Frau Hanhaus sich einen Stoß und sagte hoheitsvoll: «Ich bin Frau Hanhaus, und dies ist mein Sohn Alexander. Darf ich Sie fragen, was Sie wünschen?»

«Wir möchten mit Herrn Hanhaus ein Gespräch führen, aber nicht hier, und bitten ihn deshalb, uns ohne weiteres zu folgen», sagte der eine Mann immer noch gedämpft. «Wir möchten kein Aufsehen erregen. Wir möchten unbedingt vermeiden, Herrn Hanhaus in Handschellen wegführen zu müssen.»

«Alexander», sagte Frau Hanhaus, «erkläre mir ...» Alexander setzte ein überhebliches Lächeln auf, bebte aber und war blasser als vorher.

«Meine Herren, das geht nicht», wandte sie sich an die sanft Drohenden. «Wir sind gerade dabei ...»

«Sie sind dabei, die Grenze zu überschreiten, und das müssen wir leider verhindern.» Es liege kein Haftbefehl gegen die Mutter des jungen Herrn vor, fügte er bedeutungsvoll hinzu. Es stehe ihr aber frei, ihrem Sohn aufs Präsidium zu folgen, wo ihre Gegenwart der Aufklärung womöglich dienlich sei. Frau Hanhaus nickte. Ihre Augen suchten Alexander.

«Und wer sind Sie?»

«Ich heiße Theodor Lerner.»

«Gesellschafter des Deutschen Bären-Insel-Unternehmens, nicht wahr? Auch gegen Sie liegt kein Haftbefehl vor ...» – in den Ohren von Doktor Heck klang das wie «noch kein Haftbefehl» –, «aber die Angelegenheit betrifft Sie. Und auch Sie gehören zum Bären-Insel-Unternehmen?»

«Mein Name ist Heck. Ich bin der Direktor des Berliner Zoos.»

Frau Hanhaus sprang mit beschwörendem Ton ein: «Der Herr ist eine zufällige Reisebekanntschaft.»

«Dann reisen Sie gut, Herr Direktor, und seien Sie vorsichtig, mit wem Sie zufällig Bekanntschaft schließen.»

Das war eine überaus vorschriftswidrige Bemerkung des bis dahin so korrekten Kommissars, gegen die Frau Hanhaus und Herr Lerner im Präsidium scharf protestierten.

Auf der Rückfahrt nach Frankfurt viele Stunden später fragte Frau Hanhaus: «Haben Sie gesehen, mit welchem Blick Herr Doktor Heck uns nachgeguckt hat?»

«Nein, ich hatte nicht den Mut, mich umzudrehen.»

Eines wolle sie wissen, überlegte Frau Hanhaus. Ob der Verkauf des Bären-Insel-Unternehmens, das ihm nicht gehörte, von Sholto schon bei dem Bankett beschlossen gewesen sei? Ob Herr Kommerzienrat Gebert-Zahn, «Mister Gabbertson», der Alexander angeblich eine Rate von fünfzigtausend Mark übergeben hatte, der Betrogene oder ob er irgendwie an Sholtos Plan beteiligt sei? Und noch eines: Ob Alexander nicht nur Lerner und seine Mutter, sondern auch Sholto habe betrügen wollen? Und noch etwas anderes: Ob überhaupt ein Geschäft stattgefunden habe? Ob am Ende Sholto selbst die Polizei auf sie hetzte? «Wenn Alexander Gabbertsons Rate unterschlagen hat, dann kann Sholto sie nicht zurückzahlen. Aber ein erfahrener Mann wie Gabbertson kauft doch keine Firma, die es nicht gibt? Vielleicht hat Alexander auch nur einen Teil abgezweigt? Und noch eines: Vielleicht weiß er, wo Sholto ist? Ich komme einfach nicht weiter. Es sind zu viele Punkte offen. Theodor, etwas anderes: Was denken Sie über Doktor Heck?»

«Den sind wir los. Den sehen wir nie wieder.»

37

Frau Hanhaus macht eine Rochade

Eine Flucht, ein plötzlicher Aufbruch, ein Untertauchen hieß in der Lebensterminologie von Frau Hanhaus Rochade, nach jenem Zug im Schachspiel, der dem bedrängten König, solange er noch auf seinem angestammten Feld steht, erlaubt, mit dem Turm im äußersten Winkel des Spielbretts den Platz zu tauschen. Mit diesem Wort gelang es ihr, dem Chaos etwas Regelhaftes, Erlaubtes und Geplantes zu geben. In dem großen Lebensschachspiel, dessen Königin Frau Hanhaus war, durften Rochaden, anders als auf den Brettern des Cafes «Pique-Dame», beliebig oft vorgenommen werden. Sah Frau Hanhaus vielleicht sogar ihren Tod unter dem Gesichtspunkt der Rochade?

Lerners Auszug aus dem Hotel «Monopol» unter Zurücklassung seiner Koffer geschah unter ihrer Leitung ohne Aufregung und mit sorgfältiger Vorbereitung. Die Koffer waren leer, denn was sich in ihnen befunden hatte, brachte Lerner einzeln – gelegentlich zwei Hemden übereinander tragend – aus dem Haus. Als er das letzte Mal durch die Halle schritt, hielt er auf ihre Anweisung beim Portier inne und wies den Mann sehr eindringlich an, einen Herrn, mit dem Lerner um Punkt drei Uhr hier verabredet sei, auf jeden Fall festzuhalten, denn er werde sich um zehn Minuten verspäten. Das war die Abschiedsrede in einem Haus, in dem er spannungsreiche Wochen verlebt hatte. Die Erinnerung an das «Monopol» würde ihm bleiben, solange er in seinem Leben ein frisches Brötchen aß, dann kehrten das metallische Knallen der Ofentüren, der heiße Dunst und der Hefegeruch aus dem Hinterhof in seine Erinnerung zurück.

Das Mansardenzimmer in dem Westendmietshaus war schon mit Kleidern und Akten und Konvoluten von Briefentwürfen gefüllt, als er zum ersten Mal darin übernachtete. Frau Hanhaus in ihrer Weisheit hatte auf eine gute Adresse geachtet, die die Schäbigkeit der Unterkunft nicht ahnen ließ. Im Nebenzimmer hauste eine alte Frau zwischen hohen Zeitungsstapeln, die sie der Altpapiersammlung vorenthielt, als setze sie auf ein besseres Geschäft in der Zukunft. Sie nährte sich von einer Suppe, die täglich auf kleiner Flamme vor sich hin simmerte und deren Geruch in Stoffe, Tapeten und Verputz schwammartig einsank. Lerners Gemach war niedrig und so eng, daß außer Bett und Spind kein Möbelstück hineinpaßte. Von einer Gefängniszelle unterschied es die braunrote Samtdecke, die über das Bett gebreitet war und den Dunst vieler Menschen bewahrte, und der schwarze eiserne Ofen auf Löwentatzen. Konnte man ihn heizen? fragte sich Lerner, als er am helllichten Tag mit Schuhen gefahrlos auf dem Bett lag, denn hier gab es keine wachsame Wirtin. Die Ofentür stand offen. Im Innern war es staubig. Auch der kleine schwarze Besen für die herausgefallene Glut war staubbedeckt. Konnten die Gegenstände die Fähigkeit, einem bestimmten Gebrauch zu dienen, auch anders verlieren als durch Zerstörung oder Zerfall? fragte sich Lerner, dem es, seit er dies Zimmer betreten hatte, nicht mehr gelang, sich auf einen Zeitungsartikel oder ein längeres Schriftstück zu konzentrieren. Können Gegenstände sterben, daß sie als Leiche fortbestehen, äußerlich erhalten wie eine Mumie mit Lederhaut und erloschenen Augen? Es schien ihm plötzlich wahrscheinlich, daß die Vernachlässigung dem Ofen und dem Besen das Vermögen ausgeblasen hatten, dem Menschen zu dienen. Wenn man in diesem Ofen ein Feuer anzündete, mochte es brennen, aber es würde nicht mehr wärmen, als sei sein Eisen zu fühllosem Asbest geworden.

Irrsinnsvorstellungen wird man solche Gedanken nicht gleich nennen wollen. Es war mehr ein Spintisieren aus Lebensüberdruß, in dem der Geist, dessen Pläne vom Leben durchkreuzt worden sind, sich von der Realität trotzig abwendet, mit erfundenen Gegnern kämpft und sich in seiner verneinenden Stimmung von ihnen besiegen läßt.

Das Sonnenlicht draußen war überhell wie ein Dauer-Blitz, daß es in den Augen schmerzte. Der Wind wehte kühl, die Sonnenstrahlen brannten. Es war, als zeige die Welt sich von ihrer wahren Seite, nachdem die warmen Schleier, die die Konturen verwischten und das Licht verflüssigten, weggezogen waren. Die Sonne wurde zu einem bösen Stern. Sah so das Licht der Hölle aus, verletzend, kalt und unveränderlich? Da schuf die Suppe der greisen Zeitungssammlerin eine Art Geruchsglocke, die Lerner schützend umfing. Es gab Verhältnisse, in denen der Muff eine tröstende Höhle bildete, in der sich der Gejagte mit bitterer Dankbarkeit verkroch.

«Die *Willem Barents* findet ihren Weg durch das Nordmeer auch ohne Kapitän.» Lerner war plötzlich, als vernehme er Makler Krokelsens Worte jetzt erst richtig. Die *Willem Barents* war ein Geisterschiff, der *Fliegende Holländer*. Ihren unablässigen Aufbrüchen in immer bedenklicherem Zustand haftete etwas von der Getriebenheit der bösen Geister an. Die *Willem Barents* war Lerner zum Hohn an seinem Horizont vorbeigesegelt. Ihre ewige Besatzung samt dem manisch photographierenden Mister Grant hatte gellend gelacht, als er ernsthaft mit Krokelsen verhandelte.

Lerner wandte den Kopf zur Wand. Tropfen waren über das gebräunte Papier heruntergeronnen und hatten es gebleicht und mit dunkelbraunen Rändern gestreift. Eine große Landkarte war entstanden, in der Flüsse sich durch verdorrte Ebenen zogen und schließlich darin versickerten. Niemand konnte hier leben. Und doch gab es Wesen, die sich in diesem Raum irgendwie zurechtfanden.

Eine kleine Ameise bewegte sich vor Lerners Nase. Sie hatte, so schien es, die Richtung verloren. Und wohin sollte der Weg sie auch führen? In der unermeßlichen Ebene gab es keinen heimischen Iglu, in dem sie sich hätte verbergen können. Aber sie war nicht allein. Da war eine zweite Ameise. Sie kam aus dem Dunkel zwischen Bett und Wand hervor. Sie begegnete der ersten, stieß auf sie, als könne sie in dem weiten Raum nicht ausweichen, und suchte dann das Weite. Sie sehnte sich wohl nicht nach Gesellschaft.

«Vielleicht sind sie blind», dachte Lerner. Nun näherte sich ein größeres Insekt. Gemessen an den kleinen Ameisen war die Fliege ein Elephant. Unsicher tastete sie sich voran, wie betrunken, als stehe ihr herbstlicher Tod bevor. Dabei war ihr Oberkörper von der Wand weggedreht. Ihre Beine berührten kaum die Tapete.

«Wie haftet sie an der Wand?» Und nun entdeckte Lerner in seiner stillen Betrachtung, daß die wankende Fliege wirklich tot war. Zwei besonders kleine Ameisen trugen sie. Sie waren sich über die Bestimmung ihrer gemeinsamen Last, ein Vielfaches an Ameisenumfang und -gewicht, nicht einig. Sie zerrten an der Fliege. Anstatt ihre Kräfte zu vereinen, bekämpften sie sich, ohne die Fliege fallen zu lassen. Sie wäre ins Dunkel gestürzt, in einen Abgrund wie zwischen Mond und Erde. Manchmal ließ sich die eine von der anderen Ameise wegschleppen, hielt sich an der Fliege fest und ruhte sich aus. Kein Wunder, daß Lerner die Fliege für lebendig gehalten hatte. Die beiden in winzige Körper zusammengepreßten Willenskräfte konnten die Fliege zwar nicht brummen und nicht Tropfen hervorbringen lassen, und sie vermochten auch nicht das Schwirren der hautigen Flügel zu erzeugen, aber sie besiegten die Schwerkraft und waren fähig, die Fliege bis unter die Zimmerdecke, wo sich die Tapete von der Wand löste, in ein kalkiges Versteck zu führen, als sei sie auf eigenen Beinen dorthin gelangt.

Waren es die Zeitungsstapel der Nachbarin, das viele

plattgewalzte, gelbstichig zerfallende Holz im Nebenzimmer, das die Insekten anzog? Wohnten nebenan Ameisen- und Käfervölker? Lerner machte sich das Vorhaben der Ameisen, die Fliege weit weg zu tragen, ganz zu eigen. Wenn er sie hätte unterscheiden können, hätte er auf eine von ihnen gesetzt.

Eine weitere Ameise kam hinzu. Das war das Patt. Das Zerren und Strampeln in drei verschiedene Richtungen brachte die Fliege zum Stillstand. Sie bebte und schwankte. Es war, als atme sie, während sie unruhevoll auf ihrem Fleck ausharrte. Dreiteilen konnten die Ameisen die Fliege nicht. Selbst ein Bein hätten sie ihr nicht ausreißen können. Aber den Raub gönnte keiner der anderen. Jede wollte in die verborgene Hauptstadt des Ameisenstaates mit der Trophäe einziehen, die Nahrung für viele bot.

«Sind wir, Frau Hanhaus, ich, der tote Rüdiger, die Herren Burchard und Knöhr in Hamburg und der unselige Sholto Douglas nicht alle solche Ameisen?» dachte Lerner. «Wir zerren an der Bären-Insel herum, sind alle zu schwach, sie allein in Besitz zu nehmen, sind zu schwach, ehrlich und anständig zusammenzuwirken, blockieren uns, verschwenden unsere Kräfte, erschöpfen uns, treiben uns zum Wahnsinn, nur um die dicke tote Fliege allein zu besitzen. Niemand sonst will sie ja. Rußland annektiert sie nicht. Deutschland läßt die Finger davon. England ist gleichgültig. Kämpfen wir um etwas Wertloses? Stimmt es, daß der Nebel und das Eis ein halbes Jahr lang jeden Transport zur Bären-Insel unmöglich machen? Wüßte ich doch mehr über die Insel! Ich weiß nichts über sie.» Sie war eine

Art gewölbter Deckel, den noch niemand richtig gelüftet hatte.

Die kämpfenden Insekten auf der Tapete bestärkten Lerner in einer Stimmung, die zur ersten scharfen Auseinandersetzung mit Frau Hanhaus führte. Sie bemerkte verblüfft, daß es ihr auf einmal nicht mehr gelang, seine Mutlosigkeit in die Schranken zu weisen. Sholto Douglas' Verschwinden aus der «Rose» und Alexanders Verhaftung lenkten sie von Lerner ab. Als Mutter war sie jetzt zur höchsten Tätigkeit berufen. Alexander im Untersuchungsgefängnis zu besuchen, bei Rechtsanwälten Enthusiasmus für den Fall ihres Sohnes zu erregen, Botschaften zu versenden, die Sholto Douglas irgendwie erreichen mochten, das füllte jetzt ihre Tage aus. Mit Lerner sprach sie kaum. Sie hatte ihre gesamte Geisteskraft jetzt auf Alexanders Befreiung gerichtet. Es ging darum, das Schlüsselloch zu finden, durch das der voluminöse Sohn sich hindurchwinden konnte, und es gab dies Loch, davon war sie mit Glaubensgewißheit überzeugt. Aber während sie hoffte, ihrem Ziel näherzukommen, vertiefte sich Lerners Ratlosigkeit und Leere. Das hatte sie nicht erwartet. Wie eine Gärtnerin, die eine Zwiebel gepflanzt hat, wandte sie sich von ihm ab und war überrascht, daß sich die Zwiebel allein nicht entwickeln wollte, sondern dabei war, vor Vernachlässigung abzusterben.

Leider war Lerner nicht einfach geschrumpft wie die erstorbene Zwiebel. Er hatte ein Blatt hervorgebracht, einen Brief, wie ihn nur die vollends Ratlosen, die Querulanten, die Weltverbesserer, die Hinterhofpolitiker schreiben.

Wem schrieben die Verzweifelten, die keinerlei Verbindungen besaßen und niemanden, der ihnen zuhörte? Man ahnt: an den Kaiser. Theodor Lerner hatte, als er noch allein im «Monopol» schmorte, plötzlich die Eingebung empfangen, seinen Fall dem Kaiser darlegen zu müssen. Fuhr der Kaiser nicht mit der kaiserlichen Yacht durch die Fjorde Norwegens? War der Kaiser nicht ein passionierter Jäger? War er nicht ein Anwalt deutscher Kolonialbestrebungen? Was lag näher, als dem Kaiser die Bären-Insel und die in ihr schlummernden Schätze ans Herz zu legen? Mußte der Kaiser nicht seinen Einfluß in die Waagschale werfen, um sich den offensichtlichen und zugleich verborgenen Schatz der Insel zu sichern?

Daß Lerner solche Gedanken durch den Kopf schossen, war verzeihlich. Frau Hanhaus hätte ihm vielleicht auch gar nicht widersprochen. Briefe an den Kaiser gehörten grundsätzlich auch zu ihrem Instrumentarium, vor allem hätte sie keine Hemmung empfunden, jedermann nach Absendung eines solchen Briefes zu erklären, daß Seine Majestät der Kaiser sich gegenwärtig sehr eingehend mit ihrem Fall befasse. Ihr Brief hätte allerdings anders geklungen als der Appell, den Lerner noch im Schreibzimmer des «Monopol» konzipiert hatte und in einer Mischung aus Erregung und Langeweile sofort in einen Umschlag steckte und absandte.

«Allerdurchlauchtigster, großmächtigster Kaiser und König, allergnädigster Kaiser, König und Herr», hieß es einleitend, wörtlich aus einem Werkchen abgeschrieben, das *Der kleine* Briefsteller hieß und Leute, die an den Kaiser schrieben, zuverlässig beriet. «Eure Kaiserliche und Königliche Majestät wollen gnädigst geruhen, meine alleruntertänigste Bitte um Gewährung einer Audienz hierdurch entgegenzunehmen. Die Sorge um mein seit langem in Angriff genommenes, trotz mancher Schwierigkeiten schrittweise bis auf den heutigen Tag weitergeführtes Unternehmen, die wirtschaftliche Erschließung des europäischen Polarmeeres und seiner Inseln für die deutschen Interessen, dazu die Empfindung, daß gegenüber all den widrigen Verhältnissen meine eigene Widerstandsfähigkeit zu ermatten beginnt, begründen meine alleruntertänigste Bitte, stellen sie als einen durch die bittere Notwendigkeit erpreßten Hilferuf dar ...»

«Das haben Sie geschrieben?» fragte Frau Hanhaus leise und kalt, als sie sich wieder um die gemeinsamen Geschäfte kümmerte. Lerner hörte den Vorwurf sofort und bockte. «Was paßt Ihnen denn daran nicht?»

«Wenn Sie vorhatten, S. M. Ihre vollständige Untauglichkeit zu Ihrem Vorhaben recht deutlich zu machen, hätten Sie sich nicht ungeschickter ausdrücken können. Ein Hilferuf! Sind Sie wahnsinnig geworden? Widrige Umstände? Ermatten? Wollten Sie dem Kaiser die Pistole auf die Brust setzen? Sie drohen zu ermatten – solche Männer braucht der Kaiser, gerade zur Eroberung des Polarmeeres! Wenn der Kaiser hört, daß Sie ermatten, wird er es mit der Angst zu tun bekommen. Dann kauft er die Bären-Insel von der Zivilliste und schickt sie Ihnen auf rotem Kissen zum Geburtstag.» Frau Hanhaus hinderte nicht, daß Verachtung in ihrer Stimme schwang. Dann legte sie das Konzept auf das Bett, stand auf und wandte sich zur Wand. Sie sammelte sich und schluckte ihren Widerwillen mit Disziplin herunter.

«Es kommt ohnehin nicht mehr darauf an», sagte sie heiter, als sie sich ihm wieder zuwandte. «Der Kaiser kann uns gestohlen bleiben. Ich habe in der Zeitung über jenen König Theodor gelesen, mit dem Sie verglichen worden sind. Da habe ich verstanden, was der Redakteur wirklich meinte. Dieser Baron Theodor Neuhof ließ sich im achtzehnten Jahrhundert von den korsischen Hirten, die von Genua abfallen wollten, zum König der Insel krönen. England begünstigte das Unternehmen. So müssen wir denken. König Theodor ist gut, aber es gehört ein England dazu.»

«England?» rief Lerner empört. «Nach Sholtos Verrat und Verschwinden sprechen Sie noch von England?»

«Nur im übertragenen Sinne», sagte Frau Hanhaus geheimnisvoll. «Ich sage England, aber ich meine Rußland. Theodor Lerner, jetzt erfahren Sie das Neueste: wir werden Russen.»

«Wir werden Russen?»

«Ich habe gerade den russischen Botschafter in Wiesbaden kennengelernt. Seine Exzellenz erwartet Sie und mich übermorgen zum Frühstück.»

38

Das unilaterale Nebelhorn

Der russische Botschafter war kein Botschafter, aber Theodor Lerner war inzwischen so lange mit Frau Hanhaus zusammen, daß ihn nicht einmal überrascht hätte, wenn er auch kein Russe gewesen wäre. Vladimir Gawrilovich Beressnikoff war aber Russe und auch Diplomat. Er gehörte zum Corps consulaire. Als Karrierediplomat durfte er von seinen Jahren her die Karriere als abgeschlossen betrachten. Attaché in Paris, Legationsrat in Bayern, gleichfalls Legationsrat in Montenegro; dann aber hatte er die Mißgunst der Personalabteilung zu spüren bekommen und war Generalkonsul in Tromsö geworden, ein Posten, der stark an ehrenhafte Verbannung nach Nowaja Semlja erinnerte. Um gutzumachen, was nicht gutzumachen war, hatte man ihm schließlich – «Sie sprechen inzwischen die Sprache, Vladimir Gawrilovich» – das Generalkonsulat in Stockholm angetragen. Nach Tromsö war das beinahe wie Sankt Petersburg. Die Lebensadern

Beressnikoffs waren in München, Cetinje und Tromsö nicht verödet. Der schäumende Lebenssaft der Metropole schoß in sie ein und füllte sie bis in die letzten Kapillare. Gleich nach der Versetzung nach Stockholm starb Madame Beressnikova, und das war ein sehr schmerzliches Ereignis, denn sie war ihm auf alle tristen Posten seiner Laufbahn gefolgt und hatte nicht mehr als er selber gemurrt, aber zugleich war der Abschied von dieser Gefährtin ein Zeichen, daß nun endlich etwas Neues begann. Dann starb Beressnikoffs wohlhabender Onkel – wäre die Erbschaft früher gekommen, hätte er nie den ruhmlosen Weg des Beamten ohne Verbindungen eingeschlagen, aber auch jetzt war das Geld noch willkommen. Er fühlte sich körperlich und seelisch noch im Stande, Geschenke des Glücks gebührend anzunehmen. Um sich zu kräftigen, nahm er zwei Monate Urlaub. Seine Reise sollte Ausdruck seiner Freiheit sein, und so ging er denn dorthin, wo sich nach seiner Kenntnis die meisten freien Russen aufhielten, nach Wiesbaden. In einer Villa mit eigentümlich gedrehten Säulen – sie hätte auch in Odessa stehen können – nahm er zwei Zimmer und für den Diener eine Dachkammer. Das Schönste an der Wohnung war das Badezimmer: drei Stufen führten in ein Bassin hinab, und ein großer, vernickelter Kran öffnete die Schleusen des Wiesbadener Kochbrunnens, der bei Beressnikoff immer noch recht warm herauskam. Sein Element war das Wasser. In heißem Wasser und heißem Dampf rosa wie ein Marzipanschwein zu werden war sein Hochgenuß. Glühend und gleichsam wund vor Sauberkeit saß er später mit einem gestreiften Handtuch um das verschwitzte

Haupt und rauchte Zigarren. Die Wasserpfeife funktionierte irgendwie nicht. Der Diener war ungeschickt und kam mit dem Instrument nicht zurecht, aber Zigarre war auch schön, wenngleich nicht so stilvoll. Mit dem Schlauch der Wasserpfeife schien der Mensch an den Kosmos und dessen Urkräfte angeschlossen und saugte an, was aus fernsten Regionen kam. So stellte Beressnikoff sich das vor, so hatte er es in Cetinje als junger Mann empfunden. Ach, wo waren die Jahre. Und doch hätte er um kein Jahr jünger sein wollen. Das Haar war weiß, aber die rosa Haut war glatt, und der dumme Mensch von vor fünfundzwanzig Jahren, dem mußte man wirklich nicht hinterhertrauern. In Wiesbaden sah Beressnikoff nicht viele Menschen, ausschließlich Russen. Die Deutschen waren ihm nicht sympathisch. Das war allgemeine Überzeugung der russischen Kolonie. Man wollte um jeden Preis in Wiesbaden oder Nauheim oder Homburg leben, aber möglichst keine Deutschen sehen. Das war leicht möglich. Es gab Restaurants, in denen nur Russen saßen, prächtige goldüberkuppelte russische Kapellen und sogar ein paar russische Ärzte, die im Ernstfall doch mehr Vertrauen verdienten. Wie hätte ein Deutscher Beressnikoff kennenlernen können? Eigentlich gar nicht, oder nur durch Zufall.

Natürlich gab es eine Sphäre, in der Wiesbadener Landeskinder mit einem solchen Mann in Berührung kamen, Oberkellner, Friseure, Laufburschen, Putzfrauen, Postboten und Lieferanten, aber man verstehe es nicht als Zeichen des Hochmuts, der Beressnikoff in bewundernswertem Maße fernlag, wenn dieser Personenkreis nicht in Betracht gezogen wird. Die mollige, halb kokette und halb altjüngferliche Inhaberin des kleinen Handschuhgeschäftes auf der Wilhelmstraße etwa sah Beressnikoff beinahe täglich, wenn er sich sein frisches Paar Glacéhandschuhe abholte. Um sie anzuprobieren, gab es dort eine Stütze, samtgepolstert, für den Ellenbogen. Die Hand ragte, wenn man sich dort hineinstützte, wie eine fleischige Pflanze in die Luft. Und über die dicken Äste dieser Pflanze streifte die Verkäuferin den neuen, schön eng sitzenden Handschuh, zog ihn glatt und drückte an jedem einzelnen Finger die letzten Fältchen heraus. Das waren Augenblicke, die Beressnikoff unfreiwillig seufzen ließen. Wie viele kleine Nerven und heimliche Lustsensatiönchen waren in den Fingern verborgen, wenn eine entschiedene, erfahrene Hand alles strammzog und zurechtdrückte. Täglich frische Handschuhe, das war ein gewisser Luxus, in einem frauenlosen Haushalt freilich naheliegend. Beressnikoffs Diener verdarb alle etwas kompliziertere Wäsche. Inzwischen hätte der Generalkonsul dieses stille Zusammensein, dies gemeinsame kraftvolle Zerren, Standhalten und Durchkneten der Hand auch um keinen Preis mehr missen mögen. Hier wurde etwas in ihm aufgeschlossen. Er verließ das Geschäft stets entspannt und bereit, das Leben in seiner Schönheit einzuatmen.

Eines Tages fiel ein Schatten über ihn, als er sich, soeben den Ellenbogen in das Samtpolster gestützt, den Verrichtungen der hübschen, nur ein klein wenig verblühten Verkäuferin hingab. Eine warme, mütterliche Frauenstimme sagte: «Aber sehen Sie denn nicht, Mariechen, der Handschuh ist doch eine halbe Nummer zu klein.» Was Generalkonsul Beressnikoff nicht wußte und nie erfahren würde: Daß Frau Hanhaus mit der Handschuhverkäuferin befreundet war, die ihr kostenlos gern etwas reparierte und sie auf die regelmäßigen Besuche eines sichtlich unbeweibten Russen aufmerksam gemacht hatte. Wenn Frau Hanhaus eingriff, hatte das immer etwas Praktisch-Unverfängliches.

«Sie erlauben doch, Exzellenz», sagte sie ehrfürchtig zu Beressnikoff und schlug mit der Handkante ganz leicht zwischen seine Finger bis zu den Häutchen, die zwischen den Fingerwurzeln spannen. «So müssen sie sitzen.» Das Ganze war wie eine Unterweisung des Handschuh-Mariechens aufgezogen. Währenddessen war aber ein Schwall von Rosen-, Zimt- und Frau-Hanhaus-Duft zu Beressnikoff hinübergeweht. So nahm die Bekanntschaft ihren Anfang.

Und so fand denn das «Gabelfrühstück beim russischen Botschafter», das Frau Hanhaus ihrem Freund und Zögling angekündigt hatte, wirklich statt. Beressnikoff hatte nicht die geringsten hochstaplerischen Neigungen. Er war ein bescheidener Mann, aber es bereitete ihm Vergnügen, wenn Frau Hanhaus ihn «Exzellenz» nannte – was ihm als Generalkonsul eigentlich nicht zustand –, weil er fühlte, daß es ihr Vergnügen machte, und weil ihm ihre beschwingte, dem Großen zugeneigte Art ganz und gar angenehm war. Andere Russen, das wußte er mit seiner Auslandserfahrung nur zu gut, nahmen es im Ausland mit den Titeln auch nicht genau. Ein reicher vornehmer Mann aus Moskau hatte ihm einmal grundsätzlich erklärt: «Es gibt da so eine Regel. Im Ausland ist man Baron.» Was ihm allerdings ein wenig lästig fiel, das war der Eifer, mit dem die interessante, reizvolle Dame und ihr ihm gleichfalls nicht mißfallender Begleiter von ihren dringenden Angelegenheiten im hohen Norden sprachen. Beressnikoff leistete sich diesen ersten langen Urlaub in seinem Leben, und er genoß ihn derart, daß er sich neuerdings oft fragte, ob er nicht um eine Verlängerung einkommen solle. Eigentlich war man da großzügig, aber andererseits sollte im Generalkonsulat auf dem Karlaplan nicht nur eine Photographie des Zaren, sondern auch ein lebendiger Generalkonsul von der Bereitschaft des russischen Reiches zeugen, die Interessen der Russen in Schweden unter einen mächtigen Schutz zu nehmen. Wenn ihm der Urlaub also abgeschlagen wurde – ob er da nicht einfach den Dienst quittierte? Leisten konnte er es sich inzwischen. Das war die Korrespondenz mit dem Kaiserlich Russischen Außenministerium, die ihm bevorstand. Gut, die Herrschaften – in welchem Verhältnis standen sie eigentlich zueinander? fragte er sich unwillkürlich – begehrten Untertanen des Zaren zu werden, wie viele Deutsche vor ihnen. In Moskau und Petersburg gab es ganze Stadtteile voll deutscher Kaufleute. Außerdem forderten sie aber Rußlands Schutz und Hilfe, um ein Unternehmen weit weg von Rußland aufzubauen, auf der Bären-Insel unseligen Angedenkens.

«Ach Gnädigste, die Bären-Insel! Wie nah sie mir lange Zeit leider gewesen ist», sagte er lächelnd. «Ich saß in Tromsö in meinem roten Holzhaus mit Kachelofen und Eisbär- und Robbenfellen im Dunkeln, und an mir vorbei zogen Arktis-Expeditionen ohne Zahl. Die bekanntesten Polarforscher habe ich kennengelernt. Die meisten waren schweigsame Männer. Ja, da jagten sie Polarfüchse und Moschusochsen, und einer von ihnen, ein gewisser Henry Rudi, den nannten sie Eisbärenkönig, denn er hatte siebenhundert Eisbären erlegt. Ein schöner König, der seine Untertanen abschießt. Ich bin aber auch Wanny Waldstad begegnet, der ersten Frau, die auf Svalbard Überwinterungsfang betrieben hat – eine Persönlichkeit, in Norwegen hoch geehrt, aber wenn ich Sie sehe, Gnädigste, dann will mir diese tüchtige Wanny Waldstad, die von kräftigem Fischgeruch umweht war, wenig weiblich vorkommen. Es sind nicht die weiblichsten Eigenschaften, die der Überwinterungsfang begünstigt. Und diese bemitleidenswerten Walrösser! Ich mußte ein Skelett an die Anatomische Gesellschaft der Universität Kiew expedieren. Welch verwachsene, entartete Lebewesen sind doch diese Walrösser mit ihren Riesenzähnen.» Er nahm seine Serviette in den Mund, daß sie ihm walroßzahnhaft vorn heraushing, und wedelte mit den Händen in der Gegend der Hüften, um die Extremitäten des kolossalen Tieres anzudeuten. «Die Schöpfung ist voller Torheiten. Willem Barents – erwähnten Sie den Namen nicht? – war ein großer Mann, schon im sechzehnten Jahrhundert segelte er dort oben herum und zeichnete eine Landkarte; wenn man der folgen wollte, fiele man schön auf die Nase, aber rührend ist es doch, solch ein Pergament, und ich war denn auch bei der Aufstellung seines Denkmals zugegen ...»

«Ach, das waren Sie?» fragte Lerner erregt, als sei er

durch diese Zeugenschaft seinem Ziel viel näher gerückt. «Wir wollen jede sentimentale Bindung an Deutschland aufgeben», fuhr er mit Eindringlichkeit fort. «Wir wollen unser Unternehmen von Alexandrowsk aus betreiben ...»

«Heimatliebe ist keine sentimentale Bindung», sagte Beressnikoff mit Wehmut.

«Aber wir kommen in Deutschland nicht weiter, und Deutschland hat im Norden im Grunde auch nichts verloren», sagte Frau Hanhaus. «Das Polarmeer ist letztlich russisch. Bereits die Altgläubigen haben dort oben überwintert ...»

«Was wissen Sie von den Altgläubigen?» Beressnikoff sah Frau Hanhaus hingerissen an. «Wissen Sie, daß mein Großvater Altgläubiger war? Natürlich nicht wirklich, er war ein treuer Sohn der Orthodoxie, aber mir hat er nicht verhohlen, daß er für besser hielt, sich mit zwei Fingern zu bekreuzigen, sehen Sie, so ...», und er zeigte ihr das aus Daumen und Zeigefinger gebildete Schnäbelchen. «Die Altgläubigen sind die besten und russischsten Russen, und es ist für Mutter Rußland bezeichnend – das müssen Sie wissen, wenn Sie Russen werden wollen –, daß sie gerade die allerrussischsten Russen geschlagen und gequält hat. Die Altgläubigen! Ich wußte nicht, welch intime Kenntnis Sie von dem Land haben, dessen Nationalität Sie anstreben.»

«Rußland müßte im Grunde nur eines tun», sagte Lerner. «Die geschäftliche Seite meistern wir allein, und meinen persönlichen Anteil an der Bären-Insel bringe ich, gleichsam als Morgengabe, nach Rußland mit, desgleichen die tüchtigen Ingenieure, die bereit sind, auf der Insel zu überwintern. Rußland müßte oberhalb des Bürgermeisterhafens – so heißt der Hafen der Bären-Insel – ein Nebelhorn installieren. Das ist sachlich mehr als geboten. Die Nebel dort sind gefürchtet, und zugleich ist ein russisches Nebelhorn der ganz diskrete, zu nichts verpflichtende Hinweis, daß Rußland seine Hand auf die Insel gelegt hat. Und dann laufen mir die Investoren die Tür ein, und die erforderlichen Hundertsiebzigtausend habe ich schneller zusammen, als ich mein Schiff ausrüsten kann.»

«Ein Nebelhorn», sagte Beressnikoff betreten. «Ich soll dem Kaiserlich Russischen Außenministerium von Ihrer Seite aus die Einrichtung eines Nebelhorns nahelegen ...»

«Das ist der geniale Punkt. Natürlich ist es heikel, am internationalen Status der Insel unilateral etwas zu ändern ...»

«Was heißt unilateral?»

«Ich dachte, einseitig.»

«Haha, Sie hätten Diplomat werden sollen. Ein Vertrag mit nur einer Partei – ‹unilateral›, köstlich.»

«... wohingegen das Nebelhorn juristisch nichts präjudiziert, in praxi aber alles!»

Von Kapitän Abaca war bei diesem Essen vorsichtshalber nicht die Rede. Es war ein köstliches Essen. Beressnikoff bestellte gute Sachen und bezahlte sie auch. Anders als das letzte Wiesbadener Bankett war dies eine erfreuliche Veranstaltung. Nur der rechte Ernst fehlte ein bißchen. Generalkonsul Beressnikoff als Walroß hatte bei Frau Hanhaus ein Gelächter ausgelöst, das Lerner eine Spur übertrieben fand. Und diese Lachlust steigerte sich. Als die süßen Liköre kamen, mußte der Generalkonsul nur das Wort «Nebelhorn» ausrufen, um daraufhin in einem Lachanfall um Luft zu ringen. Und Frau Hanhaus tat da immer mit. Das war schon eigenartig.

39

Die Königin von Saba

Frankfurts Zoologischer Garten lag auf der Pfingstweide im Osten der Stadt. Auf dem freien Teil des Geländes fanden Ausstellungen und Versammlungen statt. Landwirtschaftsmessen mit ihren Musterherden, Zirkuszelte und auch Buffalo Bills große Wildwestschau mit Pferden und lebenden Indianern konnten sich hier ausbreiten. Und seit kurzem stand dort ein geräumiger Pavillon, in dem der Maler Hector Courbeaux seine neueren Werke präsentierte. Courbeaux war ein ungebärdiger und schroffer Mann und stand allem, was sich in den Künsten verwaltend und handelnd und kritisierend betätigte, derart feindselig gegenüber, daß an ein Zusammenwirken mit örtlichen Autoritäten zum Zweck einer Ausstellung gar nicht zu denken war. Solche Dinge unternahm Courbeaux grundsätzlich in eigener Regie und wurde darin von Mäzenen großzügig unterstützt. Sein Pavillon war prachtvoll, da gab es keine Improvisationen. Nur der hohle Klang, den die mit Teppichen bedeckten Bretterböden bei jedem Schritt erzeugten, brachte bei stärkerem Andrang in die Kabinette eine gewisse Unruhe und bestätigte, daß man sich nicht in einem festen Hause befand. Theodor Lerners steifer Hut war hier einer unter vielen. Wie sich bei den frommen Bildern des Mittelalters die Heiligenscheine der Engel hintereinander staffeln, hätte man in Courbeaux' Pavillon die Melonen hintereinander gestaffelt erleben können.

Was suchte Lerner in einer Kunstausstellung? Zum einen lockte der Ruf, der diesem Ereignis vorausging: die Freizügigkeit und Vorurteilslosigkeit des Meisters stelle Anforderungen an die Reife des Publikums, Jugendlichen sei der Eintritt verboten. Das versprach einen Reiz, der über den Kunstgenuß, für Lerner ohnehin eine rätselhafte Sache, hinausging. Er dachte aber auch an seinen Besuch bei Courbeaux, die offenherzige und ausschweifende Weise, mit der sich der Künstler ihm gewidmet hatte, der offenbar ein berühmter Mann war, auf seinem Felde ein Pionier, wie andere an den Nordpol zogen.

Das Bären-Insel-Unternehmen hatte ihn mit vielen großen Leuten zusammengebracht: mit Bankiers, Politikern, Sholto Douglas, diese mondäne, aber finstere Gestalt, sogar dem Herzog-Regenten von Mecklenburg, wenn dieser schließlich auch jedes Engagement durch seinen Kammerjunker von Engel hatte absagen lassen. Wenn Courbeaux Triumphe feierte, fühlte Lerner sich geradezu verpflichtet, seine Aufwartung zu machen. Im Gedränge ging dies Gefühl einer persönlichen Nähe zu dem Maler wieder etwas verloren.

Die Bilder hingen in dicken Goldrahmen auf dunkelrot bespannten Wänden vielfach auch übereinander. Mit den Palmen und Kugellampen, die aus runden Puffsophas in der Mitte eines jeden Kabinetts herauswuchsen, ergab sich der Eindruck einer kostbaren, magistralen Kollektion. Da waren auch schon die Hirsche, an denen Courbeaux bei Lerners Besuch gearbeitet hatte. Ein Waldesdickicht war ihnen zugewachsen. Man hörte förmlich das Krachen der Stangen und das Knacken des vielen Holzes. Dunkel war der Wald. Der kleine, unterliegende Hirsch hatte den Kopf verdreht und sah gequält aus dem Bild heraus. Lerner erinnerte sich, wo die Stühle gestanden hatten, mit denen die Hirsche abgestützt waren. Ohne diese Stühle schienen sie in einen bösartig luftigen Tanz verklammert, der sie gleich hinstürzen lassen würde.

«Das ist wahrscheinlich die Kunst», dachte Lerner, «die Stühle erst hinzustellen, aber genau zu wissen, was geschieht, wenn man sie wieder wegnimmt.» Daneben hingen Schneelandschaften, eine graue Frostigkeit war in ihnen. Schmerzhaft fühlte man kaltes Schmelzwasser in den Schuhen, und doch war der Schnee so fett und substanzhaft, als könne man ihn essen. Von diesen Bildern hatte Lerner bisher nur gehört. Tatsächlich hätte dieser Maler aus der Bären-Insel etwas machen können, keinen lieblichen Ort allerdings, und das war sie auch nicht, obwohl Lerner sich jetzt an einen frühen rosigen Morgen erinnerte, an dem das Meerwasser flaschengrün schwappte und die Seevögel aus der Ferne wie weiße Schmetterlingswolken aussahen.

Was für Farbmengen auf diesen Leinwänden hafteten! Lerner hörte Courbeaux noch von seinem Wunsch sprechen, die Pasten mit der Kelle wie ein Maurer aufzutragen. Diesen Wunsch hatte er sich erfüllt.

Wenige Damen befanden sich in der Menge der Besucher. Ihre «sittliche Reife» hatten die vernünftigen Frankfurterinnen offenbar keiner Prüfung unterziehen wollen. Die Masse hatte ein Ziel und verharrte nicht, wie Lerner, bei diesen Landschaftsschilderungen. Man drängte voran, Lerner aber, der sich mit Ausstellungen nicht auskannte, studierte andächtig jede Felsschlucht, jedes Dorf am Wiesenhang und jede Meereswelle. Ja, das waren die Wellen seiner Nordlandfahrt: unergründlich schwarz-grau, mit Schaumkronen wie aus zerrissenen Spitzen, die auf der Stierkraft des Wassers verloren obenauf schwammen. Solche Wellen hatte er tausendfach gesehen. Sie waren ihm als ein leeres Auf und Ab, ein Nichts erschienen. Schoepsens «Wasserwüste» – das war doch ein gutes Wort. Das viele Wasser war unfruchtbar, auch wenn Pflanzen und Fische sich darin herumtummelten. Wer an der Reling stand, sah nichts davon, immer nur dasselbe formlose, raumlose Geglitzer. Aber für einen Künstler wie Courbeaux wäre dieses An-der-Reling-Lehnen ein Gewinn gewesen. Der brauchte gar nicht irgendwo anzukommen. Mit den Wellen hatte er schon Stoff für so viele Bilder, daß die Frage, ob er die Bären-Insel erreichte, unwichtig wurde. Das Skizzenbuch war voll, die Ausbeute überreichlich, wo der Normalmensch Lerner noch mit leeren Händen dastand. Er war Eigentümer eines Flecken Landes, hoch im Norden, aber diese Welle in ihrem zweihandbreiten Goldrahmen war womöglich mehr wert als dies ferne und gegenwärtig unerreichbare Land. Courbeaux konnte die Welle schon am Strand in Geestemünde erfassen und mußte sich nicht einmal für einen Tag in das schwankende Holzkistchen Helgoland setzen. Theodor Lerner wurde kleinlaut. Die Vorstellung, Courbeaux hier «persönlich», wie das hieß, zu begrüßen, kam ihm inzwischen kindlich vor. Dies war ein Volksauflauf, ein öffentliches Ereignis. Rauchen durfte niemand, und doch war es, als schwebe eine Wolke über der Menge, so erregt war das Geflüster aus dem benachbarten Kabinett.

Lerner folgte der Strömung, vorbei an einem ausgebreiteten Apfelbaum voll roter Äpfel. Und dann sah er, was die Menge von den Wald-, Schnee- und Meerbildern wegzog und dies schon von draußen zu vernehmende Raunen erzeugte. Wieder ein Meeresstrand. Wellen wurden im Flachen zu Perlmuttschaum. Opalene Muscheln lagen im nassen Sand. Blasen, auf denen die Regenbogenfarben schillerten, wölbten sich dazwischen. In diesem lieblich-frischen Geschäum aber stand, die Füße kaum überflutet, eine nackte junge Frau, an deren Körper die Wassertropfen herunterliefen. Sie kam an den Strand wie eine Schwimmerin, die sich im Sprudel und Strudel draußen ausgetobt hat und nun aufatmend an Land zurückkehrt. Ihr Becken war breit, die Taille fest und als könnten zwei Hände sie umgreifen. Zwischen den gedrechselten Schenkeln war ein kleines Haargekräusel zu sehen, in dem die Wassertropfen wie Perlen hingen. Lerner sah die Brüste, schöne kleine Birnen, die Hände und Füße und das versunkene, glückliche

Gesicht der Frau, die in diesem Auftauchen aus dem Seeschaum mit sich vollständig im reinen war. Da stand er. Er fühlte, daß er rot wurde. Eine Welle aus Reue und Trauer stieg in ihm auf. Die Frau war schwarz. Er kannte sie nur allzugut, obwohl er sie nie so wie hier gesehen hatte. Das hatte an seiner Stelle ein anderer getan. Auf einen solchen Schlag war er nicht vorbereitet.

«Schwarze Venus», sagte ein Mann, der sich zu dem Messingschild auf dem Rahmen beugte. Das Bild war das erste einer Serie. Courbeaux hatte Louloubous Akt nicht nur einmal, gleichsam zufällig gemalt, er hatte in ihr sein eigentliches Modell gefunden und wollte seinen Stolz und sein Glück als Künstler und als Mann nun der ganzen Welt offenbaren. Nicht weit von der «Schwarzen Venus» hing ein biblisches Thema: «Nigra sum, sed formosa», las derselbe Mann nun vor, was das hieß, blieb Lerner verborgen. Hier lag Louloubou mit ihrem rund gedrechselten, aus lauter bebenden, schwellenden Kugeln und Kegeln bestehenden, bis zum Platzen mit warmem Blut gefüllten Körper auf weißen, zerwühlten Laken. Sie war halb aufgerichtet und trug einen kronenartigen Kopfputz, eine echte Löwenmähne mit Pfauenfedern und Perlenstickereien, Schnüre aus unregelmäßigen Türkisen und Korallen hingen an ihren Schläfen hinunter, ihre Augenbälle waren halb verschleiert, der Mund mit den gewölbten Lippen geöffnet und ihre Hand mit der rosigen Innenfläche sehnsuchtsvoll ausgestreckt nach einem ernsten Mann im Halbschatten mit einem gekräuselten, schwarzen Bart und griechischem Profil, ein voluminöser, feierlicher Mann mit gestreiftem Turban, in geradezu drohende Betrachtung ihres Körpers versunken – hier hatte Courbeaux sich als König Salomo gemalt.

Das nächste Bild hieß «Die Morgentoilette». Es war kleiner als die anderen und zeigte Louloubou nur bis zum Nabel. Ein rosig-grünlich changierendes Satin-Negligé war von ihren samtenen Schultern geglitten und umspielte mit hellen Lichtern ihre Taille. Sie hatte die Arme gehoben, zeigte ihre rasierten Achselhöhlen und schien außerordentliche Lust zu empfinden, während sie mit einem großen Elfenbeinkamm ihre Kopfhaut kitzelte, denn ihr Mund ließ die Zungenspitze sehen, und die Augenbälle waren ein wenig verdreht. Mit einer flamencohaften Drehung kam sie aus dem Dunkel des Hintergrunds, beinahe aus dem Rahmen heraus. Es war das Erregteste der drei Bilder. Studien schlossen sich an: Louloubous herrlicher Rükken, ihr Kopf mit Turban, ihre ein wenig knochigen Hände, ihre gepolsterten kleinen Füße durfte Lerner jetzt in aller Ausführlichkeit betrachten. Darauf hatte er einst verzichtet – nicht leichten Herzens, sondern grimmig und gar verzweifelt, aber nach Abwägung der Güter dann eben doch.

Er haßte Frau Hanhaus jetzt. Sie war eine Spielerin. Alles war für sie nur ein Einsatz. Er aber, Theodor, fühlte jetzt deutlich, daß er kein Spieler war. Er hatte etwas getan, was gar nicht in seiner Natur lag. Noch einmal empfand er den bitteren Schmerz der Reue.

Die Unruhe schwoll an. Ein Druck wurde auf die Menge ausgeübt, sie widerstand und wich dann doch breiartig nach allen Seiten zurück. Jemand wollte Einzug halten, der Platz beanspruchen durfte. Lerner versuchte, zwischen den Hüten hindurchzusehen. Da war Courbeaux in bequemem, sehr elegantem, nachlässig zugeknöpftem Anzug. Auf der Brust lag der majestätische Bart. Er schaute mit rollenden Götteraugen um sich. Es regte sich Applaus, er wurde erkannt. Neben ihm schritt eine Dame, Louloubou in weißem Kaschmirmantel, von Hermelin mit schwarzen Schwänzchen verbrämt. Auf dem Kopf trug sie eine Toque aus Schwanenfedern. Courbeaux nahm die Menge nicht zur Kenntnis. Mehrere junge Herren stenographierten mit, was er sagte. Der Maler schien sie nicht zu bemerken. Er wandte sich an jemanden, den Theodor nicht sah, und sprach, als sei der Raum leer.

«Mademoiselle Louloubou ist eine außergewöhnliche Künstlerin, der ich alles verdanke. Frankfurt ist in meinem Leben schicksalhaft geworden. Stellen Sie sich vor, ich bin hier, ausgerechnet hier, zu einer Polarexpedition eingeladen worden, um Eisbären zu schießen und zu malen. Und ich bin in dieser Stadt meiner Muse begegnet. Für Mademoiselle Louloubou mußte ich keine Expedition unternehmen. Aber das ist wahrlich nicht das einzige, was für sie sprach: Sie ist mein Afrika. Das Schwarz hat mich immer beschäftigt – ich grundiere meine Bilder schwarz, aber ich habe mich an die Darstellung des Schwarzen selbst bis dahin nicht gewagt. Schwarz: Pech, Kohle, Ruß, Tinte, Lack, Marmor, Lava, und schließlich Augen, die Schwärze von wirklich schwarzen Augen, das ist ein Nuancenreichtum, der die Erfahrung eines ganzen Malerlebens fordert. Sehen Sie, malen besteht eigentlich darin, eine einzige Farbe zu zwingen, auch alle anderen Farben ausdrücken zu können.

Es gibt da eine Verwandtschaft mit dem Wein. Wein kann jeden erdenklichen Geschmack hervorbringen, er kann nach Heu, nach Schweiß, nach Tabak, Schokolade, Kaffee, Veilchen, Butter, Erdbeeren, Ammoniak oder Leder schmecken, und ebenso gibt es in der Malerei eine kastanien-, maronen-, zimt-, mahagonihafte Schwärze, eine blaue und eine rote Schwärze, eine kalte und eine heiße, eine schwarze und eine gelbe, ja sogar eine weiße Schwärze.» Hier lachte er dröhnend. Louloubou war keine Regung anzumerken. Sie stand in ihrer schneeköniginhaften Pracht und ließ die Augen kreisen, ohne daß deutlich wurde, ob sie etwas sah.

40

Der Fahrplan
der Hurtig-Route

Wer mit leeren Taschen durch eine große Stadt läuft, ist schlimmer dran, als einer, der in wüstem Gebirge zwischen Fels und Schlucht umherirrt. Wem es in Bergeinsamkeit gelingt, die Angst, die wunden Füße und den leeren Magen zu vergessen, vermag sich immerhin zu sagen, daß er mit den Gesetzen der Natur in vollständiger Übereinstimmung steht. Wie ein Hase oder eine Fliege ist er als Teil des großen Organismus in seiner Felsenspalte am richtigen Ort. Seine Not bringt die Natur tausendfach hervor und vergißt sie wieder. Sollte er Hungers sterben, geschähe damit nichts, was die Natur als Ganzes irgendwie in Frage stellte.

In der großen Stadt hingegen ist der Habenichts ein Fremdkörper. Was ihn umgibt, ist für die Bequemlichkeit der Bürger und ihr Zusammenwirken gemacht, er allein ist aus allem ausgenommen. Was ihm fehlt, liegt überall verführerisch aufgehäuft, ist seinem Zugriff aber entzogen wie die Himmelsfrüchte, die vor der Hand des Tantalus stets aufs neue zurückwichen. Endlos ziehen sich die Straßen mit komfortablen Häusern, bis zum Bersten gefüllt mit Sophas und Betten, Fauteuils und Klavieren. Aber dem Habenichts ist es, als seien die Straßen bloß Kulissen seiner hungrigen Phantasie. Mit dem Ausgeschlossensein geht ihm die ganze Wirklichkeit verloren. Seine Leiden werden sinnlos.

So weit war Theodor Lerner zwar noch nicht, aber es zeichnete sich ab, daß etwas Unvorhergesehenes geschehen mußte, damit der Mann, der vor kurzem noch «Fettammern à la Rothschild» zu sich genommen hatte – das Knacken der Vogelknöchelchen war noch in seinem Ohr –, auf eine regelmäßige Erbsensuppe rechnen durfte. Schlimmer als das Kneifen im Bauch war die Unsicherheit, mit der er sich nun in der Stadt bewegte. Lerner war kein gewohnheitsmäßiger Zechpreller. Wenn er in die Nähe des Hotels «Monopol» geriet, brach ihm der Schweiß aus. Im Gedränge der Stadt rechnete er stets mit der Möglichkeit, daß ein Hoteldetektiv sich von hinten auf ihn stürzte und ihn als Betrüger auf die Wache schleppte. Gehörte er, nach tiefster eigener Überzeugung, nicht auch dorthin?

Das Wiedersehen mit Louloubou hatte seinem Selbstbewußtsein den heftigsten Schlag versetzt. Sie erst, die schöne Schwarze im Hermelin, hatte ihn zum kleinen Hochstapler gemacht. Auf Etagen des Lebens hatte er mitspielen wollen, die ihm von seinen Gaben her versperrt waren. Wer sich eine Louloubou um eines chimärischen Vorteils willen aus den Händen hatte wegschwatzen lassen, wollte Länder im Norden zu eigen nehmen, Kohlengruben ausbeuten, ein reicher Mann werden! Heute stand sie als Königin unter der gaffenden Menge. Ein großer Mann bekannte sich zu ihr vor aller Welt, feierte ihren Körper in seiner Kunst und sagte von ihr: Sie ist mein Afrika. Sie ist meine Bären-Insel, das hätte Lerner sagen müssen. Wer einen Vorteil opferte um eines Menschen willen, der eroberte diesen Menschen und das übrige Glück dazu. Wer in der Liebe versagte, hatte auch nicht die Kraft, sich den Flecken Erde zu erkämpfen, auf dem er stehen wollte. Und deshalb war Lerners Lage jetzt beschämend. Er mußte sich vor dem Angesicht der rechtschaffenen Menschen verbergen. Sein Bären-Insel-Unternehmen kam ihm jetzt wie ein abstoßendes Gebrechen vor, mit dem er immer neue Ärzte belästigte.

Jetzt war es Beressnikoff, der die Gutachten und Exposés las, die schon so oft angeblich hochinteressierten Personen vorgelegt worden waren. Lerner war zu einem Bittsteller in aussichtsloser Sache geworden. Im Kern war nichts gelogen – das abgegrenzte Stück Land unter dem grauen Himmel gab es schließlich. Aber so schwer, wie man dorthin gelangte, hätte es ebensogut auf dem Mond liegen können. «Château d'Espagne» hießen in Frankreich die Luftschlösser. Nun, Spanien war mit der Eisenbahn zu erreichen. Wäre die Bären-Insel ein Château d'Espagne, dann wäre sie längst mit Gewinn verkauft. Das Versagen bei Louloubou mußte ein Mal auf seiner Stirn hinterlassen haben, das die anderen sahen. Da konnte er reden und mit Papieren rascheln, solange er wollte, auf der Stirn glühte unablässig das Mal und sagte: Hände weg von diesem Mann.

Wenn er Ilse wiederfinden könnte, dachte er plötzlich. Louloubou in ihrer Pracht hatte die effektlose Schönheit Ilses, ihre Ungeschmücktheit, aus seiner Vorstellung verdrängt. Ilse, dachte er jetzt, war vielleicht die zweite Chance, die ein gnädiges Schicksal ihm gewährte, wenn er die Lektion aus dem ersten Scheitern begriff und daraus lernte. Hatte ihn Frau Hanhaus nicht auch um Ilse gebracht? Mutter und Sohn waren ausgesandt, sein Leben zu vergiften, indem sie es zugleich unablässig aufbliesen und anwärmten und mit einem Hoffnungswirbel erfüllten. Es steckte etwas in ihm, das hatte Frau Hanhaus aufgedeckt. Sie besaß den schnellen Blick auf die Eignung einer Person. Er war ihr sofort geeignet erschienen – wozu, das stand auf einem anderen Blatt. Aber aus dieser Entdeckerin durfte nicht die einzige und letzte Gestaltgeberin seiner Existenz werden. Ein neuer Umbruch bahnte sich an.

Wenn Beressnikoff sich bereit erklärte, die Bären-Insel-Akten in Rußland so nachdrücklich zu präsentieren, daß er dort echtes Interesse weckte, dann stand als nächster Schritt bevor, Russe zu werden. Für Frau Hanhaus war das offenbar nicht mit der geringsten Schwierigkeit verbunden. Sie hatte ihr ganzes Leben im Ausland verbracht, sie trat in eine neue Staatsangehörigkeit ein wie in eine wochenweise gemietete Wohnung.

Gab es etwas, was Lerner diesen Schritt schwerer machte? Jetzt wußte er die Antwort darauf. Das ganze Manöver konnte von nachhaltigem Erfolg nur gekrönt sein, wenn es ihm vorher gelang, Ilse wiederzufinden und die bösartige Intrige Alexanders in ihrem Kopf aufzulösen. Eine magische Vorstellung: Ein zweites Mal durften ihm weder Frau Hanhaus noch ihr Sohn, noch die Bären-Insel eine Frau rauben. Wenn die Bären-Insel eine reelle Option auf die Zukunft enthielt, dann nur mit Ilse an seiner Seite. Und wenn Ilse bei ihm war, wäre es auch nicht mehr schlimm, die Bären-Insel abzuschreiben. Wie er sie einschätzte, war es ihr ohnehin gleichgültig, auf welche Weise er sein Geld verdiente. Er war jung, das fühlte er, als sei er unversehens wie aus einem Traum erwacht. Seine ganze Kraft würde er nun darauf richten, Ilse zu suchen. Gab es nicht Anhaltspunkte? Die Familie Kohrs mochte wissen, wo sie sich aufhielt. Ilse war keine Frau Hanhaus, sie tauchte nicht unter. Vielleicht stand sie noch mit der tänzerisch hinkenden Erna in Verbindung. Dann war da Leutnant Gerlach, aber den würde er zuallerletzt fragen. Er hatte die Grenzen der bewohnten Erde überschritten, er würde wohl auch eine in Gaunerschlichen unerfahrene höhere Tochter im zivilisierten Deutschland, dem Reich der Adreßbücher und Meldebehörden, wiederfinden.

Lerner mußte ausweichen. Eine große Leiter wurde weggeräumt. Die Männer hatten ein schwarz-goldenes Glasschild an die Hauswand geschraubt: «Karl Riesels Reisebüro, Berlin, Unter den Linden – Frankfurt am Main, Kaiserstraße». Im Fenster standen zwei bemalte Tafeln. Die ägyptische Sphinx mit ihrer zerschossenen Nase schaute mit leerem Blick aus fünf Jahrtausenden auf mit Lederkappen, karierten Sportmützen, Autoschleiern und Regenmänteln bekleidete Damen und Herren zu ihren Füßen, die um ein Kamel geschart waren und Fernstecher auf sie gerichtet hielten. Die zweite Tafel zeigte einen Zeppelin, in dessen Gondeln sich eine gleichfalls zünftig ausgerüstete Gesellschaft aus den Fenstern lehnte, während auf einer Eisscholle eine Eisbärfamilie mit süßen kleinen Bären Männchen machte und mit den Tatzen unbeholfen winkte. «Nach Ägypten wie ein Wiesel – fährt seit dreißig Jahr' Karl Riesel – Hoch ins Eismeer ganz bequem – für Karl Riesel kein Problem.» Es waren die winkenden Bären, die Lerners Blick gefesselt hatten, in Verbindung mit der kleinen Stockung durch die Leiter, so versuchte er sich das später zu erklären. Die Eisbären waren seine Selenführer. Erst fiel sein Blick auf sie, dann an ihnen vobei ins Ladeninnere, das ganz neu mit reich geschnitzten Theken und Intarsientäfelungen eingerichtet war. Unter einer soeben mit Big-Ben-Glockenspiel zwölf schlagenden Uhr war eine Montgolfiere in edlen Hölzern in die Wand eingefügt, die eine Banderole: «Karl Riesel, seit dreißig Jahren» im Höhenwind flattern ließ. In Frankfurt war eine Filiale des in Berlin hocherfolgreichen Unternehmens eröffnet worden. Distinguierte Angestellte saßen hinter den Pulten. Eine hochgewachsene junge Frau in gestärkter weißer Bluse brachte einen dicken Folianten, ein internationales Kursbuch, und wollte es aufschlagen, als sich eine Strähne in ihrer hochgesteckten Frisur löste und sie die Hände hob, um das Haar wieder zu ordnen.

Lerner schaute den Händen lange unbewegt zu. Die Frau sah jetzt in einen Spiegel, in den zwischen Ananas und Granatäpfeln die Worte «Mit Karl Riesel um die Welt» hineingeschliffen waren. Sie neigte den Kopf, um zwischen den stumpf geschliffenen Partien ein spiegelndes Stück zu finden. Sah sie das Gesicht des jungen Mannes unter der schwarzen Filzbombe, der da von draußen so angelegentlich in den Laden starrte?

Sie sah ihn, aber an ihrer Miene war das nicht zu erkennen. Das Wichtigste auf der Welt war ihr Haar. Schließlich saß es wieder. Sie wandte sich ab, die Tür öffnete sich. Der junge Mann trat ein und ging auf sie zu.

«Sie wünschen?» fragte sie kühl.

«Ich möchte zur Bären-Insel reisen.»

«Zur Bären-Insel? Bitte helfen Sie mir, davon habe ich noch nie gehört.»

«Sie liegt nördlich von Spitzbergen. Man muß entweder nach Rußland, nach Murmansk oder nach Tromsö in Nordnorwegen reisen, um von dort zu ihr aufzubrechen.»

«Gut, Nordnorwegen. Die Verbindung nach Christiania suche ich Ihnen heraus, das dürfte nicht schwierig sein. Und von Christiania nach Tromsö geht jede Woche das Postschiff, die Hurtig-Route ...»

«Die hurtige Rute? Ist das ein Strafinstrument?»

«Vielleicht.»

Ihrem Gesicht war nicht anzumerken, ob sie Lerners Bemerkung für einen Scherz hielt. «Vielleicht wäre sie für manche gut, eine hurtige Rute ...»

Lerner beugte sich vor und flüsterte ihr zu: «Der junge Kerl, der Sie im Hotel ‹Monopol› belogen hat, ist ins Gefängnis gekommen. Er wird jetzt für seine Schandtaten bestraft. Sie haben diesem Verbrecher doch keinen Glauben geschenkt?»

«Ins Gefängnis?» fragte sie, die Nachdenklichkeit verschönte ihr strenges Gesicht. «Wirklich ins Gefängnis? Ich wollte so gern mal jemanden sehen, der ins Gefängnis kommt. Man liest immer davon, aber man trifft niemanden ... nur weil er zu mir ...?»

«Dafür allein hätte er Zuchthaus verdient», sagte Lerner immer noch gedämpft, aber leidenschaftlich. Ilse sah ihn lange an. Lerner versuchte, diesem Blick ohne Blinzeln und Zucken standzuhalten. Sie sollte alles sehen, was es bei ihm zu sehen gab, bis auf den Grund seiner sparsam möblierten Seele, bis in das letzte Geheimfach seiner schlichten Gedanken sollte sie gucken können. Vor Anstrengung im Stillhalten wurde er rot.

«Sie sind ein ähnlicher Fall wie ich», sagte Ilse, weiterhin äußerst gefaßt. «Ich bin eine arme Verwandte, und Sie sind auch eine Art armer Verwandter – von wem, ist ganz gleichgültig. Das ist schlecht für den Charakter. Es bekommt einem nicht. Die Armen sind meistens nicht anständig. Ich zum Beispiel war bei Onkel Walter und Tante Elfriede vor allem, weil ich glaubte, daß sie reich sind. Ich mag reiche Leute. Die Gedanken, die sie denken, die Leute, die sie kennen, das hat etwas Interessantes für mich. Ich mußte sowieso dort fort, aber ich bin auch gegangen» – sie betonte dies «auch» mit hochgezogenen Augenbrauen und großem Nachdruck –, «weil ich festgestellt habe, daß sie gar nicht so reich waren, wie ich glaubte. Über Sie wurde dort übrigens zum Schluß nicht besonders gut geredet.»

«Was über mich zu sagen ist, können Sie von mir erfahren. Kommen Sie, gehen wir hier weg, in ein Café, oder spazieren, ich lasse Sie jetzt nicht mehr ...»

Ein Herr im Cutaway näherte sich und wandte sich förmlich an Ilse: «Gibt es Schwierigkeiten? Kann ich helfen?»

«Der Herr sucht eine Verbindung zur Bären-Insel.

Ich war gerade dabei, die Abfahrtszeiten der Hurtig-Route herauszuschreiben.»

«In Tromsö müßten Sie dann für die Fortsetzung der Reise ohnehin ein Schiff chartern», sagte der Cutaway-Träger zu Lerner. «Wir sind Ihnen dabei aber gern behilflich. Fräulein Ilse, bringen Sie bitte die Akte der Reederei Krogstad in Tromsö. Bitte nehmen Sie Platz, mein Herr. Es wird ein wenig dauern, bis ich Ihnen alles zusammengestellt habe.»

Ilse brachte die Akte. Sie sah Lerner an, der sich folgsam gesetzt hatte. Ihre Augen blitzten vor Vergnügen.

41

Die Petersburger Schlittenfahrt

Wohlhabenheit atmeten die Straßen des Westends, die zu Frau Hanhausens schöner, großer Wohnung führten. Nachmittags blieben die vielen Lieferanten, die morgens für eine gewisse Unruhe sorgten, endlich aus. Dann begann die Stille sich zu vollenden. Hier wurde nicht aus den Fenstern herausgerufen, hier sahen keine Leute auf Kissen gestützt aus den Häusern, um ungeniert am Leben auf der Straße teilzunehmen. Höchstens eine Melodie, ein Fetzchen Klaviermusik drang einmal aus einem Haus. Poesie hat solches ferne Klavierspiel aus einer dämmrigen Wohnung, dachte Lerner. Die Dame, die dort allein zu ihrer Freude spielte, war vielleicht nur flüchtig bekleidet, ihr rüschenbesetztes Negligé öffnete sich, während die schönen Finger mit den polierten Nägeln die Tasten zum Klingen brachten, mehr noch zu einem Klingeln, die Komposition ahmte zart rhythmische Glöckchen nach.

War es möglich, daß diese Musik aus dem Erkerfenster

von Frau Hanhaus drang? Das war ausgeschlossen, denn in ihrer immer noch weitgehend leeren Wohnung – woher hätten Möbel denn kommen sollen? – gab es kein Klavier. Der Flügel war der Vermieterin bloß angekündigt, und bevor ein solcher in der Wohnung stand, wollte Frau Hanhaus längst ausgezogen sein. Narrten Lerner seine Sinne? Nein, sie narrten ihn nicht.

Im Treppenhaus wurde die Musik lauter. Er klingelte. Die Hausglocke mischte sich in das pianistische Geklingel, das nicht verstummte, obwohl sich Schritte näherten. Frau Hanhaus öffnete die Glastür. Und die Musik ging immer weiter? Ohne Pause, wer sie spielte, ließ sich nicht unterbrechen.

«Sehen Sie nur», sagte Frau Hanhaus mit verheißungsvollem Lächeln, «Herr Beressnikoff hat mir ein Pianola geschenkt, einen Luxusmusikautomaten mit vielen, vielen Stücken. Ich habe in den letzten Jahren die Musik so vermißt. Ich bin in einem Rausch des Glücks.» Ein Flügel war es nicht, das Pianola, sondern ein Wandklavier mit Säulchen und Messingkerzenleuchtern und echten Elfenbeinklaviertasten, die wie von Geisterhand angeschlagen das muntere Stück spielten.

«Die Petersburger Schlittenfahrt», sagte Frau Hanhaus, «hören Sie nur das Klingeln der Troika. Das macht soviel Schwung, obwohl in Petersburg Fahrten in solchem Tempo nur nach Mitternacht möglich sind, denn der Newskij-Prospekt, sagt Vladimir Gawrilovich, ist tagsüber immer verstopft. Nur die Schlitten des Hofes dürfen durchfahren, wie bei uns der Kaiser mit seiner Tatütata-Hupe –

würde sich auch gut für Orchester eignen, ich könnte mir einen sehr schneidigen Tatütata-Marsch vorstellen, in dem das Tatütata von kleinen silbernen Trompeten geblasen wird.»

Lerner hörte ihr verblüfft zu. Sie sprach in Erregung, aber ihm war, als ob sich dieser Eifer nicht auf das Pianola beziehe. In ihrer beredten Freude war etwas Zerstreutes, als müsse sie sich zu den Worten über die Musik Berlins und Petersburgs zwingen, während ihre Gedanken an einem ganz anderen Ort verweilten.

«Auch für Sie hat Beressnikoff etwas mitgeschickt», fuhr sie fort und überreichte ihm einen Brief, der in unbeholfener Kinderschrift an «Seine Hochwohlgeboren Herrn Theodor Lerner» adressiert war. Lerner machte eine spöttische Bemerkung über die Handschrift des Russen. Das sei ein falscher Eindruck, sagte Frau Hanhaus mit einer gewissen Strenge. Die lateinische Schrift sei für Beressnikoff keine Selbstverständlichkeit, sondern mühsam erlernt. Eigentlich schreibe er kyrillisch, und da habe er eine sehr ausdrucksvolle, persönliche Hand.

«Ein G zum Beispiel ist für uns immer ein G, wir können gar nicht anders, als dieses Zeichen als Buchstaben zu lesen. Ein Gamma hingegen kann für uns auch ein Galgen sein. Wenn wir eine andere Schrift erlernen, werden deren Buchstaben für uns nie die ausschließliche Buchstabenqualität erhalten, und deshalb erreicht das Schreiben nie dieselbe Selbstverständlichkeit wie in der Muttersprache. Es ist ein Beweis feinfühliger Höflichkeit, wenn Herr Beressnikoff Ihnen ein Handschreiben sendet. wäre, glaube ich, unpassend, an dieser Leistung herumzukritteln. Das gilt auch für sein Deutsch. Ich finde, man sollte sich nicht an einzelnen kleinen Fehlern festhalten, sondern darüber staunen, wie gut es ist – natürlich Ergebnis der Diplomatenerziehung. Beressnikoff ist Zögling der legendären Petersburger Konsularakademie.»

Gut, Lerner wollte gerne dankbar sein. Was schrieb also der Elite-Diplomat?

«Sehr geehrter Herr Lerner! Indem ich den Empfang Ihres geehrten Schreibens vom 5. ds. nebst den beigefügten vier Anlagen bestätige, beehre ich mich, Ihnen die Mitteilung zu machen, daß ich mich leider weder für berufen noch befugt erachte, in Ihrer Angelegenheit irgendwelche offizielle Schritte zu tun, zumal jetzt, wo dieselbe, in Folge meiner baldigen Versetzung in den Ruhestand, meinem Interessenkreise vollends entrückt ist. So kann ich Sie denn nur an das Kaiserliche Ministerium des Äußern in Petersburg verweisen, dem Sie Ihre Anerbietungen zu unterbreiten haben würden. Letztere müßten aber jedenfalls in präzisere Form gefaßt sein, als Sie dies mir gegenüber getan haben, wo Sie zum Beispiel die Unterstützung, die Sie seitens der Kaiserlichen Regierung erlangen möchten, nur andeutungsweise und ohne jegliche Angabe über die Art und Ausdehnung derselben (bis auf das geforderte Nebelhorn) erwähnen, so daß ich mir von Ihren diesbezüglichen Wünschen kein rechtes Bild zu machen vermag. Hochachtungsvoll sehr ergebener V. Beressnikoff.»

«Das ist doch ein reizender Brief, mit guten Ratschlägen aus dem Innern des Außenministeriums, kostbaren

Informationen, daraus können Sie doch etwas machen.»
Frau Hanhaus sprach geradezu gereizt, als wolle sie Lerners Enttäuschung zuvorkommen. Er habe doch inzwischen wahrlich genügend geschäftliche Erfahrung. Was für einen Brief er von einem hochrangigen Diplomaten eigentlich erwarte? Zur Diplomatie gehöre nun einmal, einen bestimmten Weg nur zu beschreiten, wenn man sich zugleich alle anderen Wege offen hielt. Darin könne man geradezu die Definition der Diplomatie erblicken. Diplomatie sei die Erhaltung der Manövrierfähigkeit in jeder Phase eines Prozesses. Ein klares Ja schlage schallend viele Türen zu, sei also das Undiplomatischste, was es gebe. Das Dienstmädchen von unten brachte Kaffee. Das war jetzt schon feste Gewohnheit. Frau Hanhaus hatte der Wirtin erklärt, sie hasse in ihrer persönlichen Bedienung untreue Gesichter, die Wirtin stimmte ihr darin lebhaft zu. Sie war der Überzeugung, es mit ihrer neuen Mieterin glänzend getroffen zu haben. Ein solches Maß an Übereinstimmung war schwer zu überbieten.

«Armer Theodor», sagte Frau Hanhaus jetzt sanft, «ich beneide Sie nicht. Aber Sie müssen da hindurch, wie auch ich mein ganzes Leben lang jedes Hindernis einzeln genommen habe. Aber jetzt bin ich müde. Ich habe mir immer geschworen: ich höre auf, bevor ich alt bin und aufhören muß. Das Leben besteht nicht nur aus Arbeit. Das ist ein Satz, an den ich mich jetzt gewöhnen will.»

«Sie wollen sich aus dem Bären-Insel-Unternehmen zurückziehen?» fragte Lerner ungläubig.

«Ich glaube, das kann ich gar nicht, auch wenn ich das

wollte», antwortete sie. Etwas Träumerisches lag in ihrer Stimme. «Wie kann man sich aus etwas zurückziehen, was man erfunden hat? Kann ein Dichter sich aus seinem Gedicht, ein Komponist sich aus seiner Melodie zurückziehen? Ich weiß nicht, wer die ‹Petersburger Schlittenfahrt›, mein Lieblingswerk, geschrieben hat, aber ich weiß, daß die reinste Essenz des Meisters in diesen Noten steckt. Wenn wir sie hören, steht das Beste dieses Mannes vor uns, das, was ihn, wenn alles Zufällige von ihm abfällt, überleben wird. Solange es ein Bären-Insel-Unternehmen gibt, so lange werde ich in ihm leben. Das ist keine Vermessenheit, es ist ein simples materielles Faktum. Nur arbeiten, lieber Freund, werde ich nichts mehr dafür, und der riesige Gewinn, der unfehlbar in der Sache steckt und bald schon zu Tage treten wird, ist mein Geschenk an Sie. Mein Leben besteht darin, anderen etwas zu schenken. Ich darf Sie nach all den schwierigen und zugleich doch auch wertvollen und erlebnisreichen Monaten und Wochen bitten, dies Geschenk von mir anzunehmen.»

Stille trat ein. Die allgemeine Westendruhe war jetzt nicht einmal mehr von den lieblichen Klängen des Pianola unterbrochen. Was war noch zu sagen? Frau Hanhaus stand auf. Der Augenblick ging ihr zu Herzen. Etwas kämpfte in ihr.

«Diese ganze Vorstellung der Herrenlosigkeit der Bären-Insel hat uns auf die falsche Fährte gelockt», sagte sie unvermittelt und leidenschaftlich. «Herrenlosigkeit, ich fürchte, das gibt es gar nicht mehr. Vladimir Gawrilovich sagt, der Begriff der Herrenlosigkeit sei heute eine Fiktion.

Man arbeite mit ihr nur als ideeller Größe. ‹Was hilft's, die Welt ist weggegeben› – Sie erinnern sich an die Zeile? Irgendwie kam Zeus vor in dem Gedicht, und wenn Zeus selber das sagt, dann kann der kleine Mensch nicht daran rütteln. Bitte, Theodor, schauen Sie nicht so steinern. Ich ahne, wie Ihnen zumute ist. Wie aber erst mir, mit Alexander im Gefängnis? Wenn ich es nicht sehr klug anstelle, bleibt er auch drin. Sehen Sie, als Ehefrau eines russischen Diplomaten kann ich ganz anders agieren. Vladimir Gawrilovich ist sogar bereit, Alexander zu adoptieren. Er ist bereit, meine Rechnung im ‹Monopol› zu bezahlen – und vielleicht sogar Ihre, wenn Sie versprechen, mich nie wiederzusehen. Er ist der großzügigste Mensch auf der Welt, aber eifersüchtig wie ein Spanier. Theodor – das muß ich doch einfach machen! Sagen Sie doch ein Wort. Kommt eine solche Gelegenheit ein zweites Mal?»

Theodor Lerner war wie vor den Kopf geschlagen. Er erlebte einen Augenblick der Panik. War es nicht unheimlich, wie sich seine und Frau Hanhausens Angelegenheiten in Windeseile auseinandersortierten? Konnte sie wirklich in seinen Gedanken lesen? Schon oft hatte er sich diese Frage gestellt. Niemals hätte er zu wünschen gewagt, daß sie ihn fallenließ – daß sie ihm die Freiheit wiedergab, hätte es richtiger geheißen. Denn Theodor hatte sich Frau Hanhaus unlöslich verbunden gefühlt. Wenn er sich jetzt zu Ilse hinsehnte, dann stand dahinter stets die Frage, ob Frau Hanhaus einer Erweiterung der Compagnie wohl zustimmte. Frau Hanhaus würde es in seinem Leben geben bis zum Grab, davon war er bis eben felsenfest überzeugt.

Wie bei Sholtos Bankett als große Trauernde, mit schwarzem Kreppschleier, würde sie einst an Lerners Bahre stehen, das hatte er schon im Traum vor sich gesehen. Sie hatte sich in seine Gehirnwindungen hineingeschlichen. In seine geheimsten Gedanken war sie immer irgendwie hineinverwoben. Die Hanhaus-Silhouette lag über allem. Er sprang herum, ohne die Grenzen ihres Schattens jemals zu überschreiten.

Und nun würde sie freiwillig gehen? Würde ihre Beute einfach laufenlassen? Ohne Kämpfe, ohne Beschwörung, ohne Intrige, ohne Verfluchung sollte er aus diesem Zimmer entlassen werden? Frau Hanhaus war für Lerner eine Gestalt wie Fürst Kaunitz, der undurchsichtige Kanzler der Kaiserin Maria Theresia, geworden. «Was bezweckt er damit?» fragte Metternich, als er vom Tod des Fürsten Kaunitz hörte. Was bezweckt sie damit? fragte sich jetzt Theodor Lerner. Oder war sie ein Planet, der unbeirrbar, wenn die Zeit gekommen war, ins nächste Haus rückte.

Theodor wagte ihr nicht ins Gesicht zu sehen. Er durfte ihr keine Verwirrung, keine Erleichterung, erst recht keine Freude zeigen. Was hatte sie vor?

«Sprechen Sie denn russisch?» fragte er schließlich.

«Nein, kein Wort. Aber ich werde es lernen.» Sie war dankbar, daß er das Schweigen brach. «Es ist eine solch poetische und gefühlvolle Sprache.» Das immerhin schien sie schon festgestellt zu haben. «Natürlich muß ich konvertieren, aber darin sieht Vladimir Gawrilovich die geringste Schwierigkeit. Deutsche würden die besten Orthodoxen, das meint er wohl auch im Hinblick auf die Kaiserin. Ich weiß noch nicht so genau. Alles, was er mir über Zweifinger- und Dreifingerkreuzzeichen sagt, kommt mir etwas kurios vor – darf man das in diesem Zusammenhang überhaupt sagen?» Sie wirkte unsicher. Lerner begann das Gefühl der Panik zu verlieren.

«Meine Namen passen – das ist schon einmal gut. Wußten Sie, daß Helga auf russisch Olga ist? Und Waldemar, der Name meines Vaters, Vladimir? Ich werde Olga Vladimirowna heißen – klingt das nicht schön? Bitte, Theodor, sagen Sie's auch einmal: Olga Vladimirowna.»

«Olga Vladimirowna», sagte Lerner. Er stand auf.

«Ich verlasse Sie jetzt, Olga Vladimirowna. Aber ich bitte Sie von Herzen, mir in diesem Augenblick des Abschieds eine einzige Frage aufrichtig zu beantworten.»

«Wenn ich das kann.»

«Als wir uns kennenlernten, waren Sie auf dem Weg zu Freunden. Die hatten einen Namen, den ich mir gemerkt habe, weil er für mein Ohr nicht richtig zusammenpaßte: Rittmeister Bepler. Erinnern Sie sich?»

«Ja», sagte sie zögernd, etwas abwesend.

«Dieser Rittmeister Bepler – gab es diese Leute?»

«Bepler», sagte Frau Hanhaus versonnen, «natürlich gab es sie. Ich weiß genau, daß ich den Namen, kurz vor unserem Zusammentreffen, unter den Todesanzeigen gelesen habe.»

42

Eine goldene Zukunft

In Linz am Rhein wurde um zwölf Uhr zu Mittag gegessen. Wenn der taumelnde Glockenlärm des Angelusgeläuts vom Turm der Stadtkirche verhallt war, senkten sich in allen Häusern die Suppenkellen in die Terrinen. Ferdinand Lerner kam stets mit dem letzten Glockenschlag aus seiner Apotheke hinauf und setzte sich erwartungsvoll an den Eßtisch. Meist kam etwas Gutes. Isolde aß selbst nicht besonders gern, wachte aber als pflichtbewußte Hausfrau darüber, daß der Tisch ihres Ehemannes mustergültig bestellt war. Heute gab es gekochtes Rindfleisch, das schätzte der Apotheker besonders. Aber warum sah Isolde so schmallippig und verstimmt drein? Sie verstand nicht, daß ein gutes Essen in Heiterkeit und Wohlwollen verzehrt werden will. Niemand hatte ihr beigebracht, daß die Pflichten der guten Hausfrau, die sie so hochhielt, nicht mit dem Kredenzen köstlicher Mahlzeit endeten, sondern auch noch ein freundliches Gesicht verlangten, aber

Ferdinand Lerner war nicht der Mann, solche Einsichten zu fördern, er war einsamer Genießer. Obwohl nicht viel älter als Theodor, hatte er bereits einen deutlichen Embonpoint.

«Es liegt ein Brief neben deiner Serviette», sagte Isolde. «Wenn mich nicht alles täuscht, von der Hand deines Bruders Theodor. Bevor du ihn öffnest, wollen wir festhalten: keinen weiteren Kredit, kein Wohnen hier im Zandhof» – so hieß das Haus des Apothekers –, «keine Empfehlungs- und Bürgschaftsschreiben an wen immer in der Welt, noch nicht einmal an den Gefängnisgeistlichen ...»

«Isolde, du übertreibst.»

«Nein, das ist noch untertrieben. Ich habe mich von Theodor regelrecht verfolgt gefühlt. Immerfort haben Leute geschrieben, die Geld von uns wollten, weil er sie, obschon er das ableugnet, an uns verwiesen haben muß. Die Polizei ist hier gewesen in dieser Unterschlagungsaffaire. Das geht nicht hier in Linz. Man kann drei Mal unschuldig sein, man muß auch den Anschein und den Umgang beachten. Das weiß er natürlich, aber es ist keine Rücksicht da. Und keine Ritterlichkeit.» Das war vielleicht der schlimmste Vorwurf. In seiner letzten Auseinandersetzung mit Isolde hatte Theodor ihr, wie er es Ferdinand später darstellte, «einige Wahrheiten» gesagt. Und diese Wahrheitskörner fielen auf einen guten Boden und trugen reiche Frucht in Gestalt nie versiegender Rachsucht, nun, das ist zu stark, sie war ihrem Schwager eben endgültig nicht mehr grün. «Vielleicht ist es gescheiter, den Brief ungelesen in der Küche in den Ofen zu schieben.» Ihre Hand lag schon auf dem Glöckchen, das die Köchin herbeirief. Da hatte Ferdinand den Brief schon auseinandergefaltet und las.

«Laut, bitte!» sagte Isolde.

«Lieber Bruder Ferdinand! Wenn Du diesen von mir mit der Schreibmaschine eigenhändig geschriebenen Brief siehst, mag es wohl sein, daß bei diesem Lebensnachweise in Deiner Erinnerung der Gemütsmensch in seiner ganzen Größe aufsteigt, nachdem er mit einem alles andere als heldenhaften Abgange in Nacht und Schweigen hin abzutauchen für richtig befunden hatte. Man munkelte zwar zeitweise manches über ihn, sagte ihn bald tot, bald wiederauferstanden, ließ ihn verlobt, verheiratet und schließlich solider steuerzahlender Staatsbürger werden – er aber hüllte sich in ein großes Schweigen und sann über der Menschheit Werden und Vergehen und wurde kräftig an Leib und Seele. Auch die auf- und niederflutenden mammonistischen Begleiterscheinungen seines ereignisvollen Lebens begannen allmählich einer ebenen, dem Staatsbürger wohl anstehenden Daseins-Schmalspurschienenbahn zu weichen, die sogar zum Vollbetriebe überzugehen demnächst den Ehrgeiz hat.»

«Es wird dieser gespreizte, unerträglich spaßhafte Ton doch nur dazu angeschlagen, um die Realität zu verhüllen. Wenn du dich erinnerst, in welchem Zustand Vetter Neukirch ihn angetroffen hat!»

«Dies Spaßhafte, das darfst du ihm nicht übelnehmen», sagte Ferdinand Lerner. «Das war so ein Ton zwischen uns. Auch bei der Burschenschaft wurde das Humoristische sehr gepflegt, von heute hochreputierlichen Persönlichkeiten –

‹mammonistische Begleiterscheinungen›, he, he, so sagten wir das damals, wenn Ebbe in der Kasse war ...»

«Und du findest das öde Geschraube auch noch komisch.»

«Komisch nicht, aber es rührt mich. Er versucht anzuknüpfen. Theodor ist schließlich mein Bruder.» Isolde schwieg brütend.

Ferdinand fuhr fort: «Was meine Interessen auf der Bären-Insel angeht, bin ich, nachdem so viele Schritte, wie du leider weißt, in Sackgassen führten, dennoch nicht müßig gewesen.»

«Aha, jetzt kommt's», sagte Isolde. Ihr Brüten schlug jetzt in ein Drohen um.

«Und so habe ich mit dem seit über dreißig Jahren bestehenden und altrenommierten Reisebüro Karl Riesel, Berlin, Unter den Linden, und Frankfurt am Main, Kaiserstraße, einen für drei Jahre gültigen Vertrag geschlossen zur Arrangierung von Gesellschaftsreisen und Sport-Touren nach Norwegen, Bären-Insel und Spitzbergen, die von mir geleitet werden sollen. Bisher ist die Bären-Insel unerklärlicherweise von der Hamburg-Amerika-Linie nicht angelaufen worden, lag daher für Spitzbergentouristen, um so mehr für Geldleute, aus der Welt. Wenn in den nächsten Jahren drei vollbesetzte Schiffe zwei bis drei Tage auf der Bären-Insel Station machen, wird sie schnell in den Vordergrund des Interesses in Deutschland gerückt. Außerdem bin ich dabei, ein *Handbuch für den deutschen Nordlandreisenden* beim August-Scherl-Verlag vorzubereiten, in dem die Bären-Insel, flott beschrieben, natürlich im Mittelpunkt der Empfehlungen stehen wird. Es ist für den Weitgereisten doch eine interessante Vorstellung, nach vielen Wochen auf See plötzlich wieder unter schwarzweißroter Flagge zu stehen. Für Dich ist dies alles mit überhaupt keinen Belastungen verbunden. Sollte sich aber Herr Karl Riesel an Dich wenden, um auf den Busch zu klopfen, wäre ich, vorläufig jedenfalls, für ein paar konventionelle wohlwollende Allgemeinheiten an diese Adresse sehr dankbar.»

«In den Ofen mit dem Brief, mein erster Instinkt war doch richtig», rief Isolde.

«Es folgt noch was Persönliches», sagte Ferdinand. «Gehört habt Ihr es wohl, aber geziemend anzukündigen bleibt doch, daß ich meine Ilse schließlich geheiratet habe. Sie ist aus guter Familie, aber eine mittellose Waise, Nichte eines Bankdirektors aus Lübeck, von dem ich Dir erzählt habe: Sie kennt all meine Streiche, auch das Athletenstück mit Frau Bankdirektor. Ilse kennt sich in Geschäften gut aus. Wenn die Anzeichen nicht trügen, wird sie übers Jahr dem Vaterland einen kleinen Verteidiger schenken.»

«Ja, dies alles muß auch noch dazukommen, es wird immer toller. Ferdinand, gib mir den Brief. Und nimm dir endlich. Die Suppe wird kalt.»

Brief und Suppe waren zwei gleich starke Reize. Wie Buridans Esel saß der Apotheker davor. Er war gelähmt und hätte vielleicht nie zur Suppe greifen können, wenn ihm seine Frau den Brief nicht einfach aus der Hand genommen hätte.

***

«Wieso schreibst du Vaterlandsverteidiger, wenn es, wie du sagst, doch nie mehr einen Krieg geben wird?» fragte Ilse, als Theodor ihr die Abschrift seines diplomatischen Meisterstücks, das ihm den Weg zum Herzen des Bruders wieder aufschließen sollte, wie alle Schriftstücke, im Bett zu lesen gab.

«Das ist nur eine Redensart», sagte Lerner. «Du hast es dir schon richtig gemerkt. Heute im Jahr 1900 können wir sagen, daß die Epoche der europäischen Kriege endgültig zu Ende ist. Aber noch viel mehr hat sein Ende. Deshalb ist unsere ganze Idee mit dem Reisebüro, deine Idee meine ich natürlich, auch so zukunftsträchtig. Wir waren schon einmal nahe daran, als wir Doktor Heck vom Berliner Zoo vorschlugen, eine echte Eskimofamilie nach Berlin zu schaffen, der die Leute beim Nähen und Schnitzen und Kochen zusehen. Zusehen, verstehst du, das ist die Zukunft. Du siehst, was die Industrie leistet. Bald wird die Maschine die Arbeit des Menschen vollständig übernommen haben. Dann werden wir, zu unserer Unterhaltung und Belehrung, primitiveren Völkern beim Arbeiten zusehen. Wenn es keine Kriege mehr gibt, dann werden wir Schlachtfelder besichtigen. Wenn die Religion endlich eingeschlafen ist, dann werden wir Kirchen besichtigen. Jetzt schon besichtigen wir in Frankreich die Schlösser geköpfter Könige, und wenn das ganze monarchische Wesen sich mehr und mehr dem bürgerlichen Fortschritt angleicht, werden wir ohne Revolutionen auch hier bald Königsschlösser besichtigen. Die ganze Aufregung um Ingenieur André in seinem Luftballon bestand eigentlich darin, daß die Welt ihm beim

Entdecken und dann sogar beim Abstürzen und Erfrieren zusehen wollte. Ich sehe jetzt, daß ich schon ganz früh auf der richtigen Fährte war. Daß du mit deinem Spanisch und Englisch und Französisch in Karl Riesels Reisebüro gelandet bist, das war kein Zufall. Ist es nicht eigentümlich, wie wir geführt werden, Ilse? Nicht immer geradeaus, aber doch stets auf ein Ziel zu. Ich sehe mich schon, wie ich mit einer Flüstertüte die Schiffspassagiere vom Boot aus führe: Hier sehen Sie die Bürgermeisterbucht, meine Damen und Herren, hier fand einst die Auseinandersetzung zwischen dem russischen Kapitän Abaca und dem deutschen Pionier Theodor Lerner statt, die von den Außenministerien der hohen Parteien im Interesse der Erhaltung des Weltfriedens diplomatisch beigelegt wurde. Hier sehen Sie das Altgläubigengrab, meine Damen und Herren ...»

«Ich würde gern etwas anderes wissen», unterbrach Ilse, «das Lieben – wird es das noch geben in Zukunft, oder wird man dabei auch bloß zusehen?»

«Vorstellen kann ich mir sogar das, aber es kommt mir nicht sehr gesund vor, eher nach Sholto Douglas' Geschmack, du weißt schon, dieser wüste Spekulant ...»

«Was für Leute du kennst. Ich bin noch niemandem Außergewöhnlichen begegnet. Deshalb habe ich dich genommen.»

«Dein Pech, mein Glück.»

Inhalt

1 Die Droschke bremst, die Dame stürzt 7
2 Frühstück in der Pension «Tannenzapfen» 16
3 Schoeps folgt seiner inneren Stimme 26
4 Die *Helgoland* wird bemannt 34
5 Spiele beim Warten 43
6 Am Rand der Wasserwüste 51
7 Die schwarzweißroten Pfähle 60
8 Gefahr von den Altgläubigen 69
9 Internationaler Spannungszustand 80
10 Funksprüche aus Berlin und Sankt Petersburg 89
11 Warum nicht König Hugo? 99
12 Ein Titel wird geboren 109
13 Der große Mann wird erkannt 117
14 Ein Bild von sich machen 127
15 Morgenstunde im «Monopol» 135
16 Die Bären-Insel wird auf die Füße gestellt 142
17 Kommen und Gehen im «Monopol» 151
18 Im Schuhmann-Theater 160
19 Der Franzose in Not 170
20 Eine Aufmerksamkeit unter Freunden 179
21 Vormittag eines Tycoon 189

22 Aug in Aug mit der Gefahr 200
23 Die Lobby übt Druck aus 207
24 Lerner macht Kolonialpolitik 218
25 Himmelssphären in Schwerin 229
26 Die Fernen beherrschen 238
27 Das Athletenstück mit Frau Bankdirektor 245
28 «Bankgeschäft W. Kohrs» wird tätig 255
29 Auf der Durchreise 265
30 Alexanders Geheimnis 274
31 Die weiße Hölle 283
32 Erinnerungen an Capri 293
33 In höchster Not zum Zoo 303
34 Das Logbuch der *Willem Barents* 311
35 Die Bären-Insel auf die Staffelei 320
36 Der Kongreß der Meeresbiologen 328
37 Frau Hanhaus macht eine Rochade 338
38 Das unilaterale Nebelhorn 348
39 Die Königin von Saba 358
40 Der Fahrplan der *Hurtig-Route* 367
41 Die Petersburger Schlittenfahrt 376
42 Eine goldene Zukunft 385

Das für dieses Buch verwendete Papier ist FSC®-zertifiziert.